古典文學研究輯刊

八　編

曾永義　主編

第13冊

《儒林外史》語言藝術探賾

王能杰　著

國家圖書館出版品預行編目資料

《儒林外史》語言藝術探賾／王能杰 著 ─ 初版 ─ 新北市：花
木蘭文化出版社，2013〔民 102〕
序 2+ 目 4+238 面；19×26 公分
（古典文學研究輯刊　八編；第 13 冊）
ISBN：978-986-322-389-4（精裝）
1. 儒林外史 2. 研究考訂
820.8　　　　　　　　　　　　　　　　102014667

ISBN-978-986-322-389-4

9 789863 223894

古典文學研究輯刊
八　編　第十三冊　　　　　　　ISBN：978-986-322-389-4

《儒林外史》語言藝術探賾

作　　者　王能杰
主　　編　曾永義
總 編 輯　杜潔祥
出　　版　花木蘭文化出版社
發 行 所　花木蘭文化出版社
發 行 人　高小娟
聯絡地址　235 新北市中和區中安街七二號十三樓
　　　　　電話：02-2923-1455／傳真：02-2923-1452
網　　址　http://www.huamulan.tw 信箱 sut81518@gmail.com
印　　刷　普羅文化出版廣告事業
初　　版　2013 年 9 月
定　　價　八編 24 冊（精裝）新台幣 42,000 元　　版權所有·請勿翻印

《儒林外史》語言藝術探賾

王能杰　著

作者簡介

王能杰，一九五三年生於臺北市，政治大學中國文學系畢業，一九八一年以著作「班固生平及其學術成就」升等講師，二○○九年取得廈門大學中文系漢語言文字學博士學位。曾任致理商專教務處註冊組、課務組組長，致理技術學院課務組、綜合組（現更名為「校際合作中心」）組長，現專職致理技術學院通識教育中心基礎通識國文組教師。

提　　要

　　《儒林外史》為我國古小說的重要代表，在文學語言藝術上，有著極為崇高的成就。出神入化的語言運用，使得這部小說具有歷久彌新的藝術生命，也對我國小說傳統以及後世其他小說產生了重要影響。本書係從語辭運作的藝術、人物形象塑造的藝術、敍述手法的藝術和諷刺的藝術四個方面加以探討其文學語言的運作技巧。

　　在語辭運作藝術方面，本書著重對《儒林外史》的色彩詞、數字詞、方言詞、典故詞和創新詞進行分析和探討，用以了解《儒林外史》中語辭運作的特色和作用。

　　在人物形象塑造的藝術方面，本書著重對《儒林外史》中慳吝人物、名士碩儒、舉業中人、市井細民和女性形象進行分析，用以探討《儒林外史》人物形象塑造的藝術，也觸及吳敬梓在書中所呈現的主題意識。

　　在敍述形式的藝術方面，藉由《儒林外史》正筆直書和對比襯托兩種敍述手法、行雲流水和曲折迴環兩種敍述特點以及預敍插敍分敍等手法的運用 來說明《儒林外史》是如何組織情節、描摹人物的。

　　在諷刺藝術方面，本書乃就《儒林外史》中開門見山、避重就輕、畫龍點睛、兩相對照、側面烘托等諷刺手法作深入分析，以探討其諷刺手法的運作和藝術層面。

　　最後，則就以上四個面向，簡單論述了《儒林外史》的成就和影響。

李　序

　　《儒林外史》是中國文學史上著名的諷刺小說，無論在研究廣度還是深度上，都取得了顯著的成就，然而，小說的文學語言卻一直是一塊少人開墾的土地，至今尚未出現以《儒林外史》文學語言爲研究重點的系統性專著。

　　本書作者以文學語言為研究重點，跳出對《儒林外史》純文學考察的傳統局限與語言藝術風格的籠統分析，而對文學語言具體的運作藝術進行深入考察，展開了多方面多角度研究，探賾索隱，多所發現，全方位揭示了《儒林外史》絢爛多彩的語言藝術世界。首先，在語詞運用方面，對色彩詞、數字詞、典故詞、方言詞、創新詞在文本環境中各盡其妙的藝術特徵以典型用例逐層剖析；其次，在人物形象分析方面，對慳吝人、舉業中人、市井奇人、女人、平民、名士碩儒等形象的塑造，不再局限于社會背景、人物個性、典型性格的描述，而是把文學語言運作藝術作爲識讀人物心靈情感的重點；再次，在敘述手法方面，正筆直書、襯托對比、行雲流水、曲折回環等等藝術技巧均倚仗文學語言的巧妙運作予以恰到好處的藝術表現；最後，對眾所公認的諷刺手法也從文學語言角度更進一步加以剖析，揭示其以不同運作方式所展現的藝術特徵。長期以來，《儒林外史》雖然公認爲清朝代表性諷刺小說，卻缺乏對小說諷刺藝術本身全面系統的研究。《儒林外史》的諷刺藝術不僅具有深刻的社會批判性，而且也具有豐富的多變性和技巧性，小說通過其巧妙的語言，運用多種手法達到了諷刺的效果。本書作者不但指出了例如開門見山、避重就輕、畫龍點睛、兩相對照、側筆烘托等諷刺手法，而且揭示了造成諷刺效果的文學語言運作的奧妙，爲文學文本的語言學考察提供了範例。

　　語言是文學大廈的基石，沒有語言就沒有文學，語言藝術水平直接決定文學的成敗。現況是文學創作有意無意忽略了語言運作技巧的磨礪，而文學研究也往往忽略了對語言運作藝術的考察，語言与文學被長期人爲分離的後果，使文學批評由于喪失對文本語言的剖析而不能切中肯綮，流于籠統或片面。文學家不懂語言學，語言學家不懂文學，本書作者對《儒林外史》語言藝術全面系統的研究，把語言與文學重新結合起來，使文學與語言學的綜合研究成爲現實。

　　文學與語言學的相互融合正在催生著一門新興的邊緣學科——文學語言學，但它迄今尚未構成完整的理論體系，需要更多的研究成果作爲借鑒。從語言底層入手全面系統考察《儒林外史》文學語言運作藝術的論著這是第一部，它的問世，爲文學批評拓展一種新的途徑和方法做出了有重要學術價值的貢獻。是爲序。

公元 2013 年 4 月 20 日
李國正于廈門大學海濱

序　李國正

第一章　緒　論 ……………………………………………………… 1
　第一節　前　言 …………………………………………………… 1
　第二節　研究綜述 ………………………………………………… 2
　　一、吳敬梓及其《儒林外史》 ………………………………… 2
　　二、《儒林外史》現有的研究成果 …………………………… 5
　第三節　研究動機 ………………………………………………… 12
　第四節　研究方法 ………………………………………………… 15
　第五節　研究範疇 ………………………………………………… 18
　第六節　預期成果 ………………………………………………… 23
第二章　語辭運作的藝術 ………………………………………… 25
　第一節　色彩詞 …………………………………………………… 26
　　一、敷彩 ………………………………………………………… 27
　　二、表情 ………………………………………………………… 31
　第二節　數字詞 …………………………………………………… 35
　　一、精確 ………………………………………………………… 36
　　二、模糊 ………………………………………………………… 39
　第三節　方言詞 …………………………………………………… 47
　　一、刻畫人物 …………………………………………………… 49
　　二、情境還原 …………………………………………………… 55
　第四節　典故詞 …………………………………………………… 57
　　一、直接用典 …………………………………………………… 59
　　二、化用典故 …………………………………………………… 63
　第五節　創新詞 …………………………………………………… 65
　　一、泛化 ………………………………………………………… 65
　　二、借代 ………………………………………………………… 68
　　三、譬喻 ………………………………………………………… 71
　　四、委婉 ………………………………………………………… 73
第三章　人物形象塑造的藝術 …………………………………… 75
　第一節　慳吝人物 ………………………………………………… 75
　　一、古典小說中的慳吝人物形象 ……………………………… 75
　　二、古今第一慳吝人：嚴監生形象的塑造及
　　　　其內涵 ……………………………………………………… 78
　　三、其他人物慳吝性格的刻畫 ………………………………… 83
　第二節　名士碩儒 ………………………………………………… 85

目
次

一、由歷史人物到理想化身：王冕 ⋯⋯⋯⋯ 86
二、眞儒名賢：虞育德 ⋯⋯⋯⋯⋯⋯⋯⋯ 90
三、新奇人士：杜少卿 ⋯⋯⋯⋯⋯⋯⋯⋯ 93
第三節　舉業中人 ⋯⋯⋯⋯⋯⋯⋯⋯⋯⋯ 96
一、從落魄到富貴：周進與范進 ⋯⋯⋯⋯ 97
二、庸中佼佼：馬純上 ⋯⋯⋯⋯⋯⋯⋯⋯ 100
三、蛻化與變質：匡超人 ⋯⋯⋯⋯⋯⋯⋯ 102
第四節　市井細民 ⋯⋯⋯⋯⋯⋯⋯⋯⋯⋯ 105
一、勢利平民 ⋯⋯⋯⋯⋯⋯⋯⋯⋯⋯⋯⋯ 105
二、善良平民 ⋯⋯⋯⋯⋯⋯⋯⋯⋯⋯⋯⋯ 108
三、市井奇人 ⋯⋯⋯⋯⋯⋯⋯⋯⋯⋯⋯⋯ 110
第五節　女性形象 ⋯⋯⋯⋯⋯⋯⋯⋯⋯⋯ 113
一、可厭而又可悲的女性形象：王太太與趙
姨娘 ⋯⋯⋯⋯⋯⋯⋯⋯⋯⋯⋯⋯⋯⋯ 113
二、禮教重壓下的女性形象：魯小姐與王三 116
三、具有自我意識的女性形象：沈瓊枝 ⋯ 119
第四章　敘述形式的藝術 ⋯⋯⋯⋯⋯⋯⋯⋯ 125
第一節　正筆直書 ⋯⋯⋯⋯⋯⋯⋯⋯⋯⋯ 125
一、直接敘述，自行展示 ⋯⋯⋯⋯⋯⋯⋯ 125
二、善用白描，筆法簡練 ⋯⋯⋯⋯⋯⋯⋯ 129
三、插話評價，表明看法 ⋯⋯⋯⋯⋯⋯⋯ 132
第二節　襯托對比 ⋯⋯⋯⋯⋯⋯⋯⋯⋯⋯ 135
一、反筆側筆，多方襯托 ⋯⋯⋯⋯⋯⋯⋯ 136
二、前後映襯，對比見意 ⋯⋯⋯⋯⋯⋯⋯ 138
三、互相映襯，景人互見 ⋯⋯⋯⋯⋯⋯⋯ 143
第三節　行雲流水 ⋯⋯⋯⋯⋯⋯⋯⋯⋯⋯ 147
一、相互銜接，環環扣進 ⋯⋯⋯⋯⋯⋯⋯ 147
二、有主有次，有詳有略 ⋯⋯⋯⋯⋯⋯⋯ 151
三、前後呼應，伏筆千里 ⋯⋯⋯⋯⋯⋯⋯ 153
第四節　曲折迴旋 ⋯⋯⋯⋯⋯⋯⋯⋯⋯⋯ 159
一、情節安排波折有致 ⋯⋯⋯⋯⋯⋯⋯⋯ 160
二、情節運作迴旋反復 ⋯⋯⋯⋯⋯⋯⋯⋯ 163
第五節　預敘插敘分敘 ⋯⋯⋯⋯⋯⋯⋯⋯ 165
一、預敘 ⋯⋯⋯⋯⋯⋯⋯⋯⋯⋯⋯⋯⋯⋯ 165
二、插敘 ⋯⋯⋯⋯⋯⋯⋯⋯⋯⋯⋯⋯⋯⋯ 168
三、分敘 ⋯⋯⋯⋯⋯⋯⋯⋯⋯⋯⋯⋯⋯⋯ 172

第五章　諷刺的藝術 …………………………………… 177
　第一節　開門見山 ……………………………………… 178
　　一、透過直接貶斥，對人物開門見山的諷刺 … 179
　　二、透過書中人物的觀察和評論，進行開門
　　　　見山的諷刺 ……………………………………… 184
　　三、透過形象描寫和對話描寫，對人物開門
　　　　見山的諷刺 ……………………………………… 189
　第二節　避重就輕 ……………………………………… 191
　　一、避重就輕，化大爲小，以小見大 ………… 191
　　二、避重就輕，對正面人物，以諷爲勸 ……… 194
　　三、避重就輕，爲了緩和情節，進一步刻畫
　　　　人物和凸出主題的需要 …………………… 198
　第三節　畫龍點睛 ……………………………………… 201
　　一、透過議論來點睛 …………………………… 202
　　二、透過細節描寫來點睛 ……………………… 204
　　三、透過環境描寫來點睛 ……………………… 207
　第四節　兩相對照 ……………………………………… 209
　　一、相近的對照，可憐可悲 …………………… 209
　　二、相反的對照，僞情畢露 …………………… 211
　　三、前後對照，揭示人物性格的善變和演變 … 213
　第五節　側面烘托 ……………………………………… 216
　　一、透過周圍人物的交遊及言行來烘托主題 … 217
　　二、透過事件和環境的描寫來烘托主題 ……… 220
　　三、馬二先生的刻畫和描寫 …………………… 222

第六章　結　語 ………………………………………… 229

參考文獻 ………………………………………………… 233

第一章　緒　論

第一節　前　言

　　對我國古典小說進行系統、科學的研究發端於十九世紀末,從考證的興盛到主題研究的興起,從人物性格的研究到小說結構的探究,時至今日,我國古典小說研究無論在研究範圍還是研究深度上,都有了顯著的成就。然而,對古典小說文學語言的研究卻一直是一塊尚未深耕的土地。例如我國古典小說的代表作品《紅樓夢》,研究《紅樓夢》的學者一致推崇這本書是一部跨時代、浪漫的愛情寫實悲劇,並進一步探討曹雪芹基於「舊恨新愁」的創作心態,同時也對曹雪芹自然、洗煉、富於表現力〔註1〕的文筆讚不絕口,但這些評論往往趨於抽象空泛,使得一般人只知《紅樓夢》好、曹雪芹棒、賈寶玉癡、林黛玉嗔、薛寶釵穩、王鳳姐狠,卻無法舉出確切的條例作為分析佐證;而被大家公認是集諷刺小說大成、白話小說傑作的《儒林外史》也是如此,一般學者不是著眼於作者吳敬梓生平事蹟、交遊行蹤的考證,就是對《外史》人物的本事考證;即便針對寫作技巧有所研討,亦僅就篇章結構、描寫手法論述〔註2〕,鮮少從語言層面切入——就算有所探究,也限於方言語彙、語言特色〔註3〕,並沒有對其文學語言進行深入具體的研究,因而也無法深入探討

〔註1〕邢公畹,〈《紅樓夢》語言風格分析上的幾個先決問題〉,《南開大學學報》1963年第 12 期,頁 2。

〔註2〕參考鄭明娳,《《儒林外史》研究》(王壽南、陳水逢)(臺北:商務印書館,1982 年 3 月)。

〔註3〕如遇笑容,《《儒林外史》辭彙研究》(北京:北京大學出版社,2001 年 2 月);

作品的實質內涵。曹煒在其《《金瓶梅》文學語言研究》一書就提出同樣的看法：「文學創作對語言的依賴性是不言而喻的。然而幾乎所有的文學史都是有關作家、作品及文學運動、思潮的介紹和分析，而對作家、作品語言風格、特色的介紹和分析往往是一筆帶過，或者忽略不提」〔註4〕。

另外，《儒林外史》全書係以「視功名富貴如浮雲、反對科舉八股取士」的思想一脈貫穿，寫的是儒林中人的種種狀態，並無主幹人物，不僅沒有俊男美女、謀士勇將，也缺乏浪漫的風月情節、熱鬧的打鬥場景，更少了那一份神鬼虛幻、引人遐思的想像空間，因此論研究成效，不若《紅樓夢》蔚成「紅學」那般地熱門，論歡迎程度，也不如《西遊記》、《水滸傳》、《三國演義》或《聊齋志異》來得普遍；然而吳敬梓以客觀的筆觸，將當時社會現況、人生百態及人性刻劃寫實呈現，除了痛斥「昧於禮教」的迂儒和「八股取士」的害人制度，同時亦推崇人物品格的高潔，強調文人士子要講究「文行出處」，著墨於平民百姓的真情流露與忠厚形象，處處凸顯吳敬梓想要昭告世人的創作理念與意義，也成就了《儒林外史》獨特的不朽價值。因此，《儒林外史》研究雖然並不能稱為古典小說研究中的「顯學」，但其高超的藝術手法和不朽的藝術價值使得它從誕生起就受到了眾人關注和作為研究的一環。

第二節　研究綜述

一、吳敬梓及其《儒林外史》

吳敬梓（西元一七〇一年至一七五四年），字敏軒，一字文木，號粒民，又自號秦淮寓客，晚年號文木老人，安徽全椒人〔註5〕。據考證，其先祖並非

〔日〕香阪順一，《《儒林外史》語彙索引》（名古屋：采華書店，1971 年 6 月）；傅繼馥，〈論《儒林外史》語言的藝術風格〉，《江淮論壇》1980 年第 4 期，頁 73～80；桂秉權，〈略談《儒林外史》的人物形象和語言特色〉，《文學遺產·增刊》1955 第 1 期；桂秉權，〈《儒林外史》的方言口語〉，《文學遺產·增刊》1957 年第 5 期等論文。

〔註4〕 參見曹煒，《《金瓶梅》文學語言研究》（廣州：暨南大學出版社，2004 年 9 月），頁 5。

〔註5〕 陳美林，〈吳敬梓的家世〉，氏著《吳敬梓評傳》（南京：南京大學出版社，1990 年 12 月）。

安徽人，而是從浙江溫州先遷徙到江蘇六合，之後再移居安徽全椒的。吳敬梓在浙江的先人，並非儒生一輩，只是尋常百姓，直至其遠祖吳聰在靖難之役中護主有功，被封為江蘇六合縣驍騎將軍後，才舉家從浙江遷至江蘇，從平常百姓變成官宦之家。定居江蘇六合縣數代之後，吳家因無子孫再立戰功，失去了承襲當年吳聰因戰功而受封的官爵資格，從而又成為平民百姓，遂遷至安徽全椒。定居全椒後，吳家起初務農，至其太曾祖輩吳沛，開始通過科舉謀求出路。吳沛雖未考取功名，但教子有方，至吳敬梓曾祖輩一代，「兄弟五人，四成進士」，始改換門庭，成為鐘鳴鼎食之家。吳敬梓就出生在這樣一個大家庭裏，其曾祖父吳國對是順治十五年的探花，為當時「兄弟五人」中功名最高者，因而也是最鼎盛的一支，但至其父輩吳霖起，家道開始衰微。吳霖起是康熙年間的拔貢，做過江蘇贛榆縣的教諭，為人方正耿直，不會奉承阿諛，因而不為同僚所容，遂於康熙六十一年失去官職，返回家鄉，第二年便鬱鬱而終，當時吳敬梓二十三歲。

吳敬梓自幼便聰穎過人，從小受書香門第之影響，飽讀詩書，基礎紮實，學識豐富。他早年像先輩一樣熱衷科舉，想走仕途之路，曾在二十三歲考取秀才，二十九歲時還參加了科考和鄉試。但清廷為鞏固其政權，採取了一系列專制政策，一方面大興文字獄，鎮壓思想，另一方面極力推崇程朱理學，施行八股科舉制度，鉗制思想。吳敬梓受當時社會思潮的影響，對程朱理學和八股制度逐漸不感興趣，轉而衷情於詩詞歌賦，因而科場不甚得意，從此與朝廷距離越來越遠，對社會也日益不滿。由於吳敬梓乃世家子弟，不善謀生，同時生性樂善好施，不到十年，便將祖上所留家產揮霍殆盡，受到族人奚落嘲諷，「鄉里傳為子弟戒」。三十三歲那年，吳敬梓離開全椒，遷居南京，當時家境已日益困窘，但仍愛好與人交遊，時常跟朋友喝酒談詩，相與為樂。在與官僚、紳士的交遊中，吳敬梓逐漸看清他們靈魂的卑劣以及官場的黑暗，同時由於家境每下愈況，也使他飽嘗世態炎涼，從此便不再歆慕功名利祿，放棄為官機會，徹底遠離了仕途。四十歲那年，吳敬梓為捐助修復泰伯祠，賣掉最後一份家產——全椒老屋後，他的生計越發艱難，不得不靠賣書賣文和朋友的周濟過活，有時窮困至極、甚至於無米下鍋、無炭取暖。在寓居南京家境十分窘困的那些年中，吳敬梓在生活中接觸了形形色色的人和各種各樣的事，更對現實有了清楚深刻的體認。他以自己親身經歷的各種人事為原型，為其巨著《儒林外史》的創作提供了豐富的素材。自三十三歲遷至南京

後，吳敬梓一直寓居於南京的秦淮河畔，直至西元一七五四年，吳敬梓於揚州族人家中做客時，突患疾病，不治而終，享年五十四歲。其平生所著，除《儒林外史》、《文木山房詩文集》四卷和《金陵景物圖詩》二十三首外，其他的都不曾流傳下來。

《儒林外史》是吳敬梓一生中最偉大的成就，其間凝聚著他許多的心血和思想。這部鴻篇巨製並非吳敬梓一氣呵成之作，而是歷經十數個寒暑才寫成。自其一七三四年遷居南京開始，就著手準備撰寫這部傳世之作了，大約在乾隆戊辰十三年（1748 年）到乾隆庚午十五年（1750 年）之間大體完成。《儒林外史》一書完稿後，在民間已有流傳，且備受讚譽，「人爭傳寫之」〔註6〕，但當時尚無刻本傳世，直至他死後十多年才有刻本，此刻本今已失傳，現存最早的是嘉慶八年的臥閑草堂刻本，共五十六回，末回乃後人僞作（金和〈儒林外史跋〉）〔註7〕。《儒林外史》是一部反映知識份子生活的長篇小說，在這部小說中，吳敬梓塑造了各種類型的知識份子形象，描繪了他們「生活的浮沉，境遇的順逆，功名的得失，仕途的升降，情操的高尚與低劣，理想的宣導與破滅，出路的探索與追尋」〔註8〕，書中人物大都有其原型，但爲避免當朝統治者的迫害，吳敬梓將故事背景說成明代，儘管假託明代，卻反映了在清代文字獄和八股取士的高壓和懷柔政策下知識份子的精神面貌和悲喜命運。小說內容時間跨度很大，長達兩百四十多年，從元末明初一直寫到萬曆年間，幾乎反映了整整一個朝代的知識份子的生活。吳敬梓在小說中刻畫了一系列知識份子形象，構成一幅色彩鮮明的群儒眾生相圖，如「二進」（周進、范進）、「二嚴」（嚴貢生致中、嚴監生致和）、「二杜」（杜少卿、杜慎卿）等，成爲《儒林外史》中人物形象的代表，甚至對晚清各種小說人物形象的塑造，也具有相當的開導作用。

《儒林外史》以其宏大的敘事結構、知識份子的特殊題材、跨時空的宏觀角度、深刻的思想內涵、獨樹一幟的藝術手法——特別是諷刺寫實的藝術手法——等，成爲繼明代「四大奇書」和清代《紅樓夢》之後影響既大、成

〔註6〕 程晉芳，〈文木先生傳〉，收入李漢秋《《儒林外史》研究資料》（上海：上海古籍出版社，1984 年 7 月），頁 13。

〔註7〕 金和，〈儒林外史跋〉，收入李漢秋《《儒林外史》研究資料》（上海：上海古籍出版社，1984 年 7 月），頁 128～130。

〔註8〕 陳美林，《儒林外史》的思想、藝術及版本說略〉，《南京社會科學》1994 年第 3 期，頁 64～67。

就又高的一部長篇小說。它不僅以高超成熟的諷刺藝術在我國明清諷刺小說中佔據最為重要的一角，亦在思想內容、藝術特色、思想深度等方面成為明清小說研究中不容迴避、無法輕視的一部鉅著。從《儒林外史》的創稿至今，逾時兩百多年，有關它的研究雖不及「紅學」般繁盛，但在明清小說中，其研究廣度和深度仍不可小覷。

二、《儒林外史》現有的研究成果

《儒林外史》作為明清小說的重要代表，其作者生平、人物原型、主題思想、藝術特色等，自其問世起就受到人們的重視。李漢秋先生在《《儒林外史》研究縱覽》〔註9〕中，將《儒林外史》的研究史分為清代、近代、現代和當代四個階段。許建平先生在〈20 世紀《儒林外史》研究的回顧和反思〉〔註 10〕中，將二十世紀的《儒林外史》研究分為四個階段，其中，第一和第二階段分別與李漢秋先生的近代、現代階段相同，第三、第四階段則以一九七九年為界，將李漢秋先生的「當代」階段一分為二。一九七九年對中國整個學術研究來說都是一個重要的分界點，它開啟了一個多元空前發展的時期。因此，筆者傾向於將《儒林外史》的研究分為五個階段。

從十八世紀三十年代至十九世紀末，大約一百七十年的時間，是《儒林外史》研究的第一階段。這一時期的《儒林外史》研究包括評論和考據兩個方面。首先是以序跋題識和評點方式進行的評論，研究的重點主要在於作者的寫作意圖和小說的藝術特色上；其次是對人物原型和情節本事的考據。

受乾嘉學派的影響，《儒林外史》問世後，當時的人們也以考據的方式來對其進行解讀〔註11〕，代表人物主要為金和、黃小田、張文虎及平步青等。這些學人聯繫吳敬梓的生平事蹟、交遊情況，對《儒林外史》中的人物原型和情節本事詳加推究，指認出許多人物原型及本事來源。金和是《儒林外史》

〔註9〕 李漢秋，《《儒林外史》研究縱覽》（天津：天津教育出版社，1992 年 6 月）。

〔註10〕 許建平，〈20 世紀《儒林外史》研究的回顧與反思（續）〉，《河北師範大學學報：哲學社會科學版》2004 年第 7 期，頁 52～60。

〔註11〕 關於清人對《儒林外史》的考據情況，參見陳美林、吳波，〈清人對《儒林外史》人物原型及情節本事的考據──紀念吳敬梓誕辰三百周年〉，《蘇州大學學報：哲學社會科學版》2001 年第 1 期，頁 72～76；以及李漢秋，〈清代的《儒林外史》考據〉，氏著《《儒林外史》研究縱覽》（天津：天津教育出版社，1992 年 6 月），頁 47～55。

考據學的開山人物，他利用其母親爲吳敬梓連襟女孫的特殊身分，把「聞於母氏」的吳敬梓情況，加以論列，「或象形諧事，或庚詞隱語」，並以「雍乾諸家文集細繹而參稽之」〔註12〕，開創了《儒林外史》的考據之學並爲其奠定基礎。張文虎在金和的基礎上繼續對《儒林外史》的人物原型進行了考據，他對金和所認定的人物原型進行糾謬、辨疑，遍稽雍乾時期諸家文集，尋查業已被認定的人物原型的相關資料，充實人物本事。除此之外，張文虎還對小說中的一些情節本事進行了鉤輯和考據，補充了金跋的不足之處。與張文虎同時代且過往甚密的黃小田也對《儒林外史》進行了考據，他的考據主要集中於對情節本事的考證，在黃評中出現了大量的對情節素材來源的搜討。緊接著張文虎和黃小田之後，在尋究《儒林外史》人物原型及情節本事方面用力頗多的還有平步青，在其專門論及小說的《小棲霞說稗》中，他對金和和張文虎的考據進行了指源、正訛和糾誤的工作。從同治年間的金和開始，到清末的平步青爲止，在這前後延續了二、三十年裡，對《儒林外史》人物原型和情節本事的考據取得了不少成果，在《儒林外史》研究史上產生了深遠的影響。

　　清人對《儒林外史》的評論則主要是以序跋題識和評點的方式進行的，主要的評論有閑齋老人序、臥閑草堂本評語、黃小田評點、齊省堂本評點、天目山樵評點等。李漢秋先生在《清代的《儒林外史》評論》中對各序跋題識和評點進行了擇要論述〔註13〕。從這些序跋題識和評點可以看出，《儒林外史》自問世起，其主題思想、人物描寫、語言藝術、結構安排等就受到了世人的關注和討論。

　　從二十世紀初到一九一九年五四運動之前，這二十年間，是《儒林外史》研究的第二個階段。這一時期，面臨著嚴重的民族危機，一批有識之士開始宣導改良以救亡圖存，他們極力渲染、強調小說在社會生活中的主要作用，掀起了一場聲勢頗爲浩大的「小說界革命」。與此同時，一批學人開始重新審視古典小說的價值和意義，舊的序跋點評式的方式被拋棄，新的方式開始被應用到古典小說的研究上，報刊雜誌上出現專門論述古典小說的理論文章

〔註12〕 金和，〈儒林外史跋〉，收入李漢秋，《《儒林外史》研究資料》（上海：上海古
　　　　籍出版社，1984 年 7 月），頁 128～130。

〔註13〕 李漢秋，《《儒林外史》研究縱覽》（天津：天津教育出版社，1992 年 6 月），
　　　　頁 14～47。

和隨筆評論等，西方的小說觀念也開始引入到對古典小說的研究當中，《儒林外史》成為研究的重要對象之一〔註14〕。解弢的〈小說話〉、王鐘麟的〈中國歷代小說史論〉、浴血生的〈小說叢話〉、夏曾佑的〈小說原理〉等這一時期關於古典小說的重要論著中，都在吸收西方的一些文藝觀點的基礎上，對《儒林外史》提出了新的看法。

陳美林、吳波在〈論晚清學人對《儒林外史》的評論〉〔註15〕中，將這一時期的《儒林外史》研究的主要成就分為思想內容、藝術成就、創作動因三個方面。首先，在思想內容上，這一時期的學人在對《儒林外史》主題的傳統看法「功名富貴」說之外，又提出了《儒林外史》是一部反映社會混濁、志在警世的小說。邱煒萲認為「《儒林外史》一書，意在警世，頗得主文誘諫之義」〔註16〕，天僇生則在〈中國歷代小說史論〉中說《儒林外史》是「寫卑劣」、「痛社會之混濁」的小說〔註17〕。當時小說理論家將小說看作改造社會人生的有力武器，大力提倡「寫社會之惡態而警笑訓誡之」的「社會小說」（〈小說叢話〉中俠人語）〔註18〕，而《儒林外史》則成為「社會小說」的楷模：「近日社會小說盛行，如《孽海花》、《怪現狀》、《官場現形記》，其最著者也，然追溯原委，不得不以《儒林外史》一書為吾國社會小說之嚆矢也」〔註19〕。《儒林外史》的思想內容被賦予了嚴重的政治色彩。

其次，從藝術成就方面來看，當時學人對《儒林外史》的藝術價值頗多讚美之辭，解弢〈小說話〉中讚揚《儒林外史》耐讀耐看、內涵豐富，「《水滸》只須三四遍，《儒林外史》反有六七遍之意味」〔註20〕。邱煒萲〈菽園

〔註14〕 關於這一時期《儒林外史》的研究情況，參看李漢秋，〈近代的《儒林外史》研究〉，《儒林外史》研究縱覽》（天津：天津教育出版社，1992年6月），頁56～61；以及陳美林、吳波，〈論晚清學人對《儒林外史》的評論〉，《東南大學學報：哲學社會科學版》2001第2月，頁87～90。

〔註15〕 陳美林、吳波，〈論晚清學人對《儒林外史》的評論〉，《東南大學學報：哲學社會科學版》2001第2期，頁87～90。

〔註16〕 邱煒萲，〈菽園贅談〉，收入李漢秋，《《儒林外史》研究資料》（上海：上海古籍出版社，1984年7月），頁255～256。

〔註17〕 天僇生，〈中國歷代小說史論〉，收入李漢秋，《《儒林外史》研究資料》（上海：上海古籍出版社，1984年7月），頁258～260。

〔註18〕 浴血生，〈小說叢話〉，收入李漢秋，《《儒林外史》研究資料》（上海：上海古籍出版社，1984年7月），頁258。

〔註19〕 小橫香室主人，《清朝野史大觀》卷十一〈清代述異〉，收入李漢秋，《《儒林外史》研究資料》（上海：上海古籍出版社，1984年7月），頁256。

〔註20〕 解弢，〈小說話〉，收入李漢秋，《《儒林外史》研究資料》（上海：上海古籍出

贅談〉更是對《儒林外史》的清新風格讚不絕口,「帶世小說,而能不涉腐氣,斷推此種」,稱其風格「如板橋霜跡,茅店雞聲」〔註21〕。這一時期學人對《儒林外史》藝術成就的分析可以概括爲三點。一是對其含蓄蘊藉的藝術風格的稱讚,如浴血生在〈小說叢話〉中認爲「社會小說,愈含蓄愈有味」,而《儒林外史》的用筆之妙就在於「作者固未嘗落一字褒貶也」〔註22〕;二是對其人物描寫手法的稱讚,〈觚庵漫筆〉將《儒林外史》作爲「描寫派」的代表作品,「本其性情,而記取居處行止談笑態度,使人生可敬、可愛、可憐、可憎、可惡諸感情。凡言情、社會、家庭、教育等小說皆入此派,我國以《紅樓夢》、《儒林外史》爲最」〔註23〕。浴血生在〈小說叢話〉裡讚揚《儒林外史》的人物描寫「如神禹鑄鼎,魑魅魍魎,莫遁其形」〔註24〕,個性鮮明,栩栩如生。小說理論家黃摩西提出「小說之描寫人物,當如鏡中取影,媸妍好醜令觀者自知。最忌摻入作者論斷,或如戲劇中一角色出場,橫加一定場白,預言某某若何之劣,而其人之事,未必盡肖其言」,而《儒林外史》則被認爲是「鏡中取影」的典範:「《儒林外史》之寫社會中種種人物,並不下一前提語,而其人之性質、身分、若優若劣,雖婦孺亦能辨之,眞如對鏡者之無遁形也」〔註25〕,突破了古典小說臉譜式的概念化、模式化傾向,是當時論者對《儒林外史》人物描寫的普遍看法;三是對其語言運用的稱讚,受當時白話地位提高的影響,當時論者認爲「純粹之白話小說以《儒林外史》爲最」,「行之全國,傳之後世,無人病其費解者」〔註26〕。《儒林外史》暢達而含蘊豐富的白話語言得到了高度的評價。

再者,從創作動念上來看,當時學人認爲《儒林外史》的深刻批判性源

版社,1984年7月),頁274～276。

〔註21〕 邱煒萲,〈菽園贅談〉,收入李漢秋,《《儒林外史》研究資料》(上海:上海古籍出版社,1984年7月),頁255～256。

〔註22〕 浴血生,〈小說叢話〉,收入李漢秋,《《儒林外史》研究資料》(上海:上海古籍出版社,1984年7月),頁258。

〔註23〕 觚庵,〈觚庵漫筆〉,收入李漢秋,《《儒林外史》研究資料》(上海:上海古籍出版社,1984年7月),頁262。

〔註24〕 浴血生,〈小說叢話〉,收入李漢秋,《《儒林外史》研究資料》(上海:上海古籍出版社,1984年7月),頁258。

〔註25〕 黃摩西,〈小說小話〉,收入李漢秋,《《儒林外史》研究資料》(上海:上海古籍出版社,1984年7月),頁260～262。

〔註26〕 冥飛,〈古今小說評林〉,收入李漢秋,《《儒林外史》研究資料》(上海:上海古籍出版社,1984年7月),頁276～277。

自作者對社會現實的深入體驗，是對「社會之混濁」的「深極哀痛」〔註27〕，
促使他走上創作道路的。天僇生在〈中國歷代小說史論〉中將小說家的創作
動因分成三類：其一「曰憤政治之壓制」、其二「曰痛社會之混濁」、其三「曰
哀婚姻之不自由」，他把《儒林外史》的創作歸爲第二類，並進一步指出「吾
國數千年來，風俗頹敗，中於人心，是非混淆，黑白易位。富且貴者，不必
賢也，而若無事不可爲；貧且殘者，不必不賢也，而若無事可爲。舉億兆人
之材力，咸戟戟於一範圍之下，如羊豕然。有不羈之士，其思想或稍出社會
水平線以外者，方且爲天下所非笑，而不得一伸其志以死。既無可自白，不
得不假俳諧之文，以寄其憤」〔註28〕。由此衍生，當時學人指出，豐富的
閱歷和深入的剖析是《儒林外史》成功的一大因素，如〈舮庵漫筆〉即讚揚
說：「非閱厯世情，冷眼旁觀，不易得此眞相」〔註29〕。邱煒菱也認爲《儒
林外史》「其描寫炎涼世態，純從閱歷上得來」〔註30〕。這些評論將焦點由
文本延伸到創作主體，從而大大拓展了《儒林外史》的研究範圍。

　　從五四運動到一九四九年之前，大約三十年的時間，是《儒林外史》研
究的第三個階段〔註31〕。這一時期，新的小說觀念開始大量進入《儒林外史》
的研究，其中一九二○年四月胡適的〈吳敬梓傳〉、陳獨秀的〈《儒林外史》
新序〉和錢玄同的〈《儒林外史》新序〉是用西方理論和研究方法研究《儒
林外史》的開山之作。這一階段，隨著五四運動和文學革命的開展，西方文
學理論和學術研究方法在中國古典小說研究領域得以廣泛運用。實證主義、
社會學、進化論、美學等多元的方法被運用到《儒林外史》的研究當中，是
《儒林外史》研究的一個開拓性階段。

　　胡適是將古典小說的考證和研究當作專項學術研究課題的第一人，他寫
作〈吳敬梓傳〉，考訂〈吳敬梓年譜〉，最早開始用近代科學的方法系統研究

〔註27〕天僇生，〈中國歷代小說史論〉，收入李漢秋，《《儒林外史》研究資料》（上海：
　　　　上海古籍出版社，1984年7月），頁258～260。
〔註28〕天僇生，〈中國歷代小說史論〉，收入李漢秋，《《儒林外史》研究資料》（上海：
　　　　上海古籍出版社，1984年7月），頁258～260。
〔註29〕舮庵，〈舮庵漫筆〉，收入李漢秋，《《儒林外史》研究資料》（上海：上海古籍
　　　　出版社，1984年7月），頁262。
〔註30〕邱煒菱，〈菽園贅談〉，收入李漢秋，《《儒林外史》研究資料》（上海：上海古
　　　　籍出版社，1984年7月），頁255～256。
〔註31〕關於這一時期的《儒林外史》研究情況，參考李漢秋，〈現代的《儒林外史》
　　　　研究〉，《《儒林外史》研究縱覽》（天津：天津教育出版社，1992），頁62～79。

吳敬梓和《儒林外史》〔註 32〕。此外，他還對《儒林外史》的主旨提出新的看法，他認爲「《儒林外史》極力描摹科舉時代的社會習慣與心理」，主要目的是批評八股功名。胡適還指出《儒林外史》與譴責小說的高下之分，「吳敬梓是個有學問、有高尚人格的人，他又不曾夢想靠做小說吃飯，故他的小說是一部全神貫注的著作。他是文學家，又受了顏習齋、李剛主、程綿莊一派的思想影響，故他的諷刺能成爲有見解的社會批評。……近世做譴責小說的人大都是失意的文人……正不用什麼深刻的觀察與高超的見解，……故近世的譴責小說的意境都不高。」〔註 33〕胡適還以近代的文藝觀念評論《儒林外史》的藝術，讚揚其爲「寫實主義的技術」。胡適的《儒林外史》研究對後世具有深遠的影響，他的研究是奠基性的，開創了現代《儒林外史》的研究。

魯迅是這一時期對《儒林外史》研究的另一高峰。其《中國小說史略》與《中國小說的歷史的變遷》中有關《儒林外史》的論述，是《儒林外史》研究的集大成之作，對此後數十年的《儒林外史》研究都產生了巨大的影響。魯迅稱《儒林外史》是「公心諷世之書」，第一次提出《儒林外史》是「諷刺小說」的典範和鼻祖：「迨吳敬梓《儒林外史》出，乃秉持公心，指摘時弊，機鋒所向，尤在士林；其文又感而能諧，婉而多諷，於是說部中乃始有足稱諷刺之書」〔註 34〕。

胡適和魯迅是這一時期《儒林外史》研究的大家型人物。除了他們之外，不少學人也爲《儒林外史》的研究貢獻了自己的力量。作家張天翼在〈談《儒林外史》〉中對《儒林外史》文本作了非常詳盡的分析，是《儒林外史》研究中文本分析派的早期代表。王瑤在《東方雜誌》上連續發表了幾篇論文，對《儒林外史》的藝術特色、小說結構提出了一些不同於前人的新見解〔註 35〕。此外季羨林、趙景深、葉德輝對《儒林外史》的考證是對胡適研究成果的補充和發展；茅盾、鄭振鐸、譚正璧、劉大杰、游國恩、吳文琪、吳景賢、郭無爲、萬曼等也都發表了些有價值的見解。

〔註 32〕 胡適，《胡適文存‧第一集》（上海：亞東圖書館第十三版，1930 年 1 月），頁
　　　　779～786。
〔註 33〕 胡適，《中國古代章回小說考證》（合肥：安徽教育出版社，2006 年 8 月），頁
　　　　318。
〔註 34〕 魯迅，《中國小說史略》（太原：山西古籍出版社，2001 年 8 月），頁 137。
〔註 35〕 此處研究情況參見北京大學歷史系等，《中國文學史論文索引》（北京：中華
　　　　書局，1980 年 3 月）。

　　這一階段的《儒林外史》研究，由二十年代的多元化逐漸向三四十年代的單一化方向發展，社會學批評方法逐漸佔據主導地位，並開啓了下一個階段的到來。

　　從一九四九年至一九七九年這大約三十年的時間，是《儒林外史》研究的第四個階段。一九五四年，爲紀念吳敬梓逝世二百周年，中國第一次掀起了《儒林外史》的研究高潮，各類報刊上共發表有關《儒林外史》的研究論文三十餘篇，另有何滿子《論《儒林外史》》等專書也在這一年出版。茅盾、吳組緗、馮至、姚雪垠都對《儒林外史》和吳敬梓進行了全面系統的論述。這一時期的學者受到社會學批評方法的重要影響，在馬克思主義研究方法的指導下，多將文學作品看作是作家在一定政治經濟社會條件下的審美產物，因此，他們格外重視《儒林外史》的「反封建」傾向。

　　這一時期，《儒林外史》研究的主要成就在於考據工作的進展。一是《儒林外史》原型人物研究的新進展。何澤翰將《儒林外史》問世以來各學者對其情節本事和人物原型的研究總略成書，編成《儒林外史人物本事考略》，是整理、發掘和研究《儒林外史》人物原型的重要論著。二是《儒林外史》新文本的發現。三是吳敬梓及其親友詩文的新發現。一九五八年吳敬梓《金陵景物圖詩》被發現，成爲研究吳敬梓晚年思想和藝術的重要資料；此外，還有一些佚文佚詩陸續被發現，爲研究工作提供了第一手的寶貴資料。

　　從上世紀八十年代至今是《儒林外史》研究的第五個階段，這一時期的《儒林外史》研究呈現出空前的繁榮，理論方法由單元發展到空前的多元，基礎研究與理論評論、文本分析都有相當程度的進步。這一時期，召開了多次紀念吳敬梓的《儒林外史》學術研討會，產生了一大批頗有價值的學術論著和《儒林外史》及吳敬梓研究專家，大大推進了《儒林外史》的研究。

　　李漢秋和陳美林是這一時期《儒林外史》研究的代表人物。李漢秋首先在《儒林外史》版本、評點搜集整理方面發揮了歷史性的作用。原來常見的《儒林外史》評點僅有三種，經過李漢秋的搜尋整理，《儒林外史》的版本至今已達九種之多，並收集到了現在能見到的《儒林外史》清代版本，梳理出了《儒林外史》版本流變的基本輪廓，澄清了該書出版史上的一些懸案。李漢秋在此基礎上編成《儒林外史彙校彙評本》，使得《儒林外史》的版本體系有了一個完整的面貌。其次，李漢秋對《儒林外史》研究史和研究資料進行了系統整理，編成了《《儒林外史》研究縱覽》、《《儒林外史》研究論文集》、

《《儒林外史》研究資料》等書。其中，《《儒林外史》研究縱覽》分為史略編、提要編、綜述篇和索引篇，對《儒林外史》的研究歷史和各類研究資料進行了整理和概括，是《儒林外史》研究的必備資料。《《儒林外史》研究論文集》收集了一九四九年以來優秀的《儒林外史》研究論文，並附有《儒林外史》研究論文索引。《《儒林外史》研究資料》則對《儒林外史》問世以來的各種相關資料進行了整理彙編，大大促進了《儒林外史》研究的發展。此外，李漢秋自己也對《儒林外史》的思想主題、諷刺藝術、人物原型、作者生平進行了研究，並集成《《儒林外史》研究》一書出版。李漢秋所作的基礎性工作，使得他成為《儒林外史》研究史上一位重要的人物。

陳美林是同時期《儒林外史》及其作者研究的又一位大家。他的貢獻主要在三個方面。首先，他是這個時期吳敬梓研究的代表，著有《吳敬梓研究》、《吳敬梓評傳》和《吳敬梓和《儒林外史》》等書，在吳敬梓相關考證和事蹟研判上有著卓越的貢獻。其次，他對《儒林外史》研究史進行了系統的整理，發表了〈論晚清學人對《儒林外史》的評論〉、〈清人對《儒林外史》人物原型及情節本事的考據——紀念吳敬梓誕辰三百周年〉等多篇論文，並進行了《《儒林外史》研究史》撰寫的指導工作。再次，陳美林對《儒林外史》的版本和校點也進行了研究，發表了〈《儒林外史》的思想、藝術及版本說略〉，並出版了《新批《儒林外史》》等書。

除了李漢秋和陳美林以外，亦有一大批學者對《儒林外史》的研究做出了貢獻。這一時期在吳敬梓家世生平及著述研究、吳敬梓思想研究、人物原型研究、創作時間與最早版本的回數研究、創作方法與作品思想研究、語言藝術、結構藝術、人物刻畫等各個方面的研究都取得了不少成就，是為《儒林外史》研究集大成及多元化的發展時期。

第三節　研究動機

小說語言是小說藝術的載體，然而我們在研讀一部小說或任何作品時，總是習慣於從「文學」的角度去分析，而忽視了「文學」是以語言為媒介，來表達作者的思想情感、創造藝術形象的一種意識型態〔註36〕。如果缺乏語言層面的切入和探討，任何「文學」層面的研究往往只能帶給讀者一種含混

〔註36〕王首程，《文學欣賞》（臺北：五南圖書出版社，2004年5月），頁3。

籠統、意象的表徵，無法領悟作者創作的意念或作品的內涵。只有從語言的基本層面去分析作品主體，才能落實整體的文學批評、凸顯具體的文學形象。因此文學創作與作品語言間的關係，一如李國正先生所言「文學是借助語言藝術來表現和體驗的一種人類文化形態，因此沒有語言藝術就沒有文學。反之，只要有語言藝術，就一定會產生文學。」〔註37〕般的密切。小說既是文學的作品，也是語言的藝術，小說作者需藉由語言來創造形象、塑造典型、陳述事實以及表現個人思維，然而這種語言必須是經過作者匠心獨運加工後的文學語言，否則難以構成生動迷人的藝術形象，也就是說「語言」是構成小說作品的第一要素，但為了構造小說作品藝術形象的「小說語言」則是需要經過加工後的精金粹玉〔註38〕。這種加工後的文學語言，誠如王朔所言：「小說的語言漂亮，本身就有極大的魅力。寫小說最吸引我的是變幻語言，把詞、句子打散，重新組合，就呈現出另外的意思。」〔註39〕，是作者透過對語言的敏感與認識、利用其所選擇創造的敘述（直接）語言和人物（間接）語言，向讀者傳遞訊息的重要工具，也是最能體現作者風格特徵〔註40〕的不二指標，如唐傳奇《李娃傳》裡，白行簡沒有使用傳統的「沉魚落雁、閉月羞花」等字詞來讚美李娃，卻用「妖姿要妙，絕代未有」八個字來形容李娃的美，而究竟李娃有多美？又美到什麼程度？讀者卻是極其模糊的感覺；但緊接於後連上「生忽見之，不覺停驂久之，徘徊不忍去。乃詐墜鞭於地，候其從者，敕取之。累眄於娃」這麼的一段話，就補足了讀者的好奇心：李娃真的好美、美到教人「無法挪開視線」、教人「不願移動位置」，甚至教人還要「假裝馬鞭落地，等候隨從趕到、才叫他撿起」這般拖延時間的來欣賞。白行簡在這段描述裡，沒有加入華麗的色彩、特異的文字，僅以平常的話語帶過，卻是如此生動地達到了他所要表述的結果，尤其「累眄於娃」中「累眄」二字更將男主角性格心態表露無遺，令人莞爾。又如《金瓶梅》一書作者藉由人物性格化、平民化語言等種種特色，成功塑造了書中眾多的人物形象，即便只

〔註37〕李國正，〈文學語言〉，《東南亞華文文學語言研究》（廈門：廈門大學出版社，2002年4月），頁1。

〔註38〕賈文昭、徐召勳，〈古典小說的語言〉，《中國古典小說藝術欣賞》（臺北：里仁書局，1984年8月），頁46。

〔註39〕高萬雲，《文學語言的多維視野》（濟南：山東文藝出版社，2001年9月），頁205。

〔註40〕曹煒，〈文學語言的功能分類〉，《《金瓶梅》文學語言研究》（廣州：暨南大學出版社，2004年9月）。

是跑龍套、甚至偶爾露面的角色,同樣栩栩如生,因此這本書文學語言的重點特色就是書中的「人物語言」,所以曹煒先生在其《《金瓶梅》文學語言研究》全書十一章中即有四章針對人物語言加以論述分析,透過這層論述與分析,讀者更能深入體悟作者精心淬煉的內涵,而這也就是文學語言研究在作品與讀者之間所扮演的角色。

在我國古典小說中,《儒林外史》的語言成就是非常凸出的。出神入化的語言運用,是這部小說有歷久彌新的藝術生命的原因之一。《儒林外史》的語言不僅在整體上利用了漢語的特點,將語言工具的表達作用發揮到了極致,無論在人物刻畫,還是在敘述手法上,都藉由精確而巧妙的語言使得小說達到了一個極高的藝術水準。《莊子‧外物篇》說:「筌者所以在魚,得魚而忘筌;蹄者所以在兔,得兔而望蹄;言者所以在意,得意而忘言。」〔註41〕王弼在談了語言的「明象」、「存意」的作用後也說:「得象而忘言」、「得意在忘象」〔註42〕。法國象徵主義詩人和文藝理論家瓦萊利說:「語言可以產生兩種很不同的效果。其中一種效果傾向於完全否定語言自身。我向你講話,如果你已經聽懂了我的話,那麼這些話就作廢了。如果你已經聽懂,這就是說,那些詞語已經從心中消失,而為它們的對應物 —— 形象、關係、衝動 —— 所代替。」〔註43〕在我們閱讀了《儒林外史》之後,留存心中的是栩栩如生的嚴監生等藝術形象,是范進中舉等典型事件,吳敬梓用其出神入化的語言運作藝術使得《儒林外史》深入人心;其次,《儒林外史》在一詞一語的細微之處,也匠心獨運,戞戞獨造,顯示出了極高的藝術造詣。凡讀過《儒林外史》的人,無不被其語言的精煉、生動、和諧、流利所吸引,特別是其諷刺藝術的運用,更使得小說增添出獨特的色彩。因此,對《儒林外史》語言運作藝術的研究不僅是必要的,而且是具有深遠意義的。

李漢秋在其《《儒林外史》研究》一書中即指出「《儒林外史》的偉大之所以不被人『懂』,最重要的原因是它的文化內蘊很深,對於傳統文化功底淺的人,確不容易品出它雋永的韻味。在文化商品化和媚俗傾向氾濫的時候,它難逃落寞的命運。這就需要一切關心文化建設、愛護優秀文化遺產、熱愛

〔註41〕莊子,《莊子集釋》(臺北:河洛圖書出版社,1974 年 3 月),頁 944。

〔註42〕王弼,〈周易略例〉,樓宇烈,《王弼集校釋》(臺北:華正書局,2006 年 8 月),頁 609。

〔註43〕瓦萊利,〈詩與抽象思維〉,收入伍蠡甫,《現代西方文論選》(上海:上海譯文出版社,1983 年 9 月),頁 33。

《儒林外史》的人們，多做深入淺出的闡釋和導讀工作。」〔註 44〕本著這份相同的理念，希望透過對《儒林外史》「文學語言」深入淺出的釋例，能引起讀者普遍的閱讀興趣、提升歡迎程度，進一步能更加擴展《儒林外史》在學術研究上的重視層面！

第四節　研究方法

到了二十世紀，《儒林外史》研究不論從方法論還是內容的深度廣度上，都得到相當的發展，特別是在語言藝術的探索方面，雖不及《紅樓夢》研究之深入廣博，但也一直受到學者的關注，各種角度的論述也較為豐富。

現時對《儒林外史》的語言藝術進行研究的主要論文不多，周中明的〈論《儒林外史》的語言藝術〉〔註 45〕，指出《儒林外史》的語言藝術繼承了中國國畫的傳統，重在寫出人物內在的骨髓，具有以形傳神、婉而多諷、寓莊於諧、言淺意深等特色；傅繼馥的〈論《儒林外史》語言的藝術風格〉〔註 46〕，則從遣詞造句、感情色彩、意趣、形象描寫的特點等方面探索了《儒林外史》語言的風格。雖然在《儒林外史》的語言藝術的研究上學術界已經有了相當的成就，但這些研究主要集中在語言藝術風格的探討，缺乏對《儒林外史》語辭運作的具體研究。

因此，本書希望跳出對《儒林外史》語言藝術籠統的風格分析，而對其語辭的運作藝術，進行具體的分析與探討。首先探討《儒林外史》色彩詞的特色及其作用，吳敬梓在客觀地使用色彩詞的文學形象之外，還善盡色彩詞「敷彩」和「表情」兩種功能，將色彩詞或組合、或衍生、或比喻，使整部小說文本借著「以色繪景渲染氣氛」、「以色狀物傳情寓意」以及「以色寫人形象鮮明」的語辭運作達到最高的藝術成效〔註 47〕。其次，語義會產生物理

〔註 44〕 李漢秋，《《儒林外史》研究》（上海：華東師範大學出版社，2001 年 9 月），頁 4～5。

〔註 45〕 周中明，〈論《儒林外史》的語言藝術〉，《安徽大學學報：哲學社會科學版》1993 年第 1 期，頁 68～73。

〔註 46〕 傅繼馥，〈論《儒林外史》語言的藝術風格〉，《江淮論壇》1980 年第 4 期，頁 73～80。

〔註 47〕 葉軍，〈論色彩詞在語用中的兩種主要功能〉，《修辭學習》2001 年第 2 期，頁 32～33；衣玉敏，〈「黑」的「顏」外之意〉，《修辭學習》2003 年第 6 期，頁 33；陳波，〈談魯迅小說《故鄉》色彩詞的運用〉，《教育藝術》2003 年第 4 期，頁 36～5。

的「量變」與化學的「質變」〔註48〕，就由於這樣的變化，數字詞在小說裡遂成為文學語言重要的一環，除了代表既定的數量外，又可衍生成特定或另有涵意的情境。因此，《儒林外史》數字詞也成為本書的一個研究標的。第三，已有不少論著從語言學方面對《儒林外史》的方言詞進行了統計和語言學方面的研究，方言詞可以使小說增添地域特色，同時對小說藝術表達產生效果。因此，方言詞也是本書研究《儒林外史》的方法之一。第四，典故詞不僅可以使小說語言顯得更加典雅，並透過「文本互涉」將小說與整個文化傳統聯繫起來，而且也有助於小說主題的表達，故典故詞的研究將有助於呈現《儒林外史》的語言藝術。第五，《儒林外史》既是我國古白話文的語言寶庫，也是古白話文的實驗室，吳敬梓採用了很多創新詞，增添了小說的表達技巧和功能，同時也為古白話文提供了新的語言成分。最後，「變異詞」指的是詞語由於各種原因產生的意思的變化，為了更加精確地進行語言表達，吳敬梓對一些常用詞語進行了變異使用。這些變異語詞不僅增加了《儒林外史》的語言表達效果，而且還為後人繼續所用，其中一部分變異詞還成為漢語詞語的新用法。綜上所述，本書將以第二章〈語辭運作的藝術〉切入，分成色彩詞、數字詞、方言詞、典故詞、創新詞和變異詞六個方面，對《儒林外史》的語辭運作藝術進行具體分析和探討。

　　《儒林外史》的敘述藝術一直以來也極受到重視。臥評指出，「其品第人物之意」，既不由作者加重渲染或烘托出來，更不由敘述者「加斷語」評說出來，而是「令人於淡處求得之」。黃小田評點第三十八回郭孝子的故事說：「順手複遞到老和尚，其實是借老和尚遞到蕭雲仙，卻又不用『按下慢表』、『且說老和尚』云云俗套。故筆墨雅飭，大異尋常小說，俗目何嘗得知」。從這個觀點出發，黃小田評點對《儒林外史》中眾多人物的出場、轉遞，前後的勾聯、呼應，以及出現人物姓名的方式進行了考察，可以說是對《儒林外史》敘述方式最早較為有系統的敘述。隨著西方敘事學理論的傳入，不少學者意識到《儒林外史》在敘事方式上的獨特性。在說書基礎上發展起來的話本小說，常由說書人（即敘述者）直接融入故事，對故事的情節和人物進行闡述和評論，即所謂「看官聽說」；吳敬梓則大幅擺脫這種傳統的敘述方式，不再由作者自己直接對情節和人物進行評價，而是由小說中的人物和事

〔註48〕高萬雲，《文學語言的多維視野》（濟南：山東文藝出版社，2001年9月），頁279。

件自行產生。不少學者用敘事學的理論對《儒林外史》進行分析,例如楊義的〈《儒林外史》的時空操作與敘事謀略〉、王薇的〈《儒林外史》敘事的聚焦模式〉、賈紅棉的〈論《儒林外史》的敘事時間〉等。吳光正的〈《儒林外史》的宗教敘事與士風描寫〉、劉倩的〈儀式、敘述與《儒林外史》〉、王慶華的〈論《儒林外史》結構框架的文化反思精神〉則將《儒林外史》的敘事藝術與社會、文化背景聯繫起來,從新的角度探討《儒林外史》的敘事藝術。這些對《儒林外史》敘述藝術的分析同樣呈現出零散的特徵,以單篇為主,很少對整部小說的敘述藝術進行系統論述細緻分析的文章。特別是《儒林外史》極為凸出的敘述手法藝術,在敘事學研究興盛的背景下,受到了某種程度的忽視。《儒林外史》敘述手法是其語言藝術的一部分,它藉由正筆直書、反面襯托、誇大其辭、行雲流水、補敘插敘夾敘等敘述手法,增加了小說的表達效果,不僅傳承了我國古典小說的各種敘述手法,同時也創造了具有獨特性的敘述手法,將多種敘述手法結合運用,在無形中助長了情節的發展並深深吸引著讀者。

　　「敘事」是古典小說的核心,「語言藝術」則是敘事的關鍵。語言藝術特色,具體展現了小說的主題和人物形象,如欲進一步理解《儒林外史》的精神意涵,實有必要回歸文本,就歷來有關其語言藝術的研究成果,深入析論。中國敘事學研究的起步較晚,「史餘」的觀念,幾乎是長期主導著古典小說理論的批評領域,但多半侷限於傳統文學批評理論的移植。《儒林外史》通常被視為「雅化」的作品,相較於小說本體而言,「語言藝術」看似僅是其中一個面向,卻與小說本體互為表裡。《儒林外史》的語言發展規律,在功能性和傳播性上,都具有一定的價值,自明清以來,「通俗」的特徵愈發受到重視,對小說研究的發展影響深遠。經由歷來小說家的點評,提高其歷史地位,並對其通俗性和藝術審美特徵,起了重大的作用。處在新舊世紀交接之際,古典小說研究方法的轉型,更需要研究者高度自覺,方能得到實踐。「語言藝術」是關注小說「敘事」本質的基礎,也是梳理文體脈絡及探討精神意涵的依據,因此,本書在研究方法上,乃以「文獻分析法」為主、「文學理論批評法」為輔,避免落入索隱式史料批評的窠臼,或一味套用西方理論,冀能透過科學化、系統化的方法建立模式,結合當代意識,對《儒林外史》語言藝術的研究有所貢獻。

第五節　研究範疇

　　本書乃以《儒林外史》的語言藝術爲主要研究範疇，包含了語言風格、語辭運作藝術、人物塑造藝術、敘述手法藝術和修辭藝術等各個方面。自《儒林外史》完稿至今已兩個多世紀，在這期間，相關的研究方法、研究方向以及相應的廣度深度隨著時代的不同而不同。從十八世紀中後期到十九世紀末，《儒林外史》的研究主要在評論和考據兩個方面，研究重點則著重在作者的寫作意圖、小說的藝術特色以及對人物原型和情節本事的考據上，此在第一節中已有論述。這個時期的評論係以序跋題識和評點的方式進行，類似於眉批或讀書箚記，形式較爲隨意，不大成系統，研究範圍也比較有限，專書專題研究更是少見，對《儒林外史》語言藝術的研究也比較零散，如人物形象分析、藝術手法等往往附著於當時《儒林外史》的點評本，以眉批或箚記方式對某些人物、某些場景或某些語言作一簡練評價，如臥閑草堂刻本評小說第四回張靜齋和范進、湯知縣胡扯劉基之事而不以爲恥的情景時評到，「三人侃侃而談，毫無愧怍，閱者不問而知此三人極不通之品。此是作者繪風繪水手段，所謂直書其事，不加斷語，其是非自見也」〔註49〕，這幾句點評相當精到，道出小說諷刺藝術之一大特色，然而類似於這樣的評論終究過於零散，只是與當時所崇尚的點評風潮相關，諸如《水滸傳》、《金瓶梅》、《紅樓夢》等長篇小說，也有不少學者功力非凡的點評本。

　　在語言藝術方面，清代以來的學者對《儒林外史》的語言風格的論述較多，概括起來主要有四點：一是平淡中見奇崛。臥閑草堂本中的閑齋老人序說到《水滸》、《金瓶梅》等小說於「摹寫人物事故，即家常日用米鹽瑣屑」，已「窮神盡相」，然不知《儒林外史》「出其右」〔註50〕。黃小田說《儒林外史》的總體語言風格爲「淡淡著筆」，稱讚它「世人往往不解者則以純用白描，其品第人物之意則令人於淡處求得之」〔註51〕，「雖然筆調平淡，但卻能夠在平淡中見奇崛」，「其人之性情心術，一一活現紙上」，使讀者「取以自鏡」。二是眞實見性。臥閑草堂評語讚揚《儒林外史》所寫乃「日用酬酢之間」的

〔註49〕 李漢秋，《《儒林外史》研究資料》（上海：上海古籍出版社，1984 年 7 月），頁 103。
〔註50〕 所引臥閑草堂評語均來自〈臥閑草堂本回末總評〉，參見李漢秋，《《儒林外史》研究資料》（上海：上海古籍出版社，1984 年 7 月），頁 100～126。
〔註51〕 所引黃小田評語均來自：李漢秋，《《儒林外史》彙評彙校本》（上海：上海古籍出版社，1999 年 8 月）。

「世間眞事」，「如鑄鼎象物，魑魅魍魎，毛髮畢現」。《儒林外史》筆觸的眞實程度甚至達到令觀者懼而不再讀的地步。三是蘊集含蓄，婉而多諷。不少學人都指出，《儒林外史》語言含蓄，雖刺人心世心，揭社會之醜，但只是透過事件本身，作者沒有站出來說長道短、指手畫腳，而是藉由白描、襯托等方式來達到作品對社會現實的批判。浴血生就讚揚說：「社會小說愈含蓄愈有味。讀《儒林外史》者，蓋無不歎其用筆之妙，如神禹鑄鼎，魑魅魍魎，莫遁其形。然而作者固未嘗落一字褒貶也。」魯迅更是一語道破《儒林外史》的語言「婉而多諷」。四是簡潔乾淨。有學者稱讚《儒林外史》「句無可刪」、「字無可削」，寥寥幾筆便可達到效果；而且，《儒林外史》幾乎沒有文言詞句，也很少用偏僻的方言，近人《缺名筆記》曾一一比較《金瓶梅》、《兒女英雄傳》、《水滸》、《紅樓夢》的語言特色，得出結論說唯有《儒林外史》「是爲白話之正宗」〔註 52〕。

　　小說語言對小說人物形象的塑造也有至關重要的影響。就人物形象塑造藝術而言，在清代評點本中更多專注於作品對人物個性的塑造，一方面指出《儒林外史》對人物的描寫具有眞實性和全面性，即人無完人，即便君子也有不足之處，即便小人也有可取之處。「衡山之愚，少卿之狂，皆如玉之有瑕。美玉以無瑕爲貴，而有瑕正見其爲眞玉」〔註 53〕；對於小人，吳敬梓也「非猶俗筆稗官，凡寫一可惡之人，便欲打欲罵，欲殺欲割，惟恐人不惡之，而究竟所記之事，皆在情理之外，並不能行之於當世者」〔註 54〕，而是從情理出發，寫出個人特色，並非塑造或惡或善的典型。另一方面指出《儒林外史》塑造人物個性的突出。臥閑草堂本評語中第五回對嚴監生和王德、王仁的描寫：「看財奴之吝嗇，葷飯秀才之巧黠，一一畫出，毛髮皆動。即令龍門執筆爲之，恐亦不能遠過乎此。」第七回評寫陳和甫：「寫山人便活畫出山人的口氣聲息，荒荒唐唐，似眞似假，稱謂離奇，滿口嚼舌」。此外，臥評還稱讚《儒林外史》塑造人物「得其神似」，「寫出其人之骨髓」，「畫工所不能畫，化工庶幾能之」〔註 55〕。

〔註 52〕蔣瑞藻，《小說考證拾遺》（上海：商務印書館，1922 年 3 月），頁 62。

〔註 53〕李漢秋，《《儒林外史》研究資料》（上海：上海古籍出版社，1984 年 7 月），頁 118。

〔註 54〕李漢秋，《《儒林外史》研究資料》（上海：上海古籍出版社，1984 年 7 月），頁 105。

〔註 55〕李漢秋，《《儒林外史》研究資料》（上海：上海古籍出版社，1984 年 7 月），

　　社會學批評與現實主義理論傳入中國大陸後，典型化理論成為人物形象分析主要理論的指標。這一理論強調人物的個性化，以及個性化性格與環境的整合，即從環境中尋找形成人物個性化的原因。這一理論被運用到對《儒林外史》人物塑造藝術的分析，則主要側重於強調《儒林外史》塑造了典型環境中的典型性格、人物語言個性化、以及在同類人物中塑造出不同的個性等等。

　　這一階段對《儒林外史》人物形象塑造藝術的分析主要側重於對人物形象的分析。陳美林於一九九一及一九九二兩年，在《文史知識》上連續發表了十五篇人物論，此後又在有關刊物上發表了〈杜慎卿論〉、〈莊尚志論〉、〈杜少卿論〉和〈虞育德論〉等，這些論文力求從文化背景、作者際遇、時代特色、作品內涵等方面分析人物性格及其形成的內外因素和主客觀條件。此外有關人物形象分析的文章還有平慧善〈杜少卿形象漫論《儒林外史》〉、蔡景康〈《儒林外史》婦女形象脞談〉、秦川〈《儒林外史》中的名士〉等等；也有從對文本人物形象個性的分析轉向《儒林外史》人物形象塑造藝術的歷史地位的探討，如「《儒林外史》刻畫人物的基本特點是寫出了人物性格的發展變化」〔註 56〕、「《儒林外史》標誌著中國古典小說的人物塑造實現了向性格化典型的飛躍」〔註 57〕，李漢秋則在概括《儒林外史》在現實主義小說發展史上的地位時，凸出其「從故事小說型到性格小說型」、「從古典人的形態到近代人的形態」的變化〔註 58〕。此外，還有不少學人撰文強調「白描」手法在《儒林外史》刻畫人物形象中的運用，如傅繼馥在其〈《儒林外史》喜劇形象的劃時代成就〉一文中即引用了劉烈茂論述《儒林外史》的白描藝術，指出「善於描寫平凡的人和事，在淡淡筆墨背後既有尖銳的諷刺，又有深刻的意蘊，既塑造了獨特的人物性格，又形象地表現了人物的心靈」，表明吳敬梓是我國古典小說的白描大師〔註 59〕。這個階段對《儒林外史》人物形象研究的

　　頁 103～106。

〔註 56〕陳文新、魯小俊，〈顛覆傳統——《儒林外史》的解構主義特徵〉，《武漢大學學報》1998 年第 2 期，頁 80～85。

〔註 57〕傅繼馥，〈《儒林外史》喜劇形象的劃時代成就〉，《江淮論壇》1987 年第 5 期，頁 10～19。

〔註 58〕李漢秋，《《儒林外史》研究》（上海：華東師範大學出版社，2001 年 9 月），頁 197～199。

〔註 59〕傅繼馥，〈《儒林外史》喜劇形象的劃時代成就〉，《江淮論壇》1987 年第 5 期，頁 10～19。

論文雖然在數量上不少，但是缺乏對《儒林外史》人物形象和塑造藝術的系統研究，一些研究甚至還只是在重複清代學人的評價，在看法和觀點上並沒有很大的創新，至於小說中人物形象的塑造，對杜少卿、嚴監生等典型形象的分析是比較深入了，但是從整部小說系統地分析其中的人物形象則還顯得不夠。《儒林外史》雖主要刻畫了一群知識份子的生活圖畫，但並非只有知識份子，還有村婦野老、平民百姓，同時知識份子當中又可以分為不同的類型，如舉業中人、落魄文士等等，因此，對小說中的人物形象進行全面的分析是有其必要的。此外，已往對於人物形象的分析多側重於人物個性、社會背景、典型人物的普遍意義等方面，對小說中如何運用文學語言刻畫人物形象的分析則不多。實際上，文學語言是小說人物刻畫的最直接載體，小說直接透過語言向讀者展示豐富的人物形象。《儒林外史》作為古典小說中人物刻畫的翹楚之作，其文學語言的作用功不可沒。因此，本書從「語言藝術」開展論述，擴及人物形象塑造藝術，探討《儒林外史》對慳吝人物、名士碩儒、舉業中人、市井細民、女性形象等各色人物性格刻畫的藝術。

　　諷刺藝術是《儒林外史》語言藝術最具代表性的一面。作為諷刺小說、寫實小說的代表作，《儒林外史》中成熟高超的諷刺藝術奠定了它在明清諷刺小說乃至古典諷刺小說中的絕對地位，這一點魯迅早已有精闢評論，其在《中國小說史略》中對這部小說評價極高：「迨吳敬梓《儒林外史》出，乃秉持公心，指摘時弊，機鋒所向，尤在士林；其文又慼而能諧，婉而多諷：於是說部乃始有足稱諷刺之書。」〔註60〕後又在《中國小說的歷史變遷》中說：「在中國歷來作諷刺小說者，再沒有比他更好的了。」〔註61〕魯迅的評價對促進《儒林外史》諷刺藝術及其影響的相關研究發揮了極大的效果。

　　魯迅對《儒林外史》諷刺藝術的高度讚譽直接促進了學界從各個角度對它的研究。綜觀二十世紀，在諷刺藝術方面的研究呈現出幾個特色或者方向：一是立足於文本分析，總結歸納出《儒林外史》的諷刺手法和特色，如吳敬梓研究專家陳美林在其《吳敬梓評傳》及其他多篇文章中，從諷刺的目的、特點及手法等方面加以論述，這類透過文本分析或者是人物個案分析來表現諷刺藝術的研究方式最為常見，同樣也是各種文學史中評論《儒林外史》諷

〔註60〕魯迅，《中國小說史略》（太原：山西古籍出版社，2001年8月），頁137。
〔註61〕李漢秋，《《儒林外史》研究資料》（上海：上海古籍出版社，1984年7月），頁286。

刺藝術的方式，久而久之，便變得了無新意。二是《儒林外史》諷刺藝術所受其他作品的影響以及對後世其他作品或作家的影響，如趙逵夫〈論《史記》的諷刺藝術及其對《儒林外史》的影響〉、葉崗〈《詩經》和《史記》對《儒林外史》的影響〉、孫昌熙〈魯迅與《儒林外史》〉、李漢秋〈略論現代作家對《儒林外史》的評價和繼承〉等。三是《儒林外史》與同時代或不同時代的國內或國外作品諷刺藝術的比較分析，如劉傳鐵〈渾言則同，析言有別──《儒林外史》與《死魂靈》諷刺藝術之比較〉、胡書義〈《復活》和《儒林外史》諷刺藝術比較〉等，還有碩士論文《《儒林外史》研究──兼與《圍城》比較》，專門談到《儒林外史》與《圍城》兩者諷刺藝術的對比分析和相互關係。同時，也有利用新理論、新角度、新認知對《儒林外史》的諷刺藝術進行研究的，一方面「另闢蹊徑，從美學角度探討《儒林外史》諷刺的內在特徵、獲得成功的原因及其美學價值」〔註 62〕，如趙齊平〈喜劇性的形式，悲劇性的內容──淺談《儒林外史》的諷刺藝術〉〔註 63〕一文即指出，只從真實性、典型性等角度來研究《儒林外史》的諷刺藝術恐怕不夠，其諷刺藝術的表現是既包含喜劇性又包含悲劇性的形式和內容的完美統一體；董子竹更進一步指出，《儒林外史》的喜劇本質以一種扭曲的形式表現出來，吳敬梓的孤獨個性與封建社會中陳舊的生活形式之間的喜劇性衝突帶有悲劇色彩〔註 64〕。另一方面則表現為從哲學或西方敘事學等新理論、新角度對《儒林外史》諷刺藝術進行研究，如孟昭連從小說諷刺觀念的流變意識探討《儒林外史》與以前小說諷刺藝術的差異，從而認為《三國》《水滸》只有諷刺手法沒有諷刺意識，《西遊記》既有諷刺手法也有諷刺意識，《金瓶梅》表現為自覺的諷刺意識和諷刺觀念，《儒林外史》則諷刺意識和觀念十分自覺而強烈，在《金瓶梅》基礎上達到了高峰，已從諷刺手法發展成諷刺意識〔註 65〕。楊義從時空點切入，探索時空思維與《儒林外史》諷刺藝術間的關係，他認為：「《儒林外史》深刻的諷刺意味，以及其悲、喜劇相交融的深層情調，都是以

〔註62〕 許建平，〈20 世紀《儒林外史》研究的回顧與反思（續）〉，《河北師範大學學報：哲學社會科學版》2004 年第 7 期，頁 52～60。

〔註63〕 趙齊平，〈喜劇性的形式、悲劇性的內容──淺談《儒林外史》的諷刺藝術〉，收入李漢秋，《《儒林外史》研究論文集》（北京：中華書局，1987 年 9 月），頁 435～443。

〔註64〕 董子竹，〈《儒林外史》是諷刺小說〉，《光明日報》1984 年 5 月 22 日。

〔註65〕 孟昭連，〈《儒林外史》的諷刺意識與敘事特徵〉，《南開大學學報》1996 年第 2 期，頁 66～80。

它的『百年易過』的空幻感和『千秋事大』的執著精神的異構交融作爲心理學基礎的。」同時認爲《儒林外史》的諷刺力度，來源於人在社會結構的「空間倒轉」，更重要的是「時空切割」使得諷刺藝術趨於「精粹化」〔註66〕。楊義的闡述爲我們提供了一種哲學的思考方式，爲《儒林外史》的研究打開了新的思路。因此，本書將以《儒林外史》的語言藝術爲主題，研究範疇包括：「語辭運作的藝術」、「人物形象塑造的藝術」、「敘述形式的藝術」和「諷刺的藝術」，層層遞進，完整析論。

第六節　預期成果

　　毋庸置疑，關於《儒林外史》諷刺藝術的論述已經相當豐富，無論是從諷刺特色、文本分析、還是從相關文本比較分析，或者諷刺手法之影響、小說之地位等，涉及範圍相當廣泛。其中，有立足整部小說進行全面評價的，有深入文本進行特定人物故事分析的，也有古今對照、中西比較的，不一而足。對《儒林外史》諷刺藝術的研究，幾乎都脫離不了魯迅當年的讚譽，許多相關評論都建立在這樣一個高度的評價上，對於諷刺藝術的分析也主要建立在對其中典型人物形象的分析和對當時時代背景的反映上，但是卻缺乏對《儒林外史》諷刺藝術本身的具體論述。《儒林外史》的諷刺藝術不僅具有深刻的批判性，而且其本身也具有豐富的多變性，吳敬梓透過其巧妙的語言，運用多種手法達到了諷刺的效果，因此，本書嘗試從特定角度對《儒林外史》的諷刺藝術進行詳細研究，就《儒林外史》中的多種諷刺手法，如開門見山、避重就輕、畫龍點睛、兩相對照、側筆烘托等進行分析，以求對《儒林外史》諷刺藝術的研究增添一些基礎性的研究資料。

　　儘管學界對《儒林外史》這部小說的語言藝術研究尙稱豐富，但仍存在一些不足，特別是缺少立足於整部小說的語言藝術研究的專著，但這種嘗試在紅學研究中早已開始，如專著《《紅樓夢》語言藝術研究》和《《紅樓夢》的語言藝術》的出現就是。基於上述認知，又憂心如此不朽、卻鮮有人知的巨著因此蒙塵，希望世人均能具體、充分感受到吳敬梓無以倫比的語言運作藝術；然而這種具體充分的感受，並不能單從語言論觀點加以支離破碎、毫無審美意味的分析來得知，必須是藉由研究者對作品文本透過文學語言的分

〔註66〕楊義，〈《儒林外史》的時空操作與敘事謀略〉，《江淮論壇》1995年第2期，頁75～81。

析方能有所體會。筆者以為，可以將這種思路引入《儒林外史》的研究當中，因此本書試從《儒林外史》的文學語言的運作切入，透過全面把握、細緻分析，著眼小說文本，對《儒林外史》中的語辭運作藝術、人物形象塑造藝術、敘述手法藝術以及諷刺藝術進行系統而細緻的分析，以期能為《儒林外史》的研究添磚加瓦；或者進一步說，能夠因此而引發世人普遍研讀的興趣。雖然限於本身學識菲薄、能力不足，若能達到「拋磚引玉」之效，也就差強人意了！

第二章　語辭運作的藝術

　　語辭運作是語言藝術的基本組成部分，《儒林外史》在語辭運作上表現出了很高的藝術造詣。首先，吳敬梓在客觀地使用色彩詞的文學形象之外，還善盡色彩詞「敷彩」、「表情」兩種功能，將色彩詞或組合、或衍生、或比喻，使整部小說文本借著「以色繪景渲染氣氛」、「以色狀物傳情寓意」以及「以色寫人形象鮮明」的語辭運作達到藝術成效〔註1〕。其次，語義會產生物理的「量變」與化學的「質變」〔註2〕，就由於這樣的變化，數字詞在小說裡遂成為文學語言重要的一環，除了代表既定的數量外，又可衍生成特定或另有涵意的情境。因此，《儒林外史》的作者發揮了數詞「精確」和「模糊」的兩種功能，為語言表達增添了色彩，使得內容描述更加生動形象。第三，《儒林外史》是一部具有方言色彩的白話小說，由於吳敬梓生活閱歷的豐富，小說的方言色彩並非局限於一個地區。方言詞使得小說增添了地域特色，同時在刻畫人物和語境還原上發揮了重要作用。第四，《儒林外史》在典故運用方面也有其特色，或直接用典，或化用原典，或連續用典，或曲意而用之，不僅顯現出作者吳敬梓深厚的知識修養，也使小說語言顯得更加典雅，同時並藉由「文本互涉」將小說與整個古代文化傳統聯繫起來，更有助於小說主題的表達。第五，《儒林外史》既是我國古白話文的語言寶庫，也

〔註1〕　葉軍，〈論色彩詞在語用中的兩種主要功能〉，《修辭學習》2001 年第 2 期，頁 32～33；衣玉敏，〈「黑」的「顏」外之意〉，《修辭學習》2003 年第 6 期，頁 33；陳波，〈談魯迅小說《故鄉》色彩詞的運用〉，《教育藝術》2003 年第 4 期，頁 36～5。

〔註2〕　高萬雲，《文學語言的多維視野》（濟南：山東文藝出版社，2001 年 9 月），頁 279。

是古白話文的實驗室，吳敬梓對一些常用詞語進行了創新使用，或泛化、或借代、或譬喻、或委婉，不僅增添了小說的表達技巧和功能，也為古白話文提供了新的語言資料。下面將從色彩詞、數字詞、方言詞、典故詞、創新詞五個方面對《儒林外史》的語辭運作藝術進行具體分析和探討。

第一節　色彩詞

　　我國古代的詩詞歌賦，往往兼具視覺藝術和聽覺藝術的特點，因此，「有聲有色」成為古典詩歌的一種傳統〔註3〕。聲指「聲音」，色指「色彩」。古代的文人，往往注重色彩的描繪——或濃妝豔抹，以期形象鮮明；或淡筆點綴，以顯清新素雅；或隱而不露，以寓悠遠含蓄。南朝劉勰在《文心雕龍・情采》中說到：「立文之道，其理有三：一曰形文，五色是也；二曰聲文，五音是也；三曰情文，五性是也。」他將「五色」作為「立文」文理之一寫進文論，可見自古以來色彩詞在文學語言中的地位。抽象主義畫派創始人瓦西里・康定斯基也說：「色彩是能直接對心靈發生影響的手段。色彩是琴上的黑白鍵，眼睛是打鍵的錘。心靈是一架具有許多琴弦的鋼琴。藝術家是手，它通過這一或那一琴鍵把心靈帶進顫動裡去。」〔註4〕色彩不只是藝術的表達，更是心靈的感受、情緒的表露以及思想的完整呈現。不僅繪畫如此，文學亦是如此：繪畫作品用色彩將瞬間化作永恆，文學作品則是用語言描繪色彩世界。色彩詞不僅在詩詞歌賦中豐富的運用，同樣在小說中也有出色的發揮。小說作者往往以其卓越的手法，巧妙地運用語言特有的模糊性意義，將色彩詞以不同的面貌表現在作品中，呈現出獨具特殊形象功能的文學語言。

　　色彩詞的功能往往表現在兩個方面，一曰敷彩，即色彩詞具有表現客觀色彩的功能；二者表情，即色彩詞具有傳達認識主體主觀感受的功能〔註5〕。《儒林外史》作為一部以諷刺藝術見長的長篇白話小說，色彩詞的運用不乏其特色。整部小說中，「白」、「紅」、「黃」、「青」、「黑」、「藍」、「綠」等色彩基本詞運用較多，其中色彩詞素「白」使用的頻率最高，達一百九十餘次，

〔註3〕　李榮啓，《文學語言學》（北京：人民出版社，2005年5月），頁237。
〔註4〕　文藝美學叢書編輯委員會，《宗白華美學文學譯文選》（北京：北京大學出版社，1982年12月），頁300。
〔註5〕　葉軍，〈談色彩詞中的特殊成員：物色詞〉，《內蒙古師範大學學報（哲學社會科學版）》2002年第5期，頁27～28。

「紅」、「黃」次之，分別達到一百六十次和一百三十次之多。吳敬梓在小說的語言中，客觀地刻畫色彩詞的文學形象，充分發揮色彩詞「敷彩」和「表情」的功能，將色彩詞或組合、或衍生、或比喻、或象徵、或誇張，使整部小說文本藉著「以色繪景渲染氣氛」、「以色狀物傳情寓意」以及「以色寫人形象鮮明」〔註6〕的語辭運作達到藝術效果，這也就是吳敬梓運用色彩詞的精彩語言藝術。

一、敷 彩

敷彩，即著色之義，最初指為畫作著色，是繪畫中的一種技藝。南朝謝赫在《畫品》中提出「六法」之說：「一、氣韻生動是也；二、骨法用筆是也；三、應物象形是也；四、隨類賦彩是也；五、經營位置是也；六、傳移模寫是也。」其中，「隨類賦彩」之「賦彩」也叫「敷彩」，後用於文學作品中色彩描寫的修辭手法，指的即是色彩詞表現客觀色彩的功能。

色彩詞除了單純性的表意外，具有複合性的意義表徵，能給人們帶來想像空間：看到「紅」會想到「太陽、火花、花朵」，再聯想到「喜慶熱鬧」；看到「白」會想到「雪」，再聯想到「喪葬悲傷」；看到「綠」會想到「大樹、小草、山峰」，再聯想到「生命和希望」；看到「藍」會想到「藍天、大海」，再聯想到「深邃和沉靜」。色彩詞的敷彩功能，不僅讓整個客觀世界的絢麗色彩透過語言的形式而得以表現，此外，還透過對比、襯托、誇張、聯想、象徵等方式，使之具備渲染環境、烘托情緒、塑造人物、美化語言等效果。

> 那日，正是黃梅時候，天氣煩躁。王冕放牛倦了，在綠草地上坐著。
> 須臾，濃雲密佈，一陣大雨過了。那黑雲邊上鑲著白雲，漸漸散去，
> 透出一派日光來，照耀得滿湖通紅。湖邊上山，青一塊，紫一塊，
> 綠一塊。樹枝上都像水洗過一番的，尤其綠得可愛。（第一回，頁3）

〔註7〕

這是王冕少時在外放牛小憩時看到的景象。寥寥數語，卻用了九個色彩詞，活脫脫一幅由「紅」、「黑」、「白」、「青」、「綠」、「紫」、「黃」交織成的夏初

〔註6〕 陳波，〈談魯迅小說《故鄉》色彩詞的運用〉，《教育藝術》2003年第4期，頁36～5。

〔註7〕 本文引述《儒林外史》的原文所據為李漢秋輯校，《《儒林外史》彙校彙評本》（上海：上海古籍出版社，1999年8月），為行文清簡，後文再度引用直接於引文後註出回數與頁碼，不再另行加註。

畫卷。其中，「綠」出現有三次，這種色彩象徵著「旺盛的生命力」，又加上「黃梅時候」，可知時值春夏交接、草木繁盛的季節，為我們心底奠下「欲雨不雨、悶熱難耐、恨不得痛快來場大雨」的現實狀況，緊接著心情就「煩躁」起來了，王冕也因「放牛倦了」，就坐在這片生氣盎然的「綠」草地上；果不其然馬上「濃雲密佈」，繼而「一陣大雨過了」。然後雨過天青的景致就出現在我們眼前，吳敬梓用簡筆呈現下雨前及下雨時的過程，卻不厭其煩地寫大雨初停的天空及湖面——「那黑雲邊上鑲著白雲，漸漸散去，透出一派日光來，照耀得滿湖通紅」，先寫眼前的亮麗，再著眼於湖邊的山，連用三個結構相同、色相卻不一樣的短句，將絢爛的雨後美景凝聚在我們的腦海裡，最後更強調「樹枝上都像水洗過一番的，尤其綠得可愛」的情景，把湖邊上山的「綠一塊」與樹枝的「綠」連成一氣，如此一來，由三個色相不同的短句所構成的「複雜色彩」與日光照耀湖面的「單純紅色」遂形成對比，而大面積的紅色湖面又與湖邊上山的綠樹形成色彩對比，這種色彩畫面的強烈對比，不但造成美妙的視覺效果，也使讀者的心靈為之悸動，達到形象的審美效果，真正讓人感受到那股「雨過天青」的舒暢！最重要的是這幅美景啟發了王冕習畫的動機，暗示了王冕的藝術成就源於大自然、源於對生活的真實感受。

> 頃刻，幾百人聲，一齊喊起，一派紅光，把窗紙照得通紅。他叫一聲：『不好了！』忙開出去看，原來是本村失火。（第十六回，頁 210）

> 那火光照耀得四處通紅，兩邊喊聲大震。（第十六回，頁 210）

> 那火轟轟烈烈，燁燁烺烺，一派紅光，如金龍亂舞。（第十六回，頁 210）

以上出自第十六回〈大柳莊孝子事親，樂清縣賢宰愛士〉中寫匡孝子住家附近遭火神光顧時情景的一段，引用到色彩詞的這幾句，整體用詞不僅沒有前例的閒適，反而簡略的敘述，卻讓我們深深感受到火勢的強烈與當場的慌亂狀況：先是匡家「窗紙通紅」，接著就「四處通紅」，加上「轟轟烈烈」、如「金龍亂舞」的火勢，「燁燁烺烺」急促的火燒聲，可見火勢延燒的迅速及猛烈，難怪燒得整個火場人心惶惶、人聲鼎沸；寥寥數語，卻是有聲有色，讓人有如親臨現場之感。而同樣使用「照耀得通紅」這些字眼，由於搭配場景的不同，自然就會呈現出不同的感覺，第一回中「透出一派日光來，照耀得滿湖通紅」，是雨過天晴後的絢彩，這等雖刺眼卻舒暢的情境，那是第一例「頃刻，幾百人聲，一齊喊起，一派紅光，把窗紙照得通紅」及第二例「那火光照耀

得四處通紅，兩邊喊聲大震」的遑遑不安可相比擬的呢！

> 兩人坐定，看見河對面一帶河房，也有朱紅的欄杆，也有綠油的窗
> 槅，也有斑竹的簾子，裡面都下著各處的秀才，在那裡哼哼唧唧的
> 念文章。（第四十二回，頁 521）

這裡乃透過湯家二位公子的眼中，描述一般士子居家住處的狀況，三個「也
有」同式短句的連用，帶過家家戶戶各式各樣、不同色彩的家飾裝潢，卻在
第三句以實物「斑竹」取代色彩詞，利用其「借物表色、隨機遣詞」的特點
〔註8〕，使我們不但得以直覺體會到簾子的材質，還能間接感受到深淺不一
的褐色所呈現的畫面，極盡「敷彩」的效果，而用字細微的變化，也呈現了
吳敬梓語辭運作的功力。

> 雖是鄉村地方，河邊卻也有幾樹桃花柳樹，紅紅綠綠，間雜好看。
> （第二回，頁 24）

> 新人房在樓上，張見擺得紅紅綠綠的，來富不敢上去。（第六回，頁
> 81）

> 一路打從淮清橋過，那趕搶攤的擺著紅紅綠綠的封面，都是蕭金鉉、
> 諸葛天申、季恬逸、匡超人、馬純上、蘧馹夫選的時文。（第四十二
> 回，頁 521）

第一例是泛稱大自然繽紛的色彩，「幾樹」取代「幾棵」，凸出周進老童生自
命不凡的學識；「雖是鄉村地方，桃花柳樹依然紅紅綠綠地濃豔茂密」，「雖
是」二字卻也道盡了周進深感委屈以及苦中作樂、聊勝於無的心境。其次二
例均以「紅紅綠綠」來表示陳設物品的多樣和熱鬧，然吳敬梓乃藉第二例強
調嚴貢生家人來富「既不敢違背嚴貢生的吩咐，又怕有所閃失、損毀物品需
有所賠償」的畏縮心態；第三例則著眼於馬純上、匡超人等人的選文「金玉
其外，敗絮其內」，儘管封面五花八門，趕集的攤販在考場外擺賣，只為吸
引進場秀才們的眼光、滿足他們「臨陣磨槍」的心理罷了，「都是」二字饒
富玄機。

> 上船放下行李，那景客人就拿出一本書來看。匡超人初時不好問
> 他，偷眼望那書上圈得花花綠綠，是些甚麼詩詞之類。（第十七回，
> 頁 220）

〔註8〕　葉軍，〈談色彩詞中的特殊成員：物色詞〉，《內蒙古師範大學學報（哲學社會
　　　　科學版）》2002 年第 5 期，頁 27～28。

本例句以「花花綠綠」形容書上密密麻麻的眉批，卻只「是些甚麼詩詞之類」的書籍，一個「偷」字，除了暗批匡超人見識短淺、心術不正外，最主要還在於諷刺景蘭江的不務正業、假斯文。

> 一同步上崗子，在各廟宇裡見方、景諸公的祠甚是巍峨，又走到山頂上，望著城內萬家煙火，那長江如一條白練，琉璃塔金璧輝煌，照人眼目。（第二十九回，頁 364）

> 郭孝子接著行李，又走了幾天，那日天氣甚冷，迎著西北風，山路凍得像白蠟一般，又硬又滑。（第三十八回，頁 476）

> 這日將到大姑塘，風色大作。大爺吩咐急急收了口子，彎了船。那江裡白頭浪茫茫一片，就如煎鹽迭雪的一般。（第四十三回，頁 528）

這三例都以借物式呈現自然景致，第一、第二兩例分以色彩詞「白」輔以名詞「練」、「蠟」來說明「長江」及「山路的狀況」；第三例直以「白頭」來形容浪濤，而整體「白頭浪茫茫一片」則用「煎鹽迭雪」來強調，那連綿不絕的鹽田和層層迭迭的雪地，一望無際，何時才能脫離這白茫茫的險境？第一例「那長江如一條白練」、滾滾東去，仿如詩仙「黃河之水天上來，奔流到海不復還」的氣勢，與江邊金碧輝煌的琉璃塔相互輝映，我們似乎也感受到瞇著眼睛觀賞景色的畫面；看到郭孝子為了尋找父親，走在那「又硬又滑、凍得像白蠟一般」的山路時，不禁替他捏把冷汗。從這三個例子說明，不難看出吳敬梓將色彩詞的功能發揮得淋漓盡致的寫作技巧！

于海飛在〈色彩詞的模糊性與系統性探析〉一文中提到「青」這個字與植物的生長和旺盛的生命力有關，具有「綠」色義〔註9〕，因此第四十回「到次年春天，楊柳發了青，桃花杏花都漸漸開了，蕭雲仙騎著馬，帶著木耐，出來遊玩。」及第五十五回「老者看看兒子灌了園，也就到茅齋生起火來，煨好了茶，吃著，看那園中的新綠。」中的「青」和「綠」，搭配了表狀態和表程度的詞「發了」、「新」後，指的便是楊柳梧桐「剛長出的嫩芽」，把整體春天的色彩透過具體的嫩芽描寫，鋪陳在我們眼前，並且由此引申出「茂盛」的感覺；第一回「塘邊那一望無際的幾頃田地，又有一座山，雖不甚大，卻『青蔥』樹木堆滿山上。」同樣達到上述的效果。

〔註9〕 于海飛，〈色彩詞的模糊性與系統性探析〉，《廣西社會科學》2006 年第 1 期，頁 163～168。

　　說起色彩詞在文學作品中的敷彩作用，不得不提到《紅樓夢》。在整部《紅樓夢》中，色彩扮演著重要的角色，不時出現於文中的人物服飾、園林風景、花草樹木、日常用品的描寫中，甚至於人物的言談對話中也同樣閃耀著奪目的光彩。在《紅樓夢》中，有紅、綠、黃、藍、紫、黑、白等色系，每個色系又各衍生出十餘種顏色；然而在《儒林外史》中「敷彩」作用的色彩詞，則呈現簡單明快的特點，出現的顏色都是「青」、「紅」、「白」等純色調。這種色彩的不同是與小說的整體意境和韻味息息相關的，如果說《紅樓夢》是一幅色彩絢麗的油畫，那麼《儒林外史》則是一幅淡雅的水墨畫，這種特點與作品或熱烈濃郁、或冷峻旁觀的敘事風格是相得益彰的。

二、表　情

　　色彩詞的表情功能，即色彩詞傳達認識主體主觀感受的功能。客觀的色彩現象是不以人的意志為轉移的客觀存在，然而色彩往往與人的主觀感受有著密切的聯繫，不同的色彩給人以溫暖、冷峻、明朗、憂鬱等不同的感受，是一種情緒或情感的反映。美國的藝術心理學家魯道夫・阿恩海姆曾精闢地說到：「說到表情作用，色彩卻又勝過形狀一籌，那落日的餘暉以及地中海的碧藍色彩所傳達的表情，恐怕是任何確定的形狀也望塵莫及的。」〔註10〕在我國傳統戲曲中（尤其是京劇），觀眾往往可從戲劇人物的臉譜色彩，來判斷這號人物的性格：紅色表示忠勇俠義、黑色表示剛烈正直、白色象徵陰險狡詐、黃色表示兇狠殘暴等，這就是色彩詞的「表情」功能所帶來的直覺感受，小說作品亦如是，每每藉由臉色來塑造作品中的人物性格或反映其心理狀況，但透過文字的敘述，同樣的色彩，由於具體語境的不同，會產生不同的感覺〔註11〕。吳敬梓在小說中不僅使用了單純式的「紅」、「白」、「黃」、「黑」、「青」等來呈現臉色，還將其重疊（作狀詞），或加上「了」、「著」動態助詞（表變化、表狀態），更將色彩詞並列或組合，甚至應用到借物式〔註12〕，讓我們在閱讀這一部沒有主題人物的小說時，對書中隨時上場的人物，不會有重複混淆之感，其中以「紅」、「黑」二字的運用最堪玩味。

〔註10〕魯道夫・阿恩海姆，《藝術與視知覺》（北京：中國社會科學出版社，1984年11月），頁455。

〔註11〕李榮啓，《文學語言學》（北京：人民出版社，2005年5月），頁237。

〔註12〕李堯，〈漢語色彩詞的詞性分析〉，《西南民族大學學報（人文社科版）》2004年第12期，頁21～23。

（一）紅

「紅」這個字在《儒林外史》中和「臉」、「面」連用的句式共有十六處，但都是表達個人因外在緣故導致心情激動所引起的顏面變化，如第二回「臉上羞的紅一塊白一塊」、第四回「怕臉紅」、第六回「把臉紅了一陣」、第十二回「面上不紅，心頭不跳」、第十三回「紅著臉」（還有二十、四十、四十二、四十五回）、第十四回「臉便飛紅」、第二十二回「氣得臉通紅」、第二十三回「臉就緋紅」、第三十四回「紅了臉」（另見三十七回）、第四十二回「紅紅的臉」以及第五十四回「羞得臉上一紅二白」，這些跟人物外表形象一點關係也沒有，然或多或少可以透露出攸關人物性格的端倪；而當正面塑造人物典型時，卻以借物詞的方式呈現，如四十一回「酒糟的一副面孔」、四十六回「酒糟臉」，這是與其他色彩詞不同的地方。

> 眾人說他發的利市好，同斟一杯，送與周先生預賀，把周先生臉上羞的紅一塊白一塊，只得承謝眾人，將酒接在手裡。（第二回，頁23）

> 丁言志羞得臉上一紅二白，低著頭，卷了詩，揣在懷裡，悄悄的下樓回家去了。（第五十四回，頁660）

> 嚴貢生把臉紅了一陣，又彼此勸了幾杯酒。（第六回，頁79）

> 遲衡山聽罷，紅了臉道：「近日朝廷徵辟他，他都不就。」（第三十四回，頁422）

> 張鐵臂紅了臉，道：「是小時有這個名字。」（第三十七回，頁462）

> 權勿用紅著臉道：「真是真，假是假！我就同他去怕甚麼！」（第十三回，頁170）

> 匡超人紅著臉道：「不然！所謂『先儒』者，乃先生之謂也！」（第二十回，頁257）

> 那宋為富正在藥房裡看著藥匠弄人參，聽了這一篇話，紅著臉道：「我們總商人家，一年至少也娶七八個妾，都像這般淘氣起來，這日子還過得！他走了來，不怕他飛到那裡去！」（第四十回，頁501）

> 葛來官走出大門，只見那外科周先生紅著臉，腆著肚子，在那裡嚷大腳三，說他倒了他家一門口的螃蟹殼子。（第四十二回，頁524）

> 余殷紅著臉道：「然而不然！他而今官大了，是翰林院大學士，又帶著左春坊，每日就要站在朝廷大堂上暖閣子裡議事。他回的話

不好，朝廷怎的不拍他！難道怕得罪他麼？」（第四十五回，頁553）

公孫聽見枕箱，臉便飛紅了。（第十四回，頁184）

萬雪齋聽了，臉就緋紅，一句也答不出來。（第二十三回，頁289）

這十二例都是因著羞愧氣憤而產生臉色變化的：第一、第二例分寫周進和丁言志兩人，因叫人說中了自個兒弱點，心底萬分羞、愧、惱、怒；吳敬梓用「紅一塊白一塊」及「一紅二白」來形容兩人「百感交集，卻無從反駁」的「羞惱」，除了默默喝酒、悄悄回家，又能奈何！第三例的嚴貢生「把臉紅了一陣」，多一個「把」字，將平常人因羞愧而不自覺的紅臉反應，產生了自我控制的效果，凸顯嚴貢生不認錯、霸道的心態；第四例中的遲衡山除了因遭高翰林搶白而感羞報外，他的「紅了臉」，也有部分是因急於為杜少卿辯解而來；第五例的張鐵臂雖因東窗事發而「紅了臉」、卻以輕描淡寫「是小時有這個名字」的一句話帶過窘境，凸顯杜少卿的厚道及張鐵臂的厚顏；倒數第三例的余殷，固然也是急於辯解，但這番強詞奪理，透露的不過是吳敬梓對他「逢迎拍馬」的不屑罷了；倒數第二例的蘧公孫聽到馬二先生一提到「枕箱」，臉就「飛紅」，一個「飛」字，寫實了這具枕箱對蘧公孫的影響，一不該收下降臣王惠的枕箱，二不該因私情送給丫環雙紅，這是他心裡的痛吶！最後一例則是以複合性組合式色彩詞「緋紅」來形容萬雪齋聽了牛玉圃問話後的臉色，紅得近黑的強烈顏色，偏偏牛玉圃是一點警覺也沒有，還在自吹自擂，難怪萬雪齋會氣得兩手冰冷，將他掃地出門了。

牛浦送了回來，卜信氣得臉通紅，迎著他一陣數說道：「牛姑爺，我至不濟，也是你的舅丈人、長親！你叫我捧茶去，這是沒奈何，也罷了。怎麼當著董老爺臊我？這是那裡來的話！」（第二十二回，頁275）

牛浦為了擺譜，希望舅子卜信充當下人上茶；卜信聽見有官來拜，很高興地就答應了；沒想到一時慌了手腳，竟讓牛浦當著董知縣面給奚落了一番，「卜信聽見這話，頭脖子都飛紅了」，只得「接了茶盤，骨都著嘴進去」；這股當場不好發作的氣，等到牛浦送客回來，想到自己好歹也是「舅丈人」，卻受到如此的委屈，難怪要立馬發作，「氣」得滿臉「通紅」了。國人向來重視舅家，牛浦全然不念卜家的提攜，還洋洋得意的說：「若不是我在你家，你家就一二百年也不得有個老爺走進這屋裡來。」，十足一副「忘恩負義」的小人嘴臉。

立著要候乾一杯，二位恐怕臉紅，不敢多用，吃了半杯放下。（第

四回，頁 55）

　　這葛來官吃了幾杯酒，紅紅的臉，在燈燭影裡，擎著那纖纖玉手，
　　只管勸湯大爺吃酒。（第四十二回，頁 524）

這二例的臉紅都跟酒扯上關係，前者的張靜齋和范進，因爲要到湯奉知縣府裡打秋風，怕喝酒誤事，只得忍痛不敢放心飲用；後者的葛來官是個旦角，並在杜愼卿莫愁湖會中奪得第二名，其美貌自不在話下，因酒的催化，兩頰酡紅，在燈燭影裡，再配合「纖纖玉手」的勸酒，想來湯大爺已然「醉翁之意不在酒」了！鮑廷璽早就探知其癖性，難怪把湯二爺支往別處玩樂去了。

　　須臾，大叫一聲，寒光陡散，還是一柄劍執在手裡。看鐵臂時，面
　　上不紅，心頭不跳。（第十二回，頁 161）

「外行人看熱鬧，內行人看門道」，在張鐵臂一陣舞劍之後，用了兩個否定短句：「面上不紅」、「心頭不跳」，強調了張鐵臂的「高明」，而也就因其表情十分鎮定，騙局才顯其「高明」。色彩詞的運用爲人頭會的騙局事先作好鋪陳，婁家兩位公子也因此頓覺心灰意冷、回老家閉關自守了。此例的「臉上不紅」與上文張鐵臂的「紅了臉」形成對比，是否意味著張俊民還算知錯能改？

（二）黑

　　「黑」是個很有意思的字眼，字義是「像煤或墨的顏色」，因此和「白」形成對比，相對於白的潔淨，黑就顯得骯髒污穢；由於一般人在黑暗中看不見的時候，會產生莫名的恐懼感，所以「黑」會讓人覺得害怕厭惡；同時黑的暗沉，又會使人聯想到「沉穩嚴肅」，就像民間故事裡「正義化身」的包青天，他的「黑臉」就不由得不令人肅然起敬。雖說在《儒林外史》中，「黑」字與人的顏面相關只有九處，吳敬梓利用這個字在人物塑型上，眞可謂神來之筆啊！

　　眾人看周進時，頭戴一頂舊氈帽，身穿元色紬舊直裰，那右邊袖
　　子同後邊坐處都破了，腳下一雙舊大紅紬鞋，黑瘦面皮，花白鬍
　　子。（第二回，頁 21）

這是眾人眼中尚未中舉的周進，渾身上下不僅舊帽子、舊鞋子，衣服還破了好幾處呢！「花白鬍子」襯著「黑瘦面皮」，老童生的周進，何其落魄、何其滄桑！無怪乎一進貢院難過地去撞號板，科舉功名何其折騰人！

　　（僧官慧敏）和尚走熱了，坐在天井內，把衣服脫了一件，敞著懷，
　　腆著個肚子，走出黑津津一頭一臉的肥油。（第四回，頁 51）

和尚有田地可供買賣、包租，是個田主人，平日不僅承攬喪葬儀式，還葷素不忌，不知撈了多少油水、坑殺多少黑心錢；才走了一里多的路，禁不住何美之的慫恿，就到他家喝酒吃肉。吳敬梓並未明言僧官長相，但一介「腦滿腸肥、六根不淨」的無賴和尚，活脫脫從「黑津津一頭一臉的肥油」裡走了出來。一個「黑」字搭上「津津直滴的肥油」，吳敬梓對僧官和尚不知有多厭惡！

> 道士去了一會，只見樓上走下一個肥胖的道士來，頭戴道冠，身穿沉香色直裰，一副油晃晃的黑臉，兩道重眉，一個大鼻子，滿腮鬍鬚，約有五十多歲的光景。（第三十回，頁 373）

這個道士在吳敬梓的筆下，和前例中的和尚異曲同工，一副「黑臉」，走在樓梯間，還閃閃泛著油光呢！

> 兩個婊子抬頭看那人時，頭戴一頂破頭巾，身穿一件油透的元色綢直裰，腳底下穿了一雙舊尖頭靴，一副大黑麻臉，兩隻的溜骨碌的眼睛。……湯六爺坐在一張板凳上，把兩個姑娘拉著，一邊一個，同在板凳上坐著。自己扯開褲腳子拿出那一雙黑油油的肥腿來搭在細姑娘腿上，把細姑娘雪白的手拿過來摸他的黑腿。（第四十二回，頁 516）

「湯六爺」的形象，是透過兩個「婊子」的眼睛看出來的，骯髒破舊的一身，連一張大臉都是既黑且麻，偏偏一雙眼睛還「的溜骨碌」地轉個不停；把兩個姑娘拉到自己身旁，一邊一個坐在板凳上，然後扯開褲腳子，把自己兩條「黑油油」的肥腿搭在姑娘的腿上，還把姑娘「雪白的手」拿來摸他的「黑腿」。這麼一個卑微不堪的小人物，卻能在社會底層予取予求，只因他有個在朝當官的叔叔！以湯六爺的「黑」與妓女的「白」相對比，揭示了湯六爺之類的小人人格，連妓女都不如，利用色彩詞暗示作者對人物的道德評價，吳敬梓明白地表達他對這班倚仗人勢的小人無比的鄙夷！

第二節　數字詞

　　數學雖關奧理，數字卻關連著生活的機趣。數字在國人習慣上除了當作數詞使用外，還可以當作狀詞和指代詞，這是由於語義產生了變化的緣故，高萬雲《文學語言的多維視野》即指出語義會產生物理的「量變」與化學的

「質變」〔註13〕，就由於這樣的變化，數字詞在小說裡遂成為文學語言重要的一環，除了代表既定的數量外，又可衍生成特定或另有涵意的情境。「數詞本身並不帶什麼色彩，一般來說它只表示數目和次序，記錄客觀事物資料，但在具體使用時，一旦經過巧妙運用，它既能藝術地反映客觀事物的數量，又能增強語言的表現力，產生幽默詼諧、生動活潑的奇趣。」〔註14〕誠然，計數是數詞最基本的功能，但是，在一些特別的情境中，經過特別的組合，數詞往往會失去其計數的功能，而成為形容詞或形容詞性的短句片語，使語言表達更加豐富多彩，描述更加生動形象。

一、精　確

表示數字和次序，是數詞的基本功能。《儒林外史》在描景狀物、刻畫人物時常常採用確數，增加小說的真實感。

> 屋後橫七豎八幾稜窄田埂，遠遠的一面大塘，塘邊都栽滿了榆樹、桑樹。塘邊那一望無際的幾頃田地，又有一座山，雖不甚大，卻青蔥樹木堆滿山上。約有一里多路，彼此叫呼，還聽得見。（第一回，頁9）

> 話說山東克州府汶上縣有個鄉村，叫做薛家集。這集上有百十來人家，都是務農為業。村口一個觀音庵，殿宇三間之外，另還有十幾間空房子，後門臨著水次。這庵是十方的香火，只得一個和尚住。集上人家，凡有公事，就在這庵裡來同議。（第二回，頁18）

「一個觀音庵」、「殿宇三間」、「一個和尚」吳敬梓連用幾個數詞，使得觀音庵似乎真的存在，而讀者也透過這些數詞，想像出觀音庵的大致規模。「一面大塘」、「一座山」、「一里多路」，形成了一幅安靜純樸、引人注意的農家景象。這兩個例句確切呈現了《儒林外史》中利用數詞描摹景物的寫實風格。

> 這南京乃是太祖皇帝建都的所在，裡城門十三，外城門十八，穿城四十里，沿城一轉足有一百二十多里。城裡幾十條大街，幾百條小巷，都是人煙湊集，金粉樓臺。城裡一道河，東水關到西水關，足

〔註13〕高萬雲，《文學語言的多維視野》（濟南：山東文藝出版社，2001年9月），頁279。

〔註14〕朱慧，〈數詞在語言運用中的作用〉，《鐵道師院學報（社會科學版）》1991年第4期，頁86～88。

有十里，便是秦淮河。水滿的時候，畫船簫鼓，晝夜不絕。城裡城
外，琳宮梵宇，碧瓦朱甍，在六朝時，是四百八十寺；到如今，何
止四千八百寺！大街小巷，合共起來，大小酒樓有六七百座，茶社
有一千餘處。（第二十四回，頁306）

吳敬梓不厭其煩地連用若干數詞，將南京城的繁華景象如實展現在讀者面
前，彷彿將讀者帶入了南京城中，隨著他的筆墨穿過了那十三座裡城門、十
八座外城門，好生巡禮了這個廣受歷朝君主喜愛、文人稱頌的歷史名都！

須臾，濃雲密佈，一陣大雨過了。那黑雲邊上鑲著白雲，漸漸散去，
透出一派日光來，照耀得滿湖通紅。湖邊上山，青一塊，紫一塊，
綠一塊。樹枝上都像水洗過一番的，尤其綠得可愛。湖裡有十來枝
荷花，苞子上清水滴滴，荷葉上水珠滾來滾去。（第一回，頁3）

這段景物描寫非但極其細膩，而且引人入勝：「一陣大雨」、「一派日光」，短
短數語，將瞬間的天氣變化生動地刻畫了出來，特別是其中「青一塊，紫一
塊，綠一塊」，數詞「一」的連用，形象地寫出了雨後山上的美麗景象，不僅
色彩豐富且層次分明。

外邊走進一個人來，兩隻紅眼邊，一副鍋鐵臉，幾根黃鬍子歪戴著
瓦楞帽，身上青布衣服就如油簍一般：手裡拿著一根趕驢的鞭子，
走進門來，和眾人拱一拱手，一屁股就坐在上席。（第二回，頁19）

周進看那人時，頭戴方巾，身穿寶藍緞直裰，腳下粉底皂靴，三綹
髭鬚，約有三十多歲光景。（第二回，頁25）

權勿用穿著一身白，頭上戴著高白夏布孝帽，問了來意，留宦成在
後面一間屋裡，開個稻草鋪，晚間拿些牛肉、白酒，與他吃了。（第
十二回，頁157～158）

馬二先生回頭一看，見祠門口立著一個人，身長八尺，頭戴方巾，
身穿繭綢直裰，左手自理著腰裡絲條，右手拄著龍頭拐杖，一部大
白鬚，直垂過臍，飄飄有神仙之表。（第十四回，頁190）

「兩隻紅眼邊，一副鍋鐵臉」，寥寥數語，將人物面貌「形象」地刻畫了出
來。「三綹髭鬚」、「一部大白鬚」、「一身白」、「身長八尺」，則是抓住人物特
點作描寫，「精確」表現出人物的與眾不同：「三綹髭鬚」及「一部大白鬚」
具體寫出人物鬍鬚的形狀；「一身白」呈現人物的衣著狀態；「身長八尺」則

寫出了人物高大的身形。同是「確數」的用法，卻呈現不同的感受！

> 正存想間，只見遠遠的一個夯漢，挑了一擔食盒來，手裡提著一瓶酒，食盒上掛著一塊氈條，來到柳樹下，將氈鋪了，食盒打開。（第一回，頁 3）

吳敬梓連用四個數詞「一」，將「夯漢」的行動簡潔迅速地展現在讀者面前。

> 第二日清早，卜誠起來，掃了客堂裡的地，把囤米的摺子搬在窗外廊簷下；取六張椅子，對面放著；叫渾家生起炭爐子，煨出一壺茶來；尋了一個捧盤，兩個茶杯，兩張茶匙，又剝了四個圓眼，一杯裡放兩個，伺候停當，直到早飯時候，一個青衣人手持紅帖，一路問了來。（第二十二回，頁 274）

吳敬梓利用對「六張椅子」、「一壺茶」、「一個捧盤」、「兩個茶杯」、「兩張茶匙」、「四個圓眼」精確數量的描寫，有條不紊地展現了卜誠家早上為貴客臨門張羅的忙碌和忙而不亂、井井有條的居家生活。

> 那船上女客在那裡換衣裳：一個脫去元色外套，換了一件水田披風，一個脫去天青外套，換了一件玉色繡的八團衣服；一個中年的脫去寶藍緞衫，換了一件天青緞二色金的繡衫。那些跟從的女客，十幾個人，也都換了衣裳。（第十四回，頁 186）

本例中吳敬梓又透過數詞「一」的連用，將女客換裳這一事件詳細描寫，卻依然有條不紊，言簡意賅，不顯重複乏味。

> 少停，天色大亮。船家燒起臉水，送進艙去，長隨們都到後艙來洗臉。候著他們洗完，也遞過一盆水與牛浦洗了。只見兩個長隨打傘上岸去了：一個長隨，取了一隻金華火腿在船邊上向著港裡洗。洗了一會，那兩個長隨買了一尾時魚、一隻燒鴨、一方肉和些鮮筍、芹菜，一齊拿上船來。船家量米煮飯，幾個長隨過來收拾這幾樣肴饌，整治停當，裝做四大盤，又燙了一壺酒，捧進艙去與那人吃早飯。吃過，剩下的，四個長隨拿到船後板上，齊坐著吃了一會。吃畢，打抹船板乾淨，才是船家在煙篷底下取出一碟蘿蔔乾和一碗飯與牛浦吃，牛浦也吃了。（第二十二回，頁 278～279）

「一隻金華火腿」、「一尾時魚、一隻燒鴨、一方肉和些鮮筍、芹菜」、「四大盤」、「一壺酒」一連串數詞的連用，展現了肴饌的豐富，而這些豐富的肴饌與牛浦「一碟蘿蔔乾和一碗飯」的寒酸則形成了鮮明的對比。

> 到晚上三更時分，忽然撫院一個差官，一匹馬，同了一位二府，抬
> 了轎子，一直走上堂來，叫請向太爺出來。滿衙門的人都慌了，說
> 道：「不好了！來摘印了！」（第二十五回，頁320）

「一個差官」，「一匹馬」，「一位二府」，三個「一」字，配合「一直走上堂
來」，將形勢的緊張和事態的發展迅速展現在讀者面前，具有強烈的表達效
果。

> 馬二先生見他這話說頂了眞，心裡著急道：「頭翁，我的束修其實
> 只得一百兩銀子，這些時用掉了幾兩，還要留兩把作盤費到杭州
> 去。擠的乾乾淨淨，抖了包，只擠的出九十二兩銀子來，一厘也不
> 得多。你若不信，我同你到下處去拿與你看，此外行李箱子內，聽
> 憑你搜，若搜出一錢銀子來，你把我不當人。就是這個意思，你替
> 我維持去，如斷然不能，我也就沒法了，他也只好怨他的命。」（第
> 十四回，頁182）

> 又過了半個月，房牙子看定了一所房子，在下浮橋施家巷，三間門
> 面，一路四進，是施御史家的。施御史不在家，著典與人住，價銀
> 二百二十兩。成了議約，付押議銀二十兩，擇了日子搬進去再兌銀
> 子。（第二十七回，頁341）

這兩例是對銀子精確的計算，一方面增加了小說的眞實感，另一方面也具體
呈現了馬二先生救人於危難的慷慨品行和鮑廷璽迫不及待的心態。

> 到七七四十九日之後，成了「銀母」，凡一切銅錫之物，點著即成黃
> 金，豈止數十百萬。（第十五回，頁195）

> 當下祭鼓發了三通，金次福、鮑廷璽，兩人領著一班司球的、司琴
> 的、司瑟的、司管的、司鞀鼓的、司柷的、司敔的、司笙的、司鏞
> 的、司簫的、司編鐘的、司編磬的，和六六三十六個佾舞的孩子，
> 都立在堂上堂下。（第三十七回，頁457）

上述兩例中，「六六三十六」和「七七四十九」都以數的相乘狀態出現，除了
強調「三十六」和「四十九」這兩個數字本身外，也避免了數字詞一再出現
的單調乏味。

二、模　糊

　　數詞的顯著特點是表達概念的精確性，即其明晰的計數功能，但是，「在

人類語言的發展過程中，有的數量詞的起始意義隨著社會的發展出現了分化
現象，引申出新的意義，在一些成語、諺語、詩歌和其他的文學作品中它們
已經難於反映原始的確切數量意義了」〔註15〕；也就是說，數詞在語言中具
有多種功能，一方面可以表示純數目，具有精確性的特點；另一方面又可表
示不確定性的特點，那就是使用非常精確的數量詞去描寫或表達每一個事物
和現象是不可能的，有時候我們只能用帶有一定模糊性的數量詞去加以概括
說明。數詞在語言中表現的模糊性是人類語言高度概括的結果，是人類語言
的客觀屬性。

　　在《儒林外史》中，存在著不少看似確定實則模糊的數量詞，它們表示
客觀事物，以實代虛，將所描述的對象或故意誇大，或渲染氣氛，或突出形
象，以強化含糊、不確定性，給讀者以想像的空間，使作品更具有感染力。

（一）數詞連用

> 遇著花明柳媚的時節，把一乘牛車載了母親，他便戴了高帽，穿了
> 闊衣，執著鞭子，口裡唱著歌曲，在鄉村鎮上，以及湖邊，到處頑
> 耍，惹的鄉下孩子們三五成群跟著他笑，他也不放在意下。（第一
> 回，頁5）

> 我兒，你歷年賣詩賣畫，我也積聚下三五銀子，柴米不愁沒有。（第
> 一回，頁9）

> 吃著，說起三五日內要往范府替老太太做齋。（第四回，頁51）

> 蘧公孫催著回官，差人只騰挪著混他，今日就說明日，明日就說後
> 日，後日又說再遲三五日。（第十三回，頁177）

> 胡三公子約定三五日再請到家寫立合同，央馬二先生居間，然後打
> 掃家裡花園，以為丹室。（第十五回，頁196）

> 我又睡在這裡，終日只有出的氣，沒有進的氣，間壁又要房子翻蓋，
> 不顧死活，三五天一回人來催，口裡不知多少閒話。（第十六回，頁
> 205）

> 徐侍郎道：「先生速為料理，恐三五日內就要召見。」這時是嘉靖三
> 十五年十月初一日。（第三十五回，頁433）

〔註15〕唐本賽、張正榮，〈淺談數詞表達的不確定現象〉，《楊淩職業技術學院學報》
2004年第12期，頁77～79。

到次年春天，楊柳發了青，桃花杏花都漸漸開了，蕭雲仙騎著馬，帶著木耐，出來遊玩。見那綠樹陰中，百姓家的小孩子，三五成群的牽著牛，也有倒騎在牛上的，也有橫睡在牛背上的，在田旁溝裡飲了水，從屋角邊慢慢轉了過來。（第四十回，頁 494）

上述幾例中，用「三五」大概的數據表示較少的數量，「三五成群」則形象地寫出了孩子們活潑可愛、成群結隊的樣子。「三五日」、「三五天」則是口語化地表達較短的時間，具有豐富的生活性。

高要地方肥美，或可秋風一二。（第四回，頁 53）

卜易、談星，看相、算命，內科、外科，內丹、外丹，以及請仙判事，扶乩筆錄，晚生都略知道一二。（第十回，頁 134）

次日，蘧公孫向兩表叔略述一二。（第十二回，頁 163）

倒沒甚麼事，只有個做詩的朋友住在貴治，叫做牛布衣，老寅台青目一二，足感盛情。（第二十三回，頁 293～294）

這選事，小弟自己也略知一二；因到大邦，必要請一位大名下的先生，以附驥尾；今得見蕭先生，如魚之得水了！（第二十八回，頁 351）

遲衡山道：「前日承見賜《詩說》，極其佩服；但吾兄說詩大旨，可好請教一二？」（第三十四回，頁 424）

「一二」同樣表示較少數量，但透過以上幾例可以看出，「一二」主要出現在人物語言中，表示一種委婉和謙虛的態勢。

次早，傳齊轎夫，也不用全副執事，只帶八個紅黑帽夜役軍牢，翟買辦扶著轎子，一直下鄉來。鄉裡人聽見鑼響，一個個扶老攜幼，挨擠了看。轎子來到王冕門首，只見七八間草屋，一扇白板門緊緊關著。翟買辦搶上幾步，忙去敲門。敲了一會，裡面一個婆婆，扶著拐杖出來。（第一回，頁 8）

夏總甲道：「你還說哩。從新年這七八日，何曾得一個閒？恨不得長出兩張嘴來，還吃不退。就像今日請我的黃老爹，他就是老爺面前站得起來的班頭；他抬舉我，我若不到，不惹他怪？」（第二回，頁 19）

鄒三引著路，一徑走到市梢頭，只見七八間矮小房子，兩扇籬笆門，

半開半掩。（第九回，頁 117）

人只看見他大門口，今日是一把黃傘的轎子來，明日又是七八個紅黑帽子吆喝了來，那藍傘的官不算，就不由的不怕。（第十八回，頁 230）

杜少卿方才出去回拜這些人。一連在盧家住了七八天，同遲衡山談些禮樂之事，甚是相合。（第三十三回，頁 409）

那和尚領著老和尚，曲曲折折，走了七八里路，才到一個庵裡。那庵一進三間，前邊一尊迦藍菩薩。後一進三間殿，並沒有菩薩，中間放著一個榻床。（第三十八回，頁 478）

所以這一夜，南京人各家門戶，都搭起兩張桌子來，兩枝通宵風燭，一座香斗，從大中橋到清涼山，一條街有七八里路，點得像一條銀龍，一夜的亮，香煙不絕，大風也吹不熄。（第四十一回，頁 508）

過了兩日，放出榜來，弟兄兩個都沒中。坐在下處，足足氣了七八天。領出落卷來，湯由三本，湯實三本，都三篇不曾看完。（第四十二回，頁 525）

那余、虞兩家到底是詩禮人家，也還厚道，走到祠前，看見本家的亭子在那裡，竟有七八位走過來作一個揖，便大家簇擁著方老太太的亭子進祠去了。（第四十七回，頁 580）

當下先送了那位客回去。這裡擺酒上席，依次坐了；賓主七八個人，猜拳行令，大盤大碗，吃了個盡興。（第五十二回，頁 625）

「七八」表示較多數量，相當於「幾」。上述幾例中的「七八」均可用「幾」字來替代，但是「七八」比「幾」字顯得更加委婉和趣味。另外「八九」與「七八」用法相當，都表示一種數量較多的模糊估算，如第二回「隨即每桌擺上八九個碗，乃是豬頭肉、公雞、鯉魚、肚、肺、肝、腸之類。叫一聲：『請！』一齊舉箸，卻如風捲殘雲一般，早去了一半。看那周先生時，一箸也不曾下。」

　　為這件事，不知費了多少唇舌，那小奴才就像我求他的，定要一千八百的亂說，說他家值多少就該給他多少。（第十四回，頁 183）

此處「一千」「八百」放在一起，也表示一種不確定的模糊。這樣的運用讓人物語言顯得更加個性鮮明，也更富有生活氣息。

伯父去世之後，他不上一萬銀子家私，他是個呆子，自己就像十幾
萬的。紋銀九七，他都認不得，又最好做大老官。聽見人向他說些
苦，他就大捧出來給人家用。（第三十一回，頁381）

此處的「九七」，主要代指紋銀的成分價值，這是十分生活化的語言，不僅間
接凸顯了杜少卿的天眞、杜愼卿的不以爲然，也反映了《儒林外史》寫實主
義的特點。

（二）數詞鑲嵌

陳望道在《修辭學發凡》中說：「有時爲要話說得舒緩些或者鄭重些，故
意用幾個無關緊要的字來拖長緊要的字，我們可以稱爲鑲字。」〔註16〕數詞
可以作鑲字用，如一清二白、一舉兩得、一不做二不休、一而再再而三、接
二連三、三心二意、朝三暮四、四分五裂、五顏六色、七上八下、八九不離
十、十全十美等等。

屋後橫七豎八幾棱窄田埂，遠遠的一面大塘，塘邊都栽滿了榆樹、
桑樹。（第一回，頁9）

用「橫七豎八」描繪了田埂交叉相匯的形狀以及數量。

直到開館那日，申祥甫同著眾人領了學生來，七長八短幾個孩子，
拜見先生。（第二回，頁24）

用形象的「七長八短」具體寫出了孩子歲數的大小不一與身長的高矮不齊。

他那裡肯起來，哭了一陣，又是一陣，直哭到口裡吐出鮮血來。眾
人七手八腳將他扛抬了出來，貢院前一個茶棚子裡坐下，勸他吃了
一碗茶，猶自索鼻涕，彈眼淚，傷心不止。（第三回，頁32）

以「七手八腳」道盡眾人忙亂、沒有頭緒、一窩蜂瞎攪和的狀態。

一頓夾七夾八，罵的范進摸門不著。（第三回，頁38）

「夾七夾八」不僅寫出胡屠戶罵人不顧面子、語言毒辣的形象，並反襯了范
進的卑微。

這裡母子兩個，千恩萬謝。屠戶橫披了衣服，腆著肚子去了。（第三
回，頁37）

走上一箭多路，只見左邊一條小徑，榛莽蔓草，兩邊擁塞，馬二先
生照著這條路走去，見那玲瓏怪石，千奇萬狀，鑽進一個石蟆，見

〔註16〕陳望道，《修辭學發凡》（上海：復旦大學出版社，2008年1月），頁134。

石壁上多少名人題詠。（第十四回，頁190）

千眞萬確的事。不然，我也不知道。我有一個舍親在縣裡當刑房，今早是舍親小生日，我在那裡祝壽，滿座的人都講這話，我所以聽見。（第十九回，頁248）

我家堂客過去，著實講了一番，這堂客已是千肯萬肯。（第二十七回，頁334）

千流萬派，同歸黃河之源；玉振金聲，盡入黃鐘之管。（第三十五回，頁440）

母親和婆婆著實勸著，千方百計，總不肯吃；餓到六天上，不能起床。（第四十八回，頁588）

上述「千」與「萬」或「百」的組合，形成四字詞語，一來強化了表達效果，再者也因言簡意賅，倍增行文的韻律感。

（三）數詞虛指

王冕一路風餐露宿，九十里大站，七十里小站，一徑來到山東濟南府地方。（第一回，頁10）

「九十里大站，七十里小站」並非確指每九十里就有一個大站，每七十里就有一個小站，而是虛指王冕一路上行程的艱難和遙遠；採用數詞虛指，使表達效果更形顯著。

那些賣酒的青帘高揚，賣茶的紅炭滿爐，士女遊人，絡繹不絕，眞不數「三十六家花酒店，七十二座管弦樓。」（第十四回，頁185）

「三十六家花酒店，七十二座管弦樓。」並非確指花酒店和管弦樓的數量，而是形容花酒店和管弦樓的數量之多，形象地刻劃該地的繁華景象。

高老先生聽罷，不言語了。吃過了三遍茶，換去大衣服，請在書房裡坐（第三十四回，頁421）

莊紹光道：「少卿兄，相別數載，卻喜卜居秦淮，爲三山二水生色。前日又多了皖江這一番纏繞，你卻也辭的爽快。」（第三十四回，頁426）

那人拜罷起來，說道：「前面三里之遙便是一個村店，老先生請上了車，我也奉陪了回去，到店裡談一談。」（第三十五回，頁432）

在我國傳統文化中，「三」是一個特殊的數字，除了被賦予各種哲學意義以

外，它還常常被引作虛詞之用。在以上三例中的數詞「三」，都非確指數量「三」，而是虛指數量的多或少，雖然可以用「幾」字替代，但是用「三」卻更加符合人物的個性與文本需要，也增添寫實特色。

（四）數詞修辭

數詞的修辭作用指的是數詞在表示具體數目以外還表達一定的思想情感。實際上，數詞一經構成修辭語法，就能發揮出它奇妙的修辭作用。著名作家秦牧在《藝海拾貝》一書中說過這樣一段話：「適當引用數目字，有時的確格外情趣橫溢，詩意盎然。」〔註17〕這種「情趣橫溢，詩意盎然」就來自於數詞的修辭作用。

> 須臾，東方月上，照耀得如同萬頃玻璃一般。那些眠鷗宿鷺，闃然無聲。（第一回，頁13）

> 老先生，人生萬事，都是個緣法，真個勉強不來的。湯父母到任的那日，敝處闔縣紳衿，公搭了一個彩棚，在十里牌迎接。（第四回，頁55）

> 那所判「兩日黃堂」，便就是南昌府的個「昌」字。可見萬事分定。一宿無話，查畢公事回衙。（第八回，頁107）

> 走到大江中，遇著甯王百十隻艨艟戰船，明盔亮甲，船上有千萬火把，照見小船，叫一聲「拿！」。（第八回，頁107）

> 張鐵臂一上一下，一左一右，舞出許多身分來。舞到那酣暢的時候，只見冷森森一片寒光，如萬道銀蛇亂掣，並不見個人在那裡，但覺陰風襲人，令看者毛髮皆豎。（第十二回，頁161）

> 古語道得好：「書中自有黃金屋，書中自有千鍾粟，書中自有顏如玉。」而今甚麼是書？就是我們的文章選本了。（第十五回，頁200）

> 這鮑文卿住在水西門。水西門與聚寶門相近。這聚寶門，當年說，每日進來有百牛千豬萬擔糧；到這時候，何止一千個牛，一萬個豬，糧食更無其數。（第二十四回，頁307）

> 內中又有參天的大木，幾萬竿竹子，那風吹的到處颼颼的響；中間便是唐玄奘法師的衣缽塔。（第二十八回，頁354）

〔註17〕秦牧，《藝海拾貝》（上海：上海文藝出版社，1978年5月），頁53。

園裡合抱的老樹，梅花、桃、李，芭蕉、桂、菊，四時不斷的花。又有一園的竹子，有數萬竿。園內軒窗四啓，看著湖光山色，眞如仙境。（第三十五回，頁 438）

武書道：「可憐！可憐！但先生此去萬里程途，非同容易。我想西安府裡有一個知縣，姓尤，是我們國子監虞老先生的同年，如今托虞老師寫一封書子去，是先生順路，倘若盤纏缺少，也可以幫助些須。」（第三十七回，頁 464）

眾百姓歡聲如雷，一個個都在大路上栽了桃、柳。蕭雲仙同木耐，今日在這一方，明日又在那一方，一連吃了幾十日酒，共栽了幾萬棵柳樹。（第四十回，頁 493）

主人不好意思，千告罪，萬告罪，說改日再請。兩位先生走出凌家門，便到虞家。虞家酒席已散，大門關了。（第四十五回，頁 557）

家兄爲人，與小弟的性格不同，慣喜相與一班不三不四的人，做謅詩，自稱爲名士，其實好酒好肉也不曾吃過一斤，倒整千整百的被人騙了去，眼也不眨一眨。（第五十二回，頁 625）

兩人又飲一會。天氣昏暗了，那幾百樹梅花上都懸了羊角燈，磊磊落落，點將起來，就如千點明珠，高下照耀，越掩映著那梅花枝幹，橫斜可愛。（第五十三回，頁 640）

以上各例中的數詞「百」、「千」、「萬」等都並非實指，而是一種誇張的虛指，表示「非常多」的意思，用數詞來渲染、鋪飾客觀事物，故意言過其實，以達到誇張的修辭效果。這些數詞渲染、誇張的作用，有聲有色，以其獨特的魅力強化了語言的表達能力，加強了文字的表現力量，使讀者對所描繪的事物留下深刻的印象，讓豐富多彩的語言更加有趣。

張雲峰一一領命，過了幾日，尋了一塊地，就在祖墳旁邊。（第四十五回，頁 556）

鄧質夫道：「是那幾位？」玉輝一一說了。（第四十八回，頁 592）

上述兩例中「一」字重疊之後表示接連遞進，也就是「逐一」的意思；而重疊的方式，在音律上也可以更加和諧。

又拍膝嗟歎道：「天下終無此一人，老天就肯辜負我杜愼卿萬斛愁腸，一身俠骨！」說著，掉下淚來。（第三十回，頁 371）

本例中「萬斛」和「一人」、「一身」形成鮮明的對比，同時「愁腸」和「俠骨」也形成對比。數詞「萬」一般用來指較大數量，而「一」通常指極少數量，藉由這極大數量和極少數量的對比，凸出了杜慎卿爲自己不得「同性知己」的悲哀。

> 眾人說他發的利市好，同斟一杯，送與周先生預賀，把周先生臉上羞的紅一塊白一塊，只得承謝眾人，將酒接在手裡。廚下捧出湯點來，一大盤實心饅頭，一盤油煎的扛子火燒。（第二回，頁 23）

> 到了淨慈寺，有十多里路，眞乃五步一樓，十步一閣。一處是金粉樓台，一處是竹籬茅舍，一處是桃柳爭妍，一處是桑麻遍野。（第十四回，頁 185）

這兩例中的數詞用作對仗排比。「五步一樓，十步一閣。一處是金粉樓臺，一處是竹籬茅舍，一處是桃柳爭妍，一處是桑麻遍野」，連用六個「一」字，將淨慈寺的面貌完整簡潔地展現在讀者面前，同時，這六個「一」之間也形成了對比：「樓」與「閣」的比較、「金粉樓臺」與「竹籬茅舍」的比較、「桃柳爭妍」與「桑麻遍野」的比較，在對比中寫出了淨慈寺既精緻又樸實的風格；而「紅一塊白一塊」則形象地寫出了周進的表情，具體表現了其尷尬不好意思的心理狀態。

由上面的例子可以看出，這些數字的模糊用法，一方面是人類思緒模糊性的表現，一方面則呈現更多的語詞意義，使得模糊的語言形式得以傳達出準確的訊息，增加了語言表達的靈活性，成爲一種特殊的表達方式，爲小說作品增添了朦朧的藝術魅力。

第三節　方言詞

方言古已有之，早在周代便已出現方言概念，即「殊方異語」。西周的青銅器銘文是我國最早的正式文學語言，也叫做「雅言」，是當時官方使用的標準語言。春秋戰國時期，文學典籍中開始出現少量方言辭彙，隨著唐宋變文、平話小說等民間通俗文學的發展，方言有了用武之地；明清之際，方言開始大量進入文學創作中，成爲文學性語言之一，也是明清小說的一大特色。諸多明清小說都帶有方言色彩，有些涉及一地的方言，有些則涉及幾地的方言，有些純粹用方言寫作，有些則以當時官話爲主並輔以方言，如《兒女英雄傳》、

《七俠五義》是用北京話寫的，《飛跎子傳》是用揚州話寫的，《海上花列傳》是用蘇州話寫的，《水滸傳》、《金瓶梅》中則有大量的山東方言，《紅樓夢》中有許多南京、揚州一帶的下江官話〔註18〕。方言的定義比較寬泛，廣義的方言包括俗語、諺語、趣味語、雙關語、諧音語、歇後語、俏皮話、方言語法和習慣表達方式等等。

　　語言的地方色彩，在明清小說中是一種具有普遍性的現象。由於小說作者成長於某一方言區，或生活在某一方言區，爲了生動如實地呈現所欲描述的情節，使得作品不可避免地帶上了某種或某幾種方言色彩。方言和古白話小說有密切的聯繫，瞭解白話小說中的方言成分，不僅有助於欣賞作品的內容，在考證作者、籍貫、成書過程、版本優劣等方面往往也能提供重要的線索〔註19〕。同時，小說是一種獨立的文學體裁，它是用語言來創造世界，作爲文學語言的一種，方言在小說創作中有特殊的作用，在作品中具有刻畫人物、抒發感情、反映文化、還原情境等的文學功能。胡適先生對於方言的文學功能予以了較高的評價：「方言的文學也是這樣的。必須先有方言的文學作品，然後可以有文學的方言。有了文學的方言，方言有了多少寫定的標準，然後可以繼續產生更豐富更有價值的方言文學。」〔註20〕此言雖有誇張之嫌，但也可見方言在文學創作中的重要性。

　　《儒林外史》同樣是一部具有方言色彩的白話小說，由於吳敬梓生活閱歷的豐富，小說的方言色彩並非局限於一個地區。吳敬梓先祖從六合遷到全椒，到吳敬梓時已有數代寓居全椒，所使用的語言當爲地道的全椒方言；爾後吳家家道敗落，吳敬梓不得已賣掉老屋，於三十三歲時遷居南京，才接觸到南京方言。總括來說，吳敬梓的活動範圍在江淮一帶，他在《儒林外史》中運用的方言屬於北方官話中的江淮方言（即下江官話），其中又以吳敬梓家鄉的全椒方言爲主，同時由於他曾客居南京、揚州等地，又夾雜了一些南京、揚州等地的方言，但都不離江淮方言的範圍〔註21〕。《儒林外史》中方言的運用，一方面與吳敬梓全椒人的背景關係密切，另一方面也與當時用方言寫白

〔註18〕馬遂蓮，〈試論小說中方言的運用〉，《語文學刊》2006 第 2 期，頁 116～117。
〔註19〕柯玲，〈論方言的文學功能〉，《修辭學習》2005 年第 3 期，頁 43～45。
〔註20〕胡適，〈海上花列傳序〉，收入《胡適文存・第三集》（上海：亞東圖書館第十三版，1930 年 1 月），頁 495。
〔註21〕遇笑容，《《儒林外史》詞彙研究》（北京：北京大學出版社，2001 年 2 月），頁 27～77。

話小說的風尚相關。《儒林外史》一書雖非純用方言寫成，但方言的運用卻也是其不容忽視的一種表現方式。小說作者透過對方言詞的運作，成功地塑造了傳神的人物形象、再現了當時當地的文化情境，具有其獨特的藝術效果，是一種重要的語言藝術。

一、刻畫人物

　　小說作品中的方言詞，往往能生動地刻畫人物形象，表現人物性格。「人習其方言，事肖其本色」〔註 22〕，方言對表現小說人物形象的獨特作用是不言而喻的。胡適先生對方言小說在人物刻畫上給予了高度評價：「方言的文學所以可貴，正因為方言最能表現人的神理。通俗的白話固然遠勝於古文，但終不如方言的能表現說話的人的神情口氣。古文裡的人物是死人；通俗官話裡的人物是做作不自然的活人；方言土語裡的人物是自然流露的活人。」〔註 23〕足見方言在「表現人的神理」方面確實有其獨特的藝術效果。《儒林外史》作為我國傑出的長篇諷刺小說，其語言繪形傳神，婉而多諷，寓莊於諧，一向為人所稱道，而在運用方言語詞塑造人物形象方面，又常常為人所讚賞，這部分方言辭彙主要出現於人物對話中，是塑造人物形象的重要手法。人物對話中運用的方言詞語往往反映了說話人的身分、地位以及性格，而說話人的各種特徵又與其個人的語言風格相符合。

　　　　胡屠戶道：「我自倒運，把個女兒嫁與你這現世寶窮鬼，歷年以來，
　　　　不知累了我多少。如今不知因我積了甚麼德，帶挈你中了個相公，
　　　　我所以帶個酒來賀你。」（第三回，頁 36～37）

「現世寶」指的是丟人現眼之人。范進中了相公，胡屠戶帶酒來賀；但相公終究只是相公，因而儘管胡屠戶表面上是來為范進祝賀，實際上卻仍對他不滿，認為他太窮、太沒出息。相較於中相公前，胡屠戶對范進的態度是有了一些改變，但仍看不起這個穿著邋遢、一事無成的窮鬼女婿，因而以老丈人的權威對他咋咋呼呼。

　　　　胡屠戶又吩咐女婿道：「你如今即中了相公，凡事要立起個體統來。
　　　　比如我這行事裡都是些正經有臉面的人，又是你的長親，你怎敢在

〔註 22〕 臧晉叔，《元曲選》（北京：中華書局，1961 年 10 月），頁 4。
〔註 23〕 胡適，〈海上花列傳序〉，收入《胡適文存・第三集》（上海：亞東圖書館第十
　　　　三版，1930 年 1 月），頁 490。

我們面前裝大？……你是個爛忠厚沒用的人，所以這些話我不得不
教導你，免得惹人笑話。」（第三回，頁 37）

「裝大」為「自以為了不起」之意，「爛忠厚」意思是「膿包、無用、呆笨」。
這仍是范進中了相公之後胡屠戶教訓女婿的話。胡屠戶告訴范進在有臉面之
人前要謙恭，要有尊卑之分，而在平頭百姓面前則不可與之平起平坐；但這
些「正經有臉面的人」，也只是胡屠戶的「同行」，其身分地位與平民百姓何
異？——只因他是范進的岳父。此言可全面看出胡屠戶的勢利眼，同時也可
見作為一個屠戶、一個粗人，他的語言必然具有與之相應的粗俗味道。

胡屠戶又道：「親家母也來這裡坐著吃飯。老人家每日小飯菜，想也
難過。」（第三回，頁 37）

「小飯菜」即「家常菜飯」，這是胡屠戶教訓范進時在飯桌上對親家母說的話，
極其蔑視之意。

范進因沒有盤費，走去同丈人商議，被胡屠戶一口啐在臉上，罵了
個狗血噴頭道：「不要失了你的時了！你自己只覺得中了一個相公，
就『癩蛤蟆想吃起天鵝肉』來！我聽見人說，就是中相公時，也不
是你的文章，還是宗師看見你老，不過意，捨與你的。如今癡心就
想中起老爺來……像你這尖嘴猴腮，也該撒拋尿自己照照，不三不
四就想天鵝屁吃！」（第三回，頁 37～38）

「失了你的時」意思是「忘了自己的出身、迷失本性」，有「痴心妄想」之喻。
范進中相公之後，一心想參加鄉試，找胡屠戶借盤纏，那知反遭丈人一頓臭
罵。胡屠戶終究還是看不起這個女婿，認為范進能中相公只是宗師的施捨，
至於中舉人則是他范進癡心妄想之事，遂在一聽要商借盤費時，頓時便不由
得暴怒，根據他屠戶和粗人的身分以及勢利眼的性格，接下來的一頓臭罵當
然免不了，罵詈蔑視之言自也粗俗至極，諸如「癩蝦蟆想吃起天鵝肉」、「是
宗師看見你老，不過意，捨與你的」、「像你這尖嘴猴腮，也該撒拋尿自己照
照」等，甚至連「不三不四就想天鵝屁吃」的話都能輕易說出口。

胡屠戶道：「……你們不知道，得罪你們說，我小老這一雙眼睛，卻
是認得人的，想著先年，我小女在家裡長到三十多歲，多少有錢的
富戶要和我結親，我自己覺得女兒像有些福氣的，畢竟要嫁與個老
爺，今日果然不錯！」（第三回，頁 42～43）

「小老」是「年長男性較村俗的謙稱」，「先年」即「從前往昔」。范進中舉平

步青雲之後，胡屠戶的態度一百八十度大轉彎，先前大罵女婿是爛忠厚沒用的人，女兒跟著他沒好日子過；如今則連稱將女兒嫁給他不僅是女兒的福氣，也是他自己火眼金睛、千挑萬選並苦等多年後才挑著范進這樣一位做老爺的好女婿。胡屠戶前後言語態度，毋需吳敬梓多言，其性格盡現於眾人眼前。

> 屠戶被眾人局不過，只得連斟兩碗酒喝了，壯一壯膽，把方才這些
> 小心收起，將平日的兇惡樣子拿出來，卷一卷那油晃晃的衣袖，走
> 上集去。（第三回，頁 41）

「局」為「軟逼」之意，「局不過」指「礙於情面」或「禁不起別人要求」。范進聽到中舉消息後，喜極而瘋，因胡屠戶乃范進素日畏懼之人，故應眾人要求須打范進一個嘴巴，將之打醒。此時胡屠戶已然不是已往高高在上的態勢，中了舉人的女婿是天上的星宿，星宿如何打得？「打了天上的星宿，閻王就要拿去打一百鐵棍，發在十八層地獄，永世不得翻身」，這樣一想，他是絕然不敢的，然而最終還是禁不住眾人的要求。胡屠戶平日粗野，此時卻要喝酒壯膽，還得將平日兇惡模樣「拿」出來，完全不是往日光景，可見胡屠戶趨炎附勢、欺弱怕強的嘴臉。

> 胡屠戶道：「我那裡還殺豬！有我這賢婿，還怕後半世靠不著也怎
> 的？」（第三回，頁 42）

這裡「怎的」一詞雖以反詰語氣作結，然卻將胡屠戶「小人得意」的神情、「一人得道，雞犬升天」的心態拿捏精準，「怎的」一出，與其前面對待其「賢婿」的態度形成鮮明對比，胡屠戶勢利的嘴臉便躍然紙上。在胡屠戶眼裡，有了「范老爺」這個「賢婿」靠山，眾人皆得仰其鼻息，只要范進一中舉，自己前途即一片光明；可見在當時一般人心裡，「中舉」就是前進「榮華富貴」的階梯。

> （胡屠戶）又轉回頭來望著女兒說道：「我早上拿了錢來，你那該死
> 行瘟的兄弟還不肯，我說：『姑老爺今非昔比，少不得有人把銀子送
> 上門來給他用，只怕姑老爺還不稀罕。』今日果不其然！如今拿了
> 銀子家去罵這死砍頭短命的奴才！」（第三回，頁 44～45）

「死砍頭短命的」，詈罵人的話語，猶言「該死的」。能夠罵自己兒子「死砍頭短命的奴才」這句話來，雖說是罵給范進聽的，但也可見胡屠戶暴躁粗魯的性格，並非只針對范進。他身在市井之中，平常做的只是殺豬賣肉一類的事，生活在這麼一個市儈的環境當中，對於詈詞詈語自然不陌生，這些語言

本身就是他人物性格的一部分，同時也符合他屠戶的身分。

> 胡屠戶道：「……我是個閒散慣了的人，不耐煩做這些事；欲待躲著
> 些，難道是怕小婿怪？惹紳衿老爺們看喬了，說道：『要至親做甚麼
> 呢？』」（第四回，頁50）

「喬」是活躍於皖中和皖東人們口頭上的一個常用方言詞，表示「低、次、賤」，通常不單獨使用，而是跟在「看」的後面。「看喬了」是指把人「看扁了」、「看低了」，有「輕視、看不起」的意思。范進中舉一步登天，其母去世，全城鄉紳沒有一個不到他家來弔唁。丈人胡屠戶免不了要幫著應酬，但他是個粗人，平時殺豬賣肉，也不怎麼曉得如何跟達官貴人相處，要他做這些體面的事反而覺得難過受罪，想要躲著又怕被范進和紳衿老爺們看扁，以為他是個上不得抬面的粗人。此處的描寫倒是胡屠戶心情的真實寫照，一來他不想讓范進和那些老爺們把他看低了，再者范進轉眼從貧苦百姓一變而成老爺，地位已是今非昔比，胡屠戶自然也不免要跟著沾光，身分也高貴起來，說起話來較之往常也要氣盛得多。他說不願惹老爺們「看喬了」，以至落得「至親無用」的話柄，事實上范進中舉前，胡屠戶可不是很認可他的這位「至親」！

胡屠戶這個人物形象主要出現於小說中的第三回，上面九處方言詞的都是胡屠戶個人的語言風格。胡屠戶生活在某一地，所見之人、所觸之事都是當地的，他的語言自然烙上了當地的方言色彩。同時他不過是一個殺豬賣肉的粗人，既非達官貴人，又非名流學士，甚至連讀書人都不是，因而也就不會說著官話了。在第三回中先後有四次描寫胡屠戶罵人的情節，第一次是范進向丈人借盤纏，結果招來「不要失了你的時」、「癩蛤蟆想吃天鵝肉」、「尖嘴猴腮」、「撒拋尿自己照照」、「不三不四就想天鵝屁吃」等污言穢語一頓臭罵，十足刻畫了胡屠戶兇橫粗鄙的性格特色及嫌貧愛富的市儈嘴臉。第二次是范進瞞著胡屠戶參加了鄉試，不僅使一家老小挨餓，還沒有聽從丈人的意思，因而又挨了一頓臭罵，但罵了什麼此處雖不曾細寫，但可猜想又是這類於胡屠戶而言當是家常便飯、信口而來的詈罵。第三次是范進中舉發瘋後為救女婿，胡屠戶敵不過眾人的慫恿，打了范進一巴掌，並假裝凶神似的「大罵女婿」。這是胡屠戶喝了兩碗酒壯膽才做得出來的，少了平日的囂張和霸道，可見他對於已為舉人的女婿的敬畏。第四次則是因為六兩多銀子故意咒罵自己的兒子是「死砍頭短命的奴才」，這不過是裝模作樣罵給范進聽的。這

四次詈罵，言語之惡毒，態度之無恥，足見胡屠戶趨炎附勢、專制霸道、嫌貧愛富的醜陋嘴臉，而人物對話中方言詞的使用，更形象真實地反映了胡屠戶粗鄙的性格特色，也是其身分地位的一種象徵。

利用對話中的方言詞全面刻畫人物形象，胡屠戶是一個典型的代表。此外，還有一些零散的方言詞，以及敘述語言中的用詞，同樣有效地塑造了個別的人物形象。

> 知縣心裡想道：「……老師既把這個托我，我若不把他就叫了來見老師，也惹得老師笑我做事疲軟……」（第一回，頁8）

「疲軟」指「不明快、拖拉馬虎」之意。在第一回中，王冕因善畫荷花受到大老爺危素賞識，知縣受危素之命邀請王冕一會，奈何王冕毫無追名逐利之心，因而以害病之名委婉拒絕。此例中知縣怕危素笑自己辦事不利，因而打算親自去請王冕，從知縣這個汲汲表功的心態來看，反映了他阿諛奉承、逢迎拍馬的性格。

> 眾人大眼望小眼一齊道：「原來新貴人歡喜瘋了。」（第三回，頁39）

「大眼望小眼」，形容人們「相互觀望，不知所措」的狀態。范進聽到中舉後，一時過於歡喜，發了瘋，跌的全身泥，此時眾人面面相覷，不知所措，用「大眼望小眼」形象描繪了當時眾人相互對視不知如何是好的場景。

> 知縣道：「我至不濟，到底是一縣之主，他敢怎的我？」（第五回，頁62）

「怎的」用作謂語，意思是「他敢把我怎麼樣？」湯知縣貴為一縣之尊，處理訟案卻聽從第三者「張鄉紳」的意見，出了事之後，又不敢坦然面對——「我至不濟，到底是一縣之主，他敢怎的我？」在這裡一個「敢」字讀來，總讓人有「小人仗勢、色厲內荏」的無賴感覺。吳敬梓不用細說湯知縣的為人，卻藉由湯知縣自己嘴裡將自己性格特質表露無遺，正如臥本所評：「直書其事，不加斷語，其是非自見也。」

> 兩位舅爺看了，把臉本喪著，不則一聲。須臾，讓到書房裡用飯，彼此不提這話。（第五回，頁68）

「本喪」即「不愉快、不高興的表情」，就像遇上喪葬一般；「把臉本喪著」就是「繃著臉、不痛快」。嚴致和之妻王氏病情日漸沉重，她同意在自己死後將趙氏扶正，嚴致和忙將兩位舅爺請來商議此事。當時兩位舅爺不僅滿臉不高興，還一語不發；直到嚴致和將妻子王氏所積之財物交與他們，兄弟倆才

彷彿「頓感痛失姊妹」之切，除了「哭得眼紅紅的」，且「義正詞嚴」的表達扶正的必要。「本喪」一詞與後文對照，可見兩位舅爺貪財圖利的本性。

> 趙氏越發哭喊起來，喊的半天雲裡都聽得見，要奔出來揪他，撕他，
> 是幾個家人媳婦勸住了。（第六回，頁87）

「半天雲裡」，形容「傳得高遠」。嚴監生死後，趙氏又痛失孩子，並不斷受到嚴貢生排擠，眼見就要家財不保、地位不再，甚至連自家兄弟、族長及受益良多的王家兩位舅舅也不願得罪嚴貢生，出面幫他說話，因而趙氏境況愈發悲慘窘困。趙氏的哭聲「喊的半天雲裡都聽得見」，可見其是何等之委屈、悲傷與無助。

> 沈天孚回家來和沈大腳說，沈大腳搖著頭道：「天老爺！這位奶奶
> 可是好惹的！他又要是個官，又要有錢，又要人物齊整，又要上無
> 公婆，下無小叔、姑子。他每日睡到日中才起來，橫草不拿，豎草
> 不拈，每日要吃八分銀子藥。他又不吃大葷，頭一日要鴨子，第二
> 日要魚，第三日要莢兒菜鮮筍做湯，閑著沒事，還要橘餅、圓眼、
> 蓮米搭嘴；酒量又大，每晚要炸麻雀、鹽水蝦，吃三斤百花酒。」
> （第二十六回，頁329）

「橫草不拿，豎草不拈」，形容一個人非常懶惰，動都不想動的模樣。「搭嘴」，吃零食；除了正餐，「閑著沒事，還要搭嘴」即說明此人非常好吃，有著說話人對所敘述者極其不屑的感覺。此處是對胡家女兒的描述，儘管吳敬梓並不吝惜筆墨，但「橫草不拿，豎草不拈」和「搭嘴」兩個具有方言色彩的詞已將胡家女兒「好吃懶做」的習性完全表達。

> 六老爺逼手逼腳的坐在底下吃了一會酒。六老爺問道：「大爺、二爺
> 這一到京，就要進場了？」（第四十二回，頁519）

「逼手逼腳」，即「躡手躡腳，小心翼翼、諂媚」的樣子。此處一句「逼手逼腳」，將湯六老爺小人模樣展露無遺。

> 自此，傳遍了五門四關廂，一個大新聞，說：余家兄弟兩個越發呆
> 串了皮了，做出這樣倒運的事！（第四十五回，頁557）

「呆串了皮」意為「呆透了，呆到極點」。因夜間失火，余家兩兄弟將父母靈柩抬到門外，按照當地風俗，靈柩抬出門，再要抬進去，便要倒楣窮家。但余家兩兄弟依然將靈柩請回屋裡，擇日出殯。此事傳開，眾人皆說這兩兄弟太傻。用「呆串了皮」形容極傻之貌，頗為生動別致，事實上並非余家兩兄

弟「呆串了皮」，只是如文後所言「風塵惡俗之中，亦藏俊彥」罷了。

> 聘娘道：「你看儂媽也韶刀了！難道四老爺家沒有好的吃，定要到國
> 公府裡才吃著好的？」（第五十三回，頁643）

安徽方言中有單音詞「韶」，也有雙音詞「韶刀」，還有重疊式「韶裡韶刀」，其意義基本都相同，即「說話囉嗦、嘴碎」，與「嘮叨」音近意同。

二、情境還原

「情境還原」是方言在小說中的另一功能。文學由語言組成，而方言又是語言的組成部分。任何文學都以一定的情境為基礎，尤其是文化情境。對帶有方言色彩的小說而言，方言不僅僅能夠刻畫人物，渲染氣氛，它所傳達的地方文化、風俗、人情都會成為小說藝術的重要部分，從而使得小說烙上濃濃的當地文化色彩。《儒林外史》中運用了許多江淮方言辭彙，其中又以吳敬梓故鄉的全椒方言為主，反映了當時當地的風土人情，也還原了當時當地的文化情境。

> 那些孩子就像蠢牛一般，一時照顧不到，就溜到外邊打瓦踢球。
> （第二回，頁24）

「打瓦」是農村孩子一種擲瓦塊比準頭的遊戲，反映了當地的村俗，加上「蠢牛一般、一時照顧不到就溜」的孩子，也意味著周進私塾先生的難為。

> 知縣湯奉接了帖子，一個寫「世侄張師陸」，一個寫「門生范進」，
> 自心裡沉吟道：「張世兄屢次來打秋風，甚是可厭；但這回同我新中
> 的門生來見，不好回他。」（第四回，頁56～57）

「打秋風」原指「秋後農家收糧進倉，在上位者趁機下鄉找藉口訛詐勒索的行為」，一個「打」字，道出百姓的辛酸及在位者之卑鄙；在此寫出張鄉紳好佔人便宜、喜歡「揩油」、惹人討厭的個性並看出其拉攏范進的真正意圖。

> 那兒子出起天花來，發了一天熱；醫生來看，就說是個險症。藥裡
> 用了犀角、黃連，幾日不能灌漿；把趙氏急得到處求神許願，都是
> 無益。到七日上，把個白白胖胖的孩子跑掉了。（第六回，頁80）
> 女婿道：「……不瞞老先生說，我們都是買賣人，丟著生意同他做這
> 虛頭事，他而今直腳去了，累我們討飯回鄉，那裡說起！」（第十五
> 回，頁197）

「跑掉了」即「死掉了」；「直腳去了」也是「死了」的意思。國人對於人之

故去有不少隱晦的說法，如「老了」、「去了」、「不在了」或「往生」等等，一來避諱，其實也意涵「不捨」。

> 何美之太太說：「只有她媳婦兒，是莊南頭胡屠戶的女兒，一雙紅鑲邊的眼睛，一窩子黃頭髮，那時在這裡住，鞋也沒有一雙，夏天趿著個蒲窩子，歪腿爛腳的。而今弄兩件屍皮子穿起來，聽見說做了夫人，好不體面；你說那裡看人去！」（第四回，頁51）

這段是何美之描述胡屠戶的女兒時的情景：「蒲窩子」是一種用細繩子或蒲草編成的鞋子，窮苦人家穿不起棉製皮製的鞋子，就只好穿草編的鞋；「屍皮子」原先指的是死人入殮時所穿的華麗衣服，後來引申為對自己瞧不上眼的人穿著華麗的諷刺。「蒲窩子」和「屍皮子」反映出當地方言的口語特色，透過這種先後對比的諷刺手法，寫出了范進中舉前後其妻截然不同的外觀變化及外人嫉妒、不屑的態度。

> 正月十二日，婁府兩公子請吃春酒。（第十一回，頁143）

全椒舊俗自年初二以後，親朋好友互相請客，稱為「吃春酒」；由於時間延續較長，甚至有「五月拿刀去割麥，田頭遇見拜年客」的笑話〔註24〕。

> 凌家這兩個婆娘……爭風吃醋，打吵起來。又大家搬楦頭，說偷著店裡的店官，店官也跟在裡頭打吵，把廚房裡的碗兒、盞兒、碟兒打的粉碎。（第四十五回，頁556～557）

「搬楦頭」即「揭發醜事」。楦頭是做鞋時放在鞋內的木製模型，移開楦頭就像醜事被掀開一般，表達生動而形象。

> 到了魯宅門口，開門錢送了幾封，只見重門洞開，裡面一派樂聲，迎了出來，四位先下轎進去，兩公子穿著公服，兩山人也穿著吉服。
> （第十回，頁136～137）

> 潘三拿出二百錢來做開門錢，然後開了門。（第十九回，頁246）

「開門錢」是全椒地方嫁女兒的習俗，待男方來迎親時，女方家人將門關上，等男方燃放多起炮竹，再將用紅紙包著的錢物塞進門後，滿意了，才能把門打開，送女兒出門。此舉表示對女方的尊重，現今仍有些地方保留這種風氣。

> 虔婆伸過一隻手來道：「鄒太爺，櫃子兒你噠噠！他府裡『不點蠟燭，倒點油燈』！他家那些娘娘們房裡，一個人一個斗大的夜明珠掛在

〔註24〕嚴仍寧，〈《儒林外史》中的全椒方言〉，《滁州學院學報》2005年第2期，頁5～6。

梁上，照的一屋都亮，所以不點蠟燭。四老爺，這話可是有的麼？」

（第五十三回，頁 643）

「榫子兒你嗒嗒」，也就是「給你個榫子嘗嘗」。榫子，用拇指和中指磨擦發聲的動作，含有戲謔輕佻的意味。

差人道：「馬老先生，而今這銀子，我也不問是你出，是他出，你們原是『氈襪裹腳靴』，但須要我效勞的來。」（第十四回，頁 182）

差人道：「我是一片本心，特地來報信。我也只願得無事，落得『河水不洗船』。但做事也要『打蛇打七寸』才妙，你先生請上裁！」（第十四回，頁 181）

差人惱了道：「這個正合著古語：『瞞天討價，就地還錢。』我說二三百銀子，你就說二三十兩，『戴著斗笠親嘴，差著一帽子』！怪不得人說你們『詩云子曰』的人難講話！」（第十四回，頁 181～182）

他妻舅趙麟書說道：「我這裡『娃子不哭奶不脹』，為甚麼把別人家的棺材拉在自己門口哭？」（第四十五回，頁 551）

這一組句子中的方言詞為歇後語、俗語。歇後語是人們在生活體驗中創作的一種特殊的語言形式，俗語是由群眾創造的口頭辭彙，形式凝練。許多歇後語和俗語後來都成為漢語的基本辭彙，但在創造之初，往往具有鮮明的地方色彩。「氈襪裹腳靴——寸步不離」謂「關係非常親密」；「河水不洗船——兩下裡乾淨」指「兩方面都沒有事」；「戴著斗笠親嘴——差著一帽子」是說「相差甚遠」；「娃子不哭奶不脹」則謂「自掃門前雪，休管他人瓦上霜」，只管自己沒事，不用自尋煩惱。《儒林外史》中歇後語和俗語的運用，不僅表現了文學語言的方言特色，同時也增加了小說內容的生動性和活潑性。

整部《儒林外史》，吳敬梓以自己最熟諳的語言、配合精闢獨到的運作技巧，不僅刻畫眾人不同的性格特徵及心態，不會予人以似曾相識的感覺外，又得以使讀者在細細閱讀、深入品味後，自我體會當時的風俗及幽默而拍案叫絕！

第四節　典故詞

中國典故源遠流長，在我國古代文學中，詩詞曲賦最為講究用典，宋代詩詞尤其如此，「無一字無來歷，無一字無出處」，可謂其寫照。「典故」一詞

出現較晚，最早見於《後漢書‧東平憲王蒼傳》：「親屈至尊，降禮下臣，每賜宴見，輒興席改容，中宮親拜，事過典故。」「事過典故」說的是超越過去禮制所規定的舊例、常規。「典故」一詞的涵意有兩種：一是指典章、制度，如南宋鄭樵《通志‧總序》云：「江淹有言：『修史之難，無出於志』。誠認志者，憲章之所系，非老於典故者不能為也。」二是指詩文中引用的古代故事和有來歷出處的詞語，古人也稱故典、古事、故事、故實、古典、舊典等。我們所說的典故，一般指後者。典故一般分為「事典」和「語典」兩大類別。「事典」是由古代故事構成的典故，主要以歷史故事為主，也有用神話、傳說、寓言、小說的。「語典」是有來歷出處的詞語構成的典故，也有取專有名詞的，如人名、地名、官職名等。「典故」作為一種修辭手法較早出現在《文心雕龍》中，其中所用概念是「事類」，即「舉人事以證義，引成辭以明理」〔註25〕。

　　用典，也叫「用事」、「援引」，是引用的一種，也是古代詩文創作的一種重要的藝術手法。劉勰《文心雕龍‧事類》贊用典之術為：「聖賢之鴻謨，經籍之通矩。」自古以來，古人用典，向有「九法」（如宋代陳繹曾〈文說〉）、「五法」（如明代費經虞〈雅論〉）、「十四法」（如明代高琦〈文章一貫〉）之說。費經虞在《雅論》中說道：「用事之法：有正用者，故事與題相同是也。反用者，故事與題相反也。借用者，故事與題絕不相類，以一端相近而借之也。暗用者，用故事之語而不顯其名跡，此善用者也。泛用者，取稗官小說、俗語戲談、異端鄙事為證也。」〔註26〕一般而言，用典方式主要有正用、反用、明用、暗用、借用等，可謂手法多樣。古代詩文中的用典，以暗用或化用的手法居多，這樣的用典，時常給人予溫婉含蓄、朦朧雅致的美感。

　　用典是古代詩詞曲賦常見的藝術手法，但小說用典並不多見，有關小說用典的研究更是不多見。作為一部長篇諷刺小說，《儒林外史》除了在諷刺藝術上獨一無二之外，在典故運用方面也有其特色，或直接用典，或化用原典，或連續用典，或曲意而用之，或正用、化用交錯為之，在增強小說文學性和表現人物形象方面，有其特殊的藝術效果。下面從直接用典和化用典故兩方面進行分析，連續用典、曲意用典等方式往往蘊含在這兩方面之中。

〔註25〕羅立乾注譯，《新譯文心雕龍》（臺北：三民書局，1994年4月），頁584。
〔註26〕轉引自韓大偉，〈試論中國典故用法類型的劃分〉，《棗莊師範專科學校學報》
　　　　2003年第1期，頁94～101。

一、直接用典

　　詩詞曲賦中的用典，手法多樣，變化無窮，往往令人耳目一新，歎爲觀止。白話小說不同於詩詞曲賦，因其篇幅較長、內容豐富、語言通俗，用典的成分相對就會少一些。古詩詞中用典往往以暗用和化用爲妙，並以此凸顯詩人用典技藝之高超。如蘇軾《水調歌頭》中「起舞弄清影，何似在人間」便巧妙化用了嫦娥奔月之傳說，「但願人長久，千里共嬋娟」則暗用南朝謝莊《月賦》中的「美人邁兮音塵闋，隔千里兮共明月」，蘇軾將典故與詩詞交融一體而不露痕跡，可見其功力。《儒林外史》中的用典，暗用和化用之處不多，主要以正用、明用爲主。所謂正用，指的是所運用的典故和作品的旨趣相符；明用，即直陳其事，只要熟悉其典故，就能了解其用意。明用和正用，是直接用典的方式，也是最爲人所廣泛使用的用典之法。《儒林外史》中的直接用典，使得文意典重，文辭簡潔。由於小說中的典故用詞往往出現在人物語言中，當然對塑造人物形象、表現人物性格的藝術效果也發揮了作用。

　　　　知縣見他說的口若懸河，又是本朝確切典故，不由得不信。（第四回，
　　頁 58）

「口若懸河」語出南朝劉義慶《世說新語·賞譽》：「郭子玄語議如懸河瀉水，注而不竭。」說的是晉朝的大學問家郭象學富五車、才高八斗，其辯才如滔滔不絕的流水，沒有枯竭的時候。後來「口若懸河」用來形容能說會辯，說起來沒完沒了的人。第四回中，張靜齋、范進、湯知縣三人在一起高談闊論，張靜齋說得天花亂墜、頭頭是道，知縣、范進見其滔滔不絕、能說會道，「不由得不信」。吳敬梓不加片語隻字的斷語，卻深刻凸顯在座三人的無知和顢頇。

　　　　王仁道：「在省就住在他家的麼？」嚴貢生道：「住在張靜齋家。他
　　也是做過縣令，是湯父母的世伯；因在湯父母衙門裡同席吃酒認得，
　　相與起來。周親家家，就是靜齋先生執柯作伐。」（第六回，頁 78
　　〜79）

「執柯作伐」語出《詩經·豳風·伐柯》：「伐柯如何？匪斧不克。取妻如何？匪媒不得。」意即「沒有斧頭砍不了樹，沒有媒人娶不了妻」。《中庸》：「執柯以伐柯。」後來將媒人稱爲「伐柯」、「伐柯人」，將做媒稱爲「執柯」，「執柯作伐」即給人做媒之意。張靜齋做過縣令，當是讀書人出身無疑；嚴貢生說「周親家家就是靜齋先生執柯作伐」，「執柯作伐」一詞文雅，一方面與張

靜齋的讀書人身分相符,另一方面可見嚴貢生對於做過縣令的靜齋先生是心存敬畏的,言語之間便多了幾分小心翼翼。

> 那開米店的趙老二,扯銀爐的趙老漢,本來上不得台盤,才要開口
> 說話,被嚴貢生睜開眼睛,喝了一聲,又不敢言語了。兩個人自心
> 裡也裁劃道:「姑奶奶平日只敬重的王家哥兒兩個,把我們不揪不
> 采。我們沒來由,今日為他得罪嚴老大,『老虎頭上撲蒼蠅』怎的?
> 落得做好好先生。」(第六回,頁86)

「好好先生」語出南朝劉義慶《世說新語·言語》「南郡龐士元,聞司馬德操在潁川,故二千里候之」,劉孝標注引〈司馬徽別傳〉曰:「居荊州,知劉表性暗,必害善人,乃括囊不談議。時人有以人物問徽者,初不辨其高下,每輒言『佳』。其婦諫曰:『人質所疑,君宜辯論,而一皆言佳,豈人所以咨君之意乎?』徽曰:『如君所言亦復佳。』其婉約遜遁如此。」司馬徽客居荊州時,知道荊州牧劉表為人陰險,定會殘害良善之人,因此有人請他發表評論時,他都一概說「好」,其妻加以勸解,他也對妻子說「好」,因此落得「好好先生」之名。後來,「好好先生」遂被用來指「一團和氣、不問是非曲直、只求相安無事的人」。此處趙老二、趙老漢二人被嚴貢生給喝住了,不敢替趙氏說話,心裡盤算著「與其得罪嚴貢生,還不如做個好好先生」。「好好先生」一詞含貶義色彩,吳敬梓在人物心理描寫上,以該詞作為他們自身直接的心理感受,既可反映出這兩人道德素養不高,又可在敘述語言上直接流露諷刺的效果。此處用的是典故的原義,通俗易懂,簡潔明瞭。

> 蘧公子道:「家君常說:『宦海風波,實難久戀。』況做秀才的時候,
> 原有幾畝薄產,可供饘粥;先人敝廬,可蔽風雨;就是琴、樽、爐、
> 幾、藥欄、花榭,都也還有幾處可以消遣;所以在風塵勞攘的時候,
> 每懷長林豐草之思,而今卻可賦『遂初』了。」(第八回,頁105)

「長林豐草」語出嵇康〈與山巨源絕交書〉:「吾每讀向子平、台孝威傳,慨然慕之,想其為人。……又讀莊、老,重增其放,故使榮進之心日頹,任實之情轉篤。此猶禽鹿,少見馴育,則服從教制;長而見羈,則狂顧頓纓,赴湯蹈火,雖飾以金鑣,饗以嘉餚,愈思長林,而志在豐草也。」「長林豐草」,本指林深草密的禽獸棲居之地,後來用以比喻「隱居之處」。「遂初」語出晉人孫綽〈遂初賦〉,「遂合隱退的初心」之義,後人就把賦〈遂初〉用為辭官隱居的代語。在第八回中,蘧公子以「長林豐草」、「遂初」表明自己辭官歸

故里的隱退之義，此處文字既簡潔又不失含蓄，區區六字，兩處用典，不僅表現了蘧公子無意官場之心，也反映了吳敬梓典故爛熟於心的功力。

> 三四個丫鬟養娘，輪流侍奉，又有兩個貼身侍女——一個叫做采蘋，一個叫做雙紅，都是嫋娜輕盈，十分顏色。此時蘧公孫恍如身游閬苑蓬萊，巫山洛浦。（第十回，頁139）

「巫山洛浦」爲「巫山」和「洛浦」二典之合用。「巫山」語出宋玉〈高唐賦序〉：「昔者先王嘗游高唐，怠而畫寢，夢見一婦人，曰：『妾巫山之女也。爲高唐之客，聞君游高唐，願薦枕席。』王因幸之，去而辭曰：『妾在巫山之陽，高丘之阻。且爲朝雲，暮爲行雨。朝朝暮暮，陽臺之下。』」說的是楚王與巫山神女夢中相會的典故。「洛浦」即洛水之濱，傳說中有洛水女神，三國魏曹植渡洛水時，因感戰國楚宋玉對楚王與神女事，遂作〈洛神賦〉。後將「巫山」、「洛浦」二典合用，指巫山神女和洛水女神，也指男女幽會。此處爲典故正用明用，蘧公孫見美色當前，不由得心亂神迷起來，要寫其此時心理狀態，語詞過多反而見拙，倒不如一句「恍如身游閬苑蓬萊，巫山洛浦」來得貼切，「巫山洛浦」是爲人所熟悉的典故，一看便知其涵意，諸多不盡之意倒蘊藏於這短短四字之中。

> 馬二先生道：「小弟補廩二十四年，蒙歷任宗師的青目，共考過六七個案首，只是科場不利，不勝慚愧。」（第十三回，頁171）

「青目」意同「青眼」，「青眼」語出《晉書·阮籍傳》：「籍又能爲青白眼。見禮俗之士，以白眼對之。時有喪母，嵇喜來吊，阮作白眼，喜不懌而去；喜弟康聞之，乃備酒挾琴造焉，阮大悅，乃見青眼。」「青」即黑色，眼睛正視時，眼球居中，故而爲「青眼」；眼睛斜視時現出眼白，故而爲「白眼」。後來用「青眼」表示對人禮遇，「白眼」則表示對人輕視或憎惡。吳敬梓於此以「青目」代「青眼」，一來凸顯馬二先生的「博學」，亦顯示己身運筆之自如。

> （牛浦）抬起一看，上面寫道：「小弟董瑛，在京師會試，於馮琢庵年兄處得讀大作，渴欲一晤，以得識荊。奉訪尊寓不值，不勝悵悵！明早幸駕少留片刻，以便趨教。至禱！至禱！」（第二十二回，頁273～274）

「識荊」語出唐代李白〈與韓荊州書〉：「生不用封萬戶侯，但願一識韓荊州。」李白寫信給做過荊州長史的韓朝宗，久聞其名，要求相見。「識荊」有初次見

面之意，後來作爲和人初見時推崇對方的客套話。這張帖子所書之文，一眼看去，可知是當時讀書人圈中常用的客套語詞，也可稍見當日之書生風氣。

> 莊紹光道：「少卿兄，相別數載，卻喜卜居秦淮，爲三山二水生色。前日又多了皖江這一番纏繞，你卻也辭的爽快。」（第三十四回，頁426）

「三山二水」語出李白〈登金陵鳳凰台〉「三山半落青天外，二水中分白鷺洲」詩句，泛指南京一帶的山水。三山，在江寧鎮附近；白鷺洲舊址，在上新河附近。此爲語典，取前代詩人詩歌中的詞語而成。

> 莊紹光道：「我們與山林隱逸不同；既然奉旨召我，君臣之禮是傲不得的。你但放心，我就回來，斷不爲老萊子之妻所笑。」（第三十四回，頁427）

「老萊子之妻」語出漢代劉向《列女傳‧賢明》「楚老萊妻」，講的是春秋時期楚國老萊子的妻子勸阻老萊子出仕、最終相攜隱於江南的故事。《列女傳》：「頌曰：老萊與妻，逃世山陽，蓬蒿爲室，莞葭爲蓋，楚王聘之，老萊將行，妻曰世亂，乃遂逃亡。」後來常以「老萊妻」、「老萊子之妻」作爲賢妻的代稱。第三十四回中，莊紹光接到聖旨，欲奉旨而往，其妻問道：「你往常不肯出去，今日怎的聞命就行？」莊紹光以此作答，既表明前往之原因，又以「楚老萊妻」的典故，含蓄地讚美妻子。此典一用，含義豐富，既能看出莊紹光以老萊子自喻，以老萊子妻贊妻子，從中略窺其恬淡性情，同時從這樣的對話當中，亦可反映出莊紹光之妻當是通曉文墨之人。一典既出，言約而意不盡。

> 沈瓊枝道：「……況且我雖不才，也頗知文墨，怎麼肯把一個張耳之妻去事外黃傭奴？故此逃了出來。這是眞的。」（第四十一回，頁513）

「張耳之妻」語見《史記‧張耳傳》或《漢書‧張耳傳》：「張耳，大梁人也，少時，及魏公子毋忌爲客。嘗亡命游外黃，外黃富人女甚美，庸奴其夫，亡邸父客。父客謂曰：『必欲求賢夫，從張耳。』女聽，爲請決，嫁之。女家厚奉給耳，耳以故致千里客，宦爲外黃令。」意思是，魏國外黃地區一富家女子，不甘嫁給傭奴，改嫁了張耳，張耳後來受封爲趙王。在這裡，沈瓊枝以張耳之妻自喻，認爲以自己的才學，不當嫁與傭奴之輩，因而逃了出來。一句「怎麼肯把一個張耳之妻去事外黃傭奴」既道出這個勇敢女子的不滿和追

求，又與其「頗知文墨」相對應，同時寥寥一句話便將拒婚出逃的原因道出，語言之簡潔，可見一斑。

　　《儒林外史》的最後一回即第五十六回中，小說的結尾是一篇由太常寺官宣讀的祭文，由於其駢體的體裁，用典相對豐富和集中。如「彌綸天地，幽替神明，《易》稱鴻漸，《詩》喻鶴鳴」中「鴻漸」多次見於《易經》，喻「仕宦升遷」；「鶴鳴」語出《詩經‧鶴鳴序》，喻「賢者隱居」。「縕袍短褐，蓬留桑樞；伐藜粥畜，坎凜歉覷」中的「伐藜粥畜」指砍柴、賣畚箕，暗喻西漢朱買臣和前秦王猛兩個人「先貧困後富貴」的典故。「亦有微官，曾紆尺組，龍實難馴，噲甯堪伍」之「噲甯堪伍」意指「不屑與平庸之輩為伍」，語出《史記‧淮陰侯列傳》。「子子干旄，翹翹車乘，誓墓鑿壞，誰敢快捷方式」之「干旄」語出《詩經‧干旄》篇首句「子子干旄」，指「旌旗的一種」；「誓墓」意為「去官歸隱」，語出《晉書‧王羲之傳》；「鑿壞」意為隱居不仕，語出《淮南子‧齊俗訓》：「顏闔，魯君欲相之而不肯，使人以幣先焉，鑿培而遁之。」由此可見吳敬梓辭彙之豐富，學識之廣博。

二、化用典故

　　《儒林外史》中所用典故雖以直接用典為主，但不只是完全引用經史子集或前人詩詞曲賦中的典籍故實、清詞麗句，也不乏借用、化用典故的情況。

　　　給諫道：「恁大年紀，尚不曾娶，也是男子漢『摽梅之候』了。但這
　　　事包在我身上。」（第二十回，頁 252）

「摽梅之候」語出《詩經‧召南‧摽有梅》：「摽有梅，其實七兮。求我庶士，迨其吉兮。摽有梅，其實三兮。求我庶士，迨其今兮。摽有梅，頃筐墍之。求我庶士，迨其謂之。」「摽梅之候」本是「女子當婚之時」的意思，但在這裡給李給諫說成「匡超人是男子漢『摽梅之候』」，這種打破常規、追求變化的用典方式，加強了人物形象的生動性。此典一用，看上去似乎是匡超人待字閨中，急著要婚嫁一般，具有一種另類的喜劇效果，卻也道出吳敬梓深深的不屑。

　　　鮑文卿驚道：「原來老爹是學校中人，我大膽的狠了。請問老爹幾位
　　　相公？老太太可是齊眉？」（第二十五回，頁 312）

「齊眉」，語出漢人梁鴻、孟光「舉案齊眉」的故事，本意指「夫妻相敬」。《後漢書‧逸民列傳‧梁鴻傳》：「遂至吳，依大家皋伯通，居廡下，為人賃

春。每歸，妻爲具食，不敢於鴻前仰視，舉案齊眉。」後來「舉案齊眉」、「齊眉」就用來形容夫妻相敬相愛。鮑文卿因不便直問對方妻子是否還健在，因而以「可是齊眉」一詞相問，委婉含蓄又不失分寸。此處用典並不拘泥於典故本身，而是推陳出新，以「舉案齊眉」的故事爲基礎，賦予其更新的涵義，是對典故的靈活化用。

> 張俊民道：「『熟讀王叔和，不如臨症多。』不瞞太爺說，晚生在江
> 湖上胡鬧，不曾讀過什麼醫書，卻是看的症不少，近來蒙少爺的教
> 訓，才曉得書是該念的。」（第三十一回，頁386～387）

王叔和即王熙，字叔和，是晉朝的醫學家，著有《脈經》、《脈訣》等書。「熟讀王叔和」並非要熟讀這個人，而是借用「王叔和」這個人名來代指他的醫學著作，即要熟讀王叔和醫學方面的著作的意思。「熟讀王叔和，不如臨症多」中以人名「王叔和」入典，不僅讓語意活潑，也是用典方式中借用的表現。

此外，《儒林外史》中還有一些情況雖非直接關涉典故，但會透過歷史故事或典故與人物對話中的矛盾，來進行對比的諷刺。如第四回寫張靜齋、范進、湯知縣三人在一起高談闊論：

> 張靜齋道：「老世叔，這話斷斷使不得的了。你我做官的人，只知有
> 皇上，那知有教親？想起洪武年間，劉老先生……」湯知縣道：「哪
> 個劉老先生？」靜齋道：「諱基的了。他是洪武三年開科的進士，『天
> 下有道』三句中的第五名。」范進插口道：「想是第三名？」靜齋道：
> 「是第五名。那墨卷是弟讀過的。後來入了翰林。洪武私行到他家，
> 就如『雪夜訪普』的一般。恰好江南張王送了他一罐小菜，當面打
> 開看，都是些瓜子金。洪武聖上惱了，說道：『他以爲天下事都靠著
> 你們書生！』到第二日，把劉先生貶爲青田知縣，又用毒藥擺死了。
> 這個如何了得！」知縣見他說的口若懸河，又是本朝確切典故，不
> 由得不信。（第四回，頁58）

談話間，張靜齋提到「雪夜訪普」、「瓜子金」兩個典故，看似學識淵博，實際上叫「張冠李戴」。稍有歷史常識的人都明白劉基根本不是「洪武三年開科的進士」，而早在元代即已是進士，在明朝建立、洪武登基之前，他已輔佐朱元璋打天下，是大名鼎鼎的明朝開國元勳，何來「洪武私行到他家，就如『雪夜訪普』的一般」？所謂「江南張王送了他一罐小菜，當面打開看，都是些

瓜子金」及「貶爲青田知縣」等，更是無稽之談，三個歷史白癡在自以爲是地在暢談歷史而已。熟知歷史典故之人看到這裡，定當會心一笑，驚歎吳敬梓別具匠心、於無聲處突起驚雷的寫作技巧。

　　第三十四回諷刺金東崖時同樣利用矛盾對比加以諷刺：

> 看了十幾條，落後金東崖指著一條問道：「先生，你說這『羊棗』是甚麼？羊棗，即羊腎也。俗語說：『只顧羊卵子，不顧羊性命。』所以曾子不吃。」杜少卿笑道：「古人解經，也有穿鑿的，先生這話就太不倫了。」（第三十四回，頁 423）

《孟子‧盡心下》：「曾皙嗜羊棗，而曾子不忍食羊棗。公孫丑問曰：『膾炙與羊棗孰美？』孟子曰：『膾炙哉！』公孫丑曰：『然則曾子何爲食膾炙而不食羊棗？』曰：『膾炙所同也，羊棗所獨也。諱名不諱姓，姓所同也，名所獨也。』」這後來成爲「膾炙人口」的典故。曾子指曾參，其父曾皙歡喜吃羊棗。羊棗是一種小甜棗。曾皙死後，曾參看見了這種棗子就傷心，所以不忍吃。在第三十四回中，金東崖所說的曾子不吃羊棗的原因，不僅粗俗而且完全驢唇不對馬嘴，所以吳敬梓借杜少卿之口諷刺他沒有學問牽強附會的亂說。

第五節　創新詞

　　所謂創新用詞，是指「在語言表達中，使詞語在原來的基礎上，透過某種方式臨時產生或創造出一個在意義、詞形或用法上已經與原詞有所不同的新的詞語」〔註27〕。這些創新用詞可以使小說詞語運用更加富有個性，小說語言更加新鮮、生動、活潑。在《儒林外史》中，存在著不少創新用詞，在刻畫人物和推動情節方面發揮了不可忽視的作用。《儒林外史》的創新方式總的說來，可以分爲泛化、借代、譬喻和委婉四種。

一、泛　化

　　在修辭活動中，人們常常透過「泛化」的手法，擴展語詞的運用範圍，使語詞突破既定的局限而進入其他領域，從而獲得新穎而別致的語意，得到良好的修辭效果。這裡所說的「泛化」，包含語詞意思的擴展、由專門術語引

〔註27〕宋小梅，〈試論修辭活動中詞語創新的途徑和方式〉，《柳州職業技術學院學報》 2008 年第 12 期，頁 87。

申成普通語詞等。

> 又一個人道:「李老爹這幾年在新任老爺手裡著實跑起來了,怕不一
> 年要尋千把銀子。只是他老人家好賭,不如西班黃老爹,當初也在
> 這些事裡頑耍,這幾年成了正果,家裡房子蓋得像天宮一般,好不
> 熱鬧!」(第二回,頁 23)

「成了正果」本是佛家語,指「修行成功」。學佛之人,精修有得,謂之證果,為別於外道,故曰「正果」。果者,喻如果之成熟也。在這裡由佛家語擴展到普通生活領域,表示黃老爹「改邪歸正,已能成家立業」的意思,然而跟著馬上接了「家裡房子蓋得像天宮一般,好不熱鬧」一句,卻又不失揶揄意味。

> 魯編修每常歎道:「假若是個兒子,幾十個進士、狀元都中來了!」
> 閒居無事,便和女兒談說:「八股文章若做的好,隨你做甚麼東西,
> 要詩就詩,要賦就賦,都是一鞭一條痕,一摑一掌血;若是八股文
> 章欠講究,任你做出甚麼來,都是野狐禪、邪魔外道!」(第十一回,
> 頁 141)

「野狐禪」也是一句佛家語,在禪宗中,流入邪僻、未悟而妄稱開悟,禪家一概斥之為「野狐禪」。在這裡,「野狐禪」突破佛教領域,是「剽竊皮毛未窺正學」的意思,成為「邪門歪道」的代名詞。

> 沈瓊枝看見兩人氣概不同,連忙接著,拜了萬福。坐定,彼此談了
> 幾句閒話。武書道:「這杜少卿先生是此間詩壇祭酒,昨日因有人說
> 起佳作可觀,所以來請教。」(第四十一回,頁 510)

「祭酒」為漢魏以後的官名,漢代有博士祭酒乃博士之首,西晉改設國子祭酒,隋唐以後稱國子監祭酒,為國子監的主管官員,清末始廢。本句中「祭酒」的意思由專門的官名泛化為指「聲望高,學問深,足以影響一時風氣的人」,「詩壇祭酒」,意即「詩壇領袖」。武書這句話,表現了他對杜少卿的崇拜之情以及杜少卿在優秀士人們心中的地位。

> 兩個差人,慌忙搬了行李,趕著扯他:被他一個四門斗里打了一個
> 仰八叉。爬起來,同那個差人吵成一片。(第四十一回,頁 514)

這裡說「仰八叉」,是藉以形容一個人仰面跌倒的姿勢。用「八叉」來比擬人仰跌的姿勢,既形象又生動。

> 初十日出來,累倒了,每人吃了一隻鴨子,眠了一天。三場已畢。
> 到十六日,叫小廝拿了一個「都督府」的溜子,溜了一班戲子來謝

神。（第四十二回，頁 522～523）

「溜子」，就是「溜單」，本是官員出行時逐站傳索供應的一種文件，為古代社會行政領域的專業辭彙。在這裡，將豪家拿官銜片子傳喚飲食遊戲的供應，也叫做「溜」，具體寫出了豪家借著官府勢力役使百姓的無恥，隱隱凸出吳敬梓對當時普遍存在的「官欺民」現象的嚴重不滿。

> 那裡幾個喇子說：「我們好些時沒有大紅日子過了，不打他的醮水還打那個！」湯大爺雄赳赳的分開眾人，推開姚奶奶，一拳打掉了門。
> （第四十二回，頁 524）

「醮水」意為「佈施」，本為佛教用語。在這裡，「不打他的醮水還打那個」則為「強迫他佈施」，就是「敲竹槓」的意思，突破了佛教專業領域，將意義泛化到普通生活當中。

> 成老爹道：「還有一個說法：這分田全然是我來說的，我要在中間打五十兩銀子的『背公』，要在你這裡除給我；我還要到那邊要中用錢去。」（第四十七回，頁 581～582）

「打背公」，就是「打背弓」，本為戲劇裡背人獨白的術語，在這裡的意思為「買賣中間人賺取外快」，專業詞語向生活領域泛化，使得人物語言更加形象有趣。

> 那些妓女們相與的孤老多了，卻也要幾個名士來往，覺得破破俗。
> （第五十三回，頁 637）

「孤老」本來指的是孤獨而年老的人，在這裡意義泛化為「妓女長期固定的客人」，指「嫖客」或「姘頭」。「孤老」二字形象地描述了長期嫖客多為年老有錢之人的特點，同時，也與下文的「名士」形成鮮明對比。

> 記得當時，我愛秦淮，偶離故鄉。向梅根冶後，幾番嘯傲；杏花村裡，幾度徜徉。鳳止高梧，蟲吟小榭，也共時人較短長。今已矣！把衣冠蟬蛻，濯足滄浪。無聊且酌霞觴，喚幾個新知醉一場。共百年易過，底須愁悶；千秋事大，也費商量。江左煙霞，淮南耆舊，寫入殘編總斷腸！從今後，伴藥爐經卷，自禮空王。（第五十六回，頁 684～685）

蟬從幼蟲到成蟲需要經歷若干次褪去皮殼的程序，最後褪下來的那一層殼就叫做「蟬蛻」，在生物學領域上是用來闡述蟬擺脫外殼、成長的過程，也是中醫藥材的專有名詞。在這裡吳敬梓使用這個詞語來表示「擺脫、解除」之義，

增強了語詞的表達效果。

二、借　代

「借代」是指在行文用語中，當要出現某個詞語的時候，不用它的原名，而是使用一個與它某個方面有關、能夠用以代指它的詞語，這樣不僅可以凸出其特徵，且可獲得新奇、詼諧等效果。

> 自此，浙西各郡都仰慕蘧太守公孫是個少年名士，蘧太守知道了，成事不說，也就此常教他做些詩詞，寫斗方，同諸名士贈答。（第八回，頁 110～111）

「斗方」指一二尺見方的單幅箋紙，文人們每用它來寫詩詞及繪畫。在這裡用箋紙的大小代指箋紙，顯得更加文雅，更富有文藝氣息。

> 有分教：公子好客，結多少碩彥名儒；相府開筵，常聚些布衣韋帶。
> （第八回，頁 114）

「布衣」，麻布衣裳；「韋帶」，熟獸皮帶子，兩者均為古時沒有功名官職的士人服飾，這裡用服飾來代指那些沒有做官的士人，除了顯得形象生動外，在「碩彥名儒」、「相府」的直接用法句中也增添了些許意味與對照。

> 那知辭官未久，被了這一場橫禍，受小人駔儈之欺！那時懊惱不如竟到洑陽，也免得與獄吏為伍，若非三先生、四先生相賞於風塵之外，以大力垂手相援，則小弟這幾根老骨頭，只好瘐死圄圄之中矣！此恩此德，何日得報！」（第十一回，頁 149）

駔儈——古代稱馬販子做「駔」，中間商人為「儈」，後來「駔儈」二字成為「一般商人」的代詞；然而用這個名詞稱商人時，通常含有「輕視」的意思。

> 陳和甫道：「老先生這脈息，右寸略見弦滑，肺為氣之主，滑乃痰之徵。總是老先生身在江湖，心懸魏闕，故爾憂愁抑鬱，現出此症。（第十一回，頁 151）

「心懸魏闕」是「心裡關懷著朝廷」的意思。「魏闕」是宮門前面大路兩旁的樓臺，這裡指代「朝廷」。「心懸魏闕」與前文「身在江湖」形成對仗，增強了表達效果。

> 差人道：「先生，你一個『子曰行』的人，怎這樣沒主意？自古『錢到公事辦，火到豬頭爛。』只要破些銀子，把這枕箱買了回來，這事便罷了。」（第十三回，頁 178）

「子曰」是自來文人必讀的《論語》上的常見語，在這裡用「子曰行」代指「士子文人」，是差人對馬二先生的「故意捧高」，亦含有嘲笑的意思。

> 馬二先生拉住道：「請坐再說，急怎的？我方才這些話，你道我不出本心麼？他其實不在家，我又不是先知了風聲，把他藏起，和你講價錢。況且你們一塊土的人，彼此是知道的，蓬公孫是甚麼慷慨腳色，這宗銀子知道他認不認，幾時還我？只是由著他弄出事來，後日懊悔遲了。」（第十四回，頁 182）

「一塊土的人」猶如說「同在一個地方生長的人」。用「一塊土」代指「來自同一個地方的人」，一來拉近了蓬公孫與差人二者之間的距離，再者也是馬二先生撇清自己與蓬公孫的關係尚不如差人，顯得更具說服力。

> 到晌午時分，那人把艙後開了一扇板，一眼看見牛浦，問道：「這是甚麼人？」船家陪著笑臉說道：「這是小的們帶的一分酒資。」（第二十二回，頁 279）

「帶的一分酒資」意指「附帶的一個船客」。船被包後，船家另行招攬的船客所付的船錢就是船家的額外收入，所以說是「酒資」。用「酒資」來代指「自行招攬的船客」，委婉含蓄，不傷和氣，使得人物語言更加生活化。

> 當下又走了許多路，走過老退居，到一個和尚家，敲門進去。小和尚開了門，問做什麼事；說是來尋下處的，小和尚引了進去。（第二十八回，頁 352）

「退居」是指「和尚當過方丈後退休」的稱謂，這裡代指「退居的老和尚居住的地方」；連退休老和尚都另有居所，可見此處定有玄機，難怪三人還不成價，只得另覓住處。

> 杜慎卿道：「列位先生，這『夷十族』的話是沒有的。漢法最重，『夷三族』，是父黨、母黨、妻黨。這方正學所說的九族，乃是高、曾、祖、考、子、孫、曾、元，只是一族，母黨、妻黨還不曾及，那裡誅的到門生上？況且永樂皇帝也不如此慘毒。本朝若不是永樂振作一番，信著建文軟弱，久已弄成個齊梁世界了！」（第二十九回，頁 364）

齊、梁是南北朝時南朝兩個王朝的名稱，當時侷促在南方，國勢不振。在這裡用「齊梁世界」代指「混亂、衰弱、分裂」的統治局面，可以增強文章的表達效果，並強化人物的激憤語氣。

> 杜慎卿道：「葦兄，小弟最厭的人，開口就是紗帽！方才這一位宗先
> 生說到敝年伯，他便說同他是弟兄，這怕而今敝年伯也不要這一個
> 潦倒的兄弟！」（第三十回，頁 368）

「紗帽」就是「官帽」，是我國帝制時期士人的地位象徵。讀書人經過鄉試就
成為秀才，並戴上頭巾，以後即使不再參加會試，也可以教童子書賺口飯吃；
一旦再高中並授予官職，則會賜予烏紗帽；此處杜慎卿用「紗帽」代指「功
名利祿」，是為了表明自己對仕途的不屑以顯清高。

> 因說道：「先生，你也不要說天下沒有這個人。小弟曾遇見一個少
> 年，不是梨園，也不是我輩，是一個黃冠。這人生得飄逸風流，確
> 又是個男美，不是像個婦人。我最惱人稱讚美男子，動不動說像個
> 女人，這最可笑。如果要像女人，不如去看女人了。天下原另有一
> 種男美，只是人不知道。」（第三十回，頁 371）

「黃冠」本指道士戴的帽子，在這裡用來代指「道士」，吊足人胃口，饒富情
趣。

> 蕭柏泉道：「小弟生平最喜修補紗帽，可惜魯編修公不曾會著，聽見
> 他那言論丰采，到底是個正經人；若會著，我少不得著實請教他。
> 可惜已去世了。」（第三十四回，頁 421～422）

蕭柏泉自認生平最喜歡與官場中任職於翰林院的修撰或編修的人來往，所以
才有這番憾言，以「修補紗帽」一詞隱指，既可避去高攀之嫌，又可表示自
家學識。另「修補」疑作「繡補」（據 1981 人民文學出版社張慧劍校注本），
「繡補」就是補服，官服的一種；「紗帽」是官帽；蕭柏泉這句話的意思是說
他生平最喜仕宦生活，用「修補紗帽」來代指「官宦生活」，具有形象特色，
比較不流於俗氣。

> 杜少卿道：「這人大是不同，不但無學博氣，尤其無進士氣。他襟懷
> 沖淡，上而伯夷、柳下惠，下而陶靖節一流人物；你會見他便知。」
> （第三十六回，頁 449）

「學博」，是對大小教授者包括國子監博士在內的泛稱，「學博氣」的意思就
是一種教授者的習氣。這裡用「學博」這一官名來代指，具有新奇的效果，
並與下句之「進士」相對。

> 那胡八亂子想了一想，看看鳳四老爹又不是個金剛、巨毋霸，怕他
> 怎的。（第五十二回，頁 627）

「金剛」是佛的衛士，「巨毋霸」是新莽時人，都是古代用來稱讚「身體非常強壯的大力士」。這裡用「金剛」、「巨毋霸」世人所熟悉的人物來代指「孔武有力之人」，與文化傳統一脈相承，這樣的借代，可以強化文章的表達效果。

三、譬　喻

譬喻是所指對象與另一類所指事物有一定的相似性，具有可類比的特徵，藉由聯想自然地將兩類事物聯繫起來，表象意義豐富於字面意義。

> 又一個人道：「李老爹這幾年在新任老爺手裡著實跑起來了，怕不一
> 年要尋千把銀子。只是他老人家好賭，不如西班黃老爹，當初也在
> 這些事裡頑耍，這幾年成了正果，家裡房子蓋得像天宮一般，好不
> 熱鬧！」（第二回，頁 23）

「跑起來」比喻「走運、走紅、得意」，這一說法形象且充滿動作性，將李老爹走運的狀態精確地表達了出來，言下之意還暗藏著「財源滾滾」、卻不是很正面的感覺。

> 又道：「他沒脊骨的事多哩！就像周三房裡，做過巢縣家的大姑娘，
> 是他的外甥女兒。三房裡曾托我說媒，我替他講西鄉裡封大戶家，
> 好不有錢！張家硬主張著許與方才這窮不了的小魏相公，因他進個
> 學，又說他會作個甚麼詩詞。前日替這裡作了一個薦亡的疏，我拿
> 了給人看，說是倒別了三個字。像這都是作孽！眼見得二姑娘也要
> 許人家了，又不知撮弄與個甚麼人！」（第四回，頁 52～53）

「沒脊骨」比喻「不成器」、「不正經」，強烈地表達了說話者憤怒與不滿的情緒——連僧官和尚都不屑的人，更何況吳敬梓呢！

> 那楊老六雖是蠢，又是酒後，但聽見妻府，也就不敢胡鬧了。他娘
> 見他酒略醒些，撕了一隻雞腿，盛了一大碗飯，泡上些湯，瞞著老
> 子遞與他吃。吃罷，扒上床，挺覺去了。（第十一回，頁 148）

「挺覺」，拿挺屍做比方，是對睡覺的人的詈罵語；睡覺像屍體般直挺挺、不省人事的楊家老六，吳敬梓的不滿和批評委婉地表達。

> 浦墨卿道：「還有奇處。趙爺今年五十九歲，兩個兒子，四個孫子，
> 老兩個夫妻齊眉，只卻是個布衣；黃公中了一個進士，做任知縣，
> 卻是三十歲上就斷了弦，夫人沒了，而今兒花女花也無。」（第十七
> 回，頁 224）

古人拿「琴瑟和鳴」比喻夫妻感情協調，「斷了弦」就和鳴不成了，本句以此譬喻「喪妻」，與前文之「夫妻齊眉」對應。

> 牛浦辭了出來，黃客人見他果然同老爺相與，十分敬重。牛浦三日兩日進衙門去走走，借著講詩為名，順便撞兩處木鐘，弄起幾個錢來。（第二十三回，頁 293）

「撞木鐘」比喻暗地裡攬說人情，類似今之司法黃牛，委婉地表達出吳敬梓對牛浦的不滿。

> 王三胖是一個候選州同，他真正是太太了。他做太太又做的過了：把大呆的兒子、媳婦，一天要罵三場；家人、婆娘，兩天要打八頓。這些人都恨如頭醋。（第二十六回，頁 328）

「頭醋」指的是剛發酵完成未攙水的醋，味酸苦極不可耐。此句說「恨如頭醋」，是說其人可惡如同頭醋，叫人恨得切骨、無法忍受，將家人對胡家女兒王太太的仇恨，形象地表現了出來。

> 鮑廷璽道：「門下在這裡大半年了，看見少爺用銀子像淌水，連裁縫都是大捧拿了去；只有門下是七八個月的養在府裡白渾些酒肉吃吃，一個大錢也不見面。我想這樣乾篾片也做不來，不如揩揩眼淚，別處去哭罷。門下明日告辭。」（第三十二回，頁 402）

「篾片」本指的是竹子劈成的條狀薄片，常常置於竹籃底部，在此則指「替富豪人家幫閒，從中撈取外快的人」。「乾篾片」是鮑廷璽說自己做不來「白效勞、白巴結，卻得不到任何好處」的人，這種譬喻不僅形象生動，且深刻表現出鮑廷璽心理的不滿和不平衡。

> 重新同他見了禮，請眾位坐下。武書道：「老師文章山斗，門生輩今日得沾化雨，實為僥倖。」（第三十六回，頁 447）

「化雨」指「下得合時的、漬草木使漸生長的雨」，在這裡譬喻「完善的教育」，出現在人物語言中，表現書中人物語言的得體和謙卑，亦寫出了吳敬梓對虞博士的景仰。

> 余二先生和代書拱一拱手。只見桌旁板凳上坐著一個人，頭戴破頭巾，身穿破直裰，腳底下一雙打板唱曲子的鞋，認得是縣裡吃葷飯的朋友唐三痰。（第四十五回，頁 549）

「吃葷飯」指「用不正當手段，專門包攬詞訟，從中詐取財物為生的人」，也叫「吃腥飯」。這裡採用譬喻的寫法，將吳敬梓對唐三痰這類人的不滿表

達出來。

> 淩家這兩個婆娘，彼此疑惑：你疑惑我多得了主子的錢，我疑惑你
> 多得了主子的錢，爭風吃醋，打吵起來。又大家搬楦頭，說偷著店
> 裡的店官，店官也跟在裡頭打吵；把廚房裡的碗兒，盞兒，碟兒，
> 打的粉碎；又伸開了大腳，把洗澡的盆桶都翻了。（第四十五回，頁
> 556～557）

「楦頭」是指做鞋時放在鞋子裡面的木製模型。「搬楦頭」，就是「露底」的
意思，用來譬喻「揭人陰私」。這樣的用法使得文章語言更加形象，生動刻畫
出淩家兩個女人互相爭吵的醜陋景象。

四、委　婉

在《儒林外史》中，有不少地方為追求委婉的表達效果而採用創新用詞，
或表示敬稱，或謙稱，或避諱。

> 三公子道：「既如此，明日屈老父台舍下一飯。丈量到荒山時，弟輩
> 自然到山中奉陪。」說著，換過三遍茶，那廳官打了躬又打躬，作
> 別去了。（第十二回，頁155）

「荒」，「冷落」、「偏僻」的意思。把「自家的墳地」稱為「荒山」，表達喪家
謙遜的風範。

> 頃刻，胡家管家來下請帖，兩副：一副寫洪太爺，一副寫馬老爺。
> 帖子上是：「明日湖亭一卮小集，候教！胡縝拜訂」。（第十五回，
> 頁195～196）

「一卮小集」意思是說「只備了一杯酒，作簡單的聚會」，喻「招待不周」，
是身為東道主的客套話。

> 鮑文卿驚道：「原來老爹是學校中人，我大膽的狠了。請問老爹幾位
> 相公？老太太可是齊眉？」倪老爹道：「老妻還在。從前倒有六個小
> 兒，而今說不得了。」鮑文卿道：「這是甚麼原故？」（第二十五回，
> 頁312）

「齊眉」，語出漢人梁鴻、孟光「舉案齊眉」的故事，本意指「夫婦相敬」。
不便直問對方的配偶是否還健在，就問「可是齊眉」，是一種文雅而含蓄的
問法。

> 季恬逸道：「兩位都不必謙，彼此久仰，今日一見如故。諸葛先生且

　　做個東，請蕭先生吃個下馬飯，把這話細細商議。」諸葛天申道：「這
　　話有理，客邊只好假館坐坐。」（第二十八回，頁 351）

「假」，借；「館」，指酒館。從前請客，以在家設筵爲敬，說「客邊只好假館
坐坐」，有「自咎簡慢」的意思。

　　創新詞的使用，能夠大大增加作品語言的新鮮感和生動性，從上面所舉
的例子中可以充分感受到這一點，然而，這並不意味著作者可以根據自己的
喜好和習慣隨意創新、任意使用。《儒林外史》創新詞的使用，首先根基於當
時社會生活中口語發展的基礎上，是當時社會語言發展的反映；其次是與小
說刻畫人物和情節發展息息相關的，是爲增加小說藝術感和眞實感的需要，
並非爲「創新」而創新。《儒林外史》中的創新詞，既受到當時口語很大的影
響，反過來說，這些創新詞又透過《儒林外史》的傳播而得到更多人的接受，
對當時口語亦產生了相當程度的影響。可以這麼說，部分詞的創新用法，經
《儒林外史》而確定下來，爲古白話文的寫作提供了新的語言成分，並成爲
我國語言寶庫中的重要部分。

第三章　人物形象塑造的藝術

　　作爲一部以反功名富貴爲主題的長篇諷刺小說，《儒林外史》塑造了許多鮮明生動的形象。吳敬梓以其敏銳的感覺，洞察世態；以其細膩的筆觸，反映現實；機鋒所及不僅文苑儒林，而且廣泛描摹了人間眾生相。《儒林外史》刻畫的人物中，並非只有知識份子，還有村婦野老、平民百姓等，同時知識份子當中又可以分爲不同的類型，如作者心目中的理想人物名士碩儒、爲科舉蒙蔽心智的舉業中人、長期落第不中的落魄文士等等，吳敬梓透過對這些形形色色人物的描寫，廣泛地反映了清代康、雍、乾時期的社會現實，因此這部傑出的諷刺作品所塑造的人物形象，就值得我們分析和研究。

　　然而，已往對於《儒林外史》人物形象的分析多側重於人物個性、社會背景、典型人物的普遍意義等方面，對小說中如何運用文學語言刻畫人物形象的分析則不多。實際上，文學語言作爲刻畫小說人物最直接的寄託，在小說人物的塑造中發揮著極其重要的作用。《儒林外史》向讀者展示豐富的人物形象，其文學語言的作用功不可沒。因此，本章將從語言運作藝術出發，探討《儒林外史》對慳吝人物、名士碩儒、舉業中人、市井細民、女性人物等各色人物形象塑造的藝術。

第一節　慳吝人物

一、古典小說中的慳吝人物形象

　　慳吝人物是中國古典小說中非常獨特的一類人物形象。「慳吝」亦作「慳悋」，據《康熙字典》中對「悋」的解釋：「悋……鄙也，慳也……本作吝。

又作怯」〔註1〕，可知「悋」、「慳」、「吝」、「鄙」意思相近。揚雄《輶軒使者絕代語釋別國方言第十》中說：「亄，嗇，貪也。（謂慳貪也。音懿。）荊汝江湘之郊凡貪而不施謂之亄，（亦中國之通語。）或謂之嗇，或謂之悋。悋，恨也。（慳者多惜恨也。）」〔註2〕，可知「亄」、「嗇」、「悋」、「慳」等皆爲形容「貪而不施」之詞。一般來說，慳吝人物都有兩大特點：其一爲「貪」，貪得無厭，不擇手段收斂錢財；其二爲「不施」，吝嗇小氣之至，一毛不拔。自古以來我國敘事文學即塑造了不少鮮明的慳吝人物形象，這些形象一方面由於其極端的性格特徵而使得作品產生出強烈的喜劇效果，另一方面也蘊含了作者對現實社會的諷刺和鞭撻。

　　早在魏晉時期的筆記小說中，慳吝人物就成爲一個富有特徵的群體進入了敘事文學的人物長廊中。劉義慶《世說新語》專闢「儉嗇」一門，記述了士族階層中「貪而不施」的典型。司徒王戎，身分顯赫，家庭富有，房屋、僕役、良田、水碓等財物，整個洛陽城沒有人可以與之匹敵。他的契約賬簿多得數不清，常常和妻子在燭光下整夜核計。一個如此富有的人，姪兒結婚的時候，只送了一件單衣，過後又要回去了；女兒出嫁的時候，「貸錢數萬」，王戎懷恨在心，結果女兒每次回娘家的時候，王戎都「色不說」，直到女兒把錢還給了他，王戎「乃釋然」。除此之外，《世說新語‧儉嗇》中還記述了「有知舊人投之，都不料理，唯餉王不留行一斤」的江州衛展，「賬下甘果盈溢不散」的丞相王導，還有請客人「噉薤」的陶侃〔註3〕。《世說新語》語言精練，抓住人物個性化的言行舉止，透過漫畫式的誇張筆觸，塑造了我國文學史上早期的慳吝人物形象。

　　我國最早的一部笑話集《笑林》中的〈漢世老人〉堪稱魏晉時期塑造平民中慳吝人物的代表作：「漢世有人，年老無子，家富，性儉嗇。惡衣蔬食，侵晨而起，侵夜而息。管理產業，聚斂無厭，而不敢自用。或人從之求丐者，不得已而入內，取錢十，自堂而出，隨步輒減，比至於外，才餘半在。閉目以授乞者，尋復囑云：『我傾家贍君，慎勿他說，復相效而來。』老人餓死，田宅沒官，貨財充於內帑矣。」〔註4〕短短百字的笑話，既有概述介紹，又有

<hr />

〔註1〕　〔清〕張玉書等編、《康熙字典》校點組校點，《康熙字典》（北京：北京師範大學出版社，1997），卯集上，心部，部外7畫。

〔註2〕　〔漢〕揚雄撰，〔晉〕郭璞注，〔清〕戴震疏證，《輶軒使者絕代語釋別國方言》（上海：商務印書館，1937年），第十。

〔註3〕　徐震堮，《世說新語校箋》（臺北，文史哲出版社，1989年9月），頁465～467。

〔註4〕　〔魏〕邯鄲淳，《笑林》，轉引自〔宋〕李昉，《太平廣記》（北京：中華書局，

細節描繪；不僅透過人物的語言、行動、神態等表現性格，而且還運用了誇張、諷刺等手法從各個方面勾畫了一個貪得無厭、小氣至極的慳吝老人形象。但是限於當時小說的體制和表現手法的簡略，這篇短篇小說形式上顯得粗陳梗概，人物形象也流於單薄不立體。

　　宋人所編類書《太平廣記》的〈廉儉（吝嗇附）〉中，截取了不少漢代至宋初的野史及小說中對慳吝人的描寫。如《北夢瑣言》中「性甚吝嗇」的歸登尚書，他「常爛一羊脾，旋割旋啖，封其殘者」，一天，他的妻子將羊脾割下一點吃了，歸登發現後大怒，從此不再吃肉；書中又記載裴司徒璩，查訪江西的時候，家裡的傢俱都是新的，他卻「閑屋貯之，未嘗施用」，每次請人吃飯，都捨不得用自己的傢俱，而是「於朝士家借之」。《朝野僉載》中記載唐代詩人韋莊，不僅「數米而炊，秤薪而爨」，而且還吝嗇到從自己兒子的屍體上剝下「時服」，葬後擎其裹屍故席而歸〔註5〕。這個時期文學作品中的慳吝人物仍然是以群像的形式出現，作者往往截取所描寫人物的某些生活片段，呈現其慳吝的性格特徵。

　　明代的短篇白話小說在宋元話本的基礎上有了很大的進展，產生了一大批色彩各異的短篇小說，人物描寫更加細緻，表現手法更加多樣，小說反映生活和社會的廣度和深度也大大超過前朝。馮夢龍《警世通言》第五卷〈呂大郎還金完骨肉〉中塑造了一個叫金鐘的慳吝人形象，堪稱慳吝人物中的極品。這位員外平生常有五恨：恨天，恨地，恨自家，恨爹娘，恨皇帝。「恨天者，恨他不常常六月，又多了秋風冬雪，使人怕冷，不免費錢買衣服來穿。恨地者，恨他樹木生得不湊趣，若是湊趣，生得齊整如意，樹木就好做屋柱，枝條大者，就好做梁，細者就好做椽，卻個省了匠人工作。恨自家者，恨肚皮不會作家，一日不吃飯，就餓將起來。恨爹娘者，恨他遺下許多親眷朋友，來時未免費茶費水。恨皇帝者，我的祖宗分授的田地，卻要他來收錢糧。」除此之外，他還有四願：「一願得鄧家銅山，二願得郭家金穴，三願得石崇的聚寶盆，四願得呂純陽祖師點石為金這個手指頭。」〔註6〕因有這四願、五恨，這位員外心常不足，不斷地積財聚穀，坐擁萬貫家財卻數米而炊，稱柴而爨。作者語帶譏誚，幽默詼諧，不僅用順口溜加以調侃，而且還送給他

　　　　1961 年 6 月），頁 1207。
〔註5〕　〔宋〕李昉，《太平廣記》（北京：中華書局，1961 年 6 月），頁 1207～1211。
〔註6〕　〔明〕馮夢龍，《警世通言》（上海：上海古籍出版社，1996 年 12 月），頁 48
　　　　～58。

一個外號「金冷水」，又叫「金剝皮」。酌元亭主人所撰《照世杯》的〈掘新坑慳鬼成財主〉中，記述了一個靠建造公共廁所發家致富的財主穆太公。這位財主慳吝成性，常常不到黃昏，就爬上床去睡覺，一來為省燈油錢，二來為省下夜飯的兩碗稀粥。作者打趣到：「可憐太公終年在黑暗地獄裡過日子。正是：幾年辛苦得從容，力盡筋疲白髮翁，愛惜燈油坐黑夜，家中從不置燈籠。」〔註7〕這幾篇小說中對慳吝人的刻畫有了長足的進步，手法曲折隱晦，從日常生活中表現他們的貪與不捨，而除了慳吝以外，這些財主還有著精明、懦弱等其他性格特徵，人物形象更加飽滿立體。

從《笑林》中的「漢世老人」到明清小說中的慳吝財主，隨著小說的不斷發展，慳吝人物的形象漸漸由單薄到豐滿，人物性格也由單一到複雜。到了清代諷刺小說的空前巨著《儒林外史》，對慳吝人物的刻畫既吸取了前代作品中的精華，又獨闢蹊徑，遂塑造了文學史上空前絕後的慳吝人物形象——嚴監生。

二、古今第一慳吝人：嚴監生形象的塑造及其內涵

《儒林外史》全書中對嚴監生的描寫只有第五回和第六回，重點集中在第五回，雖然只是其人物長卷中的一小部分，但卻有著豐富的內涵和深刻的意蘊。吳敬梓對嚴監生慳吝性格的刻畫，筆法高超，堪稱一絕，總結起來主要有以下幾個特點：

其一，筆法隱晦，善用曲筆，著重側面描寫，不加作者主觀評論。陳獨秀在〈儒林外史新敘〉中說：「中國文學有一層短處，就是：尚主觀的『無病而呻』的多，知客觀的『刻畫人情』的少。《儒林外史》之所以難能可貴，就在他不是主觀的、理想的，而是客觀的，寫實的。這是中國文學書裡很難得的一部章回小說。」〔註8〕這個評價十分中肯。《儒林外史》寓褒貶於敘事之中，由嚴監生自身的行為展現了其慳吝的特徵。縱觀書中對嚴監生的描寫，無一處出現「慳吝」、「小氣」、「吝嗇」等詞，但是吳敬梓透過對其「替兄消災、扶妾為正、重病歸天」三件事的描寫，一個活脫脫的慳吝人物形象便躍然紙上。

〔註7〕 〔清〕酌元亭主人，《照世杯》（上海：上海古籍出版社，1985 年 12 月），頁69～104。

〔註8〕 〔清〕吳敬梓著，汪原放標點，《儒林外史》（海南：海南出版社，1955 年 11 月，胡適主編亞東圖書館本），頁 5～6。

　　嚴監生的出場在第五回〈王秀才議立偏房，嚴監生壽終正寢〉。其兄嚴貢生訛人錢財，打人致殘，爲逃避官府追究而開溜到省城。官府到嚴家抓人，嚴監生不得已代其兄消弭官司，破費銀兩：

　　　　二老官叫做嚴大育，字致和。他哥字致中，兩人是同胞弟兄，卻在
　　　　兩個宅裡住。這嚴致和是個監生，家有十多萬銀子。嚴致和見差人
　　　　來說了此事，他是個膽小有錢的人，見哥子又不在家，不敢輕慢，
　　　　隨即留差人吃了酒飯，拿兩千錢打發去了。忙著小廝去請兩位舅爺
　　　　來商議。（第五回，頁64）

在嚴監生的出場中，吳敬梓僅僅強調了「膽小有錢」四個字。吳敬梓不僅沒有先入爲主地刻畫其慳吝性格，相反地還讓讀者覺得嚴監生是個寧願吃虧、情願花錢以換得一切安穩的人。嚴監生和兩位舅爺商議後，「連在衙門使費共用去了十幾兩銀子」，於是官司得以平息。哥哥嚴貢生惹下禍端，弟弟嚴監生花錢消災，而且從根本上解決問題，不留後患，主意雖是二位舅兄出的，錢卻是嚴監生出的。在這件事情上，讀者絲毫看不出嚴監生的吝嗇之處，看到的卻是他出手大方，把一切都安排妥當的作爲。

　　爾後，爲了感謝兩位舅兄的消災解禍，他「過了幾日，整治一席酒，請二位舅爺來致謝」，看上去還挺有人情味的；誰知兩位舅兄做勢不肯來，不得不假託嚴監生夫人王氏──也就是他倆的妹妹有事商議的名義才來。喝了茶，妹妹有請兩位兄長入房，然這段描寫就頗有蹊蹺：

　　　　抬頭看見他妹子王氏，面黃肌瘦，怯生生的，路也走不全，還在那
　　　　裡自己裝瓜子、剝栗子，辦圍碟。（第二回，頁65）

嚴監生「家有十多萬銀子」，可是自己的夫人不僅「面黃肌瘦」，而且重病之中還要「自己裝瓜子、剝栗子，辦圍碟」，完全一副貧家病婦的摸樣。接著嚴監生與兩位舅兄在酒席上的談話使嚴監生的慳吝初見端倪：

　　　　不瞞二位老舅，像我家還有幾畝薄田，日逐夫妻四口在家度日，豬
　　　　肉也捨不得買一斤，小兒子要吃時，在熟切店內買四個錢的哄他就
　　　　是了。家兄人口又多，過不得三天，一買就是五斤，還要白煮的稀
　　　　爛；上頓吃完了，下頓又在門口賒魚。當初分家，也是一樣田地，
　　　　白白都吃窮了。而今搬了家裡花梨椅子，悄悄開了後門，換肉心包
　　　　子吃。你說這事如何是好！（第二回，頁66）

這短短的一段話，卻暗含了嚴監生性格特徵和心理狀態的許多資訊，不禁讓

人讚歎吳敬梓的獨具匠心。首先，一個地方財主，卻連豬肉也捨不得買一斤
來吃；不僅自己捨不得買，還見不得自己的兄長買，可見其慳吝小氣。其次
是嚴監生同時告訴二王，自己雖有「幾畝薄田」，卻來之不易，希望二位舅爺
不要打妹夫我的主意。再者，這段話中嚴監生對其兄長嚴貢生的責備，一方
面可以看出嚴監生卑微緊張的生活狀態——他時刻留意自己兄長的動向，對
其兄長的行為即使不滿，卻敢怒而不敢言，只會暗自氣惱——另一方面，這
段話也隱含了嚴監生這樣的潛在臺詞：這樣花錢如流水的兄長，闖了禍卻逃
之夭夭，留下個爛攤子要我嚴監生來花錢消災，天理何在？原來嚴監生替兄
出錢一為消災，二為面子，雖然看似出手大方，實則心裡為財物的流失痛苦
不已。

　　替兄消災之後，吳敬梓對嚴監生的描寫轉入了「替妻治病，扶妾為正」
之中。王氏病重之後，「每日四五個醫生，用藥都是人參、附子，並不見效」。
連豬肉都捨不得買一斤的嚴監生為何忽然變得如此大方？王氏同意扶正偏房
趙氏後，吳敬梓用嚴監生的反應回答了這個問題：

> 嚴致和聽不得這一聲，連三說道：「既然如此，明日清早就要請二位
> 舅爺說定此事，才有憑據。」（第五回，頁 67～68）

吳敬梓連用「聽不得」、「連三」、「明日清早」、「說定此事」，將嚴監生蓄謀已
久、迫不及待要將趙氏扶正的心思表露得淋漓盡致。嚴監生的「人參」、「附
子」實際上只是一種投資，以換得王氏的一聲同意；而此後更是用銀兩和首
飾拉攏兩位舅兄，終於如願在王氏歸天之前將趙氏扶為正室。

　　可是，這次扶妾為正花費的銀兩，加上先前替兄消災用掉的錢，像兩把
刀子一樣插在嚴監生的心上。吳敬梓沒有正面描寫嚴監生破財和重病之間的
關係，但從他「病來無由」，且終日「精神顛倒，恍惚不寧」，漸漸「飲食不
進，骨瘦如柴，又捨不得銀子吃人參」，可以看出破財這件事對嚴監生的心理、
進而對其健康造成的巨大傷害。最終嚴監生病入膏肓，一命嗚呼。

　　其二，注重細節，藉由細節描寫刻畫人物性格。吳敬梓透過對嚴監生極
富個性特點的支微末節的描寫，入木三分地表現了嚴監生的慳吝性格。嚴監
生死前「兩根燈芯」的故事成為了文學史上的絕對經典：

> 話說嚴監生臨死之時，伸著兩個指頭，總不肯斷氣。幾個侄兒和些
> 家人都來訌亂著問，有說為兩個人的，有說為兩件事的，有說為兩
> 處田地的，紛紛不一；只管搖頭不是。趙氏分開眾人走近上前道：

> 「爺，只有我能知道你的心事。你是為那燈盞裡點的是兩莖燈草，
> 不放心，恐費了油。我如今挑掉一莖就是了。」說罷，忙走去挑掉
> 一莖。眾人看嚴監生時，點一點頭，把手垂下，登時就沒了氣。（第
> 六回，頁77）

嚴監生臨死時伸著兩個指頭，不肯斷氣，不是為親人，也不為什麼大事，只
是因為燈草多了一莖。這個誇張的細節，把這個守財奴的慳吝本性，刻畫得
深入骨髓。這種典型行為的細緻刻畫，在表現嚴監生的性格上，產生了「以
一當十」的作用。

　　在對嚴監生慳吝性格的刻畫中，細節描寫處很多，除了經典的「兩根燈
芯」以外，其中一個「踢貓」的小細節對情節的發展也有相當關鍵的作用。
嚴監生為了扶妾為正，一直對兩個舅兄出手大方，銀兩首飾贈送不少。到了
除夕，嚴監生與趙氏收到典鋪送來的王氏存下的利錢，嚴監生感歎「今年又
送這銀子來，可憐就沒人接了！」於是趙氏出主意說：「這銀子也不費用掉了，
到開年替奶奶大大的做幾件好事，剩下來的銀子，料想也不多，明年是科舉
年，就是送與兩位舅爺做盤程，也是該的。」聽到這話，嚴監生的反應相當
耐人尋味：

> 嚴監生聽著他說，桌子底下一個貓就趴在他腿上。嚴監生一腳踢開
> 了，那貓嚇的跑到房內去，跳上床頭。只聽得一聲大響，床頭上掉
> 下一個東西來，把地板上的酒罈子都打碎了。拿燭去看，原來那瘟
> 貓，把床頂上的板，跳蹋了一塊，上面掉下一個大竹簍子來；靠近
> 看，只見一地黑棗子拌在酒裡，蔑簍橫放著。兩個人才扳過來，棗
> 子底下，一封一封，桑皮紙包；打開看時，共五百兩銀子。嚴監生
> 歎道：「我說他的銀子那裡就肯用完了？像這都是歷年積聚的，恐怕
> 我有急事好拿出來用的；而今他往那裡去了！」一回哭著，叫人掃
> 了地。把那幹棗子裝了一盤，同趙氏放在靈前桌上；伏著靈床前，
> 又哭了一場。（第五回，頁72）

嚴監生生性膽小儒弱，但當聽到趙氏要將王氏的私房錢送與兩位舅兄做盤纏
時，竟惡狠狠地用靴頭子使勁踢貓，這個小細節具體呈現了在嚴監生心中長
埋已久、對兩位舅兄的不滿和對在他們身上花費的銀兩的心疼。但是貓被踢
開之後，竟發生了一個小巧合，使得嚴監生發現了王氏私藏在蔑簍子裡的五
百兩銀子，嚴監生的心情馬上極速轉變，還假惺惺地「歎道」。這個小小細節

的描寫對情節發展和人物性格塑造卻產生了畫龍點睛的作用。

其三，人物形象飽滿，具有全方位的性格特色。與前代文學作品中的慳吝人物相比，《儒林外史》中的嚴監生，已經不再是慳吝性格的單方面個體，而是具有豐富性格特徵的活生生的人；已經不是蒼白的扁平的「漢世老人」，而是圓形的多面立體。性格多側面的橫向拉開與多層次的縱向剖析的結合，不僅僅是嚴監生人物塑造的特點，也是整部《儒林外史》人物塑造的精妙。嚴監生雖然是慳吝人物的典型，但吳敬梓並不是僅僅賦予他慳吝的一面，他更像莎士比亞筆下那具有「慳吝、機靈、復仇心重、熱愛子女，而且銳敏多智」多重人格的夏洛克：在其兄嚴貢生貪得無厭的欺壓下，他一味苟且忍讓，雖然心有不滿，卻依舊盡了作弟弟的職責；在小妾趙氏面前，嚴監生一再遷就，為了扶妾為正、不惜花費大量銀兩，雖然心有不甘，但畢竟為趙氏盡了作丈夫的責任。這種種的矛盾，構成了其情感和性格的多重性。他固然慳吝，但在整體上卻是個善良、軟弱、孤僻、笨拙、受人捉弄的可憐蟲，活得卑微卻不乏人情與慷慨。吳敬梓對他重病之中的一段描寫，隱含了自己對這個人物的同情和憐憫：

> 那一日，早上吃過藥，聽著蕭蕭落葉打的窗子響，自覺得心裡虛怯，
>
> 長歎了一口氣，把臉朝床裡面睡下。（第五回，頁 72～73）

嚴監生一毛不拔卻又揮金如土，貪婪之欲與人情之常，構成了其性格的複雜性和矛盾性，不少學者從心理層面對此作了解釋和分析，但是都無法解釋嚴監生複雜性格的根本原因。我們必須聯繫《儒林外史》整部作品的主題，才能夠深刻地理解嚴監生慳吝性格的本源。《儒林外史》被稱為「儒林百丑圖」，實際上，嚴監生也是其「儒林群像」中的一員，他的慳吝來自他自視低下、膽小謹慎的卑微人格，是儒林百丑圖中被科舉文化扭曲了性格的人〔註9〕。

按明清科舉律例，由貢生而任官職者，與舉人、進士出身者是一樣的，都被視為正途；然監生比貢生功名低，何況嚴致和監生名號還是花錢買來的，只能算是異途出身，因此在科舉文化的陰影裡，嚴監生一直對自己的身分感到自卑。嚴監生病重時向王德、王仁「託孤」，就吐露了肺腑之言：

> 我死之後，二位老舅照顧外甥長大，教他讀讀書，掙著進個學，免
>
> 得像我一生，終日受大房的氣。（第六回，頁 73）

〔註9〕彭江浩，〈科舉文化下的卑微人格──《儒林外史》中嚴監生形象分析〉，《民族論壇》2006 年第 10 期，頁 40。

這段話言下之意就是自己終日受氣，只因未曾「進個學」，這種縈繞於心的自卑心理與天生的膽小怯弱性格融合在一起，形成了嚴監生矛盾的卑微人格。於是他處處小心，畏災懼禍，唯恐得罪他人。而此時，金錢遂成為了他生存的武器，於是他視錢如己命，慳吝不堪。另一方面他又不得不再三籠絡兩位舅爺，希望借兩位有科舉前程的「秀才」來給自己壯膽撐門面並照應子孫家業。正是這種卑微的人格使得嚴監生成為了集慷慨與慳吝於一身的兩面人，形成了其複雜矛盾的性格。吳敬梓對這號慳吝人物的描寫，不可不謂深闊入裡呀！

三、其他人物慳吝性格的刻畫

　　除了嚴監生以外，吳敬梓在《儒林外史》中亦刻畫了不少人物的慳吝性格。不同的是，吳敬梓對嚴監生的刻畫是步步深入，使得這位慳吝人的性格飽滿完整地展現在讀者面前，而對於其他人物而言，慳吝性格只不過是其惡劣性格中的一面，是其完整形象的一個組成部分。因此，對這類人物的慳吝性格的刻畫，吳敬梓主要是選取一兩個極具代表性的場景和細節，將人物的慳吝性格積聚突兀地完全展示，如對胡三及嚴貢生慳吝性格的刻畫就是採用了這種方法。

　　胡三的父親曾經做過吏部尚書，父親死後，家道中落，遭人欺負，養成了胡三膽小怕事的性格，景蘭江說他「關著門總不敢見一個人，動不動就被人騙一頭，說也沒處」。這位胡三公子雖然膽小，卻十分「好客」，生日大宴同好朋友。吳敬梓先寫匡超人、景蘭江收到請柬、為赴宴做準備的過程，其間經由兩人對話介紹胡三的性格和家世。生日宴會之後，引出西湖宴集，規定「每位各出杖頭資二星」。「杖頭資」即聚餐費，由胡三保管，於是又引出買食、打包等一系列鬧劇。等大家都落座之後，胡三和景蘭江、匡超人便出去為眾人買食。他們先來到鴨子店買鴨子：

　　　　三公子恐怕鴨子不肥，拔下耳挖來戳戳脯子上肉厚，方才叫景蘭江
　　　　講價錢買了。（第十八回，頁235）

吳敬梓藉由胡三「拔」和「戳」兩個細微的動作，形象地刻畫出胡三一副小氣的嘴臉，既讓人忍俊不禁，又使人心生厭惡。接下來，饅頭店發生的事情更是斯文掃地：

　　　　於是走進一個饅頭店，看了三十個饅頭；那饅頭三個錢一個，三公

子只給他兩個錢一個，就同那饅頭店裡吵起來。景蘭江在傍勸鬧。

（第十八回，頁 235）

爲了「一錢」，竟然鬧到與饅頭店主爭吵起來，其慳吝性格躍然紙上。三人好容易買完東西，回到聚餐處，頗具風雅地分韻作詩之後，準備各自散去，此時胡三公子則抓緊時間打包：

胡三公子叫家人取了食盒，把剩下來的骨頭骨腦和些果子裝在裡面，果然又問和尚查剩下的米共幾升，也裝起來。（第十八回，頁236）

這一「裝」一「問」，真是又可恨又可笑，與先前分韻作詩的風雅形成鮮明的對比。吳敬梓在第十八回中藉由西湖聚會發生的這幾件小事情，集中地刻畫出了胡三公子的慳吝性格。

胡三的慳吝性格與嚴監生的慳吝頗有相似之處，兩人都同爲膽小怕事之人，其慳吝之中都含著戰戰兢兢的爲人態度，可以說是可憐的慳吝人，值得人們同情。然而，嚴監生的哥哥嚴貢生的慳吝，則十足令人厭惡且完全不值得同情。

吳敬梓對嚴貢生慳吝性格的刻畫主要是側面描寫，透過王小二和黃夢統的告狀來展現嚴貢生的慳吝、毒辣和狡猾：

去年三月内，嚴貢生家一口才過下來的小豬，走到他（王大）家去，他慌送回嚴家。嚴家說：豬到人家，再尋回來，最不利市。押著出了八錢銀子，把小豬就賣與他。這一口豬在王家已養到一百多斤，不想錯走到嚴家去，嚴家把豬關了。小二的哥子王大走到嚴家討豬，嚴貢生說，豬本來是他的，「你要討豬，照時值估價，拿幾兩銀子來，領了豬去。」小人叫做黃夢統，在鄉下住。因去年九月上縣來交錢糧，一時短少，央中向嚴鄉紳借二十兩銀子，每月三分錢，寫立借約，送在嚴府，小的卻不曾拿他的銀子。……至今已是大半年，想起這事來，問嚴府取回借約，嚴鄉紳問小的要這幾個月的利錢。小的說：『並不曾借本，何得有利？』嚴鄉紳說小的當時拿回借約，好讓他把銀子借與別人生利；因不曾取約，他將二十兩銀子也不能動，誤了大半年的利錢，該是小的出。（第五回，頁63）

嚴貢生雖未直接出現，但其慳吝、惡毒的嘴臉則透過兩人的告狀展現在讀者面前。嚴貢生的慳吝並非單純的慳吝，而是和其作爲地主的毒辣與殘酷剝削

的行爲緊緊聯繫在一起，與其弟嚴監生尙有叫人悲憐的性格而言，更顯得格外令人厭惡！

第二節 名士碩儒

我國古代長篇小說與西方小說通常有個極爲顯著的不同點，即西方小說常常將筆墨集中在一兩位主角身上，從這一兩個人的性格成長史來展現生活、反映現實；而明清長篇小說則常常以衆多的人物、從不同的面向，來反映生活在同一社會現實中人群的各自際遇，各異的人生和命運組成了一幅幅人物群像。例如《三國演義》的「亂世群雄」、《水滸傳》的「造反群英」、《西遊記》的「神化世界衆生相」、《金瓶梅》的「市井家庭」、《紅樓夢》的「群芳譜」、《三俠五義》的「江湖群俠」、晚清四大譴責小說的「官場群丑圖」，而《儒林外史》則描繪了一幅幅「儒林衆生相」。《儒林外史》以不斷隱現的儒林人物交替建構起群體人流，塑造了衆多個體交匯的儒林群體形象。這樣的人物體系不僅較能全面展示科舉制度給整個社會帶來的種種異化的世態外相，而且也比較能完整地表達科舉制度給各個社會階層帶來的心理動態。

《儒林外史》的儒林群像可以分爲兩大類：名士碩儒和舉業中人。舉業中人指的是那些被科舉蒙蔽心智的士人，或追求功名而不得志、或藉由科舉取得功名者；名士碩儒則是吳敬梓讚頌的對象，是吳敬梓心目中的理想人物。

「文學作品中的理想人物是作者依據自己的道德觀念、價值取向以及審美理想所設計出來、寄寓著某種人生理想的典範性人物。它往往以超越於作者自我以及作者所獨處的歷史環境而存在著。」〔註10〕雖然吳敬梓寫作《儒林外史》主要在於揭露「儒林百丑」，但他亦傾注了自己的熱情創造出一系列理想人物，並從中寄寓了自己作爲一位傳統儒生的人生理想。這些理想人物包括了王冕、杜少卿、虞育德、遲衡山、莊紹光、蕭雲仙等人，吳敬梓以其如椽妙筆，刻畫了這一系列名士碩儒，寄託了自己的人生理想；同時，亦使得讀者對這些理想人物產生認同感，從而認同他的人生理想。研究這些理想人物的塑造對於了解《儒林外史》的思想意義、作者的理念以及諷刺文學中如何塑造正面人物都至關重要。下面本文將透過吳敬梓對王冕、虞育德、杜少卿這三位人物的刻畫，來分析《儒林外史》塑造名士碩儒等正面形象的藝術。

〔註10〕吳波，〈《儒林外史》的理想人物和理想人格〉，《懷化師專學報》1994 年第 4 期，頁 73～76。

一、由歷史人物到理想化身：王冕

　　王冕是《儒林外史》中首先出場的人物，同時也是小說中理想人物的化身。王冕的故事集中在小說的第一回，吳敬梓在回目中點明他的創作目的是借王冕來「敷陳大義」、「隱括全文」，爲整部小說帶來開宗明義的作用。

　　王冕，歷史上確有其人，但是「吳敬梓筆下的王冕，雖然以傳記中的王冕爲原型，但已不是作爲歷史人物的王冕，而是文學形象了」〔註11〕。在我國古代小說中，有不少作品中的人物都是以同名同姓的歷史人物爲原型，來塑造新的文學形象，表達作者的觀點，寄託作者的理念，最典型的莫過於歷史演義小說《三國演義》中的諸葛亮。《三國演義》中的諸葛亮是「忠」與「智」的化身，但是在歷史上，諸葛亮則只是以《出師表》之「忠」爲後人所景仰，《三國演義》中諸葛亮「近於妖」的「智」是作者透過「草船借箭」、「識魏延反骨」、「死諸葛嚇走生仲達」等一系列杜撰的小說情節來刻畫的。作者之所以在「忠」之外還賦予諸葛亮「智」的特點，一方面是爲了增強小說的戲劇性和可讀性，另一方面也是作者理想的體現，即作者心目中理想人物的特質不僅要有感天動地之「忠」，還要有經天緯地之「智」。

　　事實上，任何一個歷史人物，一旦被塑造成文學形象後，其面貌必定與原先不同，正如陳美林所說：「作家總是順從文學作品本身的規律，依照自己的意願去塑造他，憑自己的想像力去豐富他，靠自己的判斷力去修剪他。」〔註12〕吳敬梓對王冕形象的塑造，就經歷了這樣一個「豐富」和「修剪」的過程。

　　王冕，字元章，號竹齋，煮石山農，別號梅花屋主，元諸暨楓橋人，是元代末年著名的詩人、畫家，生卒年代大約爲元至元二十四年（西元 1287年）至至正十九年（西元 1359 年）。《明史》卷二八五有一段極其簡略的王冕傳記：

> 王冕，字元章，諸暨人。幼貧，父使牧牛，竊入學舍，聽諸生誦
> 書，暮乃返，亡其牛。父怒撻之，已而復然。母曰：「兒癡如此，
> 曷不聽其所爲？」冕因去依僧寺，夜坐佛膝上，映長明燈讀書。
> 會稽韓性聞而異之，錄爲弟子，遂稱通儒。性卒，門人事冕如事
> 性。屢應舉不中，棄去，北游燕都，客秘書卿泰不花家。擬以館

〔註11〕陳美林，《吳敬梓研究》（南京：南京師範大學出版社，2006 年 1 月），頁 635。
〔註12〕陳美林，《吳敬梓研究》（南京：南京師範大學出版社，2006 年 1 月），頁 635。

職薦，力辭不就。既歸，每大言天下將亂，攜妻孥隱九里山，樹
梅千株，桃杏半之，自號「梅花屋主」。善畫梅，求者踵至，以幅
長短爲得米之差。嘗仿《周官》著書一卷，曰：「持此遇明主，伊、
呂事業不難致也。」太祖下婺州，物色得之，置幕府，授諮議參
軍，一夕病卒。〔註13〕

除了《明史》之外，王冕生平亦可見於徐顯《稗史集傳》、宋濂《潛溪集》、
高兆《續高士傳》、《浙江通志》之「隱逸傳」等處。根據這些散見於各處的
王冕傳記，可以概括出王冕生平的幾個重點：

一、少時家貧，被父親叫去放牛，卻偷偷跑去學堂聽課，致使牛丟
　　失而被父親責罰。母親勸說父親後，王冕才得以有空去依僧寺
　　映長明燈讀書。

二、曾爲韓性弟子，屢次應舉不中之後，北遊，爲泰不花家門客。

三、善畫梅，曾以畫梅維持生計。

四、預知元末動亂，於是隱居，後爲朱元璋所用，卒於任上。

　　然而，《儒林外史》中所塑造的王冕卻和上述歷史上的王冕有著較大的出
入，小說中的王冕是吳敬梓把自己所欣賞的古代文人的優秀品格加工後，揉
合到王冕身上，從而創造出來的理想化人物。首先吳敬梓對王冕童年的放牛
和讀書生涯細節加以改編，賦予少年王冕孝順懂事等我國傳統的普世價值，
使得讀者一開始就對王冕產生好感。

　　小說中寫道王冕「七歲上死了父親，他母親做些針黹，供給他到村學堂
裡去讀書」，然而，歷史事實是什麼樣子的呢？根據上引《明史》相關內容可
知，王冕父親並無早亡。吳敬梓爲王冕設置父親早亡的情節，一方面博取了
讀者的同情心，另一方面暗示了王冕家裡經濟困難：因爲家裡經濟困難，王
冕母親供不起他讀書，於是將他雇給間壁人家放牛，爲後文的放牛生涯作了
鋪墊；史籍上的王冕則是被其父親送去放牛，因爲偷聽別人上課丟失了牛而
被父親責罰。事實上的「丟牛」事件可說是有違父命的不孝行爲，吳敬梓卻
改編這段一史實，並爲王冕設置了這麼一段回答：

娘說的是。我在學堂裡坐著，心裡也悶；不如往他家放牛，倒快活
些。假如我要讀書，依舊可以帶幾本去讀。（第一回，頁2）

面對母親提出的要求，王冕欣然答應，不僅寬慰了母親，又表達了自己的志

〔註13〕〔清〕張廷玉，《明史》（北京：中華書局，1974年3月），卷二八五。

向，一個恬淡孝順的少年形象就出現在讀者眼前。

其次，吳敬梓對王冕善畫梅的事實進行了改編，從而賦予小說中的王冕「出淤泥而不染」的古代先賢品貌。小說中寫道，王冕放牛讀書三四年之後，某一天為大自然的美麗所感動，於是開始學畫荷花：

> 王冕放牛倦了，在綠草地上坐著。須臾，濃雲密佈，一陣大雨過了。那黑雲邊上鑲著白雲，漸漸散去，透出一派日光來，照耀得滿湖通紅。湖邊上山，青一塊，紫一塊，綠一塊。樹枝上都像水洗過一番的，尤其綠得可愛。湖裡有十來枝荷花，苞子上清水滴滴，荷葉上水珠滾來滾去。（第一回，頁3）

我國小說雖擅長白描，然一般較少進行片面的景物描寫，但《儒林外史》在這一點上別有新意，善於以詩的筆法來寫景，簡練而富於情思，與形象和諧融合，成為烘托人物的另一種別具特色的筆觸，上面這一段景物描寫中，就採用了這種藝術手法。「學畫荷花，便有雨霧湖光一段；看滴星辰，便有露涼夜深一段；文筆異樣烘染」〔註14〕，這清雅之景色正烘托著王冕高潔脫俗的性格。史上的王冕「善畫梅」，但是《儒林外史》中的王冕卻是善畫荷花，這顯然是吳敬梓要以對「出淤泥而不染」的荷花的景物描寫來烘托人物性格、塑造人物形象。除此之外，吳敬梓還編排了一個「自被古衣冠」的情節來寄寓王冕的高尚情操：

> 又在《楚辭圖》上看見畫的屈原衣冠，他便自造一頂極高的帽子一件極闊的衣服。遇著花明柳媚的時節，把一乘牛車載了母親，他便戴了高帽，穿了闊衣，執著鞭子，口裡唱著歌曲，在鄉村鎮上，以及湖邊，到處頑耍，惹的鄉下孩子們三五成群跟著他笑，他也不放在意下。（第一回，頁5）

吳敬梓透過「畫荷」和「自被古衣冠」的情節，將王冕與古代先賢聯繫在一起，其「畫荷」的行為與屈原高潔自賞相通，而「自被古衣冠」的行為則和魏晉名士風格相似。吳敬梓正是藉著這兩個情節的描寫，刻畫了王冕心靈之美好與行為之脫俗。

三者，吳敬梓對王冕的應舉生涯也作了改編，從而賦予小說中的王冕「看破富貴功名、嶔崎磊落」的品格。在小說第一回的開頭，吳敬梓用一首詞揭

〔註14〕〈臥閑草堂本回末總評・第一回〉，參見李漢秋，《《儒林外史》研究資料》（上海：上海古籍出版社，1984年7月），頁101。

開了整部小說的序幕：

> 人生南北多歧路，將相神仙，也要凡人做。百代興亡朝復暮，江風
> 吹倒前朝樹。功名富貴無憑據，費盡心情，總把流光誤。濁酒三杯
> 沉醉去，水流花謝知何處。（第一回，頁 1）

這首詞對整部小說來說是一個概括，對於第一回來說卻是為王冕這位理想人
物的出現作了鋪墊：功名富貴不過是身外之物，但是世人見了功名，都不顧
一切地去追求，自古及今難有看得破的，然而，卻有一個看破富貴功名的「嶔
崎磊落」人物出現，那就是王冕。

現實的王冕，屢次應舉不中，而小說中的王冕，從小就表現出對科舉的
厭惡。小說寫王冕開始放牛後，也開始了獨自學習的生涯。《明史》說他「竊
入學舍，聽諸生誦書」，吳敬梓改成「走到村學堂裡，見那闖學堂的書客，就
買幾本舊書」。學舍所講授必為應科舉所需、朝廷規定的四書五經，而書客（也
就是書商、書販）所賣的，通常應是一般的詩文小說而已。在後文中，吳敬
梓更直接寫出王冕常讀的，乃是「古人的詩文」。透過這些改編，吳敬梓是要
表明，王冕自小未曾受到四書五經的蒙蔽，而是在詩文小說的薰陶下長大成
人的。

小說中的王冕，充當了吳敬梓對科舉態度的代言人：「這個法卻定的不
好！將來讀書人既有此一條榮身之路，把那文行出處都看得輕了」，他得知新
朝要以八股取士之後，對秦老漢說：「你看貫索犯文昌，一代文人有厄！」這
顯然是吳敬梓透過歷史人物發表自己的觀點和看法，表達自己對科舉、對八
股取士的深深不滿。最後，吳敬梓還改寫了王冕的隱居目的，進一步強調了
小說中王冕孤高不群的個性。

史上的王冕，隱居是因為預知天下將要大亂，是為了靜待時變，為將來
的出仕做準備，後來也的確為朱元璋所用；而小說中的王冕，則不肯出仕，
權貴們幾次請他出馬，他不是遁足逃逸，就是婉言謝絕，弄得他們無可奈何，
其隱居目的全為躲避世俗功名，回歸自然人性。因此在第一回回末，吳敬梓
是這樣交代了王冕的結局：

> 王冕隱居在會稽山中，並不自言姓名；後來得病去世，山鄰斂些錢
> 財，葬於會稽山下。是年，秦老亦壽終於家。可笑近來文人學士，
> 說著王冕，都稱他做王參軍，究竟王冕何曾做過一日官？所以表白
> 一番。（第一回，頁 14）

寥寥幾句，既交代了小說中王冕的結局，又模糊了歷史人物王冕與小說人物王冕的界限，使人忽略了作者的虛構行為，以為小說中的王冕才是眞實的人物。吳敬梓透過自己的生花妙筆，將本身的理想賦予在筆下的「歷史人物」中，眞實與虛構相交錯，從而使讀者一步步對其理想人物產生認同，進而認同小說中所表述的人生觀和價值觀。

二、眞儒名賢：虞育德

　　虞育德在《儒林外史》中是接近完美的形象，吳敬梓將其作為「眞儒名賢」來看待。在塑造這一形象時，採用了很多理想化的手法，使得虞育德這一形象在理想人物中顯得尤為凸出。

　　「《儒林外史》在描寫反面形象時，經常採用這樣的藝術手法：先行凸出他們具有典型意義的一兩次活動，迅速地將他們推向舞臺燈光的焦距之下，以凸出他們的醜惡品質，然後方始逐步交代他們的姓氏、里籍和身分。而在塑造正面形象時則用筆有所不同，或先行以小說中其他人物的言行牽引其出場，或先行以作者的敘述語言概括地介紹其生平行事。」〔註 15〕吳敬梓先用了第三十六回〈常熟縣眞儒降生，泰伯祠名賢主祭〉整整一回文字集中描寫虞育德的小傳。天目山樵體會出吳敬梓的意圖，因此說：「虞博士是書中第一人，故特起立傳。」〔註 16〕同時，在此回中，吳敬梓用筆莊重到了幾乎虔敬的地步，臥閑草堂本評本就說「虞博士是書中第一人，純正無疵」，因此吳敬梓「純用正筆、直筆，不用一旁筆、曲筆，是以文字無峭拔淩駕處」，這正是「量體裁衣、相題立格」的寫法〔註 17〕。

　　在這一回中，先是交代虞育德的家世和出身，頗具太史公史書筆法，更從其出生之神奇以及名字上說明虞育德的不尋常：

　　　　到了中年，尚無子嗣，夫婦兩個到文昌帝君面前去求，夢見文昌親
　　　　手遞一紙條與他，上寫著《易經》一句：「君子以果行育德。」當下
　　　　就有了娠。到十個月滿足，生下這位虞博士來。太翁去謝了文昌，

〔註15〕陳美林，《吳敬梓研究》（南京：南京師範大學出版社，2006 年 1 月），頁823。

〔註16〕李漢秋輯校，《《儒林外史》彙校彙評本》（上海：上海古籍出版社，1999 年 8月），頁 443。

〔註17〕〈臥閑草堂本回末總評・第三十六回〉，參見李漢秋，《《儒林外史》研究資料》（上海：上海古籍出版社，1984 年 7 月），頁 120。

就把這新生的兒子取名育德，字果行。（第三十六回，頁 443）

文昌帝君為民間尊奉的掌管士人功名祿位之神祇。《文昌帝君陰騭文》稱，文昌帝君曾七十三次化生人間，世為士大夫，為官清廉且性情剛烈，同秋霜白日之不可侵犯，「濟人之難，救人之急，憫人之孤，容人之過，廣行陰騭，上格蒼穹」，這正暗示了出生的將會是「真儒」的代表；而「君子以果行育德」則暗示了虞育德德行的美好。接下來寫虞育德讀書應舉、娶妻生子，一切都順理成章，然後則逐漸展開虞育德的行跡，鋪陳其事，表現虞育德的高尚品德，展露「真儒」形象。

先是救落水自殺者，並給他十二兩銀子。別人說他積了陰德，他不以為然：陰騭就像耳朵裡響，只是自己曉得，別人不曉得；而今這事，老伯已是知道了，那裡還是陰德？（第三十六回，頁 445）

透過這段人物語言，表現了虞育德做好事不求報答、不求聞名的性格特點。

虞育德和別的士人一樣，也讀書應舉，但不同的是，他並不把功名富貴放在心上，一切都順其自然，得之不喜，失之不憂，顯得十分安詳穩重。在虞育德中舉得官的過程中，吳敬梓主要以兩件事展現了虞育德的誠實高潔：其一是不裝清高。康大人舉薦虞育德，遭虞育德拒絕，於是有人告訴虞育德：「老師就是不願，等他薦到皇上面前去，老師或是見皇上，或是不見皇上，辭了官爵回來，更見得老師的高處。」虞育德不以為然：「你這話又說錯了。我又求他薦我，薦我到皇上面前，我又辭了官不做，這便求他薦不是真心，辭官又不是真心。這叫做甚麼？」寫出了他真實、不虛偽的性格特點。其二，進士及第後，他填寫了自己真實年齡，被皇上認為「年紀老了，著他去做一個閑官」，然而他卻自得其樂：「南京好地方，有山有水，又和我家鄉相近。我此番去，把妻兒老小接在一處，團圞著，強如做個窮翰林。」

虞育德出任國子監博士後，吳敬梓開始全力寫他的「德化」事蹟。首先寫虞育德駁斥老監生儲信、伊昭要他過生日收禮的建議，展現虞育德清廉嚴正的個性；其次寫他為受冤監生澄清事實，體現他公正廉明、助人解困的品格；接著吳敬梓便轉入了虞育德主祭泰伯祠的描寫。

祭祀泰伯祠在《儒林外史》中是一項極具象徵意義、極其重要的活動，也是全書的核心所在，為吳敬梓表現其理想暨宣導禮樂的盛舉。吳敬梓著意安排，精心構製，將虞育德作為這次祭祀的主祭，可以看出虞育德在書中作為「真儒」的核心作用；最後，又透過他勸誡作弊考生，表現他養士廉恥的

一片苦心。這一系列「德化」事蹟的敘述，在在說明虞育德確是吳敬梓心目中的「第一人」。

上面提到，在描寫虞育德一生行跡時，吳敬梓主要是採用「正筆」、「直筆」，直接鋪陳其事，將虞育德形象正面、完整地展現在讀者面前，此外，吳敬梓亦穿插側寫、反襯、補敘等表現手法，從各個角度強化對虞育德的正面描寫，力圖把自己的理想透過虞育德的形象完整的表達出來。側寫主要是藉由他人對虞育德的評價來呈現的，例如杜少卿評價他：

> 這人大是不同，不但無學博氣，尤其無進士氣。他襟懷沖淡，上而伯夷、柳下惠，下而陶靖節一流人物；你會見他便知。（第三十六回，頁 449）

又如，在虞育德出場之前，由遲衡山對杜少卿等人說到他：

> 這所祭的是個大聖人，須得是個聖賢之徒來主祭，方爲不愧。如今必須尋這一個人。（第三十五回，頁 440）

這些都是透過他人的評價來側面烘托虞育德的高尚品德及其在士人們心中的崇高地位。

其次，吳敬梓還藉由虞育德對武書的關懷和教育，反襯出虞育德的「眞儒」形象。武書初次見虞育德時，頗有些自負的表現，滔滔不絕說自己考了三個一等第一：考秀才一等第一，考詩賦一等第一，合考入學又是一等第一；但自從受到虞育德的陶冶以後，他就漸漸收斂，沒有當初那種急於自見的行爲了。

再次，當虞育德離開南京之後，吳敬梓又以余特、余持、鄧質夫、蓋寬等士人對他的追念、對他事蹟的補敘來顯揚虞育德的「眞儒」形象。余特說他：「難進易退，眞乃天懷淡定之君子。我們他日出身，皆當以此公爲法。」（第四十六回）鄧質夫也歎道：「小侄也恨的來遲了！當年南京有虞博士在這裡，名壇鼎盛，那泰伯祠大祭的事，天下皆聞。自從虞博士去了，這些賢人君子，風流雲散。」（第四十八回）臥閑草堂本即說：「博士去而文壇自此冷落。虞博士是書中第一人，祭泰伯祠是書中第一事，自此以後皆流風餘韻。」〔註18〕

這些「正筆」「直筆」和「曲筆」「旁筆」，極盡鋪陳、處處頌揚，凸出了

〔註18〕〈臥閑草堂本回末總評‧第四十六回〉，參見李漢秋，《《儒林外史》研究資料》（上海：上海古籍出版社，1984 年 7 月），頁 123。

虞育德自己既重視禮樂兵農、講究文行出處，又能以德化人，助人行善的特點。在這個形象身上集中表現了吳敬梓的社會理想和道德觀念，是他心目中的「眞儒」、「名賢」，自然也是作品中的理想化人物。

　　然而不可否認的，文學作品中的人物越是理想，就越有可能脫離現實。吳敬梓筆下的虞育德，是他按照自己的理念「創造」出來的，是現實生活中所沒有的「超人」。在塑造過程中，吳敬梓雖然以史家筆墨極盡鋪陳，但忽略了從現實生活中去攝取素材、提煉情節、塑造形象，所以虞育德這個形象雖然完美，卻感覺缺少血肉、顏色蒼白，我們甚至可以這麼斷言：虞育德只是吳敬梓的理想典型，是不可能存在於我們這個現實世界裡的。

三、新奇人士：杜少卿

　　杜少卿也是能夠體現吳敬梓對讀書人「文行出處」要求的理想人物之一。吳敬梓先用四回（第三十一回至三十四回）集中寫他，後又不斷出現在第三十五、三十六、三十七、四十一、四十四、四十六回中，可以說是吳敬梓在全書中著墨最多的人物。

　　不少人認爲杜少卿這個形象，或多或少地帶上了些吳敬梓本人的影子在內。金和在其爲《儒林外史》寫的跋中即明確指出：「書中杜少卿乃先生自況」〔註19〕。魯迅先生在《中國小說史略》中也提出：「《儒林外史》所傳人物，大都實有其人」、「杜少卿爲作者自況」〔註20〕。因此，研究杜少卿這個形象的塑造對於探討《儒林外史》的思想意義及吳敬梓的觀念都至爲重要。

　　杜少卿與王冕、虞育德一樣，同爲《儒林外史》中的正面形象，但不同的是，和王冕、虞育德的形象相比，杜少卿的形象更顯得飽滿豐富，是《儒林外史》中塑造最成功的正面形象。這一成功來自杜少卿形象中「新」和「奇」的兩個特點，正是杜少卿形象的「新」和「奇」，使得這一正面人物不再蒼白無色，而顯得豐滿可人。

　　我國古代文學自來有尚奇的傳統，以奇爲美的審美情趣自也是我國古代小說的一貫追求。然而，「吳敬梓不屑於表現超自然、超現實的怪異之奇，也不刻意借助偶然、巧合、奇人、奇事來創造庸常之奇」〔註21〕，他只是從生

〔註19〕　金和，〈《儒林外史》蘇州群玉齋本跋〉，參見李漢秋，《《儒林外史》研究資料》（上海：上海古籍出版社，1984 年 7 月），頁 129。

〔註20〕　魯迅，《中國小說史略》（太原：山西古籍出版社，2001 年 8 月），頁 138～140。

〔註21〕　伏漫戈，〈論杜少卿和賈寶玉奇士人格的文化傳承〉，《唐都學刊》2004 年第 2

活的自然面出發，塑造眞實的人物形象，揭示實際的生活內涵，從而達到「無奇之奇」的境界。杜少卿雖然沒有超常的本領和非凡的經歷，可是我們仍然能夠感覺到他身上那種超凡脫俗的氣度。

我國歷史上被稱爲奇士的很多，例如春秋時期的「介之推」，戰國時期的「四公子」、「魯仲連」，魏晉的「竹林七賢」，唐代的「李白」，明清的「徐渭」、「揚州八怪」等等。奇士的類型也不盡相同，有所謂「豪門之奇」、「臣吏之奇」、「文人詩客之奇」、「市井村野之奇」〔註22〕。這些被稱爲「奇士」的人，生活在不同的時代，經歷、教養各異，但是他們卻有很多共通性，例如思想特異、行爲乖張、個性灑脫、品格正直等等，然而，杜少卿的特點卻不僅表現在這些「奇」上，他的與眾不同，還展現在他的「新」上。

實際上，在明清戲曲和小說中，出現了一系列「新人」形象。例如《牡丹亭》中的杜麗娘，「情不知所起，一往而深。生者可以死，死可以生。生而不可與死，死而不可復生者，皆非情之至也」〔註23〕，用幻想的方式擺脫一切傳統的束縛，追求自我的愛情，這簡直可以說是個性灑脫的頌歌；又如《紅樓夢》中的賈寶玉，與當時社會和他所屬的階層，完全格格不入，「賈寶玉是當時將要轉換著的社會中即將出現的新人的萌芽，在他的性格裡反映著個性的覺醒，他已經感到封建社會的不合理性。他要求按照自己的理想生活下去」〔註24〕。這一系列新人形象的出現，反映了傳統封建社會後期自主思想的萌芽和個性解脫的追求。杜少卿便是這一系列「新人」形象中典型的一員。

吳敬梓對杜少卿形象「新」與「奇」的塑造，係採用了多角度、全方位的筆法描繪，並結合了正面描寫與側面烘托的敘述方式，方完成了一個如此成功的人物形象。

首先，在杜少卿出場之前，吳敬梓大量採用側面描寫，藉他人對杜少卿的正面讚頌或反面襯托，來表現杜少卿的「新」與「奇」。吳敬梓先後透過杜慎卿與韋四太爺來介紹杜少卿，從兩人對杜少卿截然不同的評價中，杜少卿異於常人、不爲人們所理解的人格便脫然而出。在第三十一回杜慎卿的口中，

期，頁95～98。

〔註22〕陳晉，《悲患與風流》（北京：國際文化出版公司，1988年5月），頁133～134。

〔註23〕〔明〕湯顯祖著，徐朔方、楊笑梅校注，《牡丹亭》（北京：人民文學出版社，1980年3月），頁1。

〔註24〕李希凡、藍翎，〈評《紅樓夢研究》〉，收入《紅樓夢問題討論集》（北京：作家出版社，1955年6月），頁73。

杜少卿不僅是一個徹底的「敗家子」，而且還是個「獃子」：

> 贛州府的兒子是我第二十五個兄弟，他名叫做儀，號叫做少卿，只
> 小得我兩歲，也是一個秀才。我那伯父是個清官，家裡還是祖宗丟
> 下的些田地。伯父去世之後，他不上一萬銀子家私，他是個獃子，
> 自己就像十幾萬的。紋銀九七，他都認不得，又最好做大老官。聽
> 見人向他說些苦，他就大捧出來給人家用。（第三十一回，頁381）

思維更是和和常人不同：

> 我這兄弟有個毛病：但凡說是見過他家太老爺的，就是一條狗也是
> 敬重的。你將來先去會了王鬍子，這奴才好酒，你買些酒與他吃，
> 叫他在主子跟前說你是太老爺極歡喜的人，他就連三的給你銀子用
> 了。他不歡喜人叫他老爺，你只叫他少爺。他又有個毛病：不喜歡
> 人在他跟前說人做官，說人有錢，象你受向太老爺的恩惠這些話，
> 總不要在他跟前說。總說天下只有他一個人是大老官，肯照顧人。
> 他若是問你可認得我，你也說不認得。（第三十一，回頁382）

慎卿與少卿為同族兄弟，應該說慎卿對少卿是了解的，說的也是事實，但他對少卿的評論卻值得玩味：給人銀子、樂於助人是「傻子」，敬重父執、不願說官談錢是「呆子」，那麼慎卿自己不重孝道、看重名利且不甚厚道的形象，豈非不言而喻了？吳敬梓寫慎卿的這番言論，巧妙地同時寫出了兄弟倆的不同德行，而且寓褒於貶，道出了少卿人品的主要特點：樂於助人、重視孝道、鄙視功名富貴。而韋四太爺對杜少卿的評價則截然不同，他對鮑廷璽是這樣評說杜氏兩兄弟的：

> 兩個都是大江南北有名的。慎卿雖是雅人，我還嫌他帶著些姑娘氣，
> 少卿是個豪傑。（第三十一回，頁383）

「雅人」與「豪傑」，自有高下之分，更何況是帶著姑娘氣的「雅人」！韋四太爺和杜慎卿如此截然不同的評論，一方面顯現了杜少卿的「新」與「奇」，另一方面自然引起了讀者的思考：杜少卿到底何許人也？帶著這個疑問，吳敬梓引出了杜少卿的出場，並透過對人物、心理、對話、行為和環境等一系列正面敘述的描寫，開始了對杜少卿形象的塑造。在這些正面描寫中，吳敬梓緊緊扣住杜少卿「新」與「奇」的性格特點，使得這一人物形象活躍於紙上。

「杜少卿醉攜娘子游山」是很能呈現杜少卿「新」與「奇」的一個事件。

杜少卿夫妻倆初到南京時，他娘子想要欣賞南京景致，於是杜少卿叫了幾頂轎子，幾個家人婆娘跟著，攜著娘子到了清涼山，見著這片美好景致，杜少卿就喝了起來：

> 坐了一會，杜少卿也坐轎子來了。轎裡帶了一隻赤金杯子，擺在桌上，斟起酒來，拿在手內，趁著這春光融融，和氣習習，憑在欄杆上，留連痛飲。這日杜少卿大醉了，竟攜著娘子的手，出了園門，一手拿著金杯，大笑著，在清涼山岡子上走了一里多路，背後三四個婦女嘻嘻笑笑跟著，兩邊看的人目眩神搖，不敢仰視。（第三十三回，頁 410～411）

一個「大醉」，一個「大笑」，將杜少卿不拘禮法、充滿自我的個性特點展現無遺。在我國古代社會，這種放浪形骸的行為是會遭致批判與不滿的聲音，更何況還在大庭廣眾下公然「攜著娘子的手」，就更加離經叛道了。但是杜少卿完全不理會這些禮法和束縛，十足展現了對個性開放的追求。

吳敬梓對杜少卿形象的刻畫，除了大量採用正面描寫和側面烘托外，還運用了對比手法，將少卿置於愼卿、韋四太爺和遲衡山的性格對照之中，凸出了杜少卿的「新」與「奇」。

例如前文所引的愼卿對杜少卿的評價，套用第三十四回遲衡山的話：「分明是罵少卿，不想倒替少卿添了許多身分」；臥評也認為「美玉以無瑕為貴，而有瑕正其為眞玉」〔註25〕；再將杜少卿之「狂」與遲衡山之「迂」相對照，在一以為同，一以為異，同異相較、優疵互現中，杜少卿之「新」和「奇」才得以眞切分明，正如臥評所說：「衡山之迂，少卿之狂，皆如玉之有瑕」；而韋四太爺對杜少卿的算計，更顯出少卿的純眞和善良。將人物的這些對比映襯，放在一般人所處的現實環境中，藉眾人之口，說他、罵他、騙他、讚他，方得在各種不同性格人物的映襯下，塑造出如此不同凡響的人物形象。

第三節　舉業中人

我國科舉選官制度始創於隋唐，鼎盛於明清。雖然清太祖努爾哈赤極其痛恨漢族士子，認為「種種可惡，一皆在此輩」，清入關前也從未實行過科舉，

〔註25〕〈臥閑草堂本回末總評·第三十三回〉，參見李漢秋，《《儒林外史》研究資料》（上海：上海古籍出版社，1984 年 7 月），頁 118。

但其子皇太極即位後，意識到要穩固政權，必先拉攏士子，於是在天聰五年下詔舉行首次科舉。清王朝建立後，順治元年，大學士范文程提案「治天下在得民心。士為秀民，士心得，則民心得矣。請再行鄉、會試，廣其登進」，自此科舉選官便被滿清一朝作為一項長期穩定政權的基本國策，一直執行至光緒末年。

吳敬梓就生活在這樣一個社會環境當中，所有的讀書人都將科舉當作與豪門富戶相對平等的競爭機遇，當作改變命運、翻身上流階層的唯一希望。「一士登甲科，九族光彩新」，王建詩句描繪的光輝前景不知激勵了多少代寒窗苦儒。然而與此同時，八股取士也毒害了一代代知識份子，拋棄了傳統的對讀書人「文行出處」的重視，而將功名富貴當作讀書的主要目的。在《儒林外史》中，吳敬梓就塑造了這樣一系列被科舉制度、被八股取士迷失了心智的知識份子形象。正如魯迅所說：「迨吳敬梓《儒林外史》出，乃秉持公心，指摘時弊，機鋒所向，尤在士林。」書中所呈現的周進、范進、馬純上等人的個人命運，實際上也就是當時知識份子的共同命運。下面將選取《儒林外史》中幾個舉業中人形象，分析吳敬梓對這些人物的形塑手法，以及其中所蘊涵對科舉制度與對八股取士的深刻批判。

一、從落魄到富貴：周進與范進

周進和范進是吳敬梓筆下兩個重要的人物形象，他們的命運相似，都是生活在科舉制度下的下層知識份子，都有著相似的辛酸經歷以及戲劇性的人生際遇。吳敬梓借「二進」這兩個人物形象，對毒害士子心靈的八股取士制度作了最有力的暴露和批判，同時寄寓了「一代文人有厄」的創作主題。

在對「二進」形象的塑造中，吳敬梓採用了互補的手法，這是《儒林外史》人物形象塑造的一個高明之處。《儒林外史》總共有三百多個人物，其遭遇、行為和命運，既有相同之處，又有不同之處。吳敬梓在描寫其相同的遭遇、行為和命運時，不會使人感到有雷同重複之感，反而能同中見異、互補見意；而對不同遭遇和行為的描述，亦不會使人感到生疏，反倒能異中見同，前後呼應。選取同類型的人物，透過對其行為的對比描寫，來展現人物性格的共通性，同時又顯示出其差異，使其形成互補，構成完整的人物典型，這是《儒林外史》人物行為描寫的表現手法之一，而吳敬梓對周進、范進人物形象的塑造，就採用了這種方法。

　　首先，對「二進」中舉前落魄形象的刻畫，都採用了外貌描寫，二者同中有異，共同構成當時落魄文人的典型形象。且看周進出場的外貌描寫：

> 頭戴一頂舊**氈**帽，身穿元色綢舊直裰，那右邊袖子同後邊坐處都破了，腳下一雙舊大紅綢鞋，黑瘦面皮，花白鬍子。（第二回，頁 21）

身分的低下，生活的貧困，年齡的老邁，都從外貌中展現無遺。周進考了大半生，六十多歲還未進學，只好作私塾先生，最後卻連教書的飯碗也弄砸了。這段簡短的描寫讓讀者一眼就看出了他的地位。而范進一出場的外貌描寫，與周進有著異曲同工之妙：

> 落後點進一個童生來，面黃肌瘦，花白鬍鬚，頭上戴一頂破**氈**帽。廣東雖是地氣溫暖，這時已是十二月上旬，那童生還穿著麻布直裰，凍得乞乞縮縮，接了卷子，下去歸號。周學道看在心裡，封門進去。出來放頭牌的時節，坐在上面，只見那穿麻布的童生上來交卷，那衣服因是朽爛了，在號裡又扯破了幾塊。（第三回，頁 34）

此時的范進與未進學時的周進外貌和遭遇何其相似！同是出身低微，同是屢考不中，同是饑寒交迫，同是皓首窮經，同是在科舉考試的牢籠中拼命掙扎，希求魚龍之變，得以一步登天。這些外貌描寫，一方面代表了當時社會屢考不中的落魄文士的形象，一方面亦為後文兩人的飛黃騰達作了鋪陳，使得兩人中舉前後的遭遇形成鮮明對比，從而達到對科舉制度的強烈批判。

　　其次，吳敬梓對周進和范進都有一項突發性事件的描寫，即周進的撞號板和范進的中舉發瘋。透過這兩件充滿戲劇性的突發事件，表達了吳敬梓對戕害社會的科舉制度強烈的不滿。

　　在這兩件突發性事件發生之前，吳敬梓都作了層層敘述，將情節一步一步引到爆發點，因而這兩件極富戲劇性的事件看上去並不突兀，反顯得真實可信。周進被辭退後，縣城裡沒有人來聘請他教書，終於淪落到薛家集私塾中坐館，這對周進來說是第一個打擊。到了薛家集後，受到秀才梅玖的挖苦奚落、刻毒諷刺以及舉人王惠盛氣凌人、頤指氣使的擺弄，這極大的恥辱，是對周進的第二個打擊。這兩次打擊加上久埋在心中的憂愁和憤懣，使得這時的他一旦被觸動，情緒即爆發而出，無可抑止。這一刻終於到來，他去省城貢院看考場，想到自己一生功名已然無望，怎不觸景生情：

> 周進一進了號，見兩塊號板擺的齊齊整整，不覺眼睛裡一陣酸酸的，長歎一聲，一頭撞在號板上，直僵僵不省人事。（第二回，頁 28～29）

而范進情緒的積壓則主要是透過其岳父胡屠戶來反應的。范進進學回家，胡屠戶罵道：「我自倒運，把個女兒嫁與你這現世寶窮鬼，歷年以來，不知累了我多少」，范進只能「唯唯連聲」；胡屠戶對他的一番「教導」，他也只能說：「岳父見教的是」。范進想去鄉試之時，吳敬梓又透過胡屠戶一連串劈頭蓋臉的謾罵，「罵的范進摸門不著」。胡屠戶的刺激使得范進心中充滿了多年以來人窮志卑的痛苦體驗和對功名富貴的極大渴求。因此當他得知自己中舉之後，一時間各種複雜的情緒湧上心頭，觸動了他屢遭挫折的脆弱神經，以致痰壅而瘋。

在對周進撞號板和范進中舉失心瘋的描寫中，吳敬梓只緊抓住一個表情來體現這兩個人的心理狀態，即周進的「哭」與范進的「笑」。且看周進的痛哭：

> 周進也不聽見，只管伏著號板哭個不住；一號哭過，又哭到二號、三號；滿地打滾，哭了又哭，哭的眾人心裡都淒慘起來。金有餘見不是事，同行主人一左一右架著他的膀子。他那裡肯起來，哭了一陣，又是一陣，直哭到口裡吐出鮮血來。眾人七手八腳將他扛抬了出來，貢院前一個茶棚子裡坐下，勸他吃了一碗茶，猶自索鼻涕，彈眼淚，傷心不止。（第三回，頁 32）

這一哭，哭到吐血虛脫，足見周進心中巨大之痛苦和悲傷，這一哭，可說是當時所有求功名而不得的落魄文士的具體表現。而范進的「笑」，則是當時所有中舉士人的得意神情：

> 范進不看便罷，看了一遍，又念一遍，自己把兩手拍了一下，笑了一聲道：「噫！好了！我中了！」說著，往後一交跌倒，牙關咬緊，不省人事。老太太慌了，慌將幾口開水灌了過來。他爬將起來，又拍著手大笑道：「噫！好！我中了！」笑著，不由分說，就往門外飛跑，把報錄人和鄰居都嚇了一跳。走出大門不多路，一腳端在塘裡，掙起來，頭髮都跌散了，兩手黃泥，淋淋漓漓一身的水，眾人拉他不住，拍著笑著，一直走到集上去了。（第三回，頁 39）

在范進的笑中，一切世事都已不在，只有朝思暮想、念念不忘、歷經千辛萬苦得到的功名橫亙於心。周進的「哭」與范進的「笑」，形成對比，相互襯托，共同揭示了當時讀書人的心理狀態，從而深刻地暴露了八股制度長期以來對士人心靈壓迫的沉重和毒害的嚴重。

在取得功名之後，吳敬梓主要藉由白描的手法對兩人的為官表現予以辛辣的諷刺，兩人的行為亦相互補充，一方面與前面的落魄狀態形成鮮明的對比，具體呈現出科舉制度一朝發跡的極度不合理；一方面則寫出他們的惡劣行為，展現功名富貴對讀書人心性的巨大傷害。

「周學道校士拔真才」是周進為官的重要情節。受盡人間白眼的周進上任前就已想道：「我在這裡面吃苦久了，如今自己當權，須要把卷子都要仔細看過，不可聽著幕客，屈了真才」。所以，在考場上，看到「面黃饑瘦，花白鬍鬚」，「凍得乞乞縮縮」的范進時，由衷的產生了同情。而正是因為這樣的同情，才促使周進後來三次翻閱范進的卷子，才使得他對范進文章的感受，從「一塌糊塗、不知所云」，到「天地間之至文」。這一過程的平實陳述，深刻地暴露了八股取士的毫無準則和全憑試官好惡的腐敗現象。

范進母親喜極而亡後，按照禮制，范進在丁憂三年之內，應穿著孝服並謝絕人事，且不應參與酒席。然而在張師陸的引誘下，范進不僅外出「打秋風」，而且還脫下孝服、換上吉服去拜見湯知縣。在湯知縣的酒席上，范進的所作所為就很能表達他虛偽和卑劣的內在：他先假惺惺地「退前縮後的不舉杯箸」，使得知縣以為他居喪盡禮（能夠這麼以為，知縣是何等人物也是不言而喻），心下不禁擔心他不吃葷酒，那知范進卻「在燕窩碗裡揀了一個大蝦元子送在嘴」；前後矛盾的行為凸顯范進品行之卑劣可笑，也顯現出在功名富貴的追逐下，讀書人心智沉淪的不堪。

一個「哭」、一個「笑」，卻讓我們深深感到「可笑」與「不齒」從吳敬梓的字裡行間濃濃溢出，又怎能不為那些被萬惡科舉制度所作弄的可憐又可恨的人掬一把同情的淚水！

二、庸中佼佼：馬純上

馬純上是《儒林外史》中的制藝選家，他不僅自己醉心舉業，而且也常常勸說別人要以「舉業為主」，是一個陳腐庸俗的人物形象。吳敬梓對其庸俗酸腐形象特色的塑造，主要是從語言描寫和行為描寫來呈現的。

其一，透過馬純上對別人的勸說，表現出他受功名利祿毒害之深刻。他與匡超人結為兄弟之後，便開始了對匡超人的勸說：

> 人生世上，除了這事，就沒有第二件可以出頭。只是有本事進了學，
> 中了舉人、進士，即刻就榮宗耀祖。這就是《孝經》上所說的「顯

> 親揚名」，才是大孝，自身也不得受苦。古語道得好：「書中自有黃
> 金屋，書中自有千鍾粟，書中自有顏如玉。」而今甚麼是書？就是
> 我們的文章選本了。（第十五回，頁200）

把「進學中舉」當作人生的頭等大事，把「文章選本」當作人生的全部內容，言談之中，迂腐之氣撲面而來。他對蘧駪夫的一席話，更顯現出其作為封建文士的靈魂隱秘：

> 舉業二字，是從古及今人人必要做的。就如孔子生在春秋時候，那
> 時用「言揚行舉」做官，故孔子只講得個「言寡尤，行寡悔，祿在
> 其中」，這便是孔子的舉業。講到戰國時，以遊說做官，所以孟子歷
> 說齊梁，這便是孟子的舉業。到漢朝用「賢良方正」開科，所以公
> 孫弘、董仲舒舉賢良方正，這便是漢人的舉業。到唐朝用詩賦取士，
> 他們若講孔孟的話，就沒有官做了，所以唐人都會做幾句詩，這便
> 是唐人的舉業。到宋朝又好了，都用的是些理學的人做官，所以程、
> 朱就講理學，這便是宋人的舉業。到本朝用文章取士，這是極好的
> 法則。就是夫子在而今，也要念文章、做舉業，斷不講那「言寡尤，
> 行寡悔」的話。何也？就日日講究「言寡尤，行寡悔」，那個給你官
> 做？孔子的道也就不行了。（第十三回，頁173）

為舉業找到合理性和歷史性的根據，馬純上費盡心思，將孔子等歷代聖賢的理論主張和政治事件都扯到舉業上去，真可謂迂腐至極！

其二，吳敬梓還透過行為描寫凸出馬純上的庸俗和窮酸，如第十四、十五兩回的馬二先生遊西湖是即其迂腐性格和窮酸形象的最典型事件。吳敬梓首先著墨於他一路的吃：第一天先進了一個麵店，「十六個錢喫了一碗麵」；又走到間壁一個茶室「喫了一碗茶，買兩個錢處片嚼嚼」；出來後，走過一道板橋，又「喫了一碗茶」；過了雷峰，看到一個山門旁茶亭賣茶，又「喫了一碗」；還不解饞，看「櫃上擺著許多碟子：橘餅、芝麻糖、粽子、燒餅、處片、黑棗、煮栗子」，他於是「每樣買了幾個錢的，不論好歹，喫了一飽」。第二天「要到城隍山走走，看見大廟門前賣茶，喫了一碗」；走到間壁一個茶室，又「泡了一碗茶，看見有賣的蓑衣餅，叫打了十二個錢的餅喫了」；又走到一個大廟門喫了兩碗茶，肚裡正餓，正要回去路上喫飯，「恰好一個鄉裡人捧著許多燙麵薄餅來賣，又有一籃子煮熟的牛肉，馬二先生大喜，買了幾十文餅和牛肉，就在茶桌子上盡興一喫」。馬二先生這兩天遊湖，吳敬梓不厭其

煩地寫他一路的吃喝；而這一路的吃喝，雖然看起來數量很多，但都是些十幾個錢、幾十文的便宜食品，他眼睛裡只看見一路上各酒店「掛著透肥的羊肉、櫃檯上盤子裡盛著滾熱的蹄子、海參、糟鴨、鮮魚，鍋裡煮著餛飩，蒸籠上蒸著極大的饅頭」，和布政司請客的廚房裡「熱湯湯的燕窩、海參，一碗碗在跟前捧過去」，卻沒有錢買來吃，只有羨慕地喉嚨裡猛吞唾沫，這種貪吃、想吃卻又無法盡情大吃的行為，完全顯示出這個愚儒的窮酸相。一直到洪憨仙的寓所，看見「捧上飯來，一大盤稀爛的羊肉，一盤糟鴨，一大碗火腿蝦圓雜膾」，雖說「腹中尚飽」，然「因不好辜負了仙人的意思」，遂「又盡力的喫了一餐」才算解了他遊湖以來的心頭大恨！

然而在馬二先生吃東西遊湖的同時，吳敬梓又輕描淡寫的敘述了他和女子間的互動（詳見本書第五章第三節〈諷刺的藝術〉）。這些舉動攤在優美的西湖景色下，又是何其的不協調、何其的諷刺！無怪乎樂蘅軍〈馬純上在西湖〉一文會說：「馬純上來到西湖，所面對的，是一個物質的世界，和前此他專心的『文章德業』世界，完全不相同。……他們以兩種代表性的事物來衝擊他的意識：食和色。……於是馬二先生就處在兩種意識相頡頏之下，一個是持念日久的文章德業，一個是西湖風情物態所喚起的本能。」〔註26〕

但是，吳敬梓筆下的馬純上，雖然迂腐庸俗，卻不失熱情和善良。當蘧駪夫遭遇枕箱之危時，馬純上毅然傾其所有，設法「替他掩下來」；在得知洪憨仙是騙子後，仍熱心為他辦理後事並資助他身邊的人回鄉；而對匡超人，除了要他「以舉業為主」外，且在聽其身世之後，心中惻然，助他銀子十兩及鞋子、衣服等，鼓勵其上進。吳敬梓以其精細的筆觸寫出了這個人物性格的多面性和複雜性：解救蘧駪夫、厚葬洪憨仙、接濟匡超人，在在體現了他仗義疏財、救人於危難的好心腸，實為一善良忠實之輩，與書中其他的世俗人物相比，馬純上滿身酸腐之餘，不時閃耀出樸實厚道的光芒，真可謂是「庸中佼佼」。

三、蛻化與變質：匡超人

在《儒林外史》文人群眾裡，匡超人是另一個典型的人物形象，吳敬梓描繪了他從一個原本樸實勤敏的農村子弟，在功名富貴的引誘下，逐漸墮落

〔註26〕樂蘅軍，《古典小說散論》（臺北：純文學出版社，1976 年 10 月），頁 121～133。

成一個無恥卑劣的市井惡棍的過程。吳敬梓展現其由好變壞的過程主要是透過兩種方式來呈現的：一面透過對其與周圍人物關係的描寫，揭示出促使他變質的社會環境；另一面則極力捕捉其從量變到質變的關鍵時刻的心理，予以精確的表達。在匡超人的變質過程中，吳敬梓主要選取了馬純上、潘保正、李本瑛、杭州「名士」等人對匡超人的影響，來敘述他在功名利祿的引誘下，一步步墮落的過程。

　　馬純上見到匡超人的時候，他還是一個樸實少年，言談舉止間透露出「勤學」和「孝順」的本性：

> 那少年道：「晚生今年二十二歲，還不曾娶過妻子，家裡父母俱存，自小也上過幾年學，因是家寒無力，讀不成了。去年跟著一個賣柴的客人來省城，在柴行裡記帳，不想客人消折了本錢，不得回家，我就流落在此。前日一個家鄉人來，說我父親在家有病，於今不知個存亡，是這般苦楚。」說著，那眼淚如豆子大掉了下來。（第十五回，頁 198）

馬純上心生惻隱，於是教導他要以「舉業為主」，方能「榮宗耀祖」、「顯親揚名」。馬純上的一番話在匡超人心中埋下了種子。「匡超人依依不捨，又急於要家去看父親，祇得灑淚告辭。」

　　匡超人回鄉之後，吳敬梓著重描寫了他對父母的孝順，這些日子，他「早半日做生意，夜晚伴父親，念文章」，實為一樸實善良又勤奮的青年。這時，吳敬梓卻安排了潘保正的出現，改變了匡超人此時恬淡的生活：

> 因走近前替他把帽子升一升，又拿他的手來細細看了，說道：「二相公，不是我奉承你，我自小學得些麻衣神相法，你這骨格是個貴相，將來只到二十七八歲，就交上好的運氣，妻、財、子、祿，都是有的。現今印堂顏色有些發黃，不日就有個貴人星照命。」又把耳朵邊揩著看看，道：「卻也還有個虛驚，不大礙事，此後運氣一年好似一年哩。」匡超人道：「老爹，我做這小生意，只望著不折本，每日尋得幾個錢養活父母，便謝天地菩薩了，那裡想甚麼富貴輪到我身上。」潘保正搖手道：「不相干，這樣事那裡是你做的？」（第十六回，頁 209）

潘保正一步步改變匡超人的想法，並把他舉薦給了知縣李本瑛。匡超人接到知縣帖子後，「喜從天降，捧了這個帖子去向父親說了」，遂扔下病重的老父

親，考試去了。

匡超人考中秀才之後，身分地位變了，其樸實的本質也慢慢起了變化。當門斗說學裡老爺要傳他去拜見時，他怒道：「我只認得我的老師！他這教官，我去見他做甚麼？有甚麼進見之禮！」一副自以爲是、盛氣凌人的樣子，與先前那個質樸老實的少年形象判若兩人，在此，雖然匡超人還未有任何劣跡行徑，但其本質已經開始產生變化。

父親過世後，匡超人又踏上了杭州之行。在此次杭州之行中，吳敬梓安排他與景蘭江相遇，在景蘭江的影響下，匡超人體會到要取得功名利祿，除了科舉以外，還別有一番天地。杭州「名士」們告訴他，科舉不過是「爲了名，爲了利」，而即使不通過科舉，只要成了名士，照樣可以「有名有利」。杭州「名士」們對匡超人的洗腦，使得他更加不擇手段地追求名和利。終於，在潘三的引導下，匡超人走上了舞文弄法、作奸犯科的道路。

除了著重描寫周圍人物對匡超人的影響，吳敬梓還藉由捕捉其關鍵時刻的心態反應，對其變質過程予以精確的描述。

匡超人準備停妻再娶這一時刻的心理變化，就是匡超人整個人格變化的一個濃縮反映。當匡超人聽見李給諫要把外甥女嫁給他時，「嚇了一跳，思量要回他說已經娶過的，前日卻說過不曾；但要允他，又恐理上有礙」；然而隨即他又轉念一想：「戲文上說的蔡狀元招贅牛相府，傳爲佳話，這有何妨！即便應允了。」表面看來，這只是一念之差，實際上卻是他攀高附貴、不擇手段、一心想往上爬的必然反應。所以，吳敬梓一旦描述出匡超人爲自己重婚行爲尋找依據的醜惡心態時，就令人感到自然合理與眞實可信。此刻的矛盾心理，既對匡超人以前的行爲作了一番總結，又爲匡超人以後的性格發展變化提供了依據、開闢了道路。而匡超人與景蘭江初次見面時，曾說：「老客既開寶店，卻看這書做甚麼？」等到接過景蘭江的詩集，「自覺失言，心裡慚愧；接過詩來，雖然不懂，假做看完了，瞎贊一回。」吳敬梓毫無保留的呈現其老實、虛僞、善於奉承的性格，同時也形塑了對這些故作風雅的文人的深刻諷刺。

吳敬梓透過周圍人物和環境對匡超人的影響以及其心理的演變過程，好生地展現了一個質樸少年的墮落過程，而在這個過程當中，對功名利祿的極度渴望始終是一條主線；正是心中對功名富貴的渴望被別人一步步喚醒之後，匡超人才走上了改變的道路。藉由這號人物，吳敬梓深刻地揭露了科舉

和功名對讀書人所帶來的深度毒害以及對社會風氣的不良影響。

第四節　市井細民

　　《儒林外史》被稱爲「儒林眾生相」，但是絕不能認爲《儒林外史》只是單純描寫了儒士的眾生相，它更爲我們提供了一個豐富多彩、五光十色的世界，在這個世界裡「凡官師，儒者，名士，山人，間亦有市井細民，皆現身紙上，聲態並作，使彼世相，如在目前。」〔註27〕吳敬梓憑著他對社會各階層的廣泛接觸和認識，用敏銳的目光觀察和機智的諷刺筆觸，如實地刻畫了所有人物的形象。雖然知識份子算是《儒林外史》的主角，但作爲現實社會中眞實存在最大群體的市井人物，在《儒林外史》中也佔有不小的篇幅。

　　《儒林外史》中的市井人物，有的庸俗勢利，是當時禮教和不平等制度的受害者，同時也是其幫兇；有的質樸善良，雖然生於市井之中，卻能不爲其世俗勢利所污染，始終保持著內心的眞誠與純潔。在以儒林人物爲主的《儒林外史》書中，這些人物往往只能以配角姿態出現在小說裡，或許只有寥寥數筆，卻能深入刻畫出一個個鮮明的形象，其中「四客」的出現，則顯示出吳敬梓對儒林的失望，而將眼光投向市井，希望能在市井中重塑理想的訴求，這不正是至聖先師孔子的喟言「禮失則求諸野」嗎？

一、勢利平民

　　《儒林外史》中的市井小民生活在社會底層，他們出身卑微，在當權者眼裡都是些微不足道的人們，他們的職業、經濟狀況在當時社會價值體系中也確實卑賤、低下。這些市井小民可以分爲兩類，第一類謂爲勢利小民。他們雖然生活在市井，卻對上層社會、有錢人家、擁有權勢者抱著與生俱來的仰慕，對失勢、落魄者則極盡嘲諷和蔑視。在《儒林外史》中，這類人物常常以群體的方式出現，但亦有些人物經吳敬梓妙筆刻畫，卻成爲小說中人物形象的典型，如胡屠戶之流便是。一般說來，吳敬梓對這些勢利平民的刻畫，主要的特點有二：

　　一者乃透過同一號人物前後不同行爲的對比描寫，深刻地揭露其勢利的本性、生動地描摹其醜陋的世相，其中最爲典型的是第三回中所述胡屠戶對

〔註27〕魯迅，《中國小説史略》（太原：山西古籍出版社，2001年8月），頁138。

范進中舉前後的態度。落魄的范進進學回家,「只見丈人胡屠戶,手裡拿著一副大腸和瓶酒,走了進來」,一見范進就沒好氣:「我自倒運,把個女兒嫁與你這現世寶窮鬼,歷年以來,不知累了我多少。如今不知因我積了甚麼德,帶挈你中了個相公,我所以帶個酒來賀你」,范進只得向他致意,他卻真的以一種高高在上的姿態對范進開始了「教育」:

> 你如今中了相公,凡事要立起個體統來。比如我這行事裡都是些正經有臉面的人,又是你的長親,你怎敢在我們跟前裝大?若是家門口這些做田的,扒糞的,不過是平頭百姓,你若同他拱手作揖,平起平坐,這就是壞了學校規矩,連我臉上都無光了。你是個爛忠厚沒用的人,所以這些話我不得不教導你,免得惹人笑話。(第三回,頁37)

最後在范進母子兩個千恩萬謝聲中,「胡屠戶橫披了衣服,腆著肚子去了」。後來范進想要去參加鄉試,前來問胡屠戶借盤費時,胡屠戶對著范進卻是一陣劈頭蓋臉的謾罵:

> 不要失了你的時了!你自己只覺得中了一個相公,就「癩蝦蟆想吃起天鵝肉」來!我聽見人說,就是中相公時,也不是你的文章,還是宗師看見你老,不過意,舍與你的。如今癡心就想中起老爺來!這些中老爺的都是天上的「文曲星」!你不看見城裡張府上那些老爺,都有萬貫家私,一個個方面大耳。像你這尖嘴猴腮,也該撒拋尿自己照照!不三不四,就想天鵝屁吃!早收了這心,明年在我們行事裡替你尋一個館,每年尋幾兩銀子,養活你那老不死的老娘和你老婆是正經!你問我借盤纏,我一天殺一個豬還賺不得錢把銀子,都把與你去丟在水裡,叫我一家老小嗑西北風!(第三回,頁37~38)

然而,當范進得知中舉歡喜的「瘋了」後,眾人勸胡屠戶去打范進一個嘴巴,使其能夠清醒過來;若在平時,胡屠戶不知道已打了范進多少個嘴巴,可是此時的他卻猶豫了:

> 雖然是我女婿,如今卻做了老爺,就是天上的星宿。天上的星宿是打不得的!我聽得齋公們說:打了天上的星宿,閻王就要拿去打一百鐵棍,發在十八層地獄,永不得翻身。我卻是不敢做這樣的事!(第三回,頁41)

「做了老爺」的女婿，身分地位就是不同，「就是天上的星宿」，連帶對女婿的態度也隨著身分地位的變化而變化，這就將胡屠戶勢利的心態很清楚地展露出來。雖然在眾人勸說下，胡屠戶「連斟兩碗酒喝了，壯一壯膽」，找到范進後，「大著膽子打了一下」，然而「心裡到底還是怕的，那手早顫起來，不敢打到第二下」，往日的盛氣凌人全然不在。

范進被胡屠戶一巴掌打醒後，胡屠戶開始向眾人誇耀自己的女婿，這段話與前面范進向胡屠戶借盤費時的謾罵形成了鮮明的對比：

> 我每常說，我的這個賢婿，才學又高，品貌又好，就是城裡頭那張府、周府這些老爺，也沒有我女婿這樣一個體面的相貌！你們不知道，得罪你們說，我小老這一雙眼睛，卻是認得人的，想著先年，我小女在家裡長到三十多歲，多少有錢的富戶要和我結親，我自己覺得女兒像有些福氣的，畢竟要嫁與個老爺，今日果然不錯！（第三回，頁 42～43）

由「尖嘴猴腮」到「品貌又好」；由「我自倒運，把個女兒嫁與你這現世寶窮鬼」到「我小老這一雙眼睛，卻是認得人的」；由「歷年以來，不知累了我多少」到「我自己覺得女兒像有些福氣的」，在前後人物語言的強烈對比中，胡屠戶的性格特色一展無遺。

范進回家路上，「屠戶和鄰居跟在後面，屠戶見女婿衣裳後襟滾皺了許多，一路低著頭替他扯了幾十回」；聽說張老爺來拜賀范進，「胡屠戶忙躲進女兒房裡不敢出來」，最後揣了范進給他的銀子，「千恩萬謝，低著頭笑眯眯的去了」。臥閑草堂本對這段描寫評說極為中肯：「輕輕點出一胡屠戶，其人其事之妙一至於此，真令閱者歡賞叫絕。余友云『慎毋讀《儒林外史》，讀竟乃覺日用酬酢之間，無往而非《儒林外史》。』此如鑄鼎象物，魑魅魍魎，毛髮畢現」〔註 28〕。同一個人物，這是同；前後不同的行為，這是異。由同見異，由異顯相，這種對比的行為描寫模式，深入地揭露了胡屠戶勢利的人物性格，給讀者留下了難忘的印象。

其二，勾勒人物群體的行為來顯示勢利小民群像。《儒林外史》中，有不少場面是寫許多人同時的行為舉止，吳敬梓以傳神的詞語，輕輕一點，就使眾生世相畢露。在第三回中，范進中舉笑「瘋」之後，被胡屠戶一巴掌打

〔註28〕〈臥閑草堂本回末總評・第三回〉，參見李漢秋，《《儒林外史》研究資料》（上海：上海古籍出版社，1984 年 7 月），頁 102～103。

暈在地，「眾鄰居一齊上前，替他抹胸口，捶背心，舞了半日」。救人，偏用了一個「舞」字，如此簡單的一個字便刻畫了一個群體的形象，就把當時這些爭著效力的人的勢利醜態表現得淋漓盡致，真乃「神來之筆」。再如范進中舉後，報錄人接二連三趕到范進家「擠了一屋的人」，而「鄰居都來了，擠著看」。這裡一連用了兩個「擠」字，把報錄人忙著報喜討好的行為和鄰居們趨炎附勢的情狀顯現出來。此時「眾鄰居有拿雞蛋來的，有拿白酒來的，也有背了斗米的，也有捉兩隻雞來的」，然而在范進中舉前，當范進的母親「餓的兩眼都看不見了」的時候，卻沒有任何人前來關心幫助。透過對這些人物群像這般的行為描寫，深刻地揭露了這些市井小民卑微勢利的態度。

二、善良平民

　　市井小民中的第二類則為善良百姓。他們雖然生活在社會底層，卻能按照自己的生活方式和處世態度去行事，保持善良人真性情的本色，有著官吏豪紳無可比擬的高尚人格。這些人物包括安分守己、自食其力、又不失淳樸善良的牛、卜二老，倪霜峰，以及「生意是賤業，倒頗多君子之行」的鮑文卿等。

　　牛、卜二老，是一對年逾古稀的長者，靠小本生意過活，生活貧困，飽嘗人世艱辛，卻心地善良，淳樸忠厚，待人真誠。吳敬梓在第二十一回中，主要透過兩家結親的過程，描寫了兩位老人的善良和淳樸。

　　首先，藉由結親的緣起寫出卜老爹為他人著想的熱心腸。一日，牛老漢坐在店裡，卜老爹走了過來，牛老爹店裡賣的有現成的百益酒，「燙了一壺，撥出兩塊豆腐乳和些筍乾、大頭菜，擺在櫃檯上，兩人吃著」，簡單的事物襯托出兩人淳樸簡單的性格。這次小飲閒談，談到了兒女的婚姻大事。牛老因家貧，不敢為孫子提親，卜老卻主動地把自己的外甥女許配給牛老的孫子，並設身處地地為牛老精心打算：

> 你我愛親做親，我不爭你的財禮，你也不爭我的裝奩，只要做幾件
> 布草衣服。況且一牆之隔，打開一個門就攛了過來，行人錢都可以
> 省得的。（第二十一回，頁 265）

處處考慮周到，牛老聽後大喜。

　　其次，透過結親的過程展現二位老人家都能為他人著想的真性情。卜老爹「已是料理了些鏡子、燈檯、茶壺，和一套盆桶，兩個枕頭，叫他大兒子

卜誠做一擔挑了來」。這樣的細緻周全，使得「牛老心裡著實不安」。牛老對
卜老感激不盡，這感激之情，吳敬梓藉著語言和動作的描寫表現了出來：

> 牛老先斟了一杯酒，奠了天地，再滿滿斟上一杯，捧在手裡，請卜
> 老轉上，說道：「這一門親，蒙老哥親家相愛，我做兄弟的知感不盡！
> 卻是窮人家，不能備個好席面，只得這一杯水酒，又還要屈了二位
> 舅爺的坐。凡事總是海涵了罷。」說著，深深作下揖去。（第二十一
> 回，頁266）

臥閑草堂本《儒林外史》回末總評第二十一回說：「牛、卜老爹乃不識字之窮
人也，其為人之懇摯，交友之純誠，反出識字有錢者之上，作者於此等處所
加意描寫，其寄託良深矣。」〔註29〕

　　牛、卜二老平生相交相知，就是死後，也是彼此想念，終日不忘。牛老
因病去世，卜老眼淚如雨，哭了好幾場。後來，「只是想著死去的親家，就要
哽哽咽咽的哭」。高齡老人卜老爹，因懷念老友憂傷難過，終於得病去世，到
地府裡去尋他的「親家」去了。這種生死不渝的友情比起當時爾虞我詐，弱
肉強食的人情世態更顯得無比高尚純潔，猶如一片烏煙瘴氣之中吹起了一股
清新的空氣。吳敬梓在對牛、卜二老友情的描寫中，沒有曲折的情節，沒有
著意的渲染，只是選取社會一角中極為普通、極為尋常人的平常生活中的一
幕幕，以富於人情味的細膩之筆，樸實無華地描繪出了兩位老人純真的友誼，
不僅使人感到兩人友誼的可貴，而且還可以從他們身上體會到了真善美的人
生境界。

　　鮑文卿是《儒林外史》中另一善良的典型。這個梨園藝人，在傳統社會
裡地位異常卑下，但卻極富正義感、愛惜人才，不僅有操守，且拒絕說情受
賄；其地位之低與品行之高所形成的對比，更加顯現出當時社會不合理的種
種現況。

　　和牛、卜二老一樣，吳敬梓對鮑文卿的刻畫也著重於他與倪霜峰的友誼，
在對二人友誼的描寫中同時塑造了一雙善良的形象。落魄秀才倪霜峰賣子求
生的悲慘遭遇引起了鮑文卿的深切同情，他主動提出為倪霜峰撫養孩子，並
表示等以後倪霜峰的處境好了，依舊把孩子還給他。收養了倪子以後，兩家
往來不絕，鮑倪二人也結下了深厚的友誼。倪霜峰去世以後，鮑文卿不僅拿

〔註29〕〈臥閑草堂本回末總評・第二十一回〉，參見李漢秋，《《儒林外史》研究資料》
　　　　（上海：上海古籍出版社，1984年7月），頁112～113。

出幾十兩銀子替他料理後事，自己還一連哭了好幾場，並叫過繼的兒子去披麻戴孝，送倪霜峰入土。這一系列事件的描寫，表現出他們的友誼也同牛卜二老的友情一樣，是患難之交、貧賤之親。鮑文卿幫助倪霜峰，並非乘人之危、爲己謀利，而是推己及人，處處爲對方著想。在他們短暫的交往中，二人推心置腹，以誠相見，其友誼至死不渝，這也是吳敬梓理想友情的寄託。

此外，吳敬梓並刻畫了鮑文卿高潔的性格：他救了太守向鼎，卻不要任何酬謝；安慶府裡的書辦向他行賄，託他向鼎太守求情，他拒絕說：「須是骨頭裡掙出來的錢才做得肉。」又說：「他若有理，斷不肯拿出幾百兩銀子來尋人情。若是准了這一邊的情，就要叫那邊受屈，豈不喪了陰德？」他還勸那兩個書辦：「依我的意思，不但我不敢管，連二位老爹也不必管他。」兩個書辦討了個沒趣，只好作罷。一個被人瞧不起的「戲子」，能堅持自己的操守，不爲金錢所折服，這在「金錢萬能」的社會裡，是極其難得的。這一種高潔、可貴的人品，也正是吳敬梓所希冀的一個眞正的人所應該具備的品格。吳敬梓以此與那些貪得無厭、對老百姓敲骨吸髓、極盡剝削能事的官吏豪紳和那些道貌岸然、骨子裡卻滲滿人民血淚的官府老爺的貪吝殘忍的品格相比，前者愈顯高尚，後者則更顯可恥加可恨。無怪乎在鮑文卿停棺時，吳敬梓又安排了向道臺出場題銘旌並贈予奠儀，亦足見鮑氏在其心中的地位！

三、市井奇人

在古今中外一些偉大作家的筆下，常常會出現違背作者最初心願的人物和情節。托爾斯泰在寫作《彼得大帝》時常說「他的人物常常不按照他所願意的那樣去行動，並拒絕採取作者給他們預先指定的途徑」，並認爲「我的男女主角們，有時候做出一些連我都不高興的把戲：他們是做著在現實生活中應該做並且是常常發生著的事情，而不是照我的意願去做的事情」〔註30〕。這些作家在其創作過程中，往往受到現實生活的強大影響而掩沒了其創作的原意，使得作品中的人物依著現實生活中的必然邏輯去發展。上述作家筆下出現的這種情況，大致是出現在同一人物身上。吳敬梓的社會理想被現實生活發展的必然邏輯所修正的，卻不是出現在同一人物身上，而是表現爲作品中理想人物的更換，從體現禮樂兵農主張的虞育德、杜少卿、莊紹光、遲衡山、蕭雲仙轉換爲體現自食其力思想的市井小民「四客」；這比起同一人物

〔註30〕季靡菲耶夫，《文學概論》（上海：平明出版社，1953 年 12 月），頁 54～55。

「背叛」作者意願的作品尤有意義，也說明吳敬梓完全摒棄了先前不切實的想法，而開始從底層、從市井、從平民中尋找理想。

第五十五回〈添四客述往思來〉裡的四個市井奇人，出現於「南京的名士都已漸漸銷磨盡了。此時虞博士那一輩人，也有老了的，也有死了的，也有四散去了的，也有閉門不問世事的」之時，這些人都是平民百姓，過的是自食其力的生活。他們的職業是微賤的，社會地位是低下的，但有著自己的業餘愛好和與眾不同的見識。他們個個別性情耿介，志趣高潔，生活雖貧寒，卻既「不貪圖人的富貴」，又「不伺候人的顏色」，我行我素，不受任何約束，笑傲於城市山林之中。由於他們生活在基層，既蔑視權貴，又不與世俗合流，身上更寄託著很多吳敬梓傾心的性格特色，所以吳敬梓稱之為市井中的「奇人」。

吳敬梓對這四位「奇人」的描寫方法，主要是先介紹其生平大略，然後選取一兩件小事，展現其人不凡的品行，猶如四幅水墨畫，得其大概，妙處搶眼。

季遐年，他自小無家無業，窮得只有借寺院安身。他的字有自己的獨創風格，但凡人要請他寫字「卻要等他情願，他才高興。他若不情願時，任你王侯將相，大捧的銀子送他，他正眼兒也不看」。吳敬梓藉著他去別人家寫字的小插曲，表現了他耿直的性情和獨特的個性：去朋友家寫字，朋友嫌他鞋髒，要他換鞋進屋，他大怒：「你家甚麼要緊的地方！我這雙鞋就不可以坐在你家！我坐在你家，還要算抬舉你。我都希罕你的鞋穿！」施鄉紳要他到家去寫字，甚是盛氣凌人，他跑到施家，大罵：「你是何等之人，敢來叫我寫字！我又不貪你的錢，又不慕你的勢，又不借你的光，你敢叫我寫起字來！」無欲無求之人自然無羈無絆，吳敬梓藉著季遐年的這「二罵」，塑造了他高潔的性格和自由的天性。

賣火紙筒子的王太，棋藝高超，不費吹灰之力就殺敗了一個圍棋名手；但當圍觀者邀他吃酒時，他非但拒絕，而且毫不留情地奚落了那些趨炎附勢的捧場者：「天下那還有個快活似殺矢棋的事！我殺過矢棋，心裡快活極了，那裡還吃的下酒！」興起而來，興盡而歸，透過簡潔的語言刻畫鮮明的人物個性，頗有《世說新語》之風采。

開茶館的蓋寬，家境好時就已不願結交有錢的親朋；家境敗落後，他寧願過著淒苦的生活，也不願屈辱自己求別人接濟：

「世情看冷暖，人面逐高低」！當初我有錢的時候，身上穿的也體
面，跟的小廝也齊整，和這些親戚本家在一塊，還搭配的上。而今
我這般光景，走到他們家去，他就不嫌我，我自己也覺得可厭。至
於老爹說有受過我的惠的，那都是窮人，那裡還有得還出來。他而
今又到有錢的地方去了，那裡還肯到我這裡來。我若去尋他，空惹
他們的氣，有何趣味！（第五十五回，頁670）

這一番話，一方面顯現出蓋寬寬宏大度、不計較的心性，另一方面也顯示了
他對人生社會的深刻體認。

　　裁縫荊元，彈琴、作詩都來得，頗有些雅士之風，卻拒絕結交文人學者，
抬高自己的身價，並向社會發出了「難道讀書識字，做了裁縫就沾汙了不成」
的抗議。荊元敢於把裁縫這一「賤行」提高到與讀書識字平等的地位，這在
「萬般皆下品，唯有讀書高」的傳統社會裡，是很大膽的表示，也是具有反
抗意義的。他還說：「而今年內每日尋得六七分銀子，吃飽了飯，要彈琴，要
寫字，諸事都由得我；又不貪圖人的富貴，又不伺候人的顏色，天不收，地
不管，倒不快活？」透過這一段人物語言，展現了荊元對獨立自由，無拘無
束生活的強烈渴望，然而這與世俗是相異的，與傳統封建社會秩序也是相違
背的；而末了荊元上清涼山喝茶彈琴的情節，是否更寄寓著吳敬梓「禮失求
諸野」的慨歎？

　　吳敬梓在小說第一回裡寫了一個用以敷陳大義，隱括全文的人物王冕，
他出身農家，自學成才，不羨慕功名富貴，不攀附名人權勢，賣畫為生，自
食其力，而且才藝超群，潔身自好，慣以段干木、泄柳自況，講究文行出處，
最後隱居深山，成為一代名士。吳敬梓以這樣一個人物作為開篇之首，就是
要為知識份子樹立一個矯品敦行的典型，並作為評價全書人物的尺度，以便
給那些卑劣的儒林中人，及被科舉制度污染了的社會價值，予以深刻的抨擊。
第五十五回寫四位尊重自己的個性，有著自己的見識、理想和愛好，鄙夷流
俗，不隨波逐流，不慕功名富貴，更不甘受人管束的四位奇士。他們這種獨
立自持、豪放不羈的生活方式和處世態度，無疑是對污穢世風的嚴重抗議，
是寄託著吳敬梓的理想和期望的。因而吳敬梓以王冕為開端人物，為儒林中
人樹立起一個正面榜樣；以四客作結，則是在為知識份子指引一條自食其力、
潔身自好的人生道路，真可謂用心良苦呀！

第五節　女性形象

在《儒林外史》眾多的人物中，女性人物雖然不多，吳敬梓對這些婦女形象的刻畫，有的重筆濃墨，有的則幾筆勾勒，但都使人難忘。然而往往人們在分析、評論《儒林外史》時，泰半著眼於男性，而忽略了作品中的女性人物。有的人認為吳敬梓對作品中的婦女形象著墨並不多，且無關題旨的重要人物；有的文章雖涉及婦女形象，但也只是蜻蜓點水，一筆帶過，缺乏深入分析。其實《儒林外史》中描寫的婦女形象包含著豐富、深廣的思想內涵，反映了當時的社會真象，抨擊了封建八股科舉制度對社會風氣的毒化，表現了吳敬梓與眾不同的進步思想。

吳敬梓生活在清政權已趨穩固的時代，這時期從表面看來，好像太平無事，但骨子裡各種社會不安正在激化，統治階層採取專制與懷柔雙管齊下的政策，一方面製造聳人聽聞的文字獄，一方面又提倡八股取士，以至形成「文士們醉心舉業，八股文之外，百不經意」的社會風氣。在這種社會環境中，本來就受到政權、神權、族權、夫權四重壓迫的婦女，自然受害最深。在《儒林外史》中出現的婦女形象雖然不多，卻無不是經過吳敬梓精心打造而形成的，她們有的令人心生敬佩，有的令人感歎可憐，有的令人心生厭惡，但都活靈活現，躍然紙上。下面本文則就全書中主要女性形象進行分析，並探討吳敬梓的塑造藝術。

一、可厭而又可悲的女性形象：王太太與趙姨娘

王太太是《儒林外史》中典型的潑婦形象，其情狀主要集中在第二十六、二十七回，屬於可厭而又可悲的人物。對於王太太的出場，吳敬梓採用了漸進式的敘述手法，臥評敏銳地指出了這一手法〔註31〕：

> 金次福初來說親，其於王太太，蓋略得其概，故但能言其奩資之厚，箱籠之多，蓋此事已七八年，而次福新近始知之，其意不過慫恿成局以圖酒食而已，本無他想。沈天孚即能知其根底，是以歷歷言之，然猶是外象三爻。至沈大腳，然後識其性情舉動，和盤托出。作三段描寫，有前有後，有詳有略，用意之新穎，措辭之峭拔，非惟稗官中無此筆，伏求之古名人紀載文字，亦無此奇妙也。

〔註31〕〈臥閑草堂本回末總評・第二十六回〉，參見李漢秋，《《儒林外史》研究資料》（上海：上海古籍出版社，1984年7月），頁116。

從金次福的「略得其概」,到沈天孚的「歷歷言之」,再由沈大腳「識其性情舉動,和盤托出」,吳敬梓對王太太的形象作了多次的鋪陳,在人物未出場前,就讓我們間接了解了她的經歷和性格;王太太的初次亮相,是用沈大腳的眼睛來描寫的:

> 看著太太兩隻腳足足裹了有三頓飯時才裹完了,又慢慢梳頭、洗臉、穿衣服,直弄到日頭趉西才清白。(第二十六回,頁330)

這短短的一段話,透過一系列的動作描寫,將王太太這個角色頓時活生生、神形俱現地展現在讀者眼前。接著吳敬梓開始描寫她的語言以展現其性格特色:

> 沈媽,你料想也知道,我是見過大事的,不比別人。……我頭上戴著黃豆大珍珠的拖掛,把臉都遮滿了,一邊一個丫頭拿手替我分開了,才露出嘴來喫他的蜜餞茶。……跟了去的四個家人把我白綾織金裙子上弄了一點灰,我要把他一個個都處死了。他四個一齊走進來跪在房裡,把頭在地板上磕的撲通撲通的響,我還不開恩饒他哩。
>
> (第二十六回,頁330~331)

這段荒謬不經的話,卻合情合理的刻畫出了王太太的心態。即使是身處社會的底層,她卻努力希望不會被人看低一等,因此在話語中,吳敬梓讓她把自己塑造成一個有身分、有地位的重要角色;荒謬的言語卻反映出了人物性格的真實面。她憑著幾分姿色和耍點小聰明,積攢下了一些家私,在其所處的社會環境中,再嫁一個好的歸宿就是她夢寐以求的人生最高理想,因此當有人向她提親時,她一方面想找個好的依靠,另一方面又擔心對方會看低自己,而造成所託非人的局面,所以她才會對沈大腳說出上面那番話來。當她嫁過去之後,發現事情完全不是媒婆所說的那樣時,心中開始不舒坦了,先是「聽見說有婆婆,就惹了一肚氣」,又被鮑老太一句「在我這裡叫甚麼太太!連奶奶也叫不的,祇好叫個相公娘罷了!」的話,更「氣了個發昏」,等到新媳婦按照當時習慣要燒魚時,她的表現是:

> 太太忍氣吞聲,脫了錦緞衣服,繫上圍裙,走到廚下,把魚接在於內,拿刀刮了三四刮,拎著尾巴望滾湯鍋裡一攛……王太太丟了刀,骨都著嘴,往房裡去了。當晚堂客上席,他也不曾出來坐。(第二十七回,頁336)

王太太一直以為自己是嫁給了舉人,離官太太的位置只是一步之遙,功名富

貴更是觸手可及，一旦得知所嫁的只不過是個戲班子裡的管班，連商人都不是，早先還只是感到不快的情緒，一下子就發展到了高峰：

> 聽了這一句話，怒氣攻心，大叫一聲，望後便倒，牙關緊咬，不省人事……灌醒過來，大哭大喊，滿地亂滾，滾散頭髮；一會又要扒到床頂上去，大聲哭著，唱起曲子來，原來氣成了一個失心瘋。（第二十七回，頁336）

正如魯迅所說的「無一貶詞，而情僞畢露」〔註32〕，吳敬梓就是這樣一步一步透過客觀的敘述，冷靜的描寫，把王太太的這一潑悍刁鑽的形象推到了舞臺的中心，用「虛假」的文字寫出了「眞實」的情境。王太太的潑婦形象，固然讓人覺得可笑又可恨，但也如實反映出在當時的社會裡，身爲女性的無奈。嫁人對於女性來說，猶如第二次投胎，所嫁之人的好與壞，直接決定了她們以後的人生命運。由此看來，在吳敬梓眼裡的王太太，其實也是當時社會一個既可憐又可悲的女性犧牲品。

趙氏是嚴致和的妾，出現在作品中的第五回和第六回。在古代社會裡，妾無非是奴婢的身分和生嗣延宗的工具，這種人的地位是卑微的，際遇是不幸的。爲了改善自己的身分地位，趙氏積極謀求「扶正」；正巧嚴致和的正妻王氏既沒有生育，又病入膏肓，而趙氏則爲嚴致和生下一個兒子，因此趙氏遂爲自己謀求正室地位而費盡心思。

吳敬梓一開始並未展現趙氏的這一心機，反而還極力塑造了一個賢慧善良的侍妾形象。當王氏病勢不好之時，趙氏又是「侍奉湯藥，極其殷勤」地對王氏說：「我而今只求菩薩把我帶了去，保佑大娘好了罷」、又是「煨藥煨粥，寸步不離」，還透過丫環告訴王氏「新娘每夜擺個香桌在天井裡哭求天地，他仍要替奶奶，保佑奶奶就好」，哭得全家上下都被她的眞情所感動。正當讀者感歎這位妾的善良賢慧之時，吳敬梓筆鋒一轉，揭開了趙氏虛情假意的假面具：

> 王氏道：「何不向你爺說，明日我若死了，就把你扶正做個塡房？」
> 趙氏忙叫請爺進來，把奶奶的話說了。（第五回，頁67）

得到王氏的首肯，只是她計畫中的第一步；此後，她一面由嚴致和出面，以兩百銀子的重價，換取王氏兄弟王仁、王德這兩個舅爺的承認，並由他倆出面，在王氏尙未斷氣之前，「兩口子同拜天地祖宗，立爲正室」；一面又在王

〔註32〕魯迅，《中國小說史略》（太原：山西古籍出版社，2001年8月），頁139。

氏斷氣之後，當嚴致和哭著進房時，「只見趙氏扶著牀沿，一頭撞去，已是哭死了」；被救醒後除了「披頭撒潑，滿地打滾，哭得天昏地暗」以表「哀切」外，「定要披麻戴孝」，故示自家「妾」之身分，逼使二位舅爺說出「你此刻是姐妹了」的話來進一步確立名分、鞏固地位。一個「忙」字和「扶著牀沿，一頭撞去，已是哭死了」的簡短敘述，頓時將趙氏虛偽醜惡的嘴臉展現在讀者面前。

嚴致和死後，孤立無援的趙氏又以「二百兩銀子」來獲得嚴貢生的「承認」。然而，隨之而來的竟是兒子夭折，趙氏失去了最根本的依靠，因而引起了為「承嗣」而展開的一場「爭田奪產」的惡鬥。

很顯然的，吳敬梓所塑造的趙氏形象的特徵是：虛偽、矯飾、勢利、巴結，為了達到「扶正」的目的，她竭盡醜惡之能事；但是在吳敬梓筆下，趙氏畢竟還是一個受害者、不幸者。她的虛偽矯飾、勢利巴結是因其卑微的妾的地位所造成的，她僅僅是為了改善自己的地位、以免陷入更不幸的命運而挖空心思以求「扶正」，因此，吳敬梓對其言行，雖然十分憎惡並予以無情批判，但卻留有餘地，對趙氏的境遇和不幸，最終還是寄予深切的同情，由湯知縣的判決，可以看出吳敬梓這個態度：

> 趙氏既扶過正，不應只管說是妾，如嚴貢生不願將兒子承繼，聽趙氏自行揀擇，立賢立愛可也。（第六回，頁87）

除了王太太及趙姨娘外，吳敬梓在書中還塑造了鮑老太、沈大腳、權賣婆、騙錢婦人、細姑娘、順姑娘、聘娘等幾個可悲又可厭的婦女形象，即使對她們著墨不多，但是一個個形態各異的女性形象就鮮活的出現在讀者眼前：戲子的「人生如戲，戲如人生」；妓女的對「有前途」儒林人士的「多情」與對「無前途」儒林人士的「無情」；媒婆的「巧舌如簧」以及老鴇的「左右逢迎」，這些女性形象在在成為書中不可或缺的重要部分。

二、禮教重壓下的女性形象：魯小姐與王三

《儒林外史》的主題是寫在功名富貴下知識份子人性的扭曲和變形，但是被科舉迷失心智、受傳統禮教毒化思想的不僅僅是男性，不少女性也在禮教重壓下失去本性，喪失自我，淪為傳統禮教和科舉制度的犧牲品。這類女性形象的代表是魯小姐和王三姑娘。

魯家是科舉世家，魯小姐的父親魯編修把「八股文」作為一切文章之首。

在父親的影響下，魯小姐自小就開始講書、讀文章，「曉妝台畔，刺繡床前，擺滿了一部一部的文章」。她一心豔羨功名富貴，可惜身爲女子，縱然才華洋溢也無法親自去追求那樣的人生，因此滿腔的抱負只能寄希望於所嫁之人。新婚燕爾之際，卻發現丈夫不僅不通「制藝」，還認爲「這樣俗事，還不耐煩做哩」，對魯小姐來說無異是「晴天霹靂」。在這裡，吳敬梓以魯小姐的「歎氣」和「皺眉」來表現她對於這位不通「制藝」的丈夫的極度失望，在第十一回中提到：

> 當晚，養娘走進房來看小姐，只見愁眉淚眼，長吁短歎。（第十一回，
> 頁142）

養娘不禁納悶，新婚燕爾何來如此之愁？魯小姐於是道出緣由：

> 我只道他舉業已成，不日就是舉人、進士；誰想如此光景，豈不誤
> 我終身！（第十一回，頁142）

在當時的社會中，魯小姐是不可能有再次選擇婚姻的機會了，所以一個「誤」字把魯小姐心理最深層的眞實想法展示無遺。後來魯小姐多次勸說丈夫專心科舉，無奈丈夫不聽，於是：

> 小姐越發悶上加悶，整日眉頭不展。（第十一回，頁143）

魯夫人看到女兒痛苦的樣子，也來勸慰她：「現放著兩家鼎盛，就算姑爺不中進士、做官，難道這一生還少了你用的？」魯小姐卻堅持認爲「『好男不吃分家飯，好女不穿嫁時衣。』依孩兒的意思，總是自掙的功名好，靠著祖、父，祇算做不成器」，再次表現其對丈夫的失望；直到後來養娘勸她等生出小公子來，一切依自己的教訓，「怕教不出個狀元來，就替你爭口氣。你這封誥是穩的」，魯小姐這才鬆了一口氣：

> 小姐歎了一口氣，也就罷了。（第十一回，頁143）

等到兒子出生，魯小姐把全部的希望轉移到了兒子的身上，當兒子四歲時，就「每日拘著他在房裡講《四書》、讀文章」，甚至「課子到三四更鼓，或一天遇著那小兒子書背不熟，小姐就要督責他念到天亮，倒先打發公孫到書房裡去睡」。表面上看，魯小姐是一個嚴師慈母的形象，然而仔細探究魯小姐這些行爲，她所追求的「誥命夫人」和當時的儒林中人一樣，都只是如過眼雲煙的功名富貴。吳敬梓透過對魯小姐形象的塑造表明，被「舉業」弄的神魂顛倒的不僅僅是儒林中人，還包括社會上的各個階層，即使是深居閨中的官家小姐如魯小姐者，也是滿腦子的科舉思想、功名利祿。魯小姐作爲八股

之禍的間接受害者，還在不自覺中充當了科舉制度最堅定的支持者，並且藉由對兒子的嚴格教育，把八股的禍害又一代一代的往下傳。

在作品的第四十八回，吳敬梓描寫了一位與魯小姐類似的可悲女性形象：王三姑娘，不同的是，魯小姐是被科舉制度蒙蔽心性的官家少婦，而王三姑娘則是被傳統禮教制度扼殺了的年輕生命。

在描寫王三「殉夫」慘劇時，吳敬梓依舊保持其冷靜的態度，以其如刀的筆墨，著重刻畫了王三在「殉夫」過程中的坦然與從容，並在這種坦然與從容的襯托下，見證了傳統禮教殺人不見血的可怕。

在當時的社會，守節並不稀罕，更經常有各地的督撫、學政提供大批殉節的烈婦名單奏請禮部旌表，「殉節」成為對一個婦女德行的最高評價，而「烈女」則被認為是廣大婦女的表率，正是這種社會背景造成了王三的坦然與從容。她對公婆和父親說道：「我而今辭別公婆、父親，也便尋一條路，跟著丈夫一處去了！」丈夫死的時候，她「哭得天愁地慘」，而這時，她卻沒有一滴眼淚，是何等從容坦然，大有「英勇獻身」之概。公婆聽見這句話，「驚得淚下如雨」，堅決反對，母親則「痛哭流涕，連忙叫了轎子」，親自來勸女兒，但「那裡勸得轉」，絲毫也動搖不了她「殉夫」的決心。

她「一般每日梳洗，陪著母親坐，只是茶飯全然不吃。母親和婆婆著實勸著，千方萬計，總不肯吃」。「母親看著，傷心慘目，痛入心脾，也就病倒了」，她卻依然不改初衷，拿自己年輕的生命換來「香楮三牲」的拜奠、「製主入祠」和「門首建坊」之類「為倫紀生色」的結果。王三姑娘這個受傳統禮教薰染的年輕女性，如此「坦然」、「從容」的「壯烈殉節」，是讓所有稍具人性的人都會感到吃驚和難以置信的，不說她的公婆、母親聽見這話，「驚得淚下如雨」或「痛哭流涕」，就連執掌徽州府學訓導的余大先生，也「大驚」而「不勝慘然」，但是，她自己卻是這麼「從容」和「坦然」，無聲之中更覺昧於禮教之可怕。

此外，吳敬梓還藉著王三父親王玉輝對整個事件的反映，側面描寫了禮教與人性的強烈衝突。王玉輝在得知女兒的心意時，認為這是「青史上留名的事」，非但沒有阻攔，並大力支持且回家叫妻子來和女兒作別。老妻因為女兒殉節的事情悲哀，他反倒勸老妻說：「他這死的好，只怕我將來不能像他這一個好題目死哩」，甚至「仰天大笑道：『死的好！死的好！』」。但是入祠當天祭拜後，於明倫堂擺席之際，卻「轉覺心傷，辭了不肯來」；而當他因受不

了「在家日日看見老妻悲慟」，只得出遊南京，在蘇州時看到一個穿白的婦人，卻又想起自己的女兒，「心裡哽咽，那熱淚直滾出來」。從王玉輝這一系列矛盾的言行中，吳敬梓深刻的讓我們體認了禮教與人性的衝突。

吳敬梓在刻畫王三這個形象時，用墨並不多，但是就這寥寥數筆，卻刻畫出一個「自願」受傳統禮教迫害的典型，讀來可謂「聲態畢作，洞見人物心肝」〔註33〕，使讀者深刻感受到禮教的吃人和可怕。

三、具有自我意識的女性形象：沈瓊枝

在我國歷代文學作品中，女性形象雖數不勝數，但是一向都少見獨立自主、有見識的人物。在大多數文學作品中，女性都是沒有自己獨立個性的小人物，是一個可有可無的附庸品，沒有獨立存在的價值。正如瓦西列夫所說：「婦女作為社會成員和男人親昵感情的客體所應有的真正的人的價值長期受到惡意的損害、破壞和貶低。」〔註34〕我國歷代文學中的眾多女性形象，要不是貞烈不二、是男性心中的理想形象，就是淫蕩不堪、為男性所批判的對象這兩種。這些眾多的女性形象無一不在體現強烈的大男人主義，反而將女性的自我意識剝奪殆盡。

文學作品中具有自我意識的女性形象的出現可以說始於《三言》、《二拍》。隨著明代經濟的發展，平民階層的逐漸壯大，程朱理學受到批判，傳統禮教受到衝擊，人民的自我意識明顯得以增強。《三言》、《二拍》中女性自我意識的覺醒最明顯表現在對自主愛情婚姻的追求方面。《警世通言·崔待詔生死冤家》中的秀秀，本是裱褙匠的女兒，因精於繡作，被咸安郡王勒令「獻來府中」充當養娘。秀秀勇於反抗「只獻與官員府第、做一名供人役使和玩弄的婢女」命運，愛上了碾玉匠崔寧，不僅主動向崔寧表白愛慕之情，並大膽慫恿他一起逃跑。最後二人離開了郡王府，逃到他鄉過起了幸福的夫妻生活。《醒世恒言·鬧樊樓多情周勝仙》中的周勝仙，本是販海富商之女。當她在金明池畔茶房裡巧遇樊樓酒肆的小老闆范二郎，一見鍾情，於是主動把自己還未嫁人的資訊借爭吵來告知了范二郎，以此表明自己有心於他。這些女性能視禮法於不顧，敢於追求自主的愛情婚姻和獨立的人格尊嚴，以及正常合理的情欲需求，可以說代表著女性自我意識覺醒的先遣部隊。

〔註33〕參考魯迅，《中國小說史略》（太原：山西古籍出版社，2001 年 8 月），頁 138。
〔註34〕瓦西列夫，《情愛論》（北京：三聯書店，1984 年 10 月），頁 43～44。

這些女性形象的自我意識都是藉由「愛情」展現出來的，但是透過愛情展現的自我意識，往往擺脫不了對男性的依靠。因此，當愛情這玩意兒不再稱職之後，這種自我意識反而會將女性推上絕望的自我毀滅的道路，如《警世通言·杜十娘怒沉百寶箱》中的杜十娘，在愛情破滅之後，自我世界彷彿已然瞬間崩潰，因而只有以自我毀滅來表達自己對社會強烈的抗議和不滿。因此，基於愛情的女性自我意識是不牢靠的，是依舊以男性世界為其中心意識的。但是在《儒林外史》中，吳敬梓卻塑造了一個真正具有自我意識的女性形象：沈瓊枝，這在同時期的作品中是絕無僅有的，可稱得上是我國古代文學上最具個性的女性形象。

就整個作品來說，吳敬梓用來描繪沈瓊枝的篇幅並不多，前後只占了四十、四十一兩個回目，雖缺乏細膩飽滿，但鮮明、生動的形象勾勒，就像一幅素描一樣，簡單幾筆，就於簡潔中見深刻。《儒林外史》中的沈瓊枝形象，就像出水芙蓉一樣，清新、明麗、卓然不群、獨立不羈，傲然挺立於污濁的社會之中，使其他正面人物為之失色，更和那些「丑儒」們形成鮮明的對比。

吳敬梓對沈瓊枝人物形象的塑造，首先是透過其極富個性的語言，來表現沈瓊枝鮮明的人物個性。沈瓊枝的父親答應宋家婚事之後，將女兒送到揚州宋府，本來住在客店裡等待宋家明媒正娶；誰知宋家只打發下人來吩咐「將新娘抬到府裡」。沈先生看出宋家不準備把女兒娶為正室，於是徵求女兒意見，「這頭親事，還是就得就不得？女兒，你也須自己主張」，於是沈瓊枝回答說：

> 爹爹，你請放心。我家又不曾寫立文書，得他身價，為甚麼肯去伏低做小！他既如此排場，爹爹若是和他吵鬧起來，倒反被外人議論。我而今一乘轎子，抬到他家裡去，看他怎模樣看待我。（第四十回，頁 500）

這段回答展現出沈瓊枝四個性格特點：一、勇於和命運抗爭：宋家為大富之家，「一年至少也娶七八個妾」，在古代社會裡，一個男人娶七八個妾是正常的，但是沈瓊枝卻勇於反抗這種男女不平等的現象，不肯「伏低做小」。二、沉著冷靜，考慮周全：面對這樁帶有欺騙性的婚姻，她提醒父親不要貿然和宋家爭吵，因為宋家勢力大，徹底鬧翻只會給自己和父親帶來災難。三、機智多謀，成熟勇敢：面對著宋家的緊逼，她準備走一步看一步，小心行事，「看他怎模樣待我」。四、蔑視榮華富貴：即使鹽商富貴的奢華，「多少士大夫見

了就消魂奪魄」，沈瓊枝卻能「視如土芥」。

轎子將沈瓊枝抬到宋府後，從幾個小老媽對自己「沈新娘」的稱呼中得知自己真的是被當作「妾」娶進門的，於是也不言語，下了轎，一直走到大廳上坐下：

> 請你家老爺出來！我常州姓沈的，不是甚麼低三下四的人家！他既要娶我，怎的不張燈結綵，擇吉過門？把我悄悄的抬了來，當做娶妾的一般光景；我且不問他要別的，只叫他把我父親親筆寫的婚書拿出來與我看，我就沒的說了！（第四十回，頁501）

這一番話，把宋家的老媽子同家人都嚇了一大跳：她們從未見過如此強悍的「新娘」。這一段不卑不亢、有理有據的話語，充分顯示了沈瓊枝的個性特色。

其次，吳敬梓還透過對沈瓊枝大量的心理描寫，凸出沈瓊枝的自我意識和性格特點。沈瓊枝初進宋府，在丫環的帶領下參觀了宋府，只見宋府「竹樹交加，亭台軒敞，一個極寬的金魚池，池子旁邊，都是硃紅欄杆，夾著一帶走廊。走到廊盡頭處，一個小小月洞，四扇金漆門。走將進去，便是三間屋，一間做房，鋪設的齊齊整整，獨自一個院落」，面對著這樣的美景，沈瓊枝的心理反應是：「這樣極幽的所在，料想彼人也不會賞鑒，且讓我在此消遣幾天」，頗具文人風雅和魏晉風範。於是，沈瓊枝放心在宋府暫時住下，過了幾天，仍不見消息，沈瓊枝又想道：「彼人一定是安排了我父親，再來和我歪纏。不如走離了他家，再作道理」，這一心態更表露了沈瓊枝的聰明機智和大膽果斷，於是她將房裡所有可以動用的金銀器皿、珠寶首飾都帶著，並且穿上了七條裙子、扮做小老媽模樣，買通丫環後，半夜就從宋家逃走了。

逃出的沈瓊枝，吳敬梓仍不忘呈現她膽大心細、考慮周全的性格特色，「我若回常州父母家去，恐惹故鄉人家恥笑」，於是她打定主意去南京謀生，「南京是個好地方，有多少名人在那裡，我又會做兩句詩，何不到南京去賣詩過日子，或者遇著些緣法出來也不可知」。從沈瓊枝這些心態可以看出，她是個有膽識有計謀的女子，既沒有一味埋怨自己的遭遇，也沒有甘心順從自己的命運，而是大膽地走出了當時社會的框架。

再來，吳敬梓透過外界人物對沈瓊枝的態度和評價，來表現她不凡的性格。沈瓊枝來到南京後，公然掛出「精工雇繡，寫扇作詩」的招牌，要靠自己的雙手謀生。這一行為在當時社會上無異於大逆不道，引起了世人的眾多看法，武書看到沈瓊枝的招牌後，大笑道：

　　杜先生，你看南京城裡偏有許多奇事！這些地方，都是開私門的女

　　人住。這女人眼見的也是私門了，卻掛起一個招牌來，豈不可笑！

　　（第四十一回，頁505～506）

就連遲衡山也對沈瓊枝的所作所為頗為不滿：

　　南京城裡是何等地方！四方的名士還數不清，還那個去求婦女們的

　　詩文？這個明明借此勾引人。他能做不能做，不必管他。（第四十一

　　回，頁509）

開明如武書、遲衡山者都對她的行為如此不解，沈瓊枝所面臨的社會壓力可

想而知，她卻依然不為世俗所動。唯有杜少卿能夠理解她、欣賞她：

　　鹽商富貴奢華，多少士大夫見了就銷魂奪魄；你一個弱女子，視如

　　土芥，這就可敬的極了！（第四十一回，頁511）

而武書在見過沈瓊枝之後，也慨歎道：

　　我看這個女人實有些奇。若說他是個邪貨，他卻不帶淫氣；若是說

　　他是人家遣出來的婢妾，他卻又不帶賤氣。看他雖是個女流，倒有

　　許多豪俠的光景。（第四十一回，頁510）

這段話可以說是吳敬梓借書中人物之口來表達對沈瓊枝的欣賞之情。《儒林
外史》一向以其冷峻客觀的描寫筆法為人所讚歎，但在此處，卻透過他人對
沈瓊枝大加讚賞，足見吳敬梓本人對沈瓊枝這種謀求自立、改變地位的欣賞
之一斑。

　　然而，沈瓊枝最終還是被江都縣提走了。在沈瓊枝所處的環境下，個人
的反抗是難以成功的，但是沈瓊枝以一個弱女子之姿，卻能不畏強權、勇敢
地維護自我權利和尊嚴，這樣的作為，連一般男子都很難做到；而當差人要
押解她回江都縣時，在押解差人面前，一般男子都會盡力討好、以免受暗虧，
就連身為八十萬禁軍統領的英雄林沖在差人面前，也不免低聲下氣，而沈瓊
枝一個弱女子卻一針見血的道出差人的欺軟怕硬來：「你們這般大驚小怪，只
好嚇那鄉裡人」。她冷靜從容的跟著差人來到堂上，講述自己的經歷，坦然地
接受縣官的考題，態度不卑不亢，說話有理有據，真可謂是女中豪傑：

　　沈瓊枝道：「宋為富強占良人為妾，我父親和他涉了訟，他買囑知

　　縣，將我父親斷輸了，這是我不共戴天之仇。況且我雖然不才，也

　　頗知文墨，怎麼肯把一個張耳之妻去事外黃傭奴？故此逃了出來。

　　這是真的。」知縣道：「你這些事，自有江都縣問你，我也不管。

你既會文墨，可能當面做詩一首？」沈瓊枝道：「請隨意命一個題，
原可以求教的。」知縣指著堂下的槐樹，說道：「就以此為題。」
沈瓊枝不慌不忙，吟出一首七言八句來，又快又好。（第四十一回，
頁 513）

當時的女子沒有任何社會地位，所以宋家即使是騙婚，也不必承擔任何法律
責任，而對沈瓊枝來說，最後獲得了一個「斷還伊父，另行擇婿」的結果，
這已經算是對她所採取的最仁慈的一種表示了。儘管沈瓊枝最終還是沒能擺
脫女子不得不依附於男子的社會地位，但是其敢於反抗、爭取自立的行為卻
展現了一種全新的婦女精神，也體現了女性自我意識覺醒的態度。

第四章　敘述形式的藝術

　　敘述形式是文學創作的基本藝術，也是文學創作最基本的方式，也就是說敘述手法運用的好壞，會直接關係到作品的成敗。一般來說，敘述手法運用得當，不僅可以使人物活動的過程、事物發生發展變化的過程，整個前因後果、來龍去脈得以清楚敘述，亦可增加小說魅力，以吸引讀者。《儒林外史》在敘述形式上具有極高的藝術價值，「其章法之奇，用筆之妙……畫工化工，合為一手」〔註1〕，本章將就《儒林外史》的敘述藝術作進一步探討。

第一節　正筆直書

　　所謂正筆直書，是相對於側面描寫而言，是創作小說最基本的敘述手法。《儒林外史》中的正筆直書主要表現在對人物和事件的直接敘述上，不帶曲筆，讓人物和事件自行展示。在正筆直書的過程中，吳敬梓還善於採用白描的寫作方式，用最精煉、最節省的語言描摹人物、敘述事件。此外，吳敬梓還在正筆直書的過程中加入插說和評論，以強化作品思想主題和表明自家創作意圖。

一、直接敘述，自行展示

　　直接敘述是大多數小說最基本的敘述方式，它可以讓人物和事件自行展示在讀者面前，減少讀者閱讀阻力，迅速獲得相關資訊。《儒林外史》中的直

〔註1〕　閑齋老人，〈《儒林外史》臥閑草堂本〉，收入李漢秋，《《儒林外史》研究資料》（上海：上海古籍出版社，1984 年 7 月），頁 99。

接敘述，主要有介紹人物、描摹景物和敘述事件三種功能。

（一）介紹人物

《儒林外史》中藉由直接敘述以介紹人物主要出現在第三十六回〈常熟縣真儒降生，泰伯祠名賢主祭〉。在這一回中，吳敬梓先對虞育德的出生和家世進行了直接敘述：

> 話說應天蘇州府常熟縣有個鄉村，叫做麟紱鎮，鎮上有二百多人家，都是務農為業。只有一位姓虞，在成化年間，讀書進了學，做了三十年的老秀才，只在這鎮上教書。這鎮離城十五里，虞秀才除應考之外，從不到城裡去走一遭，後來直活到八十多歲，就去世了。他兒子不曾進過學，也是教書為業。到了中年，尚無子嗣，夫婦兩個到文昌帝君面前去求，夢見文昌親手遞一紙條與他，上寫著《易經》一句：「君子以果行育德。」當下就有了娠。到十個月滿足，生下這位虞博士來。太翁去謝了文昌，就把這新生的兒子取名育德，字果行。（第三十六回，頁 443）

然後再對虞育德從童年到成年後的經歷進行了直接概括的敘述：

> 這虞博士三歲上就喪了母親，太翁在人家教書，就帶在館裡，六歲上替他開了蒙。虞博士長到十歲，鎮上有一位姓祁的祁太公包了虞太翁家去教兒子的書，賓主甚是相得。教了四年，虞太翁得病去世了，臨危把虞博士托與祁太公，此時虞博士年方十四歲。祁太公道：「虞小相公比人家一切的孩子不同，如今先生去世，我就請他做先生教兒子的書。」當下寫了自己祁連的名帖，到書房裡來拜，就帶著九歲的兒子來拜虞博士做先生。虞博士自此總在祁家教書。（第三十六回，頁 443）

接下來才開始側重描寫展現虞育德美德的幾件事情。天目山樵識出吳敬梓的意圖，他說：「虞博士是書中第一人，故特起立傳。」臥閑草堂本批語則說「虞博士是書中第一人，純正無疵」，因此吳敬梓「純用正筆、直筆，不用一旁筆、曲筆」，是以「文字無峭拔凌駕處」〔註2〕，這正是正筆直書、直接敘述的寫法。

〔註 2〕 李漢秋，《《儒林外史》研究資料》（上海：上海古籍出版社，1984 年 7 月），頁 120。

（二）描摹景物

《儒林外史》善於對景物進行直接描述，將景物迅速展現在讀者面前，並不像其他有些小說一樣，喜歡用對仗、排比、誇張等手法，配以古人詩詞來描繪渲染景物。例如在第一回中那段經典的景物描寫：

> 須臾，濃雲密佈，一陣大雨過了。那黑雲邊上鑲著白雲，漸漸散去，透出一派日光來，照耀得滿湖通紅。湖邊上山，青一塊，紫一塊，綠一塊。樹枝上都象水洗過一番的，尤其綠得可愛。湖裡有十來枝荷花，苞子上清水滴滴，荷葉上水珠滾來滾去。（第一回，頁 3）

再如同一回中的另一段景物描寫：

> 屋後橫七豎八幾稜窄田埂，遠遠的一面大塘，塘邊都栽滿了榆樹、桑樹。塘邊那一望無際的幾頃田地，又有一座山，雖不甚大，卻青蔥樹木堆滿山上。約有一里多路，彼此叫呼，還聽得見。（第一回，頁 3）

在此吳敬梓用寫實的筆法對景物進行直接敘述，將圖像完整地展現出來。

> 這南京乃是太祖皇帝建都的所在，裡城門十三，外城門十八，穿城四十里，沿城一轉足有一百二十多里。城裡幾十條大街，幾百條小巷，都是人煙湊集，金粉樓臺。城裡一道河，東水關到西水關，足有十里，便是秦淮河。水滿的時候，畫船簫鼓，晝夜不絕。城裡城外，琳宮梵宇，碧瓦朱甍，在六朝時，是四百八十寺；到如今，何止四千八百寺！大街小巷，合共起來，大小酒樓有六七百座，茶社有一千餘處。（第二十四回，頁 306）

這段景物描寫，吳敬梓乃透過若干數字詞對南京城的繁華景象進行了直接描寫，使南京城熙熙攘攘的熱鬧景象如實呈現在讀者面前。

> 飲到月上時分，兩隻船上點起五六十盞羊角燈，映著月色湖光，照耀如同白日，一派樂聲大作，在空闊處更覺得響亮，聲聞十餘里。（第十二回，頁 163）

寥寥數語，將秦淮河上充滿詩意的景象描繪了出來，彷彿讀者也聽到了那裡的「樂聲大作」，彷彿讀者也看到了那裡的「月色湖光」。

> 這姚園是個極大的園子，進去一座籬門。籬門內是鵝卵石砌成的路，一路朱紅欄杆，兩邊綠柳掩映。過去三間廳，便是他賣酒的所在，那日把酒桌子都搬了。過廳便是一路山徑，上到山頂，便是一個八角亭子。（第三十三回，頁 410）

這段對姚園的直接描寫，吳敬梓彷彿導遊一樣，將讀者一步步帶入姚園之中，一路上到山頂。

不少學者認為，《儒林外史》中的景物描寫充滿了寫實風格，實際上，這種寫實風格絕大部分來自於《儒林外史》中景物描寫時所採用的直接敘述方法，使得景物更加真實可信。

（三）敘述事件

對事件經過進行直接敘述，有利於讀者直接了解事件的前因後果，減少閱讀的難度。但同時，這種缺少想像和戲劇性的直接敘述，也容易引起讀者的閱讀疲勞，因此在《儒林外史》中，多採用直接敘述和間接敘述相結合的方式對事件經過進行敘述，然而直接敘述仍佔多數，因為它具有簡單明瞭的特點。例如在第四回中知縣枷死關說的老師夫的這段，吳敬梓就採用了直接敘述的手法，對整個經過進行了概述：

> 次日早堂，頭一起帶進來是一個偷雞的積賊，知縣怒道：「你這奴才，在我手裡犯過幾次，總不改業！打也不怕，今日如何是好！」因取過硃筆來，在他臉上寫了「偷雞賊」三個字，取一面枷枷了，把他偷的雞，頭向後，尾向前，捆在他頭上，枷了出去。才出得縣門，那雞屁股裡刮喇的一聲，痾出一拋稀屎來，從額顱上淌到鼻子上，鬍子沾成一片，滴到枷上。兩邊看的人多笑。第二起叫將老師夫上來，大罵一頓「大膽狗奴」，重責三十板，取一面大枷，把那五十斤牛肉都堆在枷上，臉和頸子箍的緊緊的，只剩得兩個眼睛，在縣前示眾。天氣又熱，枷到第二日，牛肉生蛆，第三日，嗚呼死了。（第四回，頁 59）

關說的老師夫被枷死這件事情在全書中的地位並不重要，它僅僅是作為下文中事情發生的一個起因，因此，吳敬梓並沒有對其經過進行多方面的詳細敘述，只是用直接敘述將其前因後果交代清楚而已。又如在第五十五回中對四奇人的敘述，也以直接敘述為主：

> 一個是會寫字的。這人姓季，名遐年，自小兒無家無業，總在這些寺院裡安身。見和尚傳板上堂吃齋，他便也捧著一個缽，站在那裡，隨堂吃飯。和尚也不厭他。他的字寫的最好，卻又不肯學古人的法帖，只是自己創出來的格調，由著筆性寫了去。……又一個是賣火紙筒子的。這人姓王，名太，他祖代是三牌樓賣菜的，到他父親手

裡，窮了，把菜園都賣掉了。他自小兒最喜下圍棋。後來父親死了，他無以為生，每日到虎踞關一帶賣火紙筒過活。……一個是開茶館的。這人姓蓋，名寬，本來是個開當鋪的人。他二十多歲的時候，家裡有錢，開著當鋪，又有田地，又有洲場。那親戚本家都是些有錢的。他嫌這些人俗氣，每日坐在書房裡做詩看書，又喜歡畫幾筆畫。……一個是做裁縫的。這人姓荊，名元，五十多歲，在三山街開著一個裁縫鋪。每日替人家做了生活，餘下來工夫就彈琴寫字，也極喜歡做詩。（第五十五回，頁 665～672）

在這一回裡，吳敬梓表面上是描寫「四大奇人」的事蹟，實際上卻是在尋找新的社會理想，這「四大奇人」僅僅是吳敬梓新的理想的投射物，而非具有個性的真實存在的個體。因此，吳敬梓對他們的事蹟都採用了直接敘述的方法，以講清楚其事蹟為主要目的，而非要在表現這些人的人格特性上做發揮。

二、善用白描，筆法簡練

白描是我國傳統文學創作中常用的描寫手法之一，它用最精練、最節省的文字粗線條地勾勒出人物的精神面貌，要求作家準確把握人物最主要的性格特徵，不加渲染、鋪陳，而僅用傳神之筆來加以點化。《儒林外史》作者在進行正筆直書時，主要採用了白描的手法來刻畫人物，緊緊抓住人物所處的特定環境及人物的個性、經歷、言行的凸出之點，用簡潔的語言進行描寫，讓人物用自己的行動表現其個性特徵。

在《儒林外史》中，吳敬梓有時採用白描來勾勒人物形像，例如在第十四回對洪憨仙的外貌進行白描：「身長八尺，頭戴方巾，身穿繭綢直裰，左手自理著腰裡絲條，右手拄著龍頭拐杖，一部大白鬚，直垂過臍，飄飄有神仙之表。」寥寥幾筆勾勒出洪憨仙「與眾不同」的「神仙」形象。有時用白描敘述人物對話，表現人物性格，例如在第三回中胡屠戶一出場，便對范進沒好氣：「我自倒運，把個女兒嫁與你這現世寶窮鬼，歷年以來，不知累了我多少。如今不知因我積了甚麼德，帶挈你中了個相公，我所以帶個酒來賀你。」具體呈現了胡屠戶盛氣凌人的特點。有時則用白描進行細節描寫，展現人物性格，例如在第四回中范進中舉後母親喜極而喪，他卻出現在湯知縣的酒席上，先是假惺惺地「退前縮後的不舉杯箸」，可是轉眼又「揀了一個大蝦元子送在嘴裡」，這兩個細節前後對比，就形成了強烈的諷刺效果。

　　白描是古代小說常常採用的一種描寫方式，但是，《儒林外史》的白描與其他小說中的白描相比，又有其獨特之處。綜合起來，《儒林外史》中的白描手法有以下幾個特點：

（一）不求細緻，但求傳神

　　《儒林外史》中的白描勾勒沒有其他修飾性描寫的煩擾，吳敬梓將其精力集中於描寫人物的特徵，往往用幾句話、幾個動作，就能畫龍點睛地揭示人物的精神世界，收到以少勝多，以「形」傳「神」、形神兼備的藝術效果。第十二回中對鴛胭湖聚會是如此的描寫：

> 兩公子請遍了各位賓客，叫下兩隻大船，廚役備辦酒席，和司茶酒的人另在一個船上；一班唱清曲打粗細十番的，又在一船。此時正值四月中旬，天氣清和，各人都換了單夾衣服，手持紈扇。這一次雖算不得大會，卻也聚了許多人。在會的是：婁玉亭三公子、婁瑟亭四公子、蘧公孫駲夫、牛高士布衣、楊司訓執中、權高士潛齋、張俠客鐵臂、陳山人和甫，魯編修請了不曾到。席間八位名士，帶挈楊執中的蠢兒子楊老六也在船上，共合九人之數。當下牛布衣吟詩，張鐵臂擊劍，陳和甫打鬨說笑，伴著兩公子的雍容爾雅，蘧公孫的俊俏風流，楊執中古貌古心，權勿用怪模怪樣，真乃一時勝會。

　　（第十二回，頁 163）

這段對聚會的描寫，吳敬梓並沒有對聚會的過程作進一步深入的描寫，而僅是寥寥數筆對聚會作了粗線條的白描；但這段白描中，卻充滿了濃濃的酸味，並暗含了高度的諷刺意味：「雍容爾雅」的婁家兩位公子、「俊俏風流」的蘧公孫、「古貌古心」的楊執中、「怪模怪樣」的權勿用，搭配「高士」牛布衣吟詩，「俠客」張鐵臂擊劍，「山人」陳和甫打鬨說笑，謂「真乃一時勝會」——這些個不三不四的人物搭配在一起的「一時勝會」，豈不笑掉讀者大牙！

　　又如在對嚴監生臨死前的描寫，只著重他「伸著兩個指頭，總不肯斷氣」，並未對其表情或者其他動作進行論述，但僅僅是「伸著兩個指頭」的一句話，即細緻且形象地刻畫出其慳吝的性格特點，直叫人不禁莞爾歎息。

（二）不尚華麗，但求樸實

　　《儒林外史》中的白描大量運用於景物描寫，這些景物描寫樸實無華，顯得真實可信。如在第一回中對景物的這段敘述：

那日，正是黃梅時候，天氣煩躁。王冕放牛倦了，在綠草地上坐著。
須臾，濃雲密佈，一陣大雨過了。那黑雲邊上鑲著白雲，漸漸散去，
透出一派日光來，照耀得滿湖通紅。湖邊上山，青一塊，紫一塊，
綠一塊。樹枝上都象水洗過一番的，尤其綠得可愛。湖裡有十來枝
荷花，苞子上清水滴滴，荷葉上水珠滾來滾去。（第一回，頁 3）

這段話中，對景物的白描十分樸實，沒有華麗的詞藻，只是淡淡幾筆勾勒出
雨過天青的特徵。又如第二十四回中對南京城繁華的描寫：

這南京乃是太祖皇帝建都的所在，裡城門十三，外城門十八，穿城
四十里，沿城一轉足有一百二十多里。城裡幾十條大街，幾百條小
巷，都是人煙湊集，金粉樓臺。城裡一道河，東水關到西水關，足
有十里，便是秦淮河。水滿的時候，畫船簫鼓，晝夜不絕。城裡城
外，琳宮梵宇，碧瓦朱甍，在六朝時，是四百八十寺；到如今，何
止四千八百寺！大街小巷，合共起來，大小酒樓有六七百座，茶社
有一千餘處。（第二十四回，頁 306）

吳敬梓描寫南京城的繁華，也沒有用華麗的筆法進行鋪陳，而是用一連串數
字勾勒出南京城的熱鬧繁華。這種樸實的白描方法，顯得冷靜無華，與整部
小說的風格十分吻合。

（三）筆法冷峻，冷眼敘事

在我國小說史上，《儒林外史》被稱為「奇書」，其「奇」之處，絕大部
分來自於它不鹹不淡的敘述風格，與其他小說如《水滸》、《三國》等誇張的
筆法、熱鬧的情節相比，《儒林外史》以冷峻的敘述見長，這在我國小說史上
不可不謂是一個富有意義的新變。

我國小說傳統素以熱衷的敘述見長，所謂熱衷的敘述，是指古典長篇小
說乃由話本發展而來，繼承了說書人以熱烈、熱情的敘述來吸引觀賞者的特
點。無論是《水滸》、《三國》對傳奇英雄的外貌和能力的誇張描寫，還是從
《紅樓夢》對家庭衝突和愛情矛盾的描寫，都可以看到這種對熱衷敘述的傳
承。然而，在《儒林外史》全書裡，這種傳統的熱衷敘述卻被冷峻敘事所取
代，即使在熱鬧的場面如「周進撞號板」、「范進中舉」及三次「名士大會」
等，讀者依然從吳敬梓的筆法中感到一股冷意。因此，在《儒林外史》的白
描中，讀者感受到的，並不是感情的激動，而是理智的思考。試看吳敬梓對
周進撞號板的描寫：

> 周進一進了號，見兩塊板擺得整整齊齊；不覺眼睛裡一陣酸酸的，
> 長歎一聲，一頭撞在號板上，直僵僵不醒人事……周進看看號板，
> 又是一頭撞將去；這回不死了，放聲大哭起來。眾人勸著不住……
> 周進也不聽見，只管伏著號板哭個不住；一號哭過，又哭到二號、
> 三號，滿地打滾，哭了又哭，哭的眾人心裡都淒慘起來……他那裡
> 肯起來，哭了一陣，又是一陣，直哭到口裡吐出鮮血來。（第三回，
> 頁 32）

在如此激烈的情節中，吳敬梓卻採用了冷峻的筆法對周進的「二撞三哭」進行白描。在吳敬梓冷峻的筆觸下，讀者不僅對書中人物的命運產生了深深的同情，而且也會引發深深的思考：為什麼會這樣？為什麼會發生這樣悲慘的事？周進心中何處而來如此之大的悲哀？吳敬梓在敘述時與書中人物保持著距離，而沒有像金聖歎所謂的「動心」做筆下的人物，這便與一般的熱衷敘述產生了截然不同的效果。又如杜少卿遊清涼山：

> 這日杜少卿大醉了，竟攜著娘子的手，出了園門，一手拿著金杯，
> 大笑著，去清涼山岡子上走了一里多路。背後三四個婦女嘻嘻笑笑
> 跟著。（第三十三回，頁 410～411）

這一段浪漫的情節在才子佳人小說中，恐怕會大事描寫杜少卿夫妻二人的恩愛場面，順便加上一段「有賦為證」吧。可是在這裡，吳敬梓僅僅用數句冷峻的白描就把這個場景打發了。這種冷峻的白描徹底地顛覆了我國小說傳統，使讀者得以從那種沉醉與欣賞中跳脫出來，而帶著審視的眼光來看他筆下的人物。

在熱衷的敘述中，令人沉醉的和肯定性的白描勝過了冷眼旁觀和否定性的白描。例如在《三國演義》、《水滸傳》、《西遊記》、《紅樓夢》中，主要人物都是給人以美、自由或高尚感的，然而在《儒林外史》中，冷眼旁觀和否定性的白描佔據著壓倒性的位置。如果拿繪畫來做比喻，吳敬梓的白描彷彿是用寫意的筆法在進行創作，畫出「頰上三毫」就可以了；而傳統小說的白描則是濃墨重彩的工筆畫，細膩到叫人透不過氣來。

三、插話評價，表明看法

《儒林外史》的正筆直書，還表現在插話評價上，直接表明吳敬梓的看法，以強化故事情節和人物形象所顯露的現實意義，這種由作者直接進行插

話評論的方式，在中外文學作品中普遍存在。在我國的小說傳統中，這種插話評論來自於宋元話本中的說書人的插話，表明說書人對故事中人物和事件的看法，有褒有貶，或解釋或補充。《儒林外史》中吳敬梓的插話評論並不典型，但卻在強化作品思想主題和表明作者創作意圖方面發揮了重要的作用。

（一）直接評價

《儒林外史》中的直接評價並不多，主要以議論的方式展現。例如在第一回開頭，吳敬梓先透過一首詞表明創作意圖，然後進行了一番簡短的議論：

> 這一首詞，也是個老生常談。不過說人生富貴功名，是身外之物；
> 但世人一見了功名，便舍著性命去求他，及至到手之後，味同嚼蠟。
> 自古及今，那一個是看得破的！（第一回，頁1）

這段議論顯示了吳敬梓創作的意圖即在於揭露富貴功名對世人的毒害。

（二）透過解釋說明性的語言進行評價

《儒林外史》的筆法以冷峻含蓄為主，因此直接評論並不常見，通常是用間接的方式進行評論，所以利用解釋說明性的語言進行評價就是其中的一個重要方式。例如在第二回中，吳敬梓對「小友」和「老友」的解釋說明：

> 梅玖回過頭來向眾人道：「你眾位是不知道我們學校規矩，老友是從來不同小友序齒的。只是今日不同，還是周長兄請上。」原來明朝士大夫稱儒學生員叫做「朋友」，稱童生是「小友」。比如童生進了學，不怕十幾歲，也稱為「老友」；若是不進學，就到八十歲，也還稱「小友」。就如女兒嫁人的：嫁時稱為「新娘」，後來稱呼「奶奶」、「太太」，就不叫「新娘」了；若是嫁與人家做妾，就到頭髮白了，還要喚做「新娘」。（第二回，頁21～22）

吳敬梓將儒學生員之中「小友」和「老友」的區別比作「新娘」和「奶奶」，在解釋兩者的區別中寄寓著辛辣的嘲諷和深刻的不滿。又如在第七回中對「明朝的體統」的解釋：

> 荀家把這幾十吊錢贖了幾票當，買了幾石米，剩下的，留與荀玫做鄉試盤費。次年錄科，又取了第一。果然英雄出於少年，到省試，高高中了。忙到布政司衙門裡領了杯、盤、衣帽、旗匾、盤程，匆匆進京會試，又中了第三名進士。明朝的體統：舉人報中了進士，

即刻在下處擺起公座來陞座，長班參堂磕頭。（第七回，頁 96）

言辭之間透露出對這種排場的諷刺和厭惡，也表明了吳敬梓對明清兩朝實行的八股取士的教育目標和選官制度中某些具體措施的不滿。又如第四十四回到第四十七回對五河縣風俗的解釋說明：

> 因五河人有個牢不可破的見識，總說但凡是個舉人進士，就和知州知縣是一個人，不管甚麼情都可以進去說，知州知縣就不能不依。假使有人說縣官或者敬那個人的品行，或者說那人是個名士，要來相與他，就一縣人嘴都笑歪了；就像不曾中過舉的人，要想拿帖子去拜知縣，知縣就可以又著脖子又出來。——總是這般見識。（第四十四回，頁 541～542）

> 五河的風俗是個個人都要同雇的大腳婆娘睡覺的。不怕正經敞廳裡擺著酒，大家說起這件事，都要笑的眼睛沒縫，欣欣得意，不以為羞恥的。（第四十五回，頁 556）

> 五河的風俗：說起那人有品行，他就歪著嘴笑；說起前幾十年的世家大族，他就鼻子裡笑；說那個人會做詩賦古文，他就眉毛都會笑。問五河縣有甚麼山川風景，是有個彭鄉紳；問五河縣有甚麼出產希奇之物，是有個彭鄉紳；問五河縣那個有品望，是奉承彭鄉紳；問那個有德行，是奉承彭鄉紳；問那個有才情，是專會奉承彭鄉紳。
> （第四十七回，頁 572）

在這些說明式的插說解釋當中，吳敬梓對以五河縣為代表的整個封建社會的勢利風氣進行了諷刺和批評，也強烈表達了他的憤慨情緒。

（二）透過敘事進行評價

透過敘事進行評論是間接評價的另外一種方式，在敘事中流露出作者的思想感情，表達主題意識，如第五十三回：

> 話說南京這十二樓，前門在武定橋，後門在東花園，鈔庫街的南首，就是長板橋。自從太祖皇帝定天下，把那元朝功臣之後都沒入樂籍，有一個教坊司管著他們。也有衙役執事，一般也坐堂打人。只是那王孫公子們來，他卻不敢和他起坐，只許垂手相見。每到春三二月天氣，那些姊妹們都勻脂抹粉，站在前門花柳之下，彼此邀伴頑耍。又有一個盒子會，邀集多人，治備極精巧的時樣飲饌，都要一家賽

過一家。那有幾分顏色的，也不肯胡亂接人。又有那一宗老幫閒，專到這些人家來替他燒香、擦爐、安排花盆、揩抹桌椅、教琴棋書畫。那些妓女們相與的孤老多了，卻也要幾個名士來往，覺得破破俗。（第五十三回，頁637）

吳敬梓透過對南京教坊的敘述，勾勒出妓女們的生活場景，暗含了對這種花紅酒綠生活的不滿。又如在第四十一回中說「把一個南京秦淮河，變作西域天竺國」，也是在敘述性的插說中，流露出了對迷信佛教道教的不滿。又如在第五十五回中，名士都漸漸隱去之後，吳敬梓敘述了這段時期的變化：

話說萬曆二十三年，那南京的名士都已漸漸銷磨盡了。此時虞博士那一輩人，也有老了的，也有死了的，也有四散去了的，也有閉門不問世事的。花壇酒社，都沒有那些才俊之人；禮樂文章，也不見那些賢人講究。論出處，不過得手的就是才能，失意的就是愚拙；論豪俠，不過有餘的就會奢華，不足的就見蕭索。憑你有李、杜的文章，顏、曾的品行，卻是也沒有一個人來問你。所以那些大戶人家，冠、昏、喪、祭，鄉紳堂裡，坐著幾個席頭，無非講的是些陞、遷、調、降的官場；就是那貧賤儒生，又不過做的是些揣合逢迎的考校。（第五十五回，頁665）

這段文字雖然表面是在敘述名士散盡的歷史事實，但字裡行間流露出對以虞育德為代表的名士的讚頌，以及對那些「揣合逢迎」的士人的強烈批判，在敘事性語言中暗含了吳敬梓的思想感情和評價。

第二節　襯托對比

所謂「襯托」，是指為了凸出主要事物，用類似的事物或反面的、有差異的事物作陪襯，這種「烘雲托月」的修辭手法就叫襯托。運用襯托手法，能凸出主體或渲染主體，使之形象鮮明，給人以深刻的感受。對比則是指把具有明顯差異、矛盾和對立的雙方安排在一起，使之集中在一個完整的藝術體中，形成相輔相成的對照和呼應關係。對比有利於充分顯示事物的矛盾，凸出被表現事物的本質特徵，加強文章的藝術效果和感染力。在《儒林外史》中，對比和襯托是正筆直書、直接描寫之外的兩種重要敘述技巧。

一、反筆側筆，多方襯托

　　反筆側筆是《儒林外史》中常用的敘述方法，它可以間接地對描寫事物進行刻畫，使其更鮮明、更清楚、更凸出。這些反筆側筆常常可以發揮正面描寫無法替代或者很難達到的藝術效果。

　　首先，利用他人對人物的評價來襯托人物，是《儒林外史》中常常使用的一種方法。例如在杜少卿出場之前，吳敬梓透過大量他人對杜少卿的評價，展現杜少卿的「新」與「奇」，又先後從杜慎卿與韋四太爺兩人對杜少卿截然不同的評價中，體現杜少卿異於常人、不爲人們所理解的人格特質。在杜慎卿的口中，杜少卿是個徹底的「獃子」和「敗家子」：

> 贛州府的兒子是我第二十五個兄弟，他名叫做儀，號叫做少卿，只小得我兩歲，也是一個秀才。我那伯父是個清官，家裡還是祖宗丟下的些田地。伯父去世之後，他不上一萬銀子家私，他是個獃子，自己就像十幾萬的。紋銀九七，他都認不得，又最好做大老官。聽見人向他說些苦，他就大捧出來給人家用。……我這兄弟有個毛病：但凡說是見過他家太老爺的，就是一條狗也是敬重的。你將來先去會了王鬍子，這奴才好酒，你買些酒與他吃，叫他在主子跟前說你是太老爺極歡喜的人，他就連三的給你銀子用了。他不歡喜人叫他老爺，你只叫他少爺。他又有個毛病：不喜歡人在他跟前說人做官，說人有錢，像你受向太老爺的恩惠這些話，總不要在他跟前說。總說天下只有他一個人是大老官，肯照顧人。他若是問你可認得我，你也說不認得。（第三十一回，頁 381～382）

慎卿與少卿爲同族兄弟，應該說慎卿對少卿是相當了解的，說的也絕對是事實，但他對少卿的評論卻值得玩味：給人銀子、樂於助人是「獃子」，敬重父執、不願說官談錢是「獃子」，那麼慎卿自己不重孝道、不講義氣，看重名利、又好漁色的紈絝子弟形象，在吳敬梓筆下的評價，豈非不言而喻了？吳敬梓寫慎卿的這番言論，同時巧妙地寫出了兄弟倆的不同個性，而且寓褒於貶，間接道出了少卿人品的主要特色；而韋四太爺對杜少卿的評價則截然不同，他對鮑廷璽這樣評說杜氏兩兄弟：

> 兩個都是大江南北有名的。慎卿雖是雅人，我還嫌他帶著些姑娘氣，少卿是個豪傑。（第三十一回，頁 383）

「雅人」與「豪傑」，自有高下之分，更何況是帶著姑娘氣的「雅人」。韋四

太爺對杜少卿的正面讚頌正是側筆烘托出了杜少卿的爲人。

另外，吳敬梓亦採用了不少這樣的評價方式來側寫虞育德。例如在虞育德出場之前，由遲衡山對杜少卿等人說到他：

> 這所祭的是個大聖人，須得是個聖賢之徒來主祭，方爲不愧。如今必須尋這一個人。（第三十五回，頁440）

再來是杜少卿對他的評價：

> 這人大是不同，不但無學博氣，尤其無進士氣。他襟懷沖淡，上而伯夷、柳下惠，下而陶靖節一流人物；你會見他便知。（第三十六回，頁449）

這些都是透過他人的評價來側面烘托虞育德的高尚品德及其在士人們心中的崇高地位。

其次，《儒林外史》的反筆側筆還表現在藉由寫甲人物的行爲達到塑造乙人物的目的上。例如在第十一回中，用了大量篇幅來寫魯小姐的俗氣，主要卻是從反面、側面要來襯托魯編修的俗氣：

> 魯編修因無公子，就把女兒當作兒子，五六歲上請先生開蒙，就讀的是《四書》、《五經》；十一二歲就講書、讀文章，先把一部王守溪的稿子讀的滾瓜爛熟。教他做「破題」、「破承」、「起講」、「題比」、「中比」成篇。送先生的束脩。那先生督課，同男子一樣。這小姐資性又高，記心又好，到此時，王、唐、瞿、薛，以及諸大家之文，歷科程墨，各省宗師考卷，肚裡記得三千餘篇；自己作出來的文章，又理眞法老，花團錦簇。魯編修每常歎道：「假若是個兒子，幾十個進士、狀士都中來了！」閒居無事，便和女兒談説：「八股文章若做的好，隨你做甚麼東西，——要詩就詩，要賦就賦，都是一鞭一條痕，一摑一掌血；若是八股文章欠講究，任你做出甚麼來，都是野狐禪、邪魔外道！」小姐聽了父親的教訓，曉妝台畔，刺繡床前，擺滿了一部一部的文章；每日丹黃爛然，蠅頭細批。人家送來的詩詞歌賦，正眼兒也不看他。家裡雖有幾本甚麼《千家詩》，《解學士詩》，東坡、小妹詩話之類，倒把與伴讀的侍女采蘋、雙紅們看；閒暇也教他謅幾句詩，以爲笑話。此番招贅進蘧公孫來，門戶又相稱，才貌又相當，眞個是「才子佳人，一雙兩好」；料想公孫舉業已成，不日就是個少年進士。但贅進門來十多日，香房裡滿架

都是文章，公孫卻全不在意。小姐心裡道：「這些自然都是他爛熟
於胸中的了。」又疑道：「他因新婚燕爾，正貪歡笑，還理論不到
這事上。」又過了幾日，見公孫赴宴回房，袖裡籠了一本詩來燈下
吟哦，也拉著小姐並坐同看。小姐此時還害羞，不好問他，只得強
勉看了一個時辰，彼此睡下。到次日，小姐忍不住了……寫下一行
題目，是「身修而後家齊」，──叫采蘋過來，說道：「你去送與
姑爺，說是老爺要請教一篇文字的。」公孫接了，付之一笑，回說
道：「我於此事不甚在行。況到尊府未經滿月，要做兩件雅事；這
樣俗事，還不耐煩做哩。」公孫心裡只道說，向才女說這樣話是極
雅的了，不想正犯著忌諱。（第十一回，頁 141～142）

這段寫魯小姐從小學習舉業，熟讀八股，擅長八股文章寫作，重視舉業，並
要求丈夫也須如此。吳敬梓這樣寫魯小姐的俗，實際上是用來反襯魯編修的
俗：這樣的女兒，完全是他一手教出來的，是他熱衷科舉的投射，對於這一
回，臥評的評語是：

嫻於吟詠之才女古有之，精於舉業之才女古未之有也。夫以一女子
而精於舉業，則此女子之俗可知。蓋作者欲極力以寫編修之俗，卻
不肯用一正筆，處處用反筆、側筆，以形擊之。寫小姐之俗者乃所
以寫編修之俗也。〔註3〕

臥評所言極是。《儒林外史》的反筆側筆，具體表現了吳敬梓的獨具匠心，對
於描摹人物、表達主題更發揮了重要的作用。

二、前後映襯，對比見意

所謂「前後映襯，對比見意」，是指前文與後文形成對比，相互映襯。此
一說法於《儒林外史》第三回臥閑草堂總評則稱為「前後映帶」：

范進進學，大腸、瓶酒是胡老爹自攜來，臨去是「披著衣服，腆著
肚子」；范進中舉，七八斤肉，四五千錢，是二漢送來，臨去是「低
著頭，笑迷迷的」。前後映帶，文章謹嚴之至。〔註4〕

〔註3〕 李漢秋，《《儒林外史》研究資料》（上海：上海古籍出版社，1984 年 7 月），
頁 108。
〔註4〕 李漢秋，《《儒林外史》研究資料》（上海：上海古籍出版社，1984 年 7 月），
頁 102。

在《儒林外史》中，存在著大量對比。有不同類型人物的對比、有不同性質事件的對比、有涵意不同的場面的對比，有人物本身前後的對比等等。在種種對比當中，真善美、假惡醜的對照也隨之自然顯現出來。對比手法是《儒林外史》諷刺藝術一個相當重要的組成部分，也是這部書具有強烈藝術感染力量的一個重要原因。《儒林外史》中的對比主要有以下幾種情狀：

（一）各個人物之間的對比

《儒林外史》是一部結構獨特的長篇小說，在整部書裡，既沒有貫穿全書的中心事件，也沒有貫穿全書的中心人物。書中出現的人物，即便是主要人物，也往往只是在書中的一個或數個章回中居於主要地位，待到一番表演過後，便很快退居次要地位或者甚至在書中消失，而新的人物又開始登上舞臺表演。這樣人物的傳遞轉換，連續推進，使得不同的人物之間形成了強烈的對比。

例如在第五、第六回二嚴傳之後，第九回到第十二回則集中描寫了二婁傳。婁府兩公子的鄉紳風度，與處處以鄉紳自居的嚴貢生形成了鮮明的對比。書中集中描寫了嚴貢生欺壓平民的劣跡：先是王小二之事，王小二是嚴貢生的鄰居，將嚴貢生家走失的一口小豬送回嚴家。嚴家說：豬到人家，再尋回來，最不利市。於是八錢銀子把小豬賣給了王小二。豬在王家養到一百多斤，卻被嚴貢生強取，王小二前來討豬，被嚴家打斷了腿。再是黃夢統之事，黃本想向嚴貢生借二十兩銀子，雖然立了借約，但因被朋友所勸，最終並沒有拿到嚴家的銀兩。然而幾個月後想要回借約，嚴貢生卻逼他出這幾個月的利錢，還將他的驢和米同稍袋搶走。嚴貢生退出舞臺之後，吳敬梓集中描寫了婁府兩公子的若干事蹟，如捐金贖楊執中、原諒冒用婁家名號的劉守備家人等，與前述嚴貢生的卑劣行徑遂形成了鮮明的對比。

又如從第二十二回到第二十六回，吳敬梓著重寫牛浦郎和牛玉圃、鮑文卿和向鼎這兩對性情完全不同的人物，呈現了醜惡與美好的鮮明對照。牛浦郎，本來是一個純樸善良的窮人家孩子，就因為讀了幾句詩，受了惡薄社會風氣的污染，在心裡橫了一個做名士的念頭，便做出許多不顧禮義廉恥的事來。他假冒詩人牛布衣的名字，以求和那些「當道大老爺來往」，後來竟要利用一位縣太爺來「嚇一嚇」養活自己一家的舅老爺；當他在船上碰到了牛玉圃，看見對方的衣食之豐，僕從之盛，便滿心豔羨，竟不惜與之祖孫相稱。而這個牛玉圃，更是個極端卑鄙無恥的小人，他專靠招搖撞騙過日子，不是

張口什麼「九門提督齊大老爺」、就是閉口「國公府裡徐二公子」，倚依他人之功名富貴，驕人傲人，而實際上與之親熱的，無非是妓院的掌櫃和一些鹽商而已。這老少二牛碰到了一塊兒，各自使出渾身解數，互相欺騙，互相拆臺，演出了一幕幕令人哭笑不得的滑稽醜劇。在他們身上，人與人之間那種互相信任、互相友愛、互相幫助、互相關心等等關係，一絲一毫都看不見，他們的所作所為，在在讓人覺著可厭可惡，可憎可恨。緊接著這兩個無恥之徒的描寫之後，吳敬梓寫了鮑文卿和向鼎這兩個人物。小說中的鮑文卿，並沒有讀過書，所從事的又是領班子唱戲的所謂「賤業」，但他卻純樸善良，誠實正直，並且又極其富於同情心。當遇到了窮秀才倪霜峰的時候，他誠懇相待，慷慨相幫；當安慶府的書辦想透過他跟向知府的關係來營私舞弊時，他極為反感，嚴詞拒絕，充分顯示出一個社會底層人物美好的心靈和高尚的節操。鮑文卿的為人很受向鼎的讚賞和器重。這位進士出身、由知縣一直升到福建汀漳道的上層人物，不受世俗觀念的束縛，和鮑文卿結成了莫逆之交。兩人推心置腹，竭誠相待、彼此敬重，並且能夠始終不渝。這就跟老少二牛之間的關係形成了極鮮明的對照。此外，吳敬梓還刻畫了潘三身上那股豪爽之氣與西湖名士那種酸氣逼人所形成的強烈對比、甘露庵老和尚對待牛布衣的誠摯友好與匡超人對待潘三的忘恩負義所形成的對比，以及二杜之間的性格對比。這些對比使得人物的特點更加鮮明，也由此體現了吳敬梓的創作意圖和基本思想，表明他自己的主觀態度和愛憎層面。

吳敬梓不僅藉由不同人物之間的對比來展現人物特點、表明愛憎，還透過不同人物不同的下場來抒發憤慨的情緒。例如，比較「本分」的嚴監生的下場卻不如一向「不守本分」的嚴貢生，就流露了吳敬梓強烈的憤慨之情。嚴監生雖和所有傳統地主一樣殘酷地剝削農民，但尚未有其他罪惡行徑；而其兄嚴貢生卻迥然不同，不僅攔人的豬，還訛人的錢，甚至霸佔弟婦財產，簡直無惡不作。可是他闖下「禍事」後卻一走了之，讓身為人弟的嚴監生不得不出面處理作結，導致「本分」的嚴監生氣惱交加一病不起，而極不安分的嚴貢生卻在京裡攀結上范進，居然陪同范通政大人返回故里省墓，也說得上是「不是衣錦榮歸」的「衣錦榮歸」了。嚴氏兄弟不同結局的對比，不但揭露了世道的不公，也傾洩了吳敬梓的不平。張鐵臂和萬中書之間的對比與此頗為類似。張鐵臂偽作俠士，出入湖州婁府和天長杜府，依靠豪門貴族騙取一點殘杯冷炙，然而卻被蘧公孫「看破了相」，因而「存身不住」就悄悄

返回故鄉去了。假中書萬青雲則不同，當他被捕以後身分敗露，其東道主高翰林、秦中書出於自身利害不得不出銀一千二百兩，為其保舉了一個真中書，「一場焰騰騰的官事」就被「一瓢水潑息」；但他並未從此收斂，居然還老著臉皮「仍舊穿了公服到這兩家謝謝去」。在吳敬梓筆下，小騙子為衣食騙人卻不能見容，而大騙子倒能騙到一官半職；張鐵臂尚有羞恥之心，而萬青雲卻恬不知恥。這種人物不同性格和結局不同的對比，既深刻地反映了「有了錢就是官」的黑暗吏治，也表現了吳敬梓對這兩種不同人物的抨擊程度的有所差別。

（二）人物自身前後的對比

《儒林外史》的作者不但經常在各個人物之間進行對比，而且還往往描寫人物自身前後的對比，表現人物的勢利本質和科舉制度對士人帶來的毒害。

在第三回中，吳敬梓透過描寫胡屠戶對待范進前後態度的變化，對胡屠戶的勢利形象進行了刻畫。范進進學回家，胡屠戶手裡拿著一副大腸和瓶酒，走了進來。他一見范進就沒好氣：「我自倒運，把個女兒嫁與你這現世寶窮鬼，歷年以來，不知累了我多少。如今不知因我積了甚麼德，帶挈你中了個相公，我所以帶個酒來賀你。」范進向他作揖，胡屠戶則以一種高高在上的姿態對范進開始了「教育」：

> 你如今中了相公，凡事要立起個體統來。比如我這行事裡都是些正經有臉面的人，又是你的長親，你怎敢在我們跟前裝大？若是家門口這些做田的，扒糞的，不過是平頭百姓，你若同他拱手作揖，平起平坐，這就是壞了學校規矩，連我臉上都無光了。你是個爛忠厚沒用的人，所以這些話我不得不教導你，免得惹人笑話。（第三回，頁37）

在范進母子兩個千恩萬謝聲中，胡屠戶終於「橫披了衣服，腆著肚子去了。」緊接著，范進要去鄉試，問胡屠戶借盤費，胡屠戶對著范進又是一陣劈頭蓋臉的謾罵，對范進的人格和尊嚴進行了一場極盡侮辱之能事：

> 不要失了你的時了！你自己只覺得中了一個相公，就「癩蝦蟆想吃起天鵝肉」來！我聽見人說，就是中相公時，也不是你的文章，還是宗師看見你老，不過意，舍與你的。如今癡心就想中起老爺來！這些中老爺的都是天上的「文曲星」！你不看見城裡張府上那些老爺，都有萬貫家私，一個個方面大耳。像你這尖嘴猴腮，也該撒拋

> 尿自己照照！不三不四，就想天鵝屁吃！早收了這心，明年在我們
> 行事裡替你尋一個館，每年尋幾兩銀養活你那老不死的老娘和你老
> 婆是正經！你問我借盤纏，我一天殺一個豬還賺不得錢把銀子，都
> 把與你去丟在水裡，叫我一家老小嗑西北風！（第三回，頁 37～38）

范進中舉後，胡屠戶對范進的態度來了個一百八十度的大轉彎。眾人勸胡屠戶打范進一個嘴巴，如果換作是平時，胡屠戶不知道打了范進多少個嘴巴，可是此時，胡屠戶卻猶豫了：

> 雖然是我女婿，如今卻做了老爺，就是天上的星宿。天上的星宿是
> 打不得的！我聽得齋公們說：打了天上的星宿，閻王就要拿去打一
> 百鐵棍，發在十八層地獄，永不得翻身。我卻是不敢做這樣的事！
> （第三回，頁 41）

范進中舉前，胡屠戶罵他「癡心就想中起老爺來」，而此時卻說范進「做了老爺，就是天上的星宿」。後來在眾人的勸說下，胡屠戶「連斟兩碗酒喝了，壯一壯膽」，找到范進，「大著膽子打了一下」，然而，「心裡到底還是怕的，那手早顫起來，不敢打到第二下」，往日的頤指氣使、盛氣凌人全然不再。范進被打醒後，胡屠戶開始向眾人誇耀自己的女婿：

> 我每常說，我的這個賢婿，才學又高，品貌又好，就是城裡頭那張
> 府、周府這些老爺，也沒有我女婿這樣一個體面的相貌！你們不知
> 道，得罪你們說，我小老這一雙眼睛，卻是認得人的，想著先年，
> 我小女在家裡長到三十多歲，多少有錢的富戶要和我結親，我自己
> 覺得女兒像有些福氣的，畢竟要嫁與個老爺，今日果然不錯！（第
> 三回，頁 42～43）

這段話與前文胡屠戶對范進的謾罵形成了強烈的對比。由「尖嘴猴腮」到「品貌又好」，由「歷年以來，不知累了我多少」到「我小老這一雙眼睛，卻是認得人的」，在強烈的對比中，胡屠戶勢利的性格特點暴露無遺，同時，吳敬梓也明白揭露了士人之所以如此醉心於功名利祿的原因。

吳敬梓對匡超人形象的塑造，也是採用了對比的手法，由其前後行為的對比，呈現了匡超人的個性變化的過程，揭露了功名富貴對讀書人的侵蝕和毒害，進一步指出醜惡的社會風氣對人們的惡劣影響，使得這個形象有了普遍意義，對封建科舉制度進行了強烈的批判。吳敬梓用了將近六個章回的篇幅著重描寫匡超人，寫出像他那樣單純的一個年輕人，是如何在名利思想的

誘惑下，一步一步走上墮落。匡超人在書中一出現時，是個流落在省城的純樸青年，衣食無著，每日只靠給人拆字過活；多虧遇見了忠厚老成的馬二先生，送給他十兩銀子、一件舊棉襖和一雙鞋，才得以回家。到家後，他孝敬父母，儉樸勤快，過著清貧而正直的生活。可是，自從到了杭州遇見那一幫西湖名士之後，匡超人就開始沾染上了惡習；其後與潘三交結，又跟著辦了許多不法之事。這時的匡超人，雖然已經產生變化，但由於他做的這一切只是為了生計，所以其行為還不至於那麼可惡和可恨。直到他確實有了當官的資格後，他的變化才越來越明顯、越來越惡劣，終至不可收拾，成為一個極為卑鄙無恥的衣冠禽獸。所以早先當潘三慷慨幫助他時，他著實感激萬分，可一旦有了功名，馬上翻臉不認人，因此在潘三被監禁後，他的第一反應就是與之撇清關係：

> 話說匡超人看了款單，登時面如土色，真是「分開兩扇頂門骨，無數涼冰澆下來」。口裡說不出，自心下想道：「這些事，也有兩件是我在裡面的；倘若審了，根究起來，如何了得！」（第二十回，頁251）

當潘三提出要見他時，他不但拒絕見潘三，還大發議論，落井下石：

> 二位先生，這話我不該說；因是知己面前不妨。潘三哥所做的這些事，便是我做地方官，我也是要訪拿他的。如今倒反走進監去看他，難道說朝廷處分的他不是？這就不是做臣子的道理了。（第二十回，頁255）

在匡超人最困難之時，馬二先生誠心誠意地送他銀子和衣服，他當時感激涕零，拜馬二先生做盟兄；後來卻忘恩負義，轉而對馬二先生進行詆毀和攻訐：「這馬純兄理法有餘，才氣不足；所以他的選本也不甚行」。他父親臨死的時候，告誡他「不可因後來日子略過的順利些，就添出一肚子裡的勢利見識來，改變了小時的心事」，他哭著聽進去了；可剛剛一跨入仕途，就背棄了老父的遺言，不但停妻再娶，而且還到處扯謊騙人。吳敬梓將匡超人的思想、行為以及為人處世的態度，作了前後對比的描寫；而透過這種鮮明的對比，有力地控訴了科舉制度對世道人心的腐蝕，鞭撻了性情卑鄙、靈魂骯髒的儒林醜類。

三、互相映襯，景人互見

　　《外史》中的景物描寫並不多，零零星星散佈於整部作品之中，但是其

中大部分景物描寫都與人物刻畫有著非常密切的關係。吳敬梓將景物描寫和人物刻畫結合起來，讓人物和景物相互映襯，形成烘托。例如第十四回寫馬二先生游西湖，西湖湖光山色的秀麗與馬二先生八股頭腦的迂腐，相互映襯成趣：

> 這西湖乃是天下第一個真山真水的景致！且不說那靈隱的幽深，天竺的清雅，只這出了錢塘門，過聖因寺，上了蘇堤，中間是金沙港，轉過去就望見雷峰塔；到了淨慈寺，有十多里路，真乃五步一樓，十步一閣。一處是金粉樓臺，一處是竹籬茅舍，一處是桃柳爭妍，一處是桑麻遍野。那些賣酒的青帘高颺，賣茶的紅炭滿爐，士女遊人，絡繹不絕，真不數「三十六家花酒店，七十二座管絃樓。」馬二先生獨自一個，帶了幾個錢，步出錢塘門，在茶亭裡吃了幾碗茶，到西湖沿上牌樓跟前坐下。見那一船一船鄉下婦女來燒香的……望著湖沿上接連著幾個酒店，掛著透肥的羊肉，櫃檯上盤子裡盛著滾熱的蹄子、海參、糟鴨、鮮魚，……馬二先生沒有錢買了吃，喉嚨裡嚥唾沫，只得走進一個麵店，十六個錢吃了一碗麵。……看見西湖沿上柳陰下繫著兩隻船，那船上女客在那裡換衣裳……馬二先生低著頭走了過去，不曾仰視。……第三日起來，要到城隍山走走，城隍山就是吳山，就在城中，馬二先生走不多遠，已到了山腳下……一步步去走到山岡上，左邊望著錢塘江，明明白白。那日江上無風，水平如鏡，過江的船，船上有轎子，都看得明白。再走上些，右邊又看得見西湖，雷峰一帶、湖心亭都望見，那西湖裡打魚船，一個一個，如小鴨子浮在水面。馬二先生心曠神怡……兩邊一望，一邊是江，一邊是湖，又有那山色一轉圍著，又遙見隔江的山，高高低低，忽隱忽現，馬二先生歎道：「真乃『載華嶽而不重，振河海而不洩，萬物載焉！』」（第十四回，頁 185-189）

在這裡，吳敬梓描寫了一個風光秀麗而又風情萬種的金粉世界，而這個金粉世界的精心佈置與層層變幻對馬二先生的行為與心理不斷產生著刺激。西湖上那麼多美好富麗的景物，襯托出馬二先生的窮酸；馬二的迂腐又和這富麗美好的景物形成映襯，而在這對比映襯中，更顯現馬二先生的窮酸迂腐。再如第一回七泖湖雨後景致的描寫：

> 須臾，濃雲密布，一陣大雨過了。那黑雲邊上鑲著白雲，漸漸散去，

透出一派日光來，照耀得滿湖通紅。湖邊上山，青一塊，紫一塊，
綠一塊。樹枝上都像水洗過一番的，尤其綠得可愛。湖裡有十來枝
荷花，苞子上清水滴滴，荷葉上水珠滾來滾去。王冕看了一回，心
裡想道：「古人說，『人在畫圖中』，其實不錯。可惜我這裡沒有一個
畫工，把這荷花畫他幾枝，也覺有趣。」又心裡想道：「天下那有個
學不會的事，我何不自畫他幾枝。」（第一回，頁3）

那自然空靈、一派天眞的氣氛深深吸引了王冕，由此引發了他學習繪畫的興
趣與決心；於此同時，這番美好的景物也映襯出王冕乾淨美好的內心世界，
兩相映襯，更加凸出王冕的形象。又如第四十八回王玉輝遊蘇州那一段：

王玉輝老人家不能走旱路，上船從嚴州西湖這一路走。一路看著水
色山光，悲悼女兒，悽悽惶惶，一路來到蘇州，⋯⋯初時街道還窄，
走到三二里路，漸漸闊了。⋯⋯看見那些遊船，有極大的，裡邊雕
樑畫柱，焚著香，擺著酒席，一路遊到虎邱去。遊船過了多少，又
有幾隻堂客船，不掛簾子，都穿著極鮮豔的衣服，在船裡坐著吃
酒。⋯⋯又看了一會，見船上一個少年穿白的婦人，他又想起女兒，
心裡哽咽，那熱淚直滾出來。王玉輝忍著淚，出茶館門，一直往虎
邱那條路上去。只見一路賣的腐乳、蓆子、耍貨，還有那四時的花
卉，極其熱鬧。⋯⋯那天色陰陰的，像個要下雨的一般，⋯⋯王玉
輝吃了，交錢出店門。慢慢走回飯店，天已昏黑，船上人催著上船。
王玉輝將行李拿到船上，幸虧雨不曾下的大，那船連夜的走。一直
來到鄧尉山，找著那朋友家裡。只見一帶矮矮的房子，門前垂柳掩
映，兩扇門關著，門上貼了白。王玉輝就嚇了一跳，忙去敲門，只
見那朋友的兒子，掛著一身的孝，出來開門，⋯⋯只見中間奉著靈
柩，面前香爐、燭臺、遺像、魂旛，王玉輝慟哭了一場，倒身拜了
四拜。（第四十八回，頁589～591）

在這一段中，先是描寫蘇州人間天堂那華麗熱鬧的景物，與人物悲傷的內心
世界形成鮮明的對比，強烈襯托出王玉輝內心的悲痛悔恨；然後開始描寫陰
沉昏黑的天氣、老朋友的靈堂現場，這些景物幾乎成爲人物內心痛苦的外在
表現。透過這些景物，吳敬梓寫出了王玉輝這個人身上存在的禮教與情感
的尖銳衝突，也才得以凸顯一個有血有肉的人物形象。

關於泰伯祠以及南京的景物描寫，也呈現了「互相映襯」的特點。南京

是這些景物中的一個焦點：

> 這南京乃是太祖皇帝建都的所在，裡城門十三，外城門十八，穿城
> 四十里，沿城一轉足有一百二十多里。城裡幾十條大街，幾百條小
> 巷，都是人煙湊集，金粉樓臺。城裡一道河，東水關到西水關，足
> 有十里，便是秦淮河。水滿的時候，畫船簫鼓，晝夜不絕。城裡城
> 外，琳宮梵宇，碧瓦朱甍，在六朝時，是四百八十寺；到如今，何
> 止四千八百寺！大街小巷，合共起來，大小酒樓有六七百座，茶社
> 有一千餘處。（第二十四回，頁306）

吳敬梓描寫了南京的富麗繁華和金陵的王者之氣，使得它成為賢人雅士聚居
的最後一片樂土；但隨著賢人們的風流雲散，這裡的景物無一例外地呈現一
種頹勢：

> 次日，兩人出南門，鄧質夫帶了幾分銀子把與看門的。開了門，進
> 到正殿，兩人瞻拜了。走進後一層，樓底下，遲衡山貼的祭祀儀注
> 單和派的執事單還在壁上。兩人將袖子拂去塵灰看了。又走到樓上，
> 見八張大櫃關鎖著樂器、祭器，王玉輝也要看。看祠的人回：「鑰匙
> 在遲府上。」只得罷了。下來兩廊走走，兩邊書房都看了，一直走
> 到省牲所，依舊出了大門，別過看祠的。（第四十八回，頁592）
> 一日，荊元吃過了飯，思量沒事，一徑踱到清涼山來。這清涼山是
> 城西極幽靜的所在。……次日，荊元自己抱了琴來到園裡，于老者
> 已焚下一爐好香，在那裡等候。彼此見了，又說了幾句話。于老者
> 替荊元把琴安放在石凳上。荊元席地坐下，于老者也坐在旁邊。荊
> 元慢慢的和了弦，彈起來，鏗鏗鏘鏘，聲振林木，那些鳥雀聞之，
> 都棲息枝間竊聽。彈了一會，忽作變徵之音，淒清宛轉，于老者聽
> 到深微之處，不覺悽然淚下。（第五十五回，頁672～673）

往日賢人聚集之地的泰伯祠，只空遺下斷壁頹垣；往日熱鬧非凡、浪漫的清
涼山，如今也變得淒清寂寥、極其幽靜，只剩下荊元琴下那令人悽然淚下的
變徵之音。這些淒美的場景昭示著古代文人社會理想與人格理想的雙重失
落，展示了他們心靈深處的永恆情結。

《儒林外史》景物描寫「互相映襯」的作用，將經過主體情感浸潤後的
景物推向了哲理層面，使之具有了形而上的意義。透過人物和景物的相互對
照，書中人物的特色得以進一步強化，整部作品的主題得以進一步展現。

第三節　行雲流水

　　所謂行雲流水，就是在說《儒林外史》結構自然流暢、不露痕跡的藝術特色。文藝作品的結構就是作品內容各個因素間的相互聯繫，而這些聯繫，必須依據作者本身的生活思考邏輯、按照作者本身的思想藝術來進行構思，方得以形成合理且巧妙的布局。因此，一部結構謹嚴的作品，除了要有完整的構思、和諧整一的佈局之外，還要反映出所描寫的生活現象存在和發展的真實性，人物和故事相互聯繫的必然性，以及安排布局，轉換銜接的藝術性。

　　《儒林外史》沒有貫穿全書的人物和事件，全書除了楔子和尾聲有較大的相對獨立性以外，從第二回到第五十五回，吳敬梓把那麼多不同類型的人物，難以數計的大大小小故事，有規律地組織起來，使人物的來去，故事的起訖，都井然有序，來有蹤，去有跡。細讀全書，針線細密，埋有長短不一的許多線索，縱橫牽連，攀結照應，既沒有游離的人物，也沒有游離的故事情節。儘管全書沒有貫穿始終的故事線索、沒有貫串頭尾的主角人物，它的結構仍然嚴整緊密。各個故事之間，如連環套結，環環扣緊，不得不讓人驚歎吳敬梓駕馭語彙的能力。形成《儒林外史》行雲流水特色的原因主要有以下三方面：

一、相互銜接，環環扣進

　　《儒林外史》的結構透過內容的整合，相互銜接，環環扣進，使得小說形成了一個完整的主體。「這種結構類似中國畫長卷和中國園林，每個局部都有它的相對獨立性，都是一個完整的自給自足的生命單元，但局部之間又緊密勾連，過渡略無人工痕跡，使你在不知不覺之中轉換空間。然而局部與局部的聯綴決不是數量的相加，而是生命的彙聚，所有局部合成一個有機的全局。」〔註5〕

（一）羅絡勾聯

　　「文章羅絡勾聯，有五花八門之妙」是臥評對《儒林外史》的評價〔註6〕，也說明了《儒林外史》情節布局各部分間相互串聯、環環相扣的結構。

〔註5〕 林崗，《明清之際小說評點學研究》（北京：北京大學出版社，1999年1月），頁144。
〔註6〕 李漢秋，《《儒林外史》研究資料》（上海：上海古籍出版社，1984年7月），頁101。

　　第二回至第七回，周進是書中第一個重要人物。吳敬梓對周進的描寫，首先從薛家集辦學堂請先生寫起，接著寫他失館、從商、撞號板，然後因爲撞號板而得到商人助資捐監生，於是科場連捷，陞任廣東學道，到此，周進的故事基本結束；由學道臨案，引出老童生范進；由范進中舉、暴富、老母歡喜而死，引來高要縣打秋風，再引出趨奉知縣的嚴貢生，從而引出二嚴兄弟的故事。嚴監生死後，引出嚴監生遺產訴訟，嚴貢生告輸，於是到京冒親投拜已升國子司業的周進，被進京應考拜師的范進說穿，周進拒絕接待，小說主要人物又回到范進身上。

　　第七回到第九回，由范進任山東學道，引出選拔恩師周進在薛家集的學生荀玫；由荀玫、王惠爲同科進士相拜，轉到王惠故事。由王惠任南昌太守，又引出前任太守蘧佑和蘧駪夫祖孫，並由蘧駪夫慷慨解囊資助逃竄中的王惠，留下枕箱作伏筆。

　　第九回到第十二回，由蘧婁兩家親戚關係，引出二婁兄弟故事。由二婁要做禮賢下士的古君子，引出楊執中、權勿用、張鐵臂等一系列荒謬人物，然後再透過鶯脰湖宴會中主要人物，作一小結束，並墊上一段「虛設人頭會」。

　　第十三回與第十四回，由蘧駪夫轉思舉業，引出選家馬純上。馬純上故事主要由三件事構成：一是枕箱事，爲蘧駪夫了案，回應第八回王惠逃竄遺箱；二是爲洪憨仙理喪；三是資助並勉勵匡超人回鄉孝親做舉業，引出匡超人的故事。

　　而第十五回到第二十回，主要爲匡超人傳。在匡超人周圍聯結了三種人物：一是勉勵他做舉業的馬純上及知縣李本瑛；二是引他做名士的景蘭江等人；三是引誘他墮落的潘三惡吏。這三種人對他的人生都有很大影響，恰好成了他步步墮落的三部曲。後文大致也都是這樣輾轉呼應，一環扣一環地向前推進。

　　從上面的分析可以看出，《儒林外史》中的章節聯繫大多是透過人物來進行轉換的，書中描寫了一系列具有聯結作用的人物。例如陳禮，第七回交代他住在薛家集庵內，接著在京師出現於王惠、荀玫之間，並爲王惠扶乩；第十回中他親登婁府，爲魯小姐和蘧駪夫說媒；到第五十四回，全書快結束時，藉著算命瞎子交代了他的下落。他在王惠、魯翰林、二婁、蘧家祖孫三代之間，發揮了重要的聯結作用。再如季葦蕭，自安慶考場舞弊，被鮑文卿父子發現，後來取爲懷寧縣案首，一直成爲書中的活躍人物：藉由姻親關係，他

同鮑廷璽聯繫起來；以同鄉關係和季恬逸聯繫起來；憑父執關係得到揚州鹽政荀玫的信用，又透過荀玫的關係，作了鳳陽知府厲某的親信，出入五河縣大鹽商、大官僚的方、彭兩家；還以名士身分與杜慎卿、杜少卿及其他名士密切往來。又如鮑廷璽，作爲一個流動的敘事對象，他往來於不同人物之間，產生了重要的聯結作用：在赴蘇州與哥哥相見途中，他因風不順在儀徵遇到原先岳父王老爹的孫女婿季葦蕭，藉此既回應前文鮑氏父子因巡場結識季守備父子之事，也爲後文網羅揚州名士埋下伏筆；而先前在南京典下施御史家房屋一事，更爲數十回後上場的施御史先行掛號；再藉鮑廷璽幫季葦蕭帶書信給季恬逸，將文本轉入名士、選家故事單元。但鮑廷璽並未從此消失，原先他在揚州季葦蕭家認識的辛東之、金寓劉等名士都表示即將轉到南京去，因此回到南京後，他便因著與季葦蕭、杜慎卿的關係出入於名士堆中，並由他負責召集參加莫愁湖大會的戲子們；而後引出杜少卿的出場，甚至泰伯祠大祭，負責樂工和佾舞的也是他。可見，吳敬梓精心構置鮑廷璽的故事，並不僅僅爲儒林畫廊增添了一戲子形象，更重要的是藉其作爲前後勾連串引的線索，將故事單元巧妙連接。

（二）移雲接月

「移雲接月」是指從一個人物過渡到另一個人物或是從一件事過渡到另一件事時的巧妙銜接、自然轉入而不露痕跡的寫作方式。《儒林外史》整體結構布局，就大量採用了這一手法。

例如在小說的第一回，在對王冕的故事進行敘述的時候，吳敬梓藉秦老進城探聽到的危素的消息，說因危素之事，引起了禮部議定取士之法，也就是八股取士之法：

> 王冕接過來看，才曉得危素歸降之後，妄自尊大，在太祖面前自稱老臣。太祖大怒，發往和州守余闕墓去了。此一條之後，便是禮部議定取士之法：三年一科，用《五經》、《四書》八股文。王冕指與秦老看，道：「這個法卻定的不好！將來讀書人既有此一條榮身之路，把那文行出處都看得輕了。」（第一回，頁13）

吳敬梓本意是要寫八股取士，但表面上卻不露聲色，只是承接上文寫王冕的事，以吸引讀者的注意力；但是在不知不覺中，吳敬梓已經將小說的中心人物加以轉換，實現了情節的過渡，把整個的小說的中心一下子就轉化到了眾多的士人身上。這寫法猶如微風移雲而月吐光華一般，絲毫不著痕跡，使得

前後的故事情節自然粘合成一個天衣無縫的整體了。

　　吳敬梓在採用「移雲接月」法的時候，非常善用鋪陳，如為了刻劃嚴監生這一人物的慳吝性格，在情節結構上作了這樣處理：先讓他一再破財，一是因哥哥官司的株連，二是因妻子病逝、扶偏房趙氏為正而花錢，接著吳敬梓妙筆一轉，寫他臨終的惜財，為了「兩根燈芯草」而不肯斷氣。吳敬梓不寫他的慳吝，其實卻處處為他的慳吝作鋪陳；如果無此鋪陳，則臨終前那種愛財不要命的描寫就會感到唐突，而吳敬梓用了這種巧妙的鋪陳之後，就顯得格外地清新自然，令讀者拍案叫絕。

　　再者，吳敬梓在採用「移雲接月」法的時候，也善於安排人物關係。《儒林外史》中的人物或多或少、或遠或近存在著親緣關係。這種親緣關係使不同故事單元中的人物有著千絲萬縷的聯繫，共同羅列在一張人際關係網中。如杜少卿，他是寄寓著吳敬梓理想的正面人物，是小說中第一個出場的正人君子。他出現的頻率極高，吳敬梓對他的描寫筆墨也十分著力，塑造了一個離經叛道，卻有著俠義心腸、真知灼見的真儒形象。他與杜慎卿是堂兄弟，與湯氏兄弟是世交，與余氏兄弟是表親，在眾多人物陸續轉換的情節推移中，這些親緣關係埋下了細密的人事關聯，將不同的故事單元巧妙地串連，形成了形散而氣接的緊密聯繫，構成一幅實實在在的生活圖景。

　　此外吳敬梓在採用「移雲接月」法的時候，還善於運用「巧合」的情節。《儒林外史》充分運用了巧合的敘事技巧，用巧合整合了現實情節。在全書中，多次出現「適會」、「適遇」、「正值」等巧合，這些巧合作為連接事件的手段，而將情節引入下一故事單元：如二婁巧遇鄒吉甫之子鄒三，由此引出楊執中的故事單元；而二婁訪楊不遇，在船上偶遇魯編修，引出魯氏父女故事，更為其後與蘧駪夫結親埋下伏筆。《儒林外史》中的「巧合」舉不勝舉，最大限度地運用偶然來暗示必然，達到了聯結情節和人物的作用。

（三）片帆飛渡

　　所謂「片帆飛渡」，是指小說中的過渡片段，即從前一人物過渡到另一人物或者從前一事件過渡到下一事件，有了這個過渡片段，就成了自然過渡，不顯突兀。「片帆飛渡」這個評語見於天目山樵一總評：

> 前書寫匡超人庸惡陋劣極矣，卻接手又寫一牛浦郎，其庸惡陋劣更
> 出其上。是即評家所謂吳道子畫牛頭馬面之說也。妙在只用一牛布

　　衣爲關鍵，片帆飛渡，絕無牽合之跡。〔註7〕
說的即是從匡超人過渡到牛浦郎的那一段。

　　在第二十回中，匡超人要把在杭州的房子轉讓出去，逼著妻子回了老家。這時他進京見李給諫，謊稱自己不曾婚娶，於是得以和李家外甥女結婚。考取教習後，他回杭州後又坐船北上，在船上結識了牛布衣。接下來，吳敬梓的筆墨集中到了牛布衣身上，牛布衣到了蕪湖，住在甘露庵內，卻不想一日病危，臨終前把自己的詩稿交與老和尚。牛布衣死後，牛浦郎登上舞臺，他每夜到庵裡來念詩，聽老和尚說起牛布衣的事情，於是將兩本詩稿偷走，冒充牛布衣，自稱「詩人」開始結交上層社會人士，這時吳敬梓的筆墨正式轉到對牛浦郎惡劣行徑的描寫。透過牛布衣這個人物，吳敬梓順利完成了從匡超人到牛浦郎的過渡，自然不露痕跡。

　　除了設置過渡性人物以外，《儒林外史》還在故事單元間設置過渡性事件，使過渡程序自然緊密、無痕無跡，將情節敘述順理成章地引入下一故事單元，如嚴貢生因官司打輸了到京城拜見周進，而將情節回溯至范進和周進的故事、武書偶遇郭孝子，將情節引入全新的郭孝子故事、又藉董瑛來訪，引發牛浦郎出遊安東行騙之經歷，並成功地引出牛玉圃故事。

二、有主有次，有詳有略

　　《儒林外史》書中眾多的人物，吳敬梓並不是一個連一個地平列展現，而是以十幾個主要人物爲中心，圍繞這些人物，又有若干次要人物，構成個個相對獨立的故事情節。如第二回到第四回主寫周進，薛家集裡的夏總甲、申祥甫、荀老爹、梅玖、金有餘等人則作爲次要人物進行描寫。圍繞范進的故事，又先後描寫了前倨後恭、勢利的胡屠戶，橫行霸道、詭計多端的鄉紳張靜齋，沽名釣譽、貪婪無能的湯知縣，侵凌鄰里、貪得無厭的嚴貢生等。圍繞著二嚴兄弟，又寫了見利忘義的王德、王仁，模棱兩可的族長嚴振先，虛情假意的趙氏等。書中的主要人物如馬純上、匡超人、牛浦郎、鮑文卿、杜慎卿、蕭雲仙、鳳鳴歧、余特、虞華軒等，都各自形成一個軸心，又各有若干次要人物環繞。其中有的次要人物，又有自己的小故事，如楊執中、權勿用、蘧駪夫、牛布衣、沈瓊枝等。有的在一個故事裡是中心人物，在另一

〔註7〕　李漢秋輯校，《《儒林外史》彙校彙評本》（上海：上海古籍出版社，1999 年 8 月），頁 272。

故事裡便是次要人物，以凸出另一中心人物，加強故事之間的聯繫。

　　此外，在許多人物和事件中，吳敬梓的描寫有放有收，時時架構一些較大的聚會，把人物作一彙集，描寫眾多人物及其事蹟，不散不亂。書中大的集會有五次：第一次是第十二回的「大宴鶯脰湖」，將前文中出現的二婁兄弟、楊執中、權勿用、張鐵臂、牛布衣、陳禮等人物作一彙集，也為這段故事編織了一個小高潮，然後來一個「虛設人頭會」、權勿用被逮，大煞其風景，同時也隱含了吳敬梓對這次聚會的諷刺和不滿。第二次是第十八回的「西湖宴集」，將杭州「名士」景蘭江、趙雪齋、支劍鋒、浦墨卿、衛體善、嚴貢生、匡超人等人一總聚會，再從支劍鋒當街被逮和這些人「且夫」、「嘗謂」的爛詩中，為這一小聚會當頭潑下一瓢冷水。第三次是第三十回的「高會莫愁湖」，將南京「名士」杜慎卿、季葦蕭、辛東之、蕭金鉉、諸葛佑、季恬逸、金東崖、郭鐵筆、來道士，以及鮑廷璽、僧官等作一結集，透過品賞女伶，反映了這些名士的庸俗無聊，暗藏了吳敬梓深深的諷刺意味。第四次聚會則是第三十七回的祭泰伯祠大典，它把前半部書中的虞育德、莊紹光、遲衡山、馬靜、金東崖、盧華士、遲均、杜儀、季萑、辛東之、余虔、蘧來旬、盧德、虞感祁、諸葛佑、景本蕙、郭鐵筆、蕭鼎、儲信、伊昭等等共二十六人作一規模較大的集會，表示對於以禮樂挽救社會理想的莊重，這次聚會無論在思想上還是藝術結構上，都是全書的高潮。第五次聚會則是第四十六回的餞別聚會，又把先後出現的虞育德、莊紹光、遲衡山、杜少卿、湯奉、蕭雲仙、余特等人作一次匯合，而虞育德的出仕，雖為暫出謀生之計，實已宣告在當時社會條件下，無論是禮樂，還是兵農，都已無法有所作為。

　　此外，《儒林外史》在「詳」「略」的規律結合上也頗具特色。如第二十六回，金次福、沈大腳給鮑廷璽說親的兩段描寫，有前有後，有詳有略，第一次說親是金次福向鮑老太說：

> 當下吃了一杯茶，金次福道：「我今日有一頭親事來作成你家廷
> 璽，娶過來倒又可以發個大財。」鮑老太道：「是那一家的女兒？」
> 金次福道：「這人是內橋胡家的女兒。胡家是布政使司的衙門，起
> 初把他嫁了安豐典管當的王三胖。不到一年光景，王三胖就死了。
> 這堂客纔得二十一歲，出奇的人才，就上畫也是畫不就的。因他
> 年紀小，又沒兒女，所以娘家主張著嫁人。這王三胖丟給他足有
> 上千的東西：大床一張，涼床一張，四箱、四櫥，箱子裡的衣裳
> 盛的滿滿的，手也插不下去；金手鐲有兩三付，赤金冠子兩頂，

　　眞珠、寶石，不計其數。還有兩個丫頭，一個叫做荷花，一個叫做采蓮，都跟著嫁了來。你若娶了他與廷璽，他兩人年貌也還相合，這是極好的事。」一番話說得老太滿心歡喜。（第二十六回，頁327）

第二次是沈大腳向王太太說：

　　沈大腳道：「是我們這水西門大街上鮑府上，人都叫他鮑舉人家。家裡廣有田地，又開著字號店，足足有千萬貫家私。本人二十三歲，上無父母，下無兄弟兒女，要娶一個賢慧太太當家，久已說在我肚裡了。我想這個人家，除非是你這位太太纏去得，所以大膽來說。」

（第二十六回，頁330）

第一段說親與第二段說親比起來要詳細多了，目的當在引起鮑老太的注意；而沈大腳的簡介，當然是要避免露餡。在這裡詳略結合的架構，自可看出媒人的不切實際和信口胡言及其拿捏技巧。

三、前後呼應，伏筆千里

　　在四十七回末，「臥評」評曰：「此篇重新把虞華軒提出刻劃一番，是文章之變體。提清薄俗澆漓，色色可惡，惟是見了銀子，未免眼熱，祇此一端，華軒頗可以自豪，以伏後文不買田之局。是國手布子，步步照應。」〔註8〕「臥評」以下棋作比方，認為情節結構的布局應該像「國手布子」一樣，要有高超的技術，統貫全局，做到「步步照應」。「國手奕棋，每布一子，都關係著全局的成敗得失。作家進行創作也一樣，必須考慮事物之間的關係和事情發生的前因後果，有伏筆，有照應，注意整個作品結構的完整統一。」〔註9〕在《儒林外史》中，照應主要表現在伏線、懸疑和呼應三個方面。

（一）前伏後應

　　《儒林外史》是由一個又一個的人物和故事連綴而成的，在書中，吳敬梓採用了一系列長短不一的伏線，貫穿了一些主要人物和事件。這樣不僅能避免敘事的突兀，又能像建築物中的鋼筋一樣，把故事連成一體，形成完整

〔註8〕 李漢秋，《《儒林外史》研究資料》（上海：上海古籍出版社，1984年7月），頁123。

〔註9〕 楊翼，〈試論《儒林外史》「臥評」關於情節結構的論述〉，《杭州師院學報（社會科學版）》1984年第4期，頁97～101。

的結構。

　　由王惠的故事扯起的一條伏線，可以說貫穿了小說的前半部分。這條伏線自第二回王惠「說夢」開始：

　　　　王舉人笑道：「說起來竟是一場笑話。弟今年正月初一日，夢見看
　　　　會試榜，弟中在上面是不消說了，那第三名也是汶上人，叫做荀玫。
　　　　弟正疑惑我縣裡沒有這一個姓荀的孝廉，誰知竟同著這個小學生的
　　　　名字。難道和他同榜不成！」說罷，就哈哈大笑起來。（第二回，
　　　　頁 27）

這段說夢的描寫看似漫不經心，讀者也許很快就把這個情節給忘記了，但是到了第七回，王惠果然與荀玫同榜：

　　　　這日正磕著頭，外邊傳呼接帖，說：「同年同鄉王老爺來拜。」荀進
　　　　士叫長班抬開公座，自己迎了出去。只見王惠鬚髮皓白，走進門，
　　　　一把拉著手說道「年長兄，我同你是『天作之合』，不比尋常同年弟
　　　　兄。」兩人平磕了頭，坐著，就說起昔年這一夢，「可見你我都是天
　　　　榜有名。將來『同寅協恭』，多少事業都要同做。」（第七回，頁 96）

這條伏線剛剛得到解決，吳敬梓又透過陳禮為王惠扶乩，設下了另一條伏線：

　　　　於是拿了一副紙筆，遞與陳禮在傍鈔寫，兩位仍舊扶著。那乩運筆
　　　　如飛，寫道：「羨爾功名夏后，一枝高折鮮紅。大江烟浪杳無蹤，兩
　　　　日黃堂坐擁。只道驊騮開道，原來天府夔龍。琴瑟琵琶路上逢，一
　　　　盞醇醪心痛！」（第七回，頁 99）

這闋詞暗示了王惠一生的際遇，成為一條伏線在後文的敘述中得到印證。王惠獲罪逃跑之後，在窮途末路中得到了蘧駪夫的資助，王惠以枕箱相報；這一枕箱又引起家人宦成與丫環雙紅私奔、惡吏借此敲詐蘧駪夫、馬純上「仗義疏財」的一大段故事。

　　另外，荀玫的故事也是全書中的一條重要伏線，可以說貫穿了小說的始終。荀玫首次出現在第二回，當時還是一名七歲的學童，是周進在薛家集的學生，又是學堂籌建人之一的荀老爹的兒子，他一出場就納入王惠的夢中，埋下伏筆。第七回中范進選任山東學道，周進關照他注意提拔他這位學生：

　　　　周司業道：「山東雖是我故鄉，我卻也沒有甚事相煩：只心裡記得訓
　　　　蒙的時候，鄉下有個學生叫做荀玫，那時纔得七歲，這又過了十多
　　　　年，想也長成人了。他是個務農的人家，不知可讀得成書，若是還

在應考，賢契留意看看，果有一線之明，推情拔了他，也了我一番
心願。」范進聽了，專記在心，去往山東到任。（第七回，頁 92）

接著寫荀玫連場告捷，果然與王惠同科，與前文王惠之夢的伏筆相照應。然
後再接寫荀玫母喪，但考選在即，意欲透過金東崖、周進及范進，辦理違制
奪情；未果，只得依例丁憂，自此荀玫再也沒有出面，但是他的影子卻在書
中時隱時現。到第十七回，從趙雪齋口中知他曾到杭州打撫台的秋風，招名
士到下處作詩：

> 趙先生道：「怎麼沒有！前月中翰顧老先生來天竺進香，邀我們同到
> 天竺做了一天的詩。通政范大人告假省墓，船隻在這裡住了一日，
> 還約我們到船上拈題分韻，著實擾了他一天。御史荀老先生來打撫
> 台的秋風，丟著秋風不打，日日邀我們到下處做詩。這些人都問你。
> 現今胡三公子替湖州魯老先生徵輓詩，送了十幾個斗方在我那裡，
> 我打發不清，你來得正好，分兩張去做。」（第十七回，頁 222）

到第二十二回，他爲揚州大鹽商萬雪齋廳堂題匾，交代出他已當上了兩淮鹽
運使：

> 當下走進了一個虎座的門樓，過了磨磚的天井，到了廳上。舉頭一看，
> 中間懸著一個大匾，金字是「愼思堂」三字，傍邊一行：「兩淮鹽運
> 使司鹽運使荀玫書」。兩邊金箋對聯，寫：「讀書好，耕田好，學好便
> 好；創業難，守成難，知難不難」。（第二十二回，頁 281～282）

第二十七、二十八回，又從季葦蕭口中交代了他與季父季守備文武同年，而
且又安排季葦蕭在瓜洲管關稅：

> 季葦蕭道：「我因鹽運司荀大人是先君文武同年，我故此來看看年
> 伯。」（第二十七回，頁 342）

> 季葦蕭道：「我一到揚州，荀年伯就送了我一百二十兩銀子，又把我
> 在瓜洲管關稅，只怕還要在這裡過幾年，所以又娶一個親。（第二十
> 八回，頁 348）

第二十九回，又從金東崖口中得知他又把丟了吏部掌案的金東崖安插在鹽務
上。又透過董書辦披露了他「因貪贓拿問了」：

> 金東崖道：「我因近來賠累的事不成話說，所以決意返舍。到家，小
> 兒僥倖進了一個學，不想反惹上一場是非；雖然真的假不得，卻也
> 丟了幾兩銀子。在家無聊，因運司荀老先生是京師舊交，特到揚州

> 來望他一望，承他情薦在匣上，送了幾百兩銀子。」董書辦道：「金
> 太爺，你可知道荀大人的事？」金東崖道：「不知道。荀大人怎的？」
> 董書辦道：「荀大人因貪贓拿問了，就是這三四日的事。」金東崖道：
> 「原來如此。可見『旦夕禍福』！」（第二十九回，頁358）

到第四十六回，季葦蕭還利用他的關係，作了荀玫的學生鳳陽知府屬某的幕
賓：

> 虞華軒接過書子，拆開從頭看了，說道：「先生與我敝府屬公祖是舊
> 交？」季葦蕭道：「屬公是敝年伯荀大人的門生，所以邀小弟在他幕
> 中共事。」（第四十六回，頁567）

這一條伏線，由明轉暗，既交代了荀玫的興衰際遇，反映了科場、官場的弊
端，以及功名富貴的虛幻不真實，同時又把周進、范進、王惠、匡超人等中
心人物和若干次要人物、小插曲連綴了起來，形成了一個完整的故事整體。

　　除了以上這些貫穿全書的伏線以外，《儒林外史》中還有多處較小的伏
線，為下文人物的出場和事件的發展埋下伏筆。

　　例如第七回，在范進的幕僚中提到了蘧景玉和牛布衣，天目山樵對這段
批道：「趁勢插入蘧景玉，牛布衣，草蛇灰線。」因此到了第八回中，蘧景玉
和牛布衣正式出場，就不顯突兀，反顯自然。又如在第十回，魯翰林招親之
前巧遇二位婁公子時，順口提到家中還有一個小女未嫁，為魯編修擇婿埋下
伏筆：

> 魯編修道：「老世兄，做窮翰林的人，只望著幾回差事。現今肥美的
> 差都被別人鑽謀去了，白白坐在京裡，賠錢度日。況且弟年將五十，
> 又無子息，只有一個小女，還不曾許字人家，思量不如告假返舍，
> 料理些家務，再作道理。」（第八回，頁129）

這時魯翰林隨口又問從人「二號船可曾到？」透過後文可知，在二號船上的
正是即將要成為媒人的陳和甫（禮）。這一層層的引線和伏筆，使得故事情節
按部就班地發展下來。

　　（二）造成懸疑

　　除了埋下伏線以外，故事似了非了，造成懸疑，卻又逐漸交代明白，因
此產生了前後呼應的效果，加強人物故事之間聯繫的作用。第七回嚴貢生與
趙氏關於立嗣的訟案，到第八回嚴貢生在周進那裡碰了釘子，暫且按下不表，
造成懸疑；直到第十八回西湖宴集時，才由胡三說出結局：

上船一看，趙雪齋還不曾到，內中卻不見嚴貢生，因問胡三公子道：「嚴先生怎的不見？」三公子道：「他因范通政昨日要開船，他把分子送來，已經回廣東去了。」當下一上了船，在西湖裡搖著。浦墨卿問三公子道：「嚴大先生我聽見他家為立嗣有甚麼家難官事，所以到處亂跑；而今不知怎樣了？」三公子道：「我昨日問他的，那事已經平復，仍舊立的是他二令郎。將家私三七分開，他令弟的妾自分了三股家私過日子。這個倒也罷了。」（第十八回，頁234）

懸念到此得到解決，不禁讓人讚歎吳敬梓的精心布局。

第二十回張鐵臂「虛設人頭會」以後，杳無蹤影，直到第三十七回，才由蘧駪夫看破那出入杜少卿家「扭扭捏捏，做些假斯文像」的醫生，就是當年「弄假人頭的張鐵臂」：

馬純上同蘧駪夫到河房裡來辭杜少卿，要回浙江。二人走進河房，見杜少卿，臧荼又和一個人坐在那裡。蘧駪夫一見，就嚇了一跳，心裡想道：「這人便是在我婁表叔家弄假人頭的張鐵臂！他如何也在此？」彼此作了揖。張鐵臂見蘧駪夫，也不好意思，臉上出神。……杜少卿回河房來問張俊民道：「俊老，你當初曾叫做張鐵臂麼？」……杜少卿也不再問了。（第三十七回，頁462）

在此張鐵臂被人看破了相，儘管杜少卿言者無心，聽者卻感無地自容，只好逃回家鄉。

又如第八回王惠「另覓了船入到太湖，自此更姓改名，削髮披緇去了」，故事似已了結；然而第三十八回郭孝子尋親，找到成都附近竹山庵，找到王惠，王惠結局的懸疑至此才解決：

老和尚開門，見是兒子，就嚇了一跳。郭孝子見是父親，跪在地下慟哭。老和尚道：「施主請起來，我是沒有兒子的，你想是認錯了。」郭孝子道：「兒子萬里程途，尋到父親跟前來，父親怎麼不認我？」老和尚道：「我方才說過，貧僧是沒有兒子的。施主，你有父親，你自己去尋，怎的望著貧僧哭？」郭孝子道：「父親雖則幾十年不見，難道兒子就認不得了？」跪著不肯起來。老和尚道：「我貧僧自小出家，那裡來的這個兒子？」郭孝子放聲大哭道：「父親不認兒子，兒子到底是要認父親的！」三番五次，纏的老和尚急了，說道：「你是何處光棍，敢來鬧我們！快出去！我要關山門！」郭孝子跪在地下

慟哭，不肯出去。和尚道：「你再不出去，我就拿刀來殺了你！」郭
孝子伏在地下哭道：「父親就殺了兒子，兒子也是不出去的！」老和
尚大怒，雙手把郭孝子拉起來，提著郭孝子的領子，一路推操出門，
便關了門進去，再也叫不應。（第三十八回，頁 476～477）

王惠抵死不認子，直到老死，可見其畏罪之深，亦可從中看出當時政治環境
的恐怖與苛刻。

再來第十三回權勿用從婁府被人帶走，直到第五十四回才交代出「這件
官事也昭雪了」。第十九回金東崖花五百兩銀子買通潘三、匡超人代他兒子
考秀才，不久潘三案發入獄，但涉及此事的案主，卻未作交代；直到第二十
九回，金東崖好像鬆了一口氣地說：「雖然真的假不得，卻也丟了幾兩銀子。」
可知又是行賄得免。透過這樣一些懸疑的形成和解決，一方面引起讀者的好
奇心和思考，另一方面使這些各自獨立的小故事，形成一條條暗線，彼此呼
應；也使書中主要的或次要的人物，都有了明確的來龍去脈，加強了情節結
構的嚴密性。

（三）呼應成趣

除了伏筆和懸疑，《儒林外史》中的照應還表現在前後呼應上。這一照應
首先表現在開頭結尾的首尾呼應上。第一回楔子便點出了小說的主旨總綱在
強調士人的「文行出處」，並對社會弊端和科舉制度進行批判。在第一回中，
刻畫了王冕這一吳敬梓心目中的理想人物。他聽說科舉制藝的消息時說：「這
個卻法定的不好！將來讀書人既有此一條榮身之路，把那文行出處都看得輕
了。」夜觀星相後又說「一代文人有厄」。所以從第二回到第三十回，吳敬梓
層層遞進，逐一暴露了走「榮身之路」的三類人物的醜惡，對應了王冕所說
的「把那文行出處都看得輕了」。而從第三十一回到四十六回前半部分，出現
了杜少卿、虞育德、遲衡山、莊徵君、蕭雲山、郭孝子等一個又一個獲得吳
敬梓肯定的人物，吳敬梓重點描寫這些講究「文行出處」的知識份子以及他
們的理想與實踐，圍繞著祭泰伯祠這一事件，這些人物由分散而集中，由集
中而分散，表現了第一回中所說的「一夥星君維持文運」的努力。然而，隨
著虞博士的離去，王冕所說「一代文人有厄」的序幕也隨之展開，從第四十
六回後半部分到五十四回，風流人物散盡，文運衰敗，只剩下幾個儒林小丑
撐場面，直到小說第五十五回四大市井奇人的出現。四大奇人是吳敬梓對未
來的希望與探討，他們擅長琴棋書畫，「不貪圖人的富貴，又不伺候人的顏

色」，他們不與儒林士人來往，緬懷泰伯祠的往事，痛惜文運的衰落，與第一回中王冕的形象相互呼應，在思想上是與全文的主旨一脈相承。除此之外，那麼楔子以《蝶戀花》開篇：

> 人生南北多歧路，將相神仙，也要凡人做。百代興亡朝復暮，江風吹倒前朝樹。功名富貴無憑據，費盡心情，總把流光誤。濁酒三杯沉醉去，水流花謝知何處。（第一回，頁1）

尾聲以《沁園春》收束：

> 記得當時，我愛秦淮，偶離故鄉。向梅根冶後，幾番嘯傲；杏花村裡，幾度倘佯。鳳止高梧，蟲吟小榭，也共時人較短長。今已矣！把衣冠蟬蛻，濯足滄浪。無聊且酌霞觴，喚幾個新知醉一場。共百年易過，底須愁悶；千秋事大，也費商量。江左烟霞，淮南耆舊，寫入殘編總斷腸！從今後，伴藥爐經卷，自禮空王。（第五十六回，頁684～685）

這兩首詞，在思想內容上達到了緊密聯繫與和諧統一，應該算是吳敬梓的精心設計了。這種有首有尾、善始善終、前後對稱的呼應，使得這幅儒林百態圖，主題更加豁朗生動，佈局更加嚴整勻稱。

　　此外，《儒林外史》還透過前後呼應形成對比，表現人物。如第三回，寫范進進學及中舉兩件事，敘述其丈人胡屠戶。小說情節沒有描寫胡屠戶的心理變化，而是藉由前後兩次完全不同的神情形成呼應，構成對比：一是「臨去，披著衣服，腆著肚子」，一副高傲的丈人姿態；一是「臨去，低著頭，笑迷迷的」，是低眉順眼的得志小人。「臥評」讚歎說：「前後映帶，文章嚴謹之至。」〔註10〕

第四節　曲折迴旋

　　於行雲流水的敘述之外，《儒林外史》的結構還展現了曲折迴旋的特色，表現出搖曳多姿的藝術特性。這些曲折迴旋與行雲流水一起，構成了《儒林外史》敘述結構的主要特點。《儒林外史》的曲折迴旋，主要表現在情節設置的波折有致和情節運作的迴旋反復上。

〔註10〕李漢秋，《《儒林外史》研究資料》（上海：上海古籍出版社，1984年7月），頁102。

一、情節安排波折有致

　　《儒林外史》於行雲流水的敘述之外，還注意情節的生動，常常安排波瀾迭起、出人意表的情節，使得小說呈現出千變萬化的特點。「臥評」在十七回末就指出：「是書之用筆，千變萬化，未可就一端而言其妙。」〔註11〕

　　首先，《儒林外史》善於在普通平凡的情節中，插入生動險怪的突發事件。如第三十八回，郭孝子遇虎一章，先寫郭孝子遇虎，情節忽然緊張起來：

> 郭孝子乘月色走，走進一個樹林中，只見劈面起來一陣狂風，把那樹上落葉，吹得奇颼颼的響；風過處，跳出一隻老虎來。郭孝子叫聲：「不好了！」一交跌倒在地。老虎把孝子抓了坐在屁股底下。（第三十八回，頁 472）

這時讀者不禁為郭孝子的命運捏一把汗，眼看著郭孝子就要喪身虎口，沒想到老虎竟沒有直接把他吃掉，險情出現轉機：

> 坐了一會，見郭孝子閉著眼，只道是已經死了，便丟了郭孝子，去地下挖了一個坑，把郭孝子提了放在坑裡，把爪子撥了許多落葉蓋住了他，那老虎便去了。（第三十八回，頁 472）

讀者讀到這裡，才不禁鬆了一口氣，認為險情將告結束的時候，新的危機又發生了：

> 郭孝子在坑裡偷眼看老虎走過幾里，到那山頂上，還把兩隻通紅的眼睛轉過身來望，看見這裡不動，方才一直去了。郭孝子從坑裡扒了上來，自心裡想道：「這業障雖然去了，必定是還要回來喫我，如何了得？」一時沒有主意，見一棵大樹在眼前，郭孝子扒上樹去。又心裡焦他再來咆哮震動，「我可不要嚇了下來」；心生一計，將裹腳解了下來，自己縛在樹上。等到三更盡後，月色分外光明，只見老虎前走，後面又帶了一個東西來。那東西渾身雪白，頭上一隻角，兩隻眼就像兩盞大紅燈籠，直著身子走來。郭孝子認不得是個甚麼東西。只見那東西走近跟前，便坐下了。老虎忙到坑裡去尋人。見沒有了人，老虎慌做一堆兒。那東西大怒，伸過爪來，一掌就把虎頭打掉了，老虎死在地下。（第三十八回，頁 472～473）

如此兇悍的動物，居然可以一巴掌將老虎打死，看來郭孝子此命難保了，誰

〔註11〕李漢秋，《《儒林外史》研究資料》（上海：上海古籍出版社，1984 年 7 月），頁 110。

知這時，又發生了一件出人意料的事，郭孝子最終得以脫險：

> 那東西抖擻身上的毛，發起威來，回頭一望，望見月亮地下照著樹
> 枝頭上有個人，就狠命的往樹枝上一撲。撲冒失了，跌了下來，又
> 盡力往上一撲，離郭孝子只得一尺遠。郭孝子道：「我今番卻休了！」
> 不想那樹上一根枯幹，恰好對著那東西的肚皮上；後來的這一撲，
> 力太猛了，這枯幹戳進肚皮，有一尺多深淺。那東西急了，這枯幹
> 越搖越戳的深進去。那東西使盡力氣，急了半夜，掛在樹上死了。
> （第三十八回，頁 473）

這段描寫意外迭生，一波三折，其奇事妙文，趣味盎然，並洋溢著幽默和詼
諧。「臥評」對這一回情節的生動險怪就十分讚賞：「不意耳目之間有此奇觀。」
〔註12〕

　　又如第十回中蘧公孫結婚酒席上的「曲折」，亦是一波三折，出人意表。
正當觥籌交錯、眾賓歡樂之時，出現了一隻攪局的老鼠：

> 忽然乒乒一聲響，屋梁上掉下一件東西來，不左不右，不上不下，
> 端端正正掉在燕窩碗裡，將碗打翻。那熱湯濺了副末一臉，碗裡的
> 菜潑了一桌子。定睛看時，原來是一個老鼠從梁上走滑了腳，掉將
> 下來。那老鼠掉在滾熱的湯裡，嚇了一驚，把碗跳翻，爬起就從新
> 郎官身上跳了下去，把簇新的大紅緞補服都弄油了。（第十回，頁
> 137～138）

老鼠引起的騷亂剛剛停息，又出現了新的更加丟人的亂子：

> 管家才掇了四碗上去，還有兩碗不曾端，他捧著看戲。看到戲場上
> 小旦裝出一個妓者，扭扭捏捏的唱，他就看昏了，忘其所以然，只
> 道粉湯碗已是端完了，把盤子向地下一掀，要倒那盤子裡的湯腳，
> 卻叮噹一聲響，把兩個碗和粉湯都打碎在地下。他一時慌了，彎下
> 腰去抓那粉湯，又被兩個狗爭著，咂嘴弄舌的，來搶那地下的粉湯
> 喫，他怒從心上起，使盡平生氣力，蹺起一隻腳來踢去，不想那狗
> 倒不曾踢著，力太用猛了，把一隻釘鞋踢脫了，踢起有丈把高。陳
> 和甫坐在左邊的第一席，席上上了兩盤點心——一盤豬肉心的燒
> 賣，一盤鵝油白糖蒸的餃兒——熱烘烘擺在面前，又是一大深碗索

〔註12〕李漢秋，《《儒林外史》研究資料》（上海：上海古籍出版社，1984 年 7 月），
　　　　頁 121。

> 粉八寶攢湯，正待舉起箸來到嘴，忽然席口一個烏黑的東西的溜溜
> 的滾了來，乒乓一聲，把兩盤點心打的稀爛，陳和甫嚇了一驚，慌
> 立起來，衣袖又把粉湯碗招翻，潑了一桌，滿坐上都覺得詫異。（第
> 十回，頁 139～140）

這接二連三的類似骨牌效應的意外，一方面使得情節事件流露出滑稽的意
味，使讀者忍俊不禁；另一方面，這滑稽性的突發事件出現在蘧魯兩家喜慶
的婚宴上，似乎隱隱暗示了這場婚姻的可笑和不幸。

再如第十二回寫權勿用頭上戴著高帽子進城的片段：

> 權勿用見了這字，收拾搭船來湖州。在城外上了岸，衣服也不換一
> 件，左手掮著個被套，右手把個大布袖子晃蕩晃蕩，在街上腳高步
> 低的撞。撞過了城門外的吊橋，那路上卻擠，他也不知道出城該走
> 左首，進城該走右手，方不礙路。（第十二回，頁 158）

這時，意外發生了：

> 他一味橫著膀子亂搖，恰好有個鄉裡人在城裡賣完了柴出來，肩頭
> 上橫掮著一根尖扁擔，對面一頭撞將去，將他的個高孝帽子橫挑在
> 扁擔尖上。鄉裡人低著頭走，也不知道，掮著去了。他喫了一驚，
> 摸摸頭上，不見了孝帽子。（第十二回，頁 158）

他急了，於是趕緊去追自己的帽子：

> 望見在那人扁擔上，他就把手亂招，口裡喊道：「那是我的帽子！」
> 鄉裡人走的快，又聽不見。他本來不會走城裡的路，這時著了急，
> 七首八腳的亂跑，眼睛又不看著前面。（第十二回，頁 158～159）

帽子沒追到，反而惹了一身禍事：

> 跑了一箭多路，一頭撞到一頂轎子上，把那轎子裡的官幾乎撞了跌
> 下來。那官大怒，問是甚麼人，叫前面兩個夜役一條鏈子鎖起來。
> 他又不服氣，向著官指手畫腳的亂吵；那官落下轎子，要將他審問，
> 夜役喝著叫他跪，他睜著眼不肯跪。（第十二回，頁 159）

這一段可謂寫盡了權勿用進城的曲折，他的倉皇失措、醜態百出，不由得讓
人覺得好笑又好氣。

其次，《儒林外史》還善於在行文中置入轉折，使得小說情節波折有致。
虞博士是小說中第一賢人，寫過他後，其他賢人君子也都風流雲散，似乎到
了「山窮水盡疑無路」之境；然而後文以高翰林帶出萬中書，從而又引出義

俠鳳四老爹，「柳暗花明又一村」，形成重重波峰，「出奇無窮」。臥評評曰
「虞博士既去以後，皆餘文矣。作者正恐閱者笑其江淹才盡，無復能如前此
之驚奇炫異，劌心怵目。故且借一最熟之高翰林，引出萬中書一段事，寫萬
中書者，又爲寫鳳四老爹之陪筆……何其出奇之無窮也。」〔註13〕

二、情節運作迴旋反復

　　《儒林外史》以人物事件將故事單元貫穿串連，過渡無痕，中間情節迴
旋反復，看似零散，實卻有規則的連貫。這種迴旋反復使得文本結構更加搖
曳多姿，引人入勝。

　　《儒林外史》的迴旋主要包括外在迴旋和內在迴旋。外在迴旋是指小說
表面人物和事件的迴旋。主要有以下幾種情況：

　　第一，相似的細節、情節或意象被安排在不同的故事單元，反復中營造
出上下文的密切聯繫，形成整體感。其一、小說中教導情節的反復出現：如
第十五回馬純上對匡超人的教導：

> 向他說道：「賢弟，你聽我說……總以文章舉業爲主。人生世上，除
> 了這事，就沒有第二件可以出頭。……只是有本事進了學，中了舉
> 人、進士，即刻就榮宗耀祖。這就是《孝經》上所說的『顯親揚名』，
> 才是大孝，自身也不得受苦。古語道得好：『書中自有黃金屋，書中
> 自有千鍾粟，書中自有顏如玉。』……賢弟，你回去奉養父母，總
> 以做舉業爲主。就是生意不好，奉養不周，也不必介意，總以做文
> 章爲主。那害病的父親，睡在床上，沒有東西吃，果然聽見你念文
> 章的聲氣，他心花開了，分明難過也好過，分明那裡疼也不疼了。
> 這便是曾子的『養志』。假如時運不好，終身不得中舉，一個廩生是
> 掙的來的，到後來，做任教官，也替父母請一道封誥。我是百無一
> 能，年紀又大了：賢弟，你少年英敏，可細聽愚兄之言，圖個日後
> 宦途相見。」（第十五回，頁200～201）

第三十九回中，又有一段郭孝子對蕭雲仙的教導：

> 郭孝子道：「這冒險捐軀，都是俠客的勾當，而今比不得春秋、戰國
> 時，這樣事就可以成名。而今是四海一家的時候，任你荊軻、聶政，

〔註13〕李漢秋，《《儒林外史》研究資料》（上海：上海古籍出版社，1984年7月），
　　　　頁124。

也只好叫做亂民。像長兄有這樣品貌材藝，又有這般義氣肝膽，正
該出來替朝廷效力；將來到疆場，一刀一槍，博得個封妻蔭子，也
不枉了一個青史留名。」（第三十九回，頁 485～486）

這一段段相似的情節形成迴旋，反復強調功名利祿對當時人們思想的嚴重毒
害。其二、小說中對季節細節的反復強調：第一回王冕學畫時「正是黃梅時
候，天氣煩躁」；夜觀天象、評論世事時「此時正是初夏，天時乍熱」；而在
第五十五回，王太與圍棋國手的較量被安排在烏龍潭邊，也「正是初夏的天
氣」。它們周而復始地重現，使得讀者有了四季更替的印象，增加了小說的時
間感和真實感。其三、小說中祠廟意象的反復出現：第三十六回泰伯祠的出
現，寄託了吳敬梓禮樂兵農的思想，此後又以泰伯祠的日益衰敗，來象徵世
運的陵夷。第四十回出現了先農祠、阮公祠這一成對的意象。先農祠為青楓
城「感激蕭雲仙的恩德」所建，象徵著吳敬梓禮樂兵農的理想，緊接著出現
了否定性意象的阮公祠，乃藉阮籍登廣武之嘆來體現吳敬梓禮樂兵農的理想
的破滅。在這些祠廟意象的反復出現中，吳敬梓的理想在在被提出、又一次
次遭遇幻滅。

第二，人物的群體進退場體現人物群體的迴旋。小說以隱居鄉間的賢士
王冕開頭，以藏身市井的四客結尾，中間是形形色色的儒林中人。起點、終
點的人物不僅身分相同，意義上也有所暗合：他們都有品行、才學，同樣自
食其力、鄙視功名利祿；而中間的人物則在儒林之中痛苦掙扎，這形成了小
說人物群體「市井─儒林─市井」的外在迴旋。

小說的內在迴旋則主要體現在小說呈現的首尾相接、循環反復的「『善─
惡─善─惡─善』的格局」﹝註14﹞。小說第一回以「嶔崎磊落」的高隱王冕
開頭，是「善」的代表；第二回至第三十回，則主要描寫了若干追逐「功名
富貴」的儒林眾生，是「惡」的代表；而從第三十一回至第四十六回，主要
寫了追求「禮樂化俗」的眾賢人，又是「善」的代表；第四十七至第五十四
回寫了「惡賴」風俗中的眾人，又是「惡」的代表；直至第五十五回寫「述
往思來」的四奇士，又以「善」為結尾，形成了善惡對立的內在迴旋。在這
反復迴旋中，呈現了吳敬梓對真才實學、品行高尚的王冕的讚揚，對假名士、
陋儒生的諷刺批判，對真賢高儒的肯定贊許，對世態炎涼的痛恨斥責，對自

﹝註14﹞陳文新、魯小俊，〈論《儒林外史》的寫意特徵〉，《明清小說研究》1998 年第
2 期，頁 110～118。

食其力、淡泊名利的四客的嚮往。在這迴旋中，善惡對立，從善始，從善終，善的力量永遠戰勝邪惡。

第五節　預敘插敘分敘

　　在敘事表述上，《儒林外史》的故事時間與敘事時間基本上是一致的，但是其間亦有時間倒置的情節出現。這種時間倒置的情節對增加小說的魅力產生了重要的作用：「正是故事和敘述之間的時間差的存在，使敘述與情節具有各種不同的變化體式，使敘述充滿了藝術魅力」〔註15〕，在《儒林外史》中，這種故事時間與敘事時間的不一致主要展現在預敘、插敘和分敘三種敘述方法上。

一、預　敘

　　所謂「預敘」，就是提前講述或提及後來才發生的事件。這一敘述手法在西方十九世紀的小說中「明顯地較爲罕見，至少在西方敘事文化傳統中是這樣」，而且，西方古典小說「構思特點是敘述的懸念，因此不適合於作預敘」〔註16〕。但是在我國傳統小說的敘事中，預敘手法則得到了廣泛的運用。楊義先生提出，與西方文學傳統中預敘相對薄弱的情形相比，在中國的敘事傳統中，預敘是其強項而非弱項〔註17〕。楊義先生同時還指出：「中國小說擅長於預敘，預敘往往暗示人物和事態在其後的歲月裡帶命運感，甚至帶神秘性的發展和變異，因而它的文字經常採取密碼方式。」〔註18〕從我國敘事文學的發展來看，自宋元話本到明清長篇章回小說，預敘的使用都極爲普遍，預敘形式也因得到了不斷的發展而豐碩。我國敘事文學中的預敘，非但不像日奈特所言不利於懸疑的產生，有些成功的預敘還在一定程度上強化了懸疑。預敘在《儒林外史》中得到了廣泛的運用，因此下文將對《儒林外史》中預敘的形式和特點加以說明，並分析其在《儒林外史》敘事中發揮的功能。

　　從預敘事件的明顯程度來看，預敘可分爲顯性預敘和隱性預敘兩種。顯

〔註15〕祖國頌，《敘事的詩學》（合肥：安徽大學出版社，2003年11月），頁348。
〔註16〕傑拉爾・日奈特，〈論敘事文話語〉，收入張寅德編選，《敘述學研究》（北京：中國社會科學出版社，1989年5月），頁210。
〔註17〕楊義，《中國敘事學》（北京：人民出版社，1998年1月），頁106～110。
〔註18〕楊義，《中國敘事學》（北京：人民出版社，1998年1月），頁106～110。

性預敘清楚地敘述若干時間以後發生的某件事情，而隱性預敘則是透過暗示的方式，把尚未發生的事情間接的告訴讀者，一般不以明確直接地敘述未來發生的事情，只是畫出大致的輪廓，揭示大的趨勢和可能。《儒林外史》全新的寫實風格決定了其隱性預敘的分量要遠遠大於顯性預敘。綜合來看，《儒林外史》中的預敘主要有以下幾種情況：

（一）詩詞預敘

在篇首或篇中插入詩詞是話本小說重要的文體特點，作為長篇敘事文學的《儒林外史》也繼承了這一特點。但是，話本小說中的詩詞一般和議論結合在一起成為整體，沒有獨立的敘述功能，然而《儒林外史》每回回末「有分教」之後的四六小韻文，有很大一部分具有暗示故事情節、表明文章大意的作用。例如第三回〈周學道校士拔眞才，胡屠戶行兇鬧捷報〉中范進中舉之後，吳敬梓在回末放了一段四六文：「會試舉人，變作秋風之客；多事貢生，長為興訟之人」，即暗示了范進中舉之後的種種行為。又如第十回〈魯翰林憐才擇婿，蘧公孫富室招親〉，魯小姐將要嫁給蘧公孫，吳敬梓在回末又有這樣一段韻文：「閨閣繼家聲，有若名師之教；草茅隱賢士，又招好客之蹤」，也暗示了魯小姐與蘧公孫結婚後監督丈夫讀書應試以及嚴格管教孩子的後續情節。這些回末的詩詞韻文，以簡短的方式提示了後文情節，同時也引發了讀者的好奇心。

（二）夢境預敘

在現代文學理論中，「夢」被看作是人類心理意識的變形，許多學者都對「夢」產生了濃厚的興趣，例如佛洛伊德的精神分析法就是以夢的分析作為基礎，因此夢境常常在小說中充當揭露人物心理意識的重要部分。在我國傳統敘事文學中，夢境也常常出現，不同的是，我國傳統小說中的夢境的主要作用在於其神秘的預見性，而且幾乎有夢必驗。夢境的描寫除了成為作者表現人物複雜內心世界的手段，更主要的是被作為一種經常使用的預敘技巧。

在《儒林外史》第五十三回〈國公府雪夜留賓，來賓樓燈花驚夢〉中，聘娘即將成為知府夫人時，作了一個奇怪的夢：

> 睡了一時，只聽得門外鑼響，聘娘心裡疑惑：「這三更半夜，那裡有鑼到我門上來？」看看鑼聲更近，房門外一個人道：「請太太上任。」
> 聘娘只得披繡襖，倒趿弓鞋，走出房門外。只見四個管家婆娘，齊雙雙跪下，說道：「陳四老爺已經陞授杭州府正堂了，特著奴婢們來

請太太到任，同享榮華。」聘娘聽了，忙走到房裡梳了頭，穿了衣服，那婢子又送了鳳冠霞帔，穿帶起來。出到廳前，一乘大轎，聘娘上了轎。抬出大門，只見前面鑼、旗、傘、吹手、夜役，一隊隊擺著。又聽的說：「先要抬到國公府裡去。」正走得興頭，路旁邊走過一個黃臉禿頭師姑來，一把從轎子裡揪著聘娘，罵那些人道：「這是我的徒弟，你們抬他到那裡去！」聘娘說道：「我是杭州府的官太太，你這禿師姑怎敢來揪我！」正要叫夜役鎖他，舉眼一看，那些人都不見了。急得大叫一聲，一交撞在四老爺懷裡，醒了，原來是南柯一夢。（第五十三回，頁 645～646）

果然，後來幾經周折，聘娘不僅沒有當成官太太，反而出家做了尼姑。這裡的夢境暗示了後面的故事情節，具有預敘的功能。從這個例子可以看出，《儒林外史》採用的夢境預敘，不是直接地用明白的話語將夢境所暗含的未來事件點出，而是暗藏玄機，採用猜謎的方式寫夢境，這樣既增強了懸疑感，讓讀者不禁思考聘娘的最終結局，而且又增添了一些神秘的色彩。

（三）異象預敘

異象包括自然界和人類當中的各種奇異之兆，古人認為，這些奇異之象總是和人事緊緊相聯繫。異象的出現，是一種徵兆，也是一種預言似的表象，也是《儒林外史》隱性預敘的一種表現方式。

在重視寫實風格的《儒林外史》中，異象預敘並不多見。但在第一回〈說楔子敷陳大義，借名流隱括全文〉中，則出現了一連串的異象預敘：先是王冕與秦老漢在打麥場小飲，這時「須臾，東方月上，照耀得如同萬頃玻璃一般。那些眠鷗宿鷺，闃然無聲」。王冕左手拿著酒杯，右手指著天上的星星，向秦老漢說道：「你看貫索犯文昌，一代文人有厄！」王冕話音剛落，「忽然起一陣怪風，刮的樹木都颼颼的響，水面上的禽鳥格格驚起了許多，王冕同秦老嚇的將衣袖蒙了臉」，過了一會，待風聲略定，王冕和秦老漢睜眼看時，「只見天上紛紛有百十個小星，都墜向東南角上去了」，王冕說道：「天可憐見，降下這一夥星君去維持文運，我們是不及見了！」這一系列怪風、墜星的異象都是隱性預敘，暗示了全書中所描寫的「一代文人有厄」的主要內容以及吳敬梓理想人物杜少卿等一系列人物的出現。

（四）占卜預敘

占卜在我國可謂源遠流長，可以和最古老的巫術文化相接；不僅在現實

生活中被認為可以預知未來，在文學作品中往往也藉由其預知的功能來充當預敘的角色。楊義先生認為「帶有預言性的預敘在殷墟甲骨卜辭裡就已經有了最初的形態，而《左傳》的一些預敘也是來自卜筮和預言的」〔註19〕。

在《儒林外史》第七回〈范學道視學報師恩，王員外立朝敦友誼〉中，王員外和荀員外來到陳禮處扶乩占卜。王員外求時，只見那乩筆運筆如飛，寫了一首〈西江月〉：

> 羨爾功名夏后，一枝高折鮮紅。大江烟浪杳無蹤，兩日黃堂坐擁。
>
> 只道驊騮開道，原來天府夔龍。琴瑟琵琶路上逢，一盞醇醪心痛！
>
> （第七回，頁99）

而荀員外求時，則是另外一番光景：

> 那乩筆半日不動，求的急了，運筆判下一個「服」字。陳禮把沙攤平了求判，又判了一個「服」字。一連平了三回沙，判了三個「服」字，再不動了。（頁99）

後來王員外果然得到升官，而荀員外則遭遇喪母之痛，與扶乩的結果完全吻合。吳敬梓採用這種預敘方法，預測了情節與人物命運的發展和結果。

總結來看，預敘在《儒林外史》中的出現，從敘事意圖上來說，主要是為了表現一種宿命或命定的思想意識，以裨於勸懲教化；從敘事效果上而言，這些預敘滿足了部分缺乏耐心的讀者的好奇心，同時也製造一種新的懸疑——這一結局是如何造成的？下一步將有怎樣的發展？——吸引讀者關注情節展開的過程；再從敘事功能上來說，這些預敘具有提攝、遙控敘事線索的作用，幫助敘事者迅速處理掉那些無關大局的故事線索、事件或人物。預敘是對敘事時間的一種變位，但有時亦可以在一定程度上加強敘事的線索，達到意想不到的效果。

二、插　敘

插敘是指在敘述中心事件的過程中，為了幫助開展情節或刻劃人物，暫時中斷敘述的線索，插入一段與主要情節相關的回憶或故事的敘述方法。在我國傳統敘事文學中，由於敘事時間和故事時間幾乎一致，使得整體上的倒敘形式可說是不曾出現，然而插敘則非常之多。在《儒林外史》中，插敘主要有三種表達方式：

〔註19〕楊義，《中國敘事學》（北京：人民出版社，1998年1月），頁106～110。

（一）敘述者講述過往之事

在第三十六回，吳敬梓爲其理想人物虞育德的出場準備了一大段插敘，以描寫其家世和經歷：

> 話說應天蘇州府常熟縣有個鄉村，叫做麟紱鎮，鎮上有二百多人家，都是務農爲業。只有一位姓虞，在成化年間，讀書進了學，做了三十年的老秀才，只在這鎮上教書。這鎮離城十五裡，虞秀才除應考之外，從不到城裡去走一遭，後來直活到八十多歲，就去世了。他兒子不曾進過學，也是教書爲業。到了中年，尚無子嗣，夫婦兩個到文昌帝君面前去求，夢見文昌親手遞一紙條與他，上寫著《易經》一句：「君子以果行育德。」當下就有了娠。到十個月滿足，生下這位虞博士來。太翁去謝了文昌，就把這新生的兒子取名育德，字果行。這虞博士三歲上就喪了母親，太翁在人家教書，就帶在館裡，六歲上替他開了蒙。虞博士長到十歲，鎮上有一位姓祁的祁太公包了虞太翁家去教兒子的書，賓主甚是相得。教了四年，虞太翁得病去世了，臨危把虞博士托與祁太公，此時虞博士年方十四歲。祁太公道：「虞小相公比人家一切的孩子不同，如今先生去世，我就請他做先生教兒子的書。」當下寫了自己祁連的名帖，到書房裡來拜，就帶著九歲的兒子來拜虞博士做先生。虞博士自此總在祁家教書。
>
> （第三十六回，頁 443）

吳敬梓藉由這一大段插敘，爲下文的「眞儒」樹碑立傳作了充分的準備。但是，這種敘述者主觀介入的倒敘在書中並不多見，《儒林外史》中更多更擅長運用的是讓書中人物追述過去的人和事件，以便保持整部小說純客觀敘事的風貌。

（二）小說中人物講述自己過去之事

這種插敘主要是小說中人物借回憶來自我吹噓，以期抬高自個兒的聲名與地位，使自己空虛的心靈獲得口頭上的滿足。例如第十七回匡超人路遇景蘭江，景蘭江向匡超人吹噓自己的詩友時：

> 新學台是湖州魯老先生同年。魯老先生就是小弟的詩友。小弟當時聯句的詩會，楊執中先生，權勿用先生，嘉興蘧太守公孫駪夫，還有婁中堂兩位公子——三先生、四先生，都是弟們文字至交。可惜有位牛布衣先生只是神交，不曾會面。（第十七回，頁 221）

從這段話中，讀者不難看到不少破綻。首先，景蘭江藉新學台和魯老先生與自己的關係推論出自己是匡超人的前輩，可謂荒謬之至；其次，把鶯脰湖大會諸人稱爲是自己的「文字至交」，並且爲了增加吹牛的眞實感還特意指出「有位牛布衣先生只是神交，不曾會面」；但實際上，從書中對鶯脰湖大會的描寫段落中，根本未曾出現景蘭江這號人物，況且魯編修這樣一個視舉業爲人生唯一正途、自始至終反對二婁們的那一套行事模式，鶯脰湖詩會又不曾參加的老人，那有可能成爲景蘭江的詩友？再者，他所羅列的那些人，又都是些什麼樣的貨色，讀者早已了然於心，只能騙騙匡超人這樣的黃嘴小兒罷了，而匡超人竟然眞的就「聽罷，不勝駭然」，就心甘情願地隨著他跑了。景蘭江藉追憶過去而達到了自我吹噓的目的，這種自我吹噓的插敘，在《儒林外史》的反面人物身上，讀者可以屢屢見到。又如嚴貢生與范進見面時，向范進吹噓自己的過去：

> 實不相瞞，小弟只是一個爲人率眞，在鄉里之間，從不曉得占人寸絲半粟的便宜，所以歷來的父母官，都蒙相愛。湯父母容易不大喜會客，卻也凡事心照。就如前月縣考，把二小兒取在第十名，叫了進去，細細問他從的先生是那個，又問他可曾定過親事，著實關切！
>
> （第四回，頁 55～56）

嚴貢生說自己「爲人率眞，不占人便宜」，但從後文王小二和黃夢統兩個小老百姓來到官府告嚴貢生的事件可以看出，嚴貢生完全是一個心狠手辣、狡猾多端且貪得無厭的人，和他自己對自己的吹噓言論相比較，可以很明顯看出他的虛僞。

（三）小說中人物講述別人之往事

這種插敘多發生在人物藉此撫今追昔，抒發強烈的感傷失落的情緒，主要呈現在書中人物對泰伯祠大祭及眾多賢人的追述中。如第四十八回鄧質夫感歎道：

> 當年南京有虞博士在這裡，名壇鼎盛，那泰伯祠大祭的事，天下皆聞。自從虞博士去了，這些賢人君子，風流雲散。（第四十八回，頁592）

泰伯祠及其祭者成了後人心目中一座理想的豐碑，吳敬梓描寫了它的日漸倒塌衰敗，與之往昔的繁盛相比，凝結成一種難以釋懷的失落情結：

> 走進後一層，樓底下，遲衡山貼的祭祀儀注單和派的執事單還在壁

上。兩人將袖子拂去塵灰看了。又走到樓上，見八張大櫃關鎖著樂
器、祭器，王玉輝也要看。（第四十八回，頁 592）

這些插敘在小說後半部屢次出現，帶給崇信儒家傳統道德的人們以無盡的痛
苦和打擊，「《儒林外史》第三十七回泰伯祠大祭，是全書的最大事件和高潮，
是俯瞰全書的高峰，是掌握全書藝術構思的樞紐，也是在這裡，把全書的主
導思想——原始儒家的思想表現得最顯豁」〔註20〕，然而，此時漂泊士子們
的最後一片靈魂棲息地也已迷失於歷史的長河之中。這種蒼涼的存在，使得
這裡的插敘顯得無比厚重，而無疑地，書中人物對歷史的追述也推及至我國
古人心靈的最深處。

此外，小說還透過書中人物追敘他人之事蹟以形成反面襯托，表現出書
中人物的不同性格。例如，在杜少卿出場前，吳敬梓先安排其兄杜慎卿對其
行為進行敘述，在他的口中，杜少卿不僅是一個徹底的「敗家子」，而且還是
個「獃子」：

> 贛州府的兒子是我第二十五個兄弟，他名叫做儀，號叫做少卿，只
> 小得我兩歲，也是一個秀才。我那伯父是個清官，家裡還是祖宗丟
> 下的些田地。伯父去世之後，他不上一萬銀子家私，他是個獃子，
> 自己就像十幾萬的。紋銀九七，他都認不得，又最好做大老官。聽
> 見人向他說些苦，他就大捧出來給人家用。（第三十一回，頁 381）

並且思維和常人不同：

> 我這兄弟有個毛病：但凡說是見過他家太老爺的，就是一條狗也是
> 敬重的。你將來先去會了王鬍子，這奴才好酒，你買些酒與他吃，
> 叫他在主子跟前說你是太老爺極歡喜的人，他就連三的給你銀子用
> 了。他不歡喜人叫他老爺，你只叫他少爺。他又有個毛病：不喜歡
> 人在他跟前說人做官，說人有錢，像你受向太老爺的恩惠這些話，
> 總不要在他跟前說。總說天下只有他一個人是大老官，肯照顧人。
> 他若是問你可認得我，你也說不認得。（第三十一回，頁 382）

慎卿與少卿為同族兄弟，慎卿對少卿應該是相當的了解，說的也都是事實，
但他對少卿的評論卻值得玩味：給人銀子、樂於助人是「傻子」，敬重父執、
不願說官談錢是「獃子」，那麼慎卿自己不重孝道、只重名利，不講情誼、但

〔註20〕李漢秋，《《儒林外史》研究》（上海：華東師範大學出版社，2001年9月），
頁70。

好情色的紈綺子弟形象豈非不言而喻？吳敬梓經由這番插敘，不僅介紹了杜少卿的主要行狀，而且還巧妙地同時寫出了兄弟倆的不同品行：一個樂於助人、重視孝道、鄙視功名富貴，一個自私輕友、重視情色、熱衷功名利祿。

總而言之，書中人物講敘別人往事的插敘，一方面幫助讀者回想並聯結起前面發生過的人物事件，有助於讀者釐清在紛繁人物情節中的某人某事的發展脈絡，使小說的結構均衡而緊湊，或是對人物的形象進行概述性補充，以豐富人物性格；另一方面這些插敘又無不染上書中人物的思想感情，它在排斥敘述者主觀介入、追求客觀化的敘事中，既創造出敘述的真實性，又顯得抒情韻味濃厚，不生硬造作。簡而言之，這種插敘方式滿足了作品對結構與情感的雙重需要。

三、分 敘

分敘又叫做平敘，是指敘述者在同一故事時間內講述不同空間或不同線索的事件的敘述方式，但因在同一故事時間內發生多件事件，所以敘述者只能先敘述一件，再敘述另一件，即俗話所說的「花開兩朵，各表一枝」。在我國古典小說中，宋代之前的文言小說極少出現分敘，但在宋元話本以後的小說中，分敘則成了一種常見的敘事方式。在《儒林外史》中，分敘主要表現有以下幾種：

（一）由合到分

由合到分的分敘方式主要是指本來在同一線索上的人物分別之後，用分敘方式分別講述雙方的情形。例如在第三十七回〈祭先聖南京修禮，送孝子西蜀尋親〉中，泰伯祠大祭集中了書中的大量正面人物，吳敬梓詳細描寫大祭經過之後，列舉了參加大祭的眾人：

> 這一回大祭，主祭的虞博士，亞獻的莊徵君，終獻的馬二先生，共三位。大贊的金東崖，司祝的臧荼、盧華士，共三位。引贊的遲均、杜儀，共二位。司麾的武書一位。司尊的季萑、辛東之、余夔，共三位。司玉的蘧來旬、盧德、虞感祁，共三位。司帛的諸葛佑、景本蕙、郭鐵筆，共三位。司稷的蕭鼎、儲信、伊昭，共三位。司饌的季恬逸、金寓劉、宗姬，共三位。金次福、鮑廷璽，二人領著司球的一人，司琴的一人，司瑟的一人，司管的一人，司鼗鼓的一人，司柷的一人，司敔的一人，司笙的一人，司鏞的一人，司簫的一人，

> 司編鐘的、司編磬的二人；和佾舞的孩子，共是三十六人。──通
> 共七十六人。（第三十七回，頁461）

在之前的段落裡，這些人的活動是在泰伯祠大祭這一條線索之中；大祭之後，吳敬梓採用分敘方式分頭講述各方的情形：

> 又過了幾日，季萑、蕭鼎、辛東之、金寓劉，來辭了虞博士，回揚
> 州去了。馬純上同蘧駪夫到河房裡來辭杜少卿，要回浙江。（第三十
> 七回，頁462）

這段是簡單的分敘，將這些人的去向用三言兩語帶過。接下來則是對杜少卿等人的詳細敘述，順便帶出張鐵臂的結局和武書這個人物。

泰伯祠大祭是書中具有指標性的關鍵事件，這裡的由合到分，實際上是吳敬梓一種由理想到現實的過程。合時的同一線索，是吳敬梓的儒家理想，分後的各個線索，則是現實中的真善美、假惡醜。

（二）由分到合

由分到合的敘述方式指的是兩條線索在同一時間內並行，敘述者以分敘的方式進行講述，然後在某一點上合併，敘述者再次將兩者合在一起講述。例如第十六回〈大柳莊孝子事親，樂清縣賢宰愛士〉中，先寫匡超人離家參加院考：

> 他到府，府考過，接著院考。考了出來，恰好知縣上轅門見學道，
> 在學道前下了一跪，說：「卑職這取的案首匡迥，是孤寒之士，且
> 是孝子。」就把他行孝的事細細說了。學道道：「『士先器識而後辭
> 章。』果然內行克敦，文辭都是末藝。但昨看匡迥的文字，理法雖
> 略有未清，才氣是極好的。貴縣請回，領教便了。」（第十六回，
> 頁213～214）

接著在同一時間點上寫匡超人父親匡太公的情形：

> 話說匡太公自從兒子上府去考，尿屎仍舊在床上。他去了二十多日，
> 就如去了兩年的一般，每日眼淚汪汪，望著門外。那日向他老奶奶
> 說道：「第二個去了這些時總不回來，不知他可有福氣掙著進一個
> 學。這早晚我若死了，就不能看見他在跟前送終！」說著，又哭了。
> （第十七回，頁216）

然後再寫匡大與別人的爭執，一幅市井景象：

> 忽聽門外一片聲打的響，一個凶神的人趕著他大兒子打了來，說在

集上趕集，占了他擺攤子的窩子。匡大又不服氣，紅著眼，向那人亂叫。那人把匡大擔子奪了下來，那些零零碎碎東西，撒了一地，筐子都踢壞了。匡大要拉他見官，口裡說道：「縣主老爺現同我家老二相與，我怕你麼！我同你回老爺去！」太公聽得，忙叫他進來，吩咐道：「快不要如此！我是個良善人家，從不曾同人口舌，經官動府。況且占了他攤子，原是你不是，央人替他好好說，不要吵鬧，帶累我不安！」他那裡肯聽，氣狠狠的，又出去吵鬧，吵的鄰居都來圍著看，也有拉的，也有勸的。正鬧著，潘保正走來了，把那人說了幾聲，那人嘴才軟了。保正又道：「匡大哥，你還不把你的東西拾在擔子裡，拿回家去哩。」匡大一頭罵著，一頭拾東西。（第十七回，頁216）

此時，吳敬梓安排門斗前來報喜，將對匡家家人的敘述和對匡超人的敘述合在了一起：

只見大路上兩個人，手裡拿著紅紙帖子，走來問道：「這裡有一個姓匡的麼？」保正認得是學裡門斗，說道，「好了。匡二相公恭喜進了學了。」便道：「匡大哥，快領二位去同你老爹說。」匡大東西才拾完在擔子裡，挑起擔子，領兩個門斗來家。那人也是保正勸回去了。門斗進了門，見匡太公睡在床上，道了恭喜，把報帖升貼起來。上寫道：「捷報貴府相公匡諱迥，蒙提學御史學道大老爺取中樂清縣第一名入泮。聯科及第。本學公報。」（第十七回，頁217）

幾天後，匡超人回到家中，於是匡超人行跡和匡家狀況兩條線索正式合併在了一起：

直到四五日後，匡超人送過宗師，才回家來，穿著衣巾，拜見父母。嫂子是因回祿後就住在娘家去了，此時只拜了哥哥，他哥見他中了個相公，比從前更加親熱些。潘保正替他約齊了分擇個日子賀學，又借在庵裡擺酒。此番不同，共收了二十多吊錢，宰了兩個豬和些雞鴨之類，吃了兩三日酒，和尚也來奉承。（第十七回，頁217）

這樣的分合法，使得匡超人及第前後其家人對其態度的變化以及他人對匡家態度的變化形成了鮮明的對比，既使得敘述清晰有緒，又深刻地反映了當時世人的勢利嘴臉。

（三）由合到分，再由分到合

在第十三回蓬公孫與馬純上相識之後，敘事線索分成了兩條，一方面是蓬公孫家的丫頭與魯家的僕人宦成在差人的挑唆下，敲詐蓬公孫；一方面是馬純上仗義疏財，解救了蓬公孫的危難。接著吳敬梓透過差人的行動在兩者之間遊說，使兩條線索緊密相連，在問題得到解決之後，又以蓬馬的再次相見使得線索由分到合：

> 蓬公孫從墳上回來，正要去問差人，催著回官，只見馬二先生來候，請在書房坐下，問了些墳上的事務，慢慢說到這件事上來。蓬公孫初時還含糊，馬二先生道：「長兄，你這事還要瞞我麼？你的枕箱現在我下處樓上。」公孫聽見枕箱，臉便飛紅了。馬二先生遂把差人怎樣來說，我怎樣商議，後來怎樣怎樣，「我把選書的九十幾兩銀子給了他，才買回這個東西來，而今幸得平安無事。就是我這一項銀子，也是為朋友上一時激於意氣，難道就要你還？但不得不告訴你一遍。明日叫人到我那裡把箱子拿來，或是劈開了，或是竟燒化了，不可再留著惹事！」（第十四回，頁184）

吳敬梓透過由合到分，再由分到合的分敘方法，將事件的前因後果交待得非常清楚，而且筆端所致，既刻畫了差人的無恥嘴臉，也體現了馬二先生的善良以及他與蓬公孫之間的友誼。

但是，在《儒林外史》中，分敘並不像同時期的其他小說那樣運用廣泛。在《儒林外史》中，一個人物引出另外一個人物出場後，敘述焦點一般就由此而轉向後者，而前者後來的活動則一般不再被提起。例如第十五回馬純上與匡超人分別後，馬純上便退場，敘事焦點轉向了匡超人；第二十回匡超人與牛布衣分手後，匡超人也不再出現，敘事焦點又轉向了牛布衣。因此，在《儒林外史》中，分敘雖然存在，但其分量遠遠不及插敘。

第五章　諷刺的藝術

　　小說中寓譏諷者古已有之，如上古神話與傳說、先秦寓言故事、兩漢史傳文學、魏晉志人志怪小說、唐傳奇和宋元話本，尤其是明代的人情小說，然而，魯迅先生卻認爲這些小說大多像是「私懷怨毒，乃逞惡言，非於世事有不平，因抽毫而抨擊矣」〔註1〕。《儒林外史》是吳敬梓在明代擬話本、傳奇、雜劇和小說的基礎上，以其敏銳的觀察力、豐富的生活體驗和鮮明的愛憎情感寫成的，它是我國文學史上諷刺小說的典範之作。全書借人物的相互關係，寫出了複雜的社會生活面貌，借人物的一言一行細緻地描繪出了人物的內心世界，可謂「嬉笑怒罵皆成篇章」，因此，魯迅在《中國小說史略》中對它作了很高的評價：「迨吳敬梓《儒林外史》出，乃秉持公心，指摘時弊，機鋒所向，尤在士林；其文又感而能諧，婉而多諷；於是說部中乃始有足稱諷刺之書。」〔註2〕

　　所謂「公心」，即作者對於世事的譏諷，並非源於因個人遭遇而產生的對某些人物或社會的激憤，也沒有譁眾取寵、聳人聽聞的用意，而是出於對社會的認知，包含了一種悲憫憂患之情。與「私懷怨毒」相反，「公心諷世」是一種不偏不袒、不帶個人情緒、客觀公正的諷刺態度，目的是借諷刺來達到喚醒人心、懲惡揚善，這也是諷刺小說的主要目的。對此，齊裕焜、陳惠琴所著的《中國諷刺小說史》引言部分對我國的諷刺小說作了界說：「諷刺小說的性質並不讚揚或美化，而在於『貶抑』，通過喻托或揭露的表現方式，希望能達到改正惡行、革新社會的寫作目的；諷刺對象甚爲廣泛，凡人之所作所

〔註1〕　魯迅，《中國小說史略》（北京：人民文學出版社，1975 年 11 月），頁 189。
〔註2〕　魯迅，《中國小說史略》（北京：人民文學出版社，1975 年 11 月），頁 189。

為，只要不合理、不道德都包括在內，但諷刺物件必須值得被批評或抨擊。諷刺語氣主要有兩種：溫和婉曲和嚴厲直斥。」〔註3〕

　　魯迅在〈什麼是「諷刺」〉（1935 年）一文中對於諷刺藝術的內涵，作了總體揭示：「我想：一個作者，用了精煉的，或者簡直有些誇張的筆墨——但自然也必須是藝術地——寫出或一群人的或一面的真實來，這被寫的一群人，就稱這作品為『諷刺』。」《儒林外史》正是由於真實而無情地揭示了封建社會裡形形色色的「無行文人」，剖析了在科舉制度毒害下，各類知識份子的精神面貌，對當時的官僚制度、人倫關係，甚至整個社會風尚，作了無情的揭露和辛辣的諷刺。全書五十六回，不到四十萬字，作者吳敬梓運用不同的諷刺手法，「寫出性格鮮明，令人不忘的人物近二百個，主要的人物有五六十個」〔註4〕，取得了巨大的藝術成就，所以魯迅才把《儒林外史》推崇為中國小說史上第一部完全成熟的長篇諷刺小說。

第一節　開門見山

　　開門見山的諷刺手法就是以直言不諱、毫不含糊的態度對所描寫的人物或事物進行諷刺性描寫或者評論。開門見山這種諷刺技巧，與禪宗流行的「當頭棒喝」教法相似。禪宗認為佛法不可思議，開口即錯，用心即乖。所以，當禪師們在教誨初學者之時，常常採用一言不發地當頭一棒，或者大喝一聲，或者「棒喝交馳」等方式，提出問題讓其回答，藉以考驗其悟境，打破初學者的執迷，「棒喝」因之成為佛門特有的施教方式。《儒林外史》中吳敬梓對筆下人物和事件的諷刺採取了開門見山的迎頭痛擊方式，也寄託著他對當時社會中那些不自知、不知時事人物的一種頓悟的希冀。所以，在這個層面上而言，《儒林外史》中開門見山式的諷刺與禪宗的當頭棒喝是有著異曲同工之妙的。

　　開門見山是一種直接的諷刺技巧，作者運用冷嘲熱諷，一方面可以帶出嘲諷的宗旨，另一方面也能貶低或者抨擊諷刺物件，使得其改過自新，從而達到懲惡揚善的目的。就諷刺效果而言，這種開門見山式的諷刺和批評，最

〔註3〕　齊裕焜、陳惠琴，《中國諷刺小說史》（瀋陽：遼寧人民出版社，1993 年 5 月），頁 13。
〔註4〕　吳組緗，〈《儒林外史》的思想與藝術〉，收入李漢秋主編，《《儒林外史》研究論文集》（北京：中華書局，1987 年 9 月），頁 38。

能直接達到辛辣嘲諷的目的，每每使人讀畢大呼過癮。在對書中人物當頭棒喝的諷刺之時，也不禁讓讀者有一種頓悟之感，從而使諷刺不但對人物和事件的針砭產生作用，也引導讀者去深思和反省。開門見山式的諷刺在《儒林外史》一書中常常以以下三種方式出現：

一、透過直接貶斥，對人物開門見山的諷刺

　　吳敬梓生活的時代，傳統封建社會已經進入了末世，資本主義經濟萌芽。社會上滿目瘡痍，敗象叢生；特別是經過清初大家的批判和啟蒙，憂患意識甚至危機意識籠罩在知識份子乃至不同社會階層人們的心頭。吳敬梓處於這樣的社會中，看到了絕望和衰敗，嘲笑醜陋和不合理的事物，但是卻又找不到出路，看不到希望，於是難免就有些灰心失望。因此，他「對否定人物的諷刺，有時透過作品中正面人物的言談表現出來，有時卻又直接以作者的身分加以斥責」。在《儒林外史》中，吳敬梓對市儈、戲子、和尚、道士、商人、假名士、偽道學和官僚等常常諷刺有加，隨時予以辛辣的嘲諷和鞭撻。對於這些人，吳敬梓不屑用曲筆拐彎抹角地表達諷刺之意，而是每每採用開門見山的方式，尤其當作者的筆觸到了他所極端厭惡和反感的人和事時，往往會表現得好像失去了「冷靜」而極盡嬉笑怒罵、挖苦揶揄之能事。吳敬梓就是以這種筆觸來給黃老爹、錢麻子、嚴貢生、王仁、王德之流的卑劣小人畫像的。

　　首先，對於偽道學的讀書人的諷刺，吳敬梓毫不留情面。八股制藝是籠絡士子，箝制文化，禁錮思想，腐蝕人心的主要方法，「特別是在康熙、雍正和乾隆三朝，也就是吳敬梓生活著的年代，復古思潮運動的影響隨著先輩大師的凋謝與滿清統治的鞏固而益趨淡薄，這是八股制藝最猖獗的年代，是滿清統治者的罪惡政策取得勝利果實的年代，是文化思想重又回到黑暗的年代，也是一般士子們墮落無恥、喪心病狂的年代」〔註5〕。書中塑造了多個這樣的偽道學讀書人的形象。

　　《儒林外史》開篇不久，吳敬梓就以直露辛辣的筆鋒猛烈地抨擊了嚴貢生這個橫行鄉里的所謂「讀書人」的種種醜行，言語之間我們可以感受到吳敬梓對這種斯文敗類的抑制不住的、毫不掩飾的極度憎惡。如第六回嚴監生

〔註5〕　吳組緗，〈《儒林外史》的思想與藝術〉，收入李漢秋主編，《《儒林外史》研究論文集》（北京：中華書局，1987年9月），頁19。

爲其兄嚴貢生了結官司後病死了，嚴貢生卻安然回鄉，大言不慚地說：「豈但二位親翁，就是我們兄弟一場，臨危也不得見一面。但自古道：『公而忘私，國而忘家。』我們科場是朝廷大典，你我爲朝廷辦事，就是不顧私親，也還覺得於心無愧。」剛宣講完道學大義，他就趁兄弟屍骨未寒之際，打上門去，要搶遺產。嚴貢生在船上吃的是雲片糕，可是非要說「費了幾百兩銀子合了這一料藥，是省裡張老爺在上黨做官帶了來的人參，周老爺在四川做官帶了來的黃連」，存心訛詐船家力資的無賴行徑，甚至連「搬行李的腳子也瞞不過」，但他卻振振有詞地倒打一耙。嚴貢生卑污的心靈、無恥的行徑，立刻在字裡行間給形象化、立體化了。

王德、王仁兩人的名字已經暗含譏刺，即「亡德」、「亡仁」之意。他們自稱「我們念書的人，全在綱常上做功夫」，在妹夫嚴監生議立偏房的時候，「把臉本喪著，不則一聲」，等到嚴監生給他們每人一百兩銀子的時候，他們馬上表示擁護，並且表示「這事須要大做」，「義形于色的去了」。只因爲得到了嚴監生的好處，他們甚至在親妹未死、只是發昏去了之時，即迫不及待地要將趙氏扶正，家裡的奴僕「黑壓壓的幾十個人，都來磕了主人、主母的頭」（第五回），這種場面就是對兩位娘家人的最辛辣無情的嘲諷。吳敬梓把握住了他們的讀書人身分，從而將假道學爲代表的虛僞之風和八股取士的科舉制結合在一起批判；表面上是對道學之士的諷刺，但實際上矛頭是直接指向製造了這種虛僞之風的科舉制度的。

其次，假名士尤其是吳敬梓深惡痛絕的對象，他們依附達官貴人和富商巨賈，同時又自命清高，賣弄風雅。醜的本質是內在的空虛和無意義，但它卻要自炫爲美，是醜而假裝或以爲美；結果，他們總是弄巧成拙，越是掩飾，就越是暴露，欲蓋彌彰。他們不但暴露出來了真正醜露的面目，而且還常常大吃苦頭，遭到生活的應有懲罰。

他們既無真才實學，也無品格操守，是社會上的寄生蟲。如第十二回的假名士權勿用，諧音「全無用」。出身農家的他自從讀了書，就成了個「不中用的貨，又不會種田，又不會作生意，坐喫山崩，把些田地都弄的精光。足足考了三十多年，一回縣考的覆試也不曾取。他從來肚裡也莫有通過」，「每年應考混著過也罷了」，後來受到楊執中的教唆和蠱惑，立志要做一個名士高人，書也不讀了，「只在村坊上騙人過日子」。權勿用還常常念著幾句動聽的歌詞給人聽：「我和你至交相愛，分甚麼彼此，你的就是我的，我的

就是你的。」可是，當楊執中的兒子楊老六拿了他五百錢去賭，並用他平日所唱的歌詞來反駁他。他卻馬上顧不得「高人」、「名士」的面目，「氣的眼睜睜，敢怒而不敢言，眞是說不出來的苦」，從此遂與楊執中不合。

權勿用的母親死後，他無論是在家守孝，還是應邀出門，天天「穿著一身白，頭上戴著高白夏布孝帽」，打扮成一幅孝子的模樣，甚至應邀到湖州，「衣服也不換一件」，進城後不認路還「一味橫著膀子亂搖。恰好有個鄉裡人在城裡賣完了柴出來，肩頭上橫揹著一根尖扁擔，對面一頭撞將去，將他的個高孝帽子橫挑在扁擔尖上。鄉裡人低著頭走，也不知道，揹著去了。他吃了一驚，摸摸頭上，不見了孝帽子。望見在那人扁擔上，他就把手亂招，口裡喊道：『那是我的帽子！』鄉裡人走的快，又聽不見。他本來不會走城裡的路，這時著了急，七手八腳的亂跑，眼睛又不看著前面。跑了一箭多路，一頭撞到一頂轎子上，把那轎子裡的官幾乎撞了跌下來。那官大怒，問是甚麼人，叫前面兩個夜役一條鏈子鎖起來」。這可以說是吳敬梓對這個假名士的莫大戲弄和揶揄。他以「襟懷沖淡的眞儒」自居，實則以「趨炎附勢、求乞權門、詐騙財物」爲業，透過對其言行反差的描寫，讓人物用自己的行動去否定自己的謊言，因而諷刺效果顯得特別辛辣和尖刻有力。

西湖名士支劍鋒喝醉了酒，口口聲聲稱：「誰不知道我們西湖詩會的名士！況且李太白穿著宮錦袍，夜裡還走，何況纔晚？放心走！誰敢來？」然而正當他正在手舞足蹈高興之際，「忽然前面一對高燈，又是一對提燈，上面寫的字是『鹽捕分府』。那分府坐在轎裡，一眼看見，認得是支鍔，叫人采過他來，問道：『支鍔！你是本分府鹽務裡的巡商，怎麼黑夜喫得大醉，在街上胡鬧？』支劍峰醉了，把腳不穩，前跌後撞，口裡還說：『李太白宮錦夜行。』那分府看見他戴了方巾，說道：『衙門巡商，從來沒有生、監充當的，你怎麼戴這個帽子！左右的，摑去了！』一條鏈子鎖起來！」（第十八回）這可謂現世報，在興頭上給他澆了冷水，現出了原形，直接諷刺了假名士的醜陋嘴臉。

再者，官僚是科舉制度的受益者，但在吳敬梓筆下，他們卻多是不學無術，昏庸無能之流。周進苦讀了大半輩子，卻對八股制藝仍不甚「會通」。他做廣東學道主持院試閱卷時，第一遍讀到范進的試卷，雖然「用心用意」，但認爲「這樣的文字，都說的是些甚麼話！怪不得不進學」。第二遍，「從頭至尾又看了一遍，覺得有些意思」。看到第三遍時，竟然喟然而歎：「這樣文字，連我看一兩遍也不能解，直到三遍之後，才曉得是天地間之至文，眞乃一字

一珠！可見世上糊塗試官，不知屈煞了多少英才！」於是「忙取筆細細圈點，卷面上加了三圈，即填了第一名」。最為嚴肅的科舉考試在周進那裡，竟然毫無準則可言，一方面諷刺了周進的不學無術，另一方面也諷刺了這種考試制度的荒謬。最荒謬的是身為學道奉欽命各地主考的范進，卻竟然連蘇軾是那朝人都不知道，可謂又是一筆絕大的譏諷。

王惠在書中是由於「才能幹濟」而受到重用的，是封建社會典型的能臣幹吏，然而他的這種所謂「才能」卻突出表現在善於理財。就任南昌太守之初，他就因為「交盤的事」和前任太守蘧祐發生了齟齬，直到迫使蘧祐拿出來「歷年所積俸餘」兩千餘金之後，才答應出結。後來，他向蘧景玉請教：「地方人情，可還有甚麼出產？詞訟裡可也略有些甚麼通融？」並念念不忘「三年清知府，十萬雪花銀」的抱負，為自己的搜刮作準備。當蘧公子譏刺今後衙門中將充滿「戥子聲、算盤聲、板子聲」，「王太守並不知這話是譏誚他，正容答道：『而今你我替朝廷辦事，只怕也不得不如此認真。』」，可謂既無知又無恥了。他「果然聽了蘧公子的話，釘了一把頭號的庫戥，把六房書辦都傳進來，問明了各項內的餘利，不許欺隱，都派入官，三日五日一比。用的是頭號板子。把兩根板子拿到內衙上秤，較了一輕一重，都寫了暗號在上面。出來坐堂之時，吩咐叫用大板，皂隸若取那輕的，就知他得了錢了，就取那重板子打皂隸」，直到最後，「這些衙役百姓，一個個被他打得魂飛魄散。合城的人，無一個不知道太爺的利害，睡夢裡也是怕的。因此，各上司訪聞，都道是江西第一個能員。做到兩年多些，各處薦了」（第八回）。可見，被上級看重的、受朝廷重用的，恰恰是這種能讓百姓知道「利害」、「睡夢裡也是怕的」、善於搜刮百姓錢糧的官員。在對官僚諷刺的同時，也深刻揭示出了官僚、上司、朝廷與百姓的尖銳對立之勢。

最後對於鄉紳、市儈和戲子的譏刺吳敬梓也不遺餘力。五河縣一個姓彭的人家中了幾個進士，選了兩個翰林，於是全縣的人都去奉承、親近。在描述這些情形的時候，吳敬梓一連用了「幾個沒廉恥不才的」、「不顧祖宗臉面的」、「獸而無恥的」、「奸滑的」等詞來形容當地自以為清高的鄉紳，最後意猶未盡，下了句「其風俗惡賴如此」的評語，可謂疾言厲色（第四十四回）。而作為典型市儈的胡屠戶，女婿中舉拿五千錢來賀，范進叫妻子用兩錠銀子回敬，這本是人情常理，但發生在范進中舉之後，吳敬梓在詞語上就用得很講究：胡屠戶接銀後用「『攥』在手裡緊緊的」，虛與委蛇用「把拳頭『舒』

過來」，收銀用「縮」，藏銀用「揣」，活脫脫畫出胡屠戶言不由衷和視銀如命的性格特徵。胡屠戶用言過其實的話吹捧張老爺富有，用極粗鄙的話罵小兒子，用極好聽的話討好范進，真可謂入木三分地刻畫和諷刺了他的庸俗、低陋和勢利（第三回）。

　　吳敬梓對那種急於洗白自己的戲子的嘲諷更是聲色俱厲，如第二十四回中對黃老爹的描寫：「頭戴浩然巾，身穿醬色綢直裰，腳下粉底皂靴，手執龍頭拐杖，走了進來。」對這一番打扮的人，吳敬梓借「鮑文卿道：『像老爹拄著拐杖，緩步細搖，依我說，這「鄉飲大賓」就該是老爹做！』又道：『錢兄弟，你看老爹這個體統，豈止像知府告老回家，就是尚書、侍郎回來，也不過像老爹這個排場罷了！』那老畜生不曉的這話是笑他，反忻忻得意。」黃老爹「不做戲子」之後，穿戴起士紳衣著，頗引起恪守上尊下卑封建秩序的鮑文卿的不滿，諷刺他說：「這『鄉飲大賓』，就該是老爹做！」這種冷諷一轉到吳敬梓口中，則直斥黃老爹為「老畜生！」在小說中人物的冷諷與作者的熱嘲層出迭見，相映成趣，這也增強了作品的諷刺效果。

　　此外，吳敬梓有時候還透過人物的自報家門，來進行開門見山的諷刺。小說中有一部分人物喜歡吹噓自己，但又各有不同的特點、神氣和韻味，如「胡屠戶是毫不掩飾的無恥，匡超人是無知而且愚蠢，杜慎卿在吹噓中滿足自我欣賞，張鐵臂則吹得慷慨悲壯，胖子與瘦子吹捧危素顯得分外無聊」〔註6〕。第二十六回王太太為了顯示自己的高貴，說：「我頭上戴著黃豆大珍珠的拖掛，把臉都遮滿了，一邊一個丫頭拿手替我分開了，纔露出嘴來喫他的蜜餞茶。」她原以為是在誇耀自己的高貴，實際上卻誇張了自己身上的不協調：不但沒有這樣的吃茶法，就是有，與其是享受，不如說是找罪受，越是誇張，就越顯得其淺薄無知，只能招來嘲笑。

　　吳敬梓有時還引用俗語、諺語和歇後語來進行開門見山的諷刺。如第四十七回中寫虞華軒對五河縣的惡俗，引用民俗語句道：「五河的風俗：說起那人有品行，他就歪著嘴笑；說起前幾十年的世家大族，他就鼻子裡笑；說那個人會做詩賦古文，他就眉毛都會笑。問五河縣有甚麼山川風景，是有個彭鄉紳；問五河縣有甚麼出產希奇之物，是有個彭鄉紳；問五河縣那個有品望，是奉承彭鄉紳；問那個有德行，是奉承彭鄉紳；問那個有才情，是專會奉承

〔註6〕　傅繼馥，〈論《儒林外史》語言的藝術風格〉，《江淮論壇》1980年第4期，頁73～80。

彭鄉紳。」可謂既形象又生動，令人印象深刻；而借用俗語對官府直接諷刺，如「三年清知府，十萬雪花銀」（第八回），「錢到公事辦，火到豬頭爛」（第十三回），「死知府不如一個活老鼠」（第十八回）等；有時藉由日常生活的體驗說出寓意深刻的道理進行諷刺，如「一斗米養個恩人，一石米養個仇人」（第二十二回），「啞叭夢見媽，說不出的苦」（第五十四回）等；有時則在對話中用了一連串的諺語和歇後語進行直接諷刺，如第十四回差人向馬二先生勒索時，一連用了「瞞天討價，就地還錢」、「戴著斗笠親嘴，差著一帽子」、「老鼠尾巴上害癤子，出膿也不多」、「打開板壁講亮話」、「秀才人情紙半張」等歇後語，這些民間俗語的巧妙運用，直接諷刺了差人見錢眼紅的貪婪性格，既顯得形象生動，又體現出了明朗的幽默諷刺的特點。

　　總之，「《儒林外史》描寫無惡不作、令人可憎的官僚、吏胥、鄉紳、土豪是不多的，而描寫得比較多的乃是當時惡劣風氣影響之下，忘本失真，由利慾薰心而沉淪迷陷、而蠅營狗苟、而喪倫敗行的各種類型的讀書士子，他們是可笑而可悲的一群」〔註7〕。吳敬梓在書中對他們冷嘲熱諷，真的是「嬉笑怒罵，皆成文章」。

二、透過書中人物的觀察和評論，進行開門見山的諷刺

　　吳敬梓對人物的諷刺，不直接下評語，而是透過作品中正面人物或旁觀者的觀察和言談表現出來，進行開門見山的諷刺。

　　第一，是讓人物用自己的行動去否定自己的謊言，使冠冕堂皇的言辭與卑鄙猥瑣的行動形成鮮明對照，造成強烈的諷刺效果。第四回嚴貢生初逢張靜齋，就竭力吹噓：「實不相瞞，小弟只是一個為人率真，在鄉里之間，從不曉得占人寸絲半粟的便宜，所以歷來的父母官都蒙相愛。」話音剛落，「一個蓬頭赤足的小使走了進來，望著他道：『老爺，家裡請你回去。』嚴貢生道：『回去做甚麼？』小廝道：『早上關的那口豬，那人來討了，在家裡吵哩。』嚴貢生道：『他要豬，拿錢來！』小廝道：『他說豬是他的。』嚴貢生道：『我知道了。你先去罷，我就來。』」很快，強佔鄰居的豬，無理強討利錢的事實，便將他為自己臉上塗的脂粉抹了個一乾二淨。透過小廝的話語引起，以

〔註7〕　趙齊平，〈喜劇性的形式、悲劇性的內容——淺談《儒林外史》的諷刺藝術〉，收入李漢秋，《《儒林外史》研究論文集》（北京：中華書局，1987年9月），頁435～443。

子之矛攻子之盾的描寫方法，所取得的諷刺效果是鋒利和尖銳的。

　　吳敬梓對形形色色的假道學、偽道學作了最深刻、最有力的批判，尤其對於不守孝道的行為，吳敬梓從儒家基本理念出發，對他們作了辛辣的嘲諷。如權勿用「居喪不飲酒」，但「肴饌也還用些」；荀玫想匿喪不報，周司業、范通政兩位老師都說「可以酌量而行」，都反映了這些號稱聖人門下的儒生的虛偽和醜陋。又如對於張靜齋與湯知縣、范進三人談論本朝典故一事：

> 張靜齋道：「老世叔，這話斷斷使不得的了！你我做官的人，只知有皇上，那知有教親？想起洪武年間，劉老先生……」湯知縣道：「那個劉老先生？」靜齋道：「諱基的了。他是洪武三年開科的進士，『天下有道』三句中的第五名。」范進插口道：「想是第三名？」靜齋道：「是第五名。那墨卷是弟讀過的，後來入了翰林。洪武私行到他家，就如『雪夜訪普』的一般。恰好江南張王送了他一罐小菜，當面打開看，都是些瓜子金。洪武聖上惱了，說道：『他以為天下事都靠著你們書生！』到第二日，把劉老先生貶為青田縣知縣，又用毒藥擺死了。這個如何了得！」知縣見他說的口若懸河，又是本朝確切典故，不由得不信。（第四回，頁58）

張靜齋在范進和湯知縣面前詡詡其談，將宋朝趙匡胤雪夜訪趙普的事，張冠李戴到明朝朱元璋、劉基身上，范、湯二人還聽的津津有味，吳敬梓未作一字評論，卻將他們的孤陋寡聞揭示出來。由此也可以看出來那些中舉之人的才學多麼虛假，言談多麼做作。吳敬梓透過言行對照來進行嘲諷，也增強了文章敘述的客觀性和可信性。

　　第二，借用別人的評論，進行開門見山的諷刺。第四十七回大鹽商方六老爺送老太太入節孝祠，祭禮剛剛結束，他與一個賣花牙的婆子在閣上看執事。「方六老爺拿手一宗一宗的指著說與他聽。權賣婆一手扶著欄杆，一手拉開褲腰捉蝨子，捉著，一個一個往嘴裡送。余大先生看見這般光景，看不上眼，說道：『表弟，我們也不在這裡坐著喫酒了。把祭桌抬到你家，我同舍弟一同到你家坐坐罷。還不看見這些惹氣的事。』便叫挑了祭桌前走。他四五個人一路走著。在街上，余大先生道：『表弟，我們縣裡，禮義廉恥，一總都滅絕了！也因學宮裡沒個好官！若是放在南京虞博士那裡，這樣事如何行的去！』」祭祀本來是神聖莊嚴的事情，何況還是自己的母親，而方鹽商和權賣婆卻如此放蕩無禮，不顧廉恥。吳敬梓借用余大先生一句「禮義廉恥，一

總都滅絕了」作了強烈的嘲諷。

一語破的，就是讓反面人物一出場，就一本正經的講大話或講假話，然後輕輕一點，就露出蛛絲馬跡，從而達到刺其奸邪的目的。如第四回嚴貢生對范進、張靜齋二人講到高要縣湯公：

> 嚴貢生道：「湯父母爲人廉靜慈祥，眞乃一縣之福！」張靜齋道：「是，敝世叔也還有些善政麼？」嚴貢生道：「老先生，人生萬事，都是個緣法，眞個勉強不來的。湯父母到任的那日，敝處闔縣紳衿公搭了一個彩棚，在十里牌迎接。弟站在彩棚門口，須臾鑼、旗、傘、扇、吹手、夜役，一隊一隊都過去了。轎子將近，遠遠望見老父母兩朵高眉毛、一個大鼻樑、方面大耳，我心裡就曉得是一位豈弟君子。」（第四回，頁 55）

嚴貢生讚揚湯知縣「爲人廉靜慈祥，眞乃一縣之福」，接著就說湯公到任那日，該縣搭彩棚迎接，鑼鼓喧天，傘扇蔽日，吹手、夜役一隊又一隊，如此浩大聲勢，鋪張浪費，「廉」在哪裡？「靜」在何處？且看他的辯護與心虛：

> （嚴貢生）「湯父母容易不大喜會客，卻也凡事心照。就如前月縣考，把二小兒取在第十名，叫了進去，細細問他從的先生是那個，又問他可曾定過親事，著實關切！」范舉人道：「我這老師看文章是法眼。既然賞鑒令郎，一定是英才，可賀。」嚴貢生道：「豈敢，豈敢。」又道：「我這高要是廣東出名縣分，一歲之中，錢糧耗羨，花、布、牛、驢、漁、船、田、房稅，不下萬金。」又自拿手在桌上畫著，低聲說道：「像湯父母這個做法，不過八千金。前任潘父母做的時節，實有萬金。他還有些枝葉，還用著我們幾個要緊的人。」說著，恐怕有人聽見，把頭別轉來望著門外。（第四回，頁 56）

湯父母不喜會客，卻凡事關照，可謂一語道破了天機。嚴貢生家的二小子進學後，他緊接著叫到後室問師出那門，其矛盾昭然若揭。「凡事關照」刺穿了「不喜會客」的邏輯，「叫到後室攀問」揭出了官場的黑暗。嚴貢生依靠「厚賄」巴結權貴，湯知縣借問話來籠絡人心，拉攏關係。嚴貢生邊講邊自駁，譏諷之力可謂入木三分。於是，最後結果終究揭發了：「湯父母一年下來私斂到手的銀兩才八千，而前任潘父母卻能斂到一萬。」只此一句，封建社會官場上的腐敗就被暴露無遺，嚴貢生心目中的父母官就是能接納他的賄賂，且幫他辦事的斂財高手、搜刮民脂民膏成性的貪官，這就是他認知的「廉靜」

和「慈祥」所在。

第三，透過別人的觀察進行諷刺。在第三回描寫范進中舉一章中，吳敬梓不動聲色，不出面解說，也不作主觀的評論，只透過人物言行舉止的相互矛盾，自己出自己的洋相。范進中舉後，退職的張知縣師陸隨即來拜，既送銀子，又送房子，頗爲慷慨。但吳敬梓卻借僧官之口：「張家是什麼有意思的人！」來一語點出他的爲人。後來他邀范進去湯奉處打秋風，湯奉受到帖子，對「張世兄屢次來打秋風，甚是可厭」，但因爲同著「門生范進」前來，「不好回他」。這在對張鄉紳爲人的評價時，也交代出了他向范進送銀子和送房子只是一種手段，同樣帶著不可告人的目的。

在第四回中對「范進吃蝦元」的一段描寫，吳敬梓一方面寫范進「退前縮後」，不肯使用奢華的杯箸，以表示范進恪守孝道：「知縣安了席坐下，用的都是銀鑲杯箸。范進退前縮後的不舉杯箸，知縣不解其故。靜齋笑道：『世先生因尊制，想是不用這個杯箸。』知縣忙叫換去，換了一個磁杯、一雙象牙箸來，范進又不肯舉。靜齋道：『這個箸也不用。』隨即換了一雙白顏色竹子的來，方才罷了。」另一方面又寫了東道主湯知縣對這件事的觀察和心理活動：「知縣疑惑他居喪如此盡禮，倘或不用葷酒，卻是不曾備辦。落後看見他在燕窩碗裡揀了一個大蝦元子送在嘴裡，方才放心。」這就把范進的虛僞做作活脫脫地表現出來了！文字顯得既平實又自然，毫無雕飾的痕跡，其效果正如魯迅先生在〈什麼是「諷刺」〉中所說的：「是公然的，也是常見的，平時是誰都不以爲奇的，而且自然是誰都毫不注意的。不過事情在那時已經是不合理，可笑，可鄙，甚而至於可惡。但這麼行下來了，習慣了，雖在大庭廣眾之間，誰也不覺得奇怪；現在給它特別一提，就動人。」〔註8〕

胡屠戶曾誇口許多大戶人家向其女兒求婚，但他女兒相貌究竟如何，吳敬梓藉由她鄰居的觀察進行了交代：「何美之渾家說道：『范家老奶奶，我們自小看見他的，是個和氣不過的老人家。只有他媳婦兒，是莊南頭胡屠戶的女兒，一雙紅鑲邊的眼睛，一窩子黃頭髮，那日在這裡住，鞋也沒有一雙，夏天靸著個蒲窩子，歪腿爛腳的。而今弄兩件『屍皮子』穿起來，聽見說做了夫人，好不體面！」（第四回）「一雙紅鑲邊的眼睛，一窩子黃頭髮」、「夏天靸著個浦窩子，歪腿爛腳的」，原來竟是這樣的一幅容貌，那裡會有「多少

〔註8〕　魯迅，〈什麼是「諷刺」〉，《且介亭雜文集》，收入《魯迅全集》（北京：人民
　　　　文學出版社，1958 年 10 月），頁 45。

有錢的富戶」爭著給提親！此外，范進的夫人即使因為夫貴妻榮，當了很有體面的官夫人，在何美之渾家的眼裡，也還不過是「弄兩件『屍皮子』穿起來」而已。從中我們可以看出來，原來胡屠戶所說的都是一派胡言，順手給予胡屠戶強而有力的一刺。

第四，讓人物相互攻訐，從而相互揭老底，也是吳敬梓開門見山的諷刺手法之一。在第六回描述嚴監生遺產繼承問題上，王德、王仁兄弟曾和嚴貢生有一場較量。王德、王仁用「湯父母前次入簾，都取中了些『陳貓古老鼠』的文章，不入時目」來譏諷嚴貢生筆下乾枯，沒有才氣。嚴貢生自然也不相讓，反唇相譏：「這倒不然，才氣也須是有法則。假若不照題位，亂寫些熱鬧話，難道也算有才氣不成？」並且明明知道兩人都是在周進「手裡都考的是二等」，於是就對周進竭力頌揚：「就如我這周老師，極是法眼，取在一等前列都是有法則的老手，今科少不得還在這幾個人內中。」譏刺了二王的文章筆下雜亂無章。藉由雙方的針鋒相對，從而達到了相互揭醜、互暴其短的目的。

但是有時候攻擊別人，卻反而暴露了自己的淺薄無知。衛體善、隨岑庵兩位制義選家對同為選家的馬純上既嫉妒又憎恨，於是加以攻擊：「正是他把個選事壞了！他在嘉興蘧坦庵太守家走動，終日講的是些雜學。聽見他雜覽倒是好的，于文章的理法，他全然不知，一味亂鬧，好墨卷也被他批壞了。所以我看見他的選本，叫子弟把他的批語塗掉了讀。」（第十八回）而事實正與此相反，馬二先生的選本在杭州城隍廟附近書肆中有賣，而他們自己的選作卻不見有刊刻——這正暴露出了他們的淺薄無知和低於馬二先生的跳樑小丑面目。

第五，有時吹捧也是一種妙趣橫生的直接諷刺。西湖名士集會賦詩，衛體善、隨岑庵兩位「二十年的選家」自視很高，目空一切，眾名士也對他們頂禮膜拜。做完詩後，吳敬梓透過匡超人的視角評論道：「及看那衛先生、隨先生的詩，『且夫』、『嘗謂』都寫在內，其餘也就是文章批語上采下來的幾個字眼。拿自己的詩比比，也不見得不如他。」（第十八回）被吹捧的不怎麼樣，吹捧者的才情也就不必提及了。

而有時為了恭維，無意中卻產生了「揭瘡疤」的反效果。第二十三回在萬雪齋宴席上，許多鹽商爭相誇美自己的家鄉徽州，「萬雪齋道：『這話不錯。一切的東西，是我們徽州出的好。』顧鹽商道：『不但東西出的好，就是人

物，也出在我們徽州。』」正在熱鬧之極，清客牛玉圃也向主人獻媚，「問道：
『雪翁，徽州有一位程明卿先生是相好的麼？』萬雪齋聽了，臉就緋紅，一
句也答不出來。牛玉圃道：『這是我拜盟的好弟兄，前日還有書子與我，說
不日就要到揚州，少不的要與雪翁敘一敘。』萬雪齋氣的兩手冰冷，總是一
句話也說不出來。顧鹽商道：『玉翁，自古「相交滿天下，知心能幾人！」
我們今日且吃酒，那些舊話也不必談他罷了。』當晚勉強終席，各自散去。」
因爲牛玉圃無意之中抖出了萬雪齋的老底：原來萬雪齋「是程明卿家管家，
最怕人揭挑他這個事」。這正是吳敬梓的巧妙安排，讓其他人物在無意中「洞
穿」和「否定」了人物，從而達到了冷水澆頭般的諷刺效果。

三、透過形象描寫和對話描寫，對人物開門見山的諷刺

有時候吳敬梓沒有直接貶斥，也沒有借文中人物的觀察和評論進行諷
刺，不顯山不露水的，只是寓褒貶於形象描寫之中，透過對人物白描性的介
紹，表明了自己的憎惡或者諷刺之意。

白描的基礎是對表現事物作真實、客觀和具體的描寫，這是傳統諷刺藝
術中經常採取的方法。諷刺性的白描手法，貫穿《儒林外史》全書，尤其集
中於小說的前半部分，很少出現有吳敬梓主觀色彩的字眼。如第二十九回在
描寫杜慎卿出場之時，「穿著鶯背色的夾紗直裰，手搖詩扇，腳踏絲履，走了
進來。三人近前一看，面如傅粉，眼若點漆，溫恭爾雅，飄然有神仙之概」；
又說他「這人是有子建之才，潘安之貌，江南數一數二的才子」。這貌似讚美
的語言，卻又接寫他在雨花臺上「太陽地裡看見自己的影子，徘徊了大半日」
顧影自憐的形態，二者之間的褒貶形成了反差，也就給人以「前文不過是一
種反諷表達」的感覺。

造作就是虛僞與虛榮，虛榮使人不以本來面目示人，而用面具來贏得別
人的讚許。如第十二回「名士大宴鶯脰湖」中對盛會的敘述：「當下牛布衣吟
詩，張鐵臂擊劍，陳和甫打鬧說笑，伴著兩公子的雍容爾雅，蘧公孫的俊俏
風流，楊執中的古貌古心，權勿用的怪模怪樣：眞乃一時之勝會。」從對這
種「盛會」的描述中，我們可以感受到吳敬梓挖苦之情，實乃溢於言表。

《儒林外史》第二回對夏總甲的描寫是「兩隻紅眼邊，一副鍋鐵臉，幾
根黃鬍子，歪戴著瓦楞帽，身上青布衣服就如油簍一般，手裡拿著一根趕驢
的鞭子。走進門來，和眾人拱一拱手，一屁股就坐在上席」，出場就是一副街

痞嘴臉。在與村人談論之時，他只管拿著拳頭捶腰，賣弄道：「俺如今到不如你們務農的快活了！想這新年大節，老爺衙門裡，三班六房，那一位不送帖子來？我怎好不去賀節？每日騎著這個驢，上縣下鄉，跑得昏頭暈腦。打緊又被這瞎眼的亡人在路上打個前失，把我跌了下來，跌得腰胯生疼。」吳敬梓卻透過其他人的附會和對話，進一步地剝其虛偽外衣。申祥甫道：「新年初三，我備了個豆腐飯邀請親家，想是有事不得來了？」夏總甲道：「你還說哩！從新年這七八日，何曾得一個閑？恨不得長出兩張嘴來，還喫不退。」吳敬梓對夏總甲沒有一句貶詞，甚至沒有諷刺的字眼，但字裡行間都是在刻畫和描寫他的炫耀神氣，活生生畫出了小人得志的嘴臉。

又如第二十回匡超人與牛布衣的對話，也是綿裡藏針。先寫匡超人自吹自擂道：「我的文名也夠了。自從那年到杭州，至今五六年，考卷、墨卷、房書、行書、名家的稿子，還有《四書講書》、《五經講書》、《古文選本》──家裡有個帳，共是九十五本。弟選的文章，每一回出，書店定要賣掉一萬部，山東、山西、河南、陝西、北直的客人都爭著買，只愁買不到手。還有個拙稿，是前年刻的，而今已經翻刻過三副板。不瞞二位先生說，此五省讀書的人，家家隆重的是小弟，都在書案上，香火蠟燭，供著『先儒匡子之神位』。」洋洋得意之時，偏偏客人牛布衣笑著說：「先生，你此言誤矣！所謂『先儒』者，乃已經去世之儒者。今先生尚在，何得如此稱呼？」揭了他的底。不想匡超人卻「紅著臉」辯解說：「不然！所謂『先儒』者，乃先生謂也！」甚至還跟上一句：「小弟的選本，外國都有的！」牛布衣的話刺破了匡超人的虛偽面貌，而他越辯解就愈見其淺薄無知。透過對話和形象的刻畫，用客觀描述去暴露人物的真面目，反而顯得更為辛辣有力。

臥閑草堂評論多次指出，《儒林外史》「直書其事」這一諷刺技巧的形成，是深得《史記》筆法，如「作者以史漢才作為稗官」；「非深於《史記》筆法者，未易辦此」；「即令龍門執筆為之，恐亦不能遠過乎此」（一、二、五回評）等。這種筆法在吳敬梓手中運用的最為純熟，也是《儒林外史》諷刺藝術的最高體現。

關於吳敬梓對有些人物開門見山的諷刺，吳組緗先生有很精闢的分析，謹作為本節的結語：「作者還一貫地表露一種態度，就是對於『舊家』和老年人總懷著好感，而對於暴發戶和青年新貴總表示憎惡鄙視，給以嘲笑與挖苦。這不能單純瞭解為守舊或落後意識。因為在作者的時代，凡是『舊家』總是

在明代就發達起來的，凡老年人總是明代的遺民，在作者眼裡他們總是保有較爲淳厚篤實的家風和性格；而暴發戶和新貴，都是在滿清統治下才飛黃騰達的，他們一得意，就忘了根本，帶上滿身奴才相和市儈氣味了。書中反映的整個社會風氣，也有江河日下之勢，作者對這一發展趨向，寄與了無限憂患悲慨之情。這都是作者主觀的印象，也是客觀眞實的反映。」〔註9〕

第二節　避重就輕

避重就輕主要是指作者在描寫和刻畫書中人物時，不去評騭大端，而是透過一些細節或者小事的描寫，以達到以小見大的目的。對於書中的正面人物，作者有時候也採用避重就輕的手法，更多成分上是一種婉諷，一種諷勸。有時候，爲了情節的繼續發展，也需作者手下留情，在一定程度上緩解矛盾。

一、避重就輕，化大爲小，以小見大

在描寫一些事件和人物的時候，吳敬梓常常不是一錘定音地揭穿事件和人物的本質，而是避重就輕，透過一些小事和細節的描寫來暗洩天機。《儒林外史》第六回寫嚴監生死後，嚴貢生從省城回來，趙氏請王德和王仁兩位舅爺陪著他在書房擺飯，席上談話，雙方唇槍舌劍，互相詆毀，說的都是考文章一類不相干的事情，並沒有一句話提到嚴監生的財產，但是問題的實質或者矛盾的本質並不是相互看不起，而就是財產問題將他們構成了對立。雙方都惦記的是孤兒寡母的財產，因爲論親疏差不多，所以就一下子成了冤家對頭，才會勾心鬥角，猜忌之情溢於言表。吳敬梓沒有明寫這一點，採取了避重就輕的手法，但是越是迴避，就越顯得三人的虛僞和卑劣。他們口口聲聲談文章才氣，一肚子男盜女娼。這樣不但加強了諷刺效果，也給人以餘味無窮之感。

對於嚴監生致死的原因，吳敬梓也在第五回裡並沒有明寫，僅是避重就輕，縱筆寫「兩根燈草」的事，卻又無處不在暗示嚴監生的死因。他爲人吝嗇，以至於燈盞裡點兩根燈草都無法咽氣。對於這樣性格的吝嗇鬼，卻在死前做了幾件有悖情理的事情：一、他爲了趙氏扶正，送給了王德、王仁每人

〔註9〕 吳組緗，〈《儒林外史》的思想與藝術〉，收入李漢秋主編，《《儒林外史》研究論文集》（北京：中華書局，1987 年 9 月），頁 17～18。

一百兩銀子。此外，還另送給他們新米、冬菜、火腿和雞鴨小菜等。二、為妻子王氏辦喪事，他花了四、五千兩銀子。我們可以想像，這對於一個愛財如命的人來說，是多麼大的痛苦。大筆銀子的花費顯然不是他自願而為的，而是在二王的要求下，被逼無奈才這麼做的。三、為了趙氏扶正，他擺了二十多桌酒席請三黨親戚，這也是一筆不算小的開支。四、為了了結兄長嚴貢生的官司，他又貼進去了不少的銀子。五、王德和王仁二位舅氏不僅為人卑下，又貪得無厭，加上嚴監生本人膽小怕事、為人怯懦，雖然擁有較多財產，然而在這樣的強橫親鄰面前，被巧取豪奪，眼睜睜地看著辛辛苦苦積攢起來的財富逐漸流失，其心何忍！他在這種情況下，無法自拔，只有不停地哭泣，後來發展到了覺得心口疼痛，每晚算賬到三更，逐漸飲食減少，又捨不得花銀子買人參。當他臥病在床之際，還惦記著田租，打發僕人去，又不放心。「那一日，早上喫過藥，聽著蕭蕭落葉打的窗子響，自覺得心裡虛怯，長歎了一口氣，把臉朝床裡面睡下」。這時候王德、王仁兩位舅爺要去省裡參加鄉試，他又不得不為趙氏及兒子著想，於是每人送了兩封銀子，說是「添著做恭喜的盤費」。

嚴監生罵他哥哥時說：「像我家還有幾畝薄田，日逐夫妻四口在家裡度日，豬肉也捨不得買一斤，每常小兒子要喫時，在熟切電店內買四個錢的哄他就是了。家兄寸土也無，人口又多，過不得三天，一買就是五斤，還要白煮的稀爛；上頓喫完了，下頓又在門口賒魚。」這些話罵的是嚴貢生，主要表現的卻是嚴監生自己。一方面，他愛財如命，自己節省到了摳門的地步，平日竟只買四個錢的肉哄小兒子；另一方面，卻有大筆的銀子被別人攫取，這不啻於從他身上割肉一般。至此，我們也就明白了嚴監生死的原因：一是自己有病不捨得抓藥，而又過度操勞；一是別人的巧取豪奪，活活把他逼死的。他臨死前的動作，伸出了兩個指頭，既是對他吝嗇性格的寫照，也是他對親鄰的無聲的控訴。吳敬梓沒有直接描寫嚴監生如何哀怨，但這種避重就輕的手法無聲更勝有聲，深刻地刻畫了人性。

「諷刺作品往往具備明確的抨擊目標，並帶有濃重的道德教訓意味。正因為諷刺之作常常揭露社會的黑暗、表現人性的醜陋，所以可以劃歸到『反崇高』的文類之中。」〔註10〕吳敬梓對書中的一些次要人物的塑造也遵循了

〔註10〕劉燕萍，《怪誕與諷刺——明清通俗小說詮釋》（上海：學林出版社，2003年7月），第一章〈怪誕與諷刺的特徵〉，頁38。

「反崇高」原則。作爲書中的次要人物，如對嚴監生的妾趙氏雖然著墨不多，但透過一些細節描寫，也諷刺和刻畫了她鮮明的性格特徵，給人留下了深刻的印象。在封建社會裡，妾是處於被壓迫、被奴役的地位，她們的命運註定是悲慘的。趙氏力圖改變受奴役的處境，爲此，她趁王氏病危之際，充分地表現自己，千方百計地爬上大奶奶的寶座。書中沒有一針見血地揭露她偽善的性格，卻透過幾處描寫作了深刻的揭示。當王氏臥床不起、病入膏肓之時，趙氏「抱了孩子在床腳頭坐著哭泣，哭了好幾回，那一夜道：『我而今只求菩薩把我帶了去，保佑大娘好了罷。』」；「每夜擺了香案在天井裡哭求天地」，聲稱要替王氏死。但是，當王氏剛剛試探性地說了一句：「何不向你爺說，明日我若死了，就把你扶正做個填房？」趙氏再不哭天號地了，也再不說替王氏去死了——因爲她捨不得死了——不但不去死，反而「忙叫請爺進來，把奶奶的話說了」。經過她的努力和運作，終於在王氏去世前夕，被嚴監生立爲正房。當家人報稱王氏已斷氣，趙氏「扶著床沿，一頭撞去，已經哭死了」。在這裡，「扶著床沿」是個絕妙的細節！趙氏手扶著床沿，再撞過去，已經先行有了自我保護，當然不會頭破血流了。故此，她只是「哭」死過去，而不是「暈」死過去。這種避重就輕的寫法比那種直接揭露本質的筆法還令人信服且印象深刻，從而也可以感受到吳敬梓對這種虛僞言行的深惡痛絕。

對於嚴監生的妻子王氏，吳敬梓也不是流於表面的描寫，而是寫出了人物性格的層次和多面性。王氏病重以後，嚴監生關心的不是如何花錢給她治病，卻只是想方設法扶妾爲正。這時候，趙氏對她虛情假意，連哄帶騙，要牟取大奶奶的寶座；親兄弟王德、王仁因爲接受了嚴監生的銀兩，也對她冷若冰霜，完全不念手足之情，以致王氏臨死之時，沒有一個親友在身旁守護；而同時卻有許多人在喜筵的歡笑聲中，恭賀趙氏的扶正。王氏就是在這種冰火兩重天的氣氛中淒慘地離開了人世。對這一情景的描述，吳敬梓表面上不動聲色，沒有揭露什麼，但是卻寄託了他對王氏深不以爲然的同情和對世態炎涼的強烈諷刺。

對病重中的王氏，吳敬梓同時也透過避重就輕的描寫，表達了諷刺之情。例如，王氏當時已經病得「面黃肌瘦，怯生生的，路也走不全」，可是她「還在那裡自己裝瓜子、剝栗子、辦圍碟」。這不禁讓我們想到了《紅樓夢》中的王熙鳳。王熙鳳在病中「天天還是察三訪四」，以維護自己對大家庭的控制權。與之相似，王氏在病中也是透過這種行爲來表示自己還有能力，不會放鬆對家庭的控制。當趙氏在她面前表白願替她死時，一般人都會深受感動的，而

王氏卻只冷冷地說：「你又癡了，各人的壽數，那個是替得的？」這是表明不相信的態度，也是對趙氏的生硬回拒。一聽這話，趙氏也明白王氏不信，所以就在天井裡夜夜哭拜天地，保佑王氏病癒。當丫鬟把趙氏的舉動彙報給王氏的時候，「王氏聽了，似信不信」，這也寫出了王氏城府之深和心腸的冷酷。落後，趙氏又哭著講願替王氏去死的話，王氏這下一眼看穿了趙氏的心思，沒有客套，而是一針見血地道：「何不向你爺說，明日我若死了，就把你扶正做個塡房？」王氏爲人老謀深算的形象也就呼之欲出了。

當嚴監生聽得王氏同意將趙氏扶正的消息時，連三說道：「既然如此，明日清早就要請二位舅爺說定此事，纔有憑據。」由於王氏最清楚自己兩位兄弟的個性，生怕把他們招來了，又要花費錢財，所以想出面阻止，卻又顯無力；因此這時候王氏的反應纔如此出人意料地「搖手道：『這個也隨你們怎樣做去。』」，由此我們也可以想見，在王氏管家期間，王德、王仁應該是沒有任何便宜可占的。王氏死後的第一個除夕之夜，嚴監生正由於懷念王氏而潸然淚下，並因趙氏的一番話踢開貓時，突然，一聲大響，貓把床頂的板跳蹋一塊，「上面吊下一個大篾簍子來。近前看時，只見一地黑棗子拌在酒裡，蔑簍橫睡著。兩個人纔扳過來，棗子底下，一封一封桑皮紙包著，打開看時，共五百兩銀子」。這是王氏背著嚴監生而藏下的私房。王氏老謀深算，工於心計的性格比起《紅樓夢》中的「鳳辣子」是毫不遜色的，而她的慳吝比起嚴監生來，更是有過之無不及。吳敬梓對嚴監生的慳吝是明寫，對王氏的慳吝卻是暗寫，可謂異曲同工。

二、避重就輕，對正面人物，以諷爲勸

我國自古就有勸百諷一的傳統。《史記・司馬相如列傳》云：「揚雄以爲靡麗之賦，勸百諷一，猶馳騁鄭衛之聲，曲終而奏雅，不已虧乎？」〔註11〕「勸」是鼓勵的意思，「諷」有「諷諫」之義。揚雄認爲，一篇賦裡，「勸」占了一百，「諷」只占了百分之一，是不應該的，眞正有益於社會的文學作品不應如此。「勸百諷一」的本義是形容規諷正道的言辭遠遠及不上勸誘奢靡的言辭，意在使人警戒，但結果卻適得其反。這裡吳敬梓用其法而反其意。在對所喜歡人物的描寫時，固然有一種諷諫之意，但這種避重就輕的手法更多

〔註11〕 司馬遷，《史記・司馬相如列傳第五十七》（北京：中華書局，1982 年 11 月），卷一百一十七，頁 3073。

寄予了吳敬梓對讀者的一種期望，那就是他所描寫的這些賢士的作爲，在現實生活中的普通人士都可以努力做到的，這也可以說是爲讀者在實踐上指明了一條向上和向善之道。上海世界書局本評價《儒林外史》的特點云：「是書在批判舉業之外，又能示人一種做人的新途徑，在社會中建立了一個新的心理：虛浮的富貴不可貴，所足貴的乃爲健全的人格；八股時文不足貴，所足貴的，乃爲眞實學問。」「在封建的禮教下面，不知冤屈死了多少青年婦女！此書作於距今二百多年前，已能批判這個問題，可謂目光如炬，卓極一時。」〔註12〕

　　這也就是爲什麼《儒林外史》是一部諷刺性小說，而非批判性或者暴露性小說的原因。這種避重就輕的諷刺手法，最明顯的效果就是沒有使一部諷刺性的小說淪落成一部說教之作。正因爲吳敬梓從人物的一言一行著手，具體而微，所以分外形象，也保證了作爲小說的閱讀趣味。「《儒林外史》的諷刺的目的，也在於挽救被作者所嘲諷的一群。」〔註13〕

　　吳敬梓不僅把避重就輕的諷刺手法用於否定人物，而且還用於正面人物。「對於肯定人物，作者也並非全是歌頌，毫無嘲諷。在過去的中外文學作品中常常出現『十全十美』的完人，其實這是現實生活中不可能存在的人物。」「忠於生活的現實主義作家吳敬梓的高明之處，就在於《儒林外史》中的肯定人物也並不是十全十美的『標準人物』。」〔註14〕因爲不是完美的人，所以吳敬梓對他們的不完善之處也有所嘲諷，只不過是詞語比較委婉而不辛辣，藏而不露，批評起來往往避重就輕。比如杜少卿，在書中被稱讚爲「品行文章是當今第一人」，傲然獨立於儒林群丑之外。他重孝道，又慷慨重義，經常把大捧的銀子拿出來幫助別人，結果田產蕩盡，靠「賣文爲活」，卻依舊「心裡淡然」；可他又遠離世俗，看不到變革社會的力量和道路，結果夢想破滅，沉溺於詩酒與遊玩之中，以塡補自己內心的空虛。他雖然蔑視功名富貴、鄙棄科舉，卻又無力與這個社會決裂。他對社會有一定清醒認識，但缺乏於實際行動，這就是他最終成爲悲劇性人物的根本原因。但寓於諷刺意味的是，

〔註12〕李漢秋，《《儒林外史》研究資料》（上海：上海古籍出版社，1984 年 7 月），頁 157。

〔註13〕陳美林，〈論《儒林外史》的諷刺藝術〉，《吳敬梓研究》（上海：上海古籍出版社，1984 年 8 月），頁 206。

〔註14〕陳美林，〈論《儒林外史》的諷刺藝術〉，《吳敬梓研究》（上海：上海古籍出版社，1984 年 8 月），頁 207。

這位清高的公子，在家鄉卻與市井惡棍張俊民結爲知己，又拿出三百兩銀子爲臧荼這個「儒林敗類」買來一個廩生，而他又明明知道臧荼買廩生是爲以後「穿螺螄結底的靴，坐堂、灑簽，打人」。杜少卿只顧自己「慷慨好義」，實際上卻是鼓勵別人作惡，這種美醜不分，賢惡不明，就是吳敬梓對「品行文章當今第一」的諷刺。吳敬梓沒有從「好人」的概念中去預定人物的感情和性格行爲，而是眞實地刻畫出人物的兩重色彩。

弗萊伊認爲：「諷刺作品必須具備兩個元素：首先是一種機智或幽默，諷刺作家往往透過幻想、怪誕意識或荒誕感來製造機智或幽默。此外，諷刺作品亦必須具備明確的抨擊目標。」〔註15〕吳敬梓小說的避重就輕，並沒有逃避全書的主題，而是時時刻刻注意爲全書的主題鋪陳。第四十七回，吳敬梓寫了虞華軒戲弄成老爹的故事。虞華軒是書中的正面人物，他經史子集、禮樂兵農，無不精通。他痛恨五河縣的勢利虛僞的作風，卻又無可奈何。與書中其他正面人物不同，他不是一味的忠厚有加，而是懂世故，工於心計。正是抓住了成老爹這種人勢利吹牛的弱點，於是就趁機捉弄了他一番，設計讓成老爹去方家赴宴，結果當然是乘興而去，敗興而回。當成老爹又趕回虞華軒家，想吃個現成的酒席時，虞華軒故意說成老爹「喫了方家的好東西來了，好快活！」，特意讓人「泡上好消食的陳茶來與成老爹喫」，虞華軒和客人們則「大肥肉塊、鴨子、腳魚，夾著往嘴裡送」。可歎成老爹坐在旁邊，「那蓋碗陳茶，左一碗，右一碗，送來與成老爹。成老爹越喫越餓，肚裡說不出來的苦」。虞華軒他們越吃越高興，成老爹「氣得火在頂門裡直冒。他們一直喫到晚，成老爹一直餓到晚」。虞華軒又告訴成老爹，他要買田，「當下叫小廝搬出三十錠大元寶來，望桌上一掀。那元寶在桌上亂滾，成老爹的眼就跟這元寶滾」。虞華軒答應成交以後給仲介人成老爹五十兩銀子。到了成交的那一天，「虞華軒捧著多少五十兩一錠的大銀子散人」，然後忽然宣佈：「那田貴了，我不要！」，「成老爹嚇了一個癡」，「氣的愁眉苦臉」。虞華軒似乎從這類惡作劇中得到了一種莫大的快樂和滿足。這種與勢利風氣對立，以報復爲快的心理，正是曲折反映了人物對世俗風氣的一種逆向心理。

至於對於負面人物，吳敬梓也只是嘲笑他們熱衷功名富貴，醉心於八股文，此外絕不一筆抹殺。對於這些人物，如辛東之、金寓劉等性格惡劣之徒，

〔註15〕劉燕萍，《怪誕與諷刺——明清通俗小說詮釋》（上海：學林出版社，2003 年 7 月），頁 38。

如儲信、伊昭等庸俗之輩，景本蕙、臧荼等無聊的人物，都參加祭祀泰伯祠的典禮，也擔任了職位。「作者對於人物的挖苦嘲笑，絕不是對個人的人身攻擊，相反，他對他們都懷著一種深切的同情。這就使我們在閱讀中，覺得這些人可笑、可鄙與可憎，但同時又覺得他們處境很慘，十分可憐；我們忍不住要笑，但同時又不禁皺起眉頭，沉下了心，覺得難過。因為書中揭露得很明顯，不是這些人本身不可救藥，而是他們的思想性格裡體現了政治與社會的罪惡。作者好像堅決地相信：人多是些好人，比如匡超人、馬二先生、王玉輝等等，他們只是受了政治與社會制度的作弄，以致迷失本性，陷入這樣墮落無恥、愚妄無知的不堪地步。這就是，從人物思想性格的描寫中，深刻地揭露了那政治與社會的本質；從對於人物的嘲笑中，有力地攻擊了統治者與社會制度。」〔註16〕

「一般說來，之所以構成諷刺，其根本點在於作品描寫的人物的思想、行為，是作為揭露對象而被否定了的。在《儒林外史》裡，這種否定主要有兩種，即徹底的和局部的。前者屬於無情的鞭撻，後者屬於含淚的批判。而無論前者、後者，卻都是通過種種不和諧、不協調、悖於人情、違反常理等荒謬現象的揭露，諸如描寫人物的自我吹噓、大言不慚，自作聰明、弄巧成拙，自命清高、欺世盜名，自相矛盾、醜態百出，甚至包括顧影自憐、風流自賞，等等。」〔註17〕吳敬梓寫虞育德、杜少卿等人與周進、馬二先生等人同樣可笑而可悲，都表現了《儒林外史》諷刺的嚴肅性和深刻性。這些人物對功名富貴的態度雖然有差異，但無法擺脫同一時代、環境的影響。吳敬梓對虞育德、杜少卿等人是肯定而有針砭，對周進、馬二先生等人是否定而有同情。寫出了虞育德、杜少卿等人迂闊、矯揉和放誕，也寫出了馬二、周進等人的樸拙與善良。避重就輕，從來沒有忘記為主題思想來陳述，從來沒有遊戲筆墨。正如馮至《論《儒林外史》》所云：「他的諷刺是有所為的，是為全書的主導思想服務的，從來不曾陷入為諷刺而諷刺的低級趣味。」〔註18〕

〔註16〕吳組緗，〈《儒林外史》的思想與藝術〉，收入李漢秋主編，《《儒林外史》研究論文集》（北京：中華書局，1987年9月），頁28。

〔註17〕趙齊平，〈戲劇性的形式、悲劇性的內容──淺談《儒林外史》的諷刺藝術〉，收入李漢秋主編，《《儒林外史》研究論文集》（北京：中華書局，1987年9月），頁436

〔註18〕馮至，〈論《儒林外史》〉，收入李漢秋主編，《《儒林外史》研究論文集》（北京：中華書局，1987年9月），頁81。

三、避重就輕，爲了緩和情節，進一步刻畫人物和凸出主題的需要

有時候爲了情節發展的需要，吳敬梓沒有一箭中的地去塑造一個性格定型的類型化人物，也沒有一下子揭示主題，而是先從點到面，以輕帶重地對人物進行刻畫和進一步凸出主題。如對於杜慎卿的描寫，吳敬梓沒有在他出場時就揭穿其本質，而是先從細節和小事著手，避重就輕，透過一步步地渲染來刻畫人物，最終聚輕爲重，顯其本質。他是一個出身於天長望族的世家子弟，家世顯赫，個人相貌甚爲出眾：「面如傅粉，眼若點漆，溫恭爾雅，飄然有神仙之概。」吳敬梓也讚賞他：「這人是有子建之才，潘安之貌，江南數一數二的才子。」杜慎卿本人更是以自己的相貌自傲不已，甚至會在「亭子跟前，太陽地裡看見自己的影子，徘徊了大半日」。當郭鐵筆當面恭維他「一門三鼎甲，四代六尙書，門生故吏，天下都散滿」之時，他卻背後向季葦蕭說：「他一見我，偏生有這些惡談。卻虧他訪得的確。」看似自謙，卻是掩飾不住的自詡之情。有了這些細微行爲的鋪墊，接下來他去神樂觀訪「男美」、莫愁湖選美才順理成章，不顯得突兀。杜慎卿的性格特徵也在這一步步發展過程中逐漸呈現出來了（第二十九、三十回）。

同杜慎卿相似，許多負面人物出場並非一錘定音，而是以正向的面目示人的。吳敬梓在描寫他們的所作所爲時，沒有直接去戳穿他們的虛僞和虛假面目，而是避重就輕，描寫他們如何的有聲望，這也就爲情節的發展留下了空間，娓娓道來，從而給人一種舒緩不迫的印象，如趙雪齋、權勿用等人。第四十五回寫余殷、余敷兄弟倆爲人家看風水、擇地下葬的情狀，也是娓娓道來，不露聲色，實乃微詞狙擊：「喫了一會，主人走進去拿出一個紅布口袋，盛著幾塊土，紅頭繩子拴著，向余敷、余殷道：『今日請兩位賢弟來，就是要看看這山上土色，不知可用得？』余二先生道：『山上是幾時破土的？』主人道：『是前日。』余敷正要打開拿出土來看，余殷奪過來道：『等我看。』劈手就奪過來，拿出一塊土來，放在面前，把頭歪在右邊看了一會，把頭歪在左邊又看了一會，拿手指頭掐下一塊土來，送在嘴裡，歪著嘴亂嚼。嚼了半天，把一大塊土就遞與余敷說道：『四哥，你看這土好不好？』余敷把土接在手裡，拿著在燈底下，翻過來把正面看了一會，翻過來又把反面看了一會，也掐了一塊土送在嘴裡，閉著嘴，閉著眼，慢慢的嚼。嚼了半日睜開眼，又把那土拿在鼻子跟前盡著聞。又聞了半天說道：『這土果然不好。』主人慌了

道：『這地可葬得？』余殷道：『這地葬不得，葬了你家就要窮了！』」這段文字，把兄弟倆心中無底卻要強充行家、煞有介事、裝模作樣的滑稽相入木三分地勾劃了出來，也正應了魯迅先生「無一貶辭，而情僞畢見」的論述。書中還寫了王員外問請陳禮扶乩問升遷的事：

> 當下留著吃了飯，叫長班到他下處把沙盤、乩筆都取了來擺下。陳禮道：「二位老爺自己默祝。」二位祝罷，將乩筆安好。陳禮又自己拜了，燒了一道降壇的符，便請二位老爺兩邊扶著乩筆，又念了一遍咒語，燒了一道啓請的符。只見那乩漸漸動起來了。那陳禮叫長班斟了一杯茶，雙手捧著跪獻上去。那乩筆先畫了幾個圈子，便不動了。陳禮又焚了一道符，叫眾人都息靜。長班、家人站在外邊去了。又過了一頓飯時，那乩扶得動了，寫出四個大字：「王公聽判。」王員外慌忙丟了乩筆，下來拜了四拜，問道：「不知大仙尊姓大名？」問罷又去扶乩。那乩旋轉如飛，寫下一行道：「吾乃伏魔大帝關聖帝君是也。」陳禮嚇得在下面磕頭如搗蒜，說道：「今日二位老爺心誠，請得夫子降壇。這是輕易不得的事！總是二位老爺大福。須要十分誠敬，若有些須怠慢，山人就擔戴不起！」二位也覺悚然，毛髮皆豎。丟著乩筆，下來又拜了四拜，再上去扶。陳禮道：「且住，沙盤小，恐怕夫子指示言語多，寫不下。且拿一副紙筆來，待山人在旁記下同看。」於是拿了一副紙筆，遞與陳禮在旁抄寫，兩位仍舊扶著。那乩運筆如飛，寫道：「羨爾功名夏后，一技高折鮮紅。大江煙浪杳無蹤，兩日黃堂坐擁。只道驊騮開道，原來天府夔龍。琴瑟琵琶路上逢，一盞醇醪心痛。」寫畢，又判出五個大字：「調寄〈西江月〉。」三個人都不解其意。王員外道：「只有頭一句明白：『功名夏后』，是『夏后氏五十而貢』。我恰是五十歲登科的，這句驗了。此下的話全然不解。」陳禮道：「夫子是從不誤人的。老爺收著，後日必有神驗。況這詩上說『天府夔龍』，想是老爺升任直到宰相之職。」王員外被他說破，也覺得心裡歡喜。說罷，荀員外下來拜了，求夫子判斷。那乩筆半日不動，求的急了，運筆判下一個「服」字。陳禮把沙攤平了求判，又判了一個「服」字。一連平了三回沙，判了三個「服」字，再不動了。陳禮道：「想是夫子龍駕已經回天，不可再褻瀆了。」又焚了一道退送的符，將乩筆、香爐、沙盤撤去，重

新坐下。二位官府封了五錢銀子，又寫了一封薦書，薦在那新升通政司范大人家。陳山人拜謝去了。（第七回，頁98～100）

陳美林先生對此分析道：「詞的產生，稍有常識的人都知道是唐五代以後的事，這本是一目了然的。可是當陳禮扶乩，請出『關聖帝君』所寫的判詞居然是『調寄〈西江月〉』一首，而進士王惠、荀玫又居然『悚然，毛髮皆豎』，相信無疑。這樣，在吳敬梓的筆下，進士的無知，讀者也就一目了然了。」〔註19〕進士的無知，八股的無用，科舉的無益，讀者便在這種輕鬆的敘述中心領神會。難怪天二評曰：「紂王在女媧廟能題七律詩，無怪伏魔大帝能填西江月也。」因為避重就輕，吳敬梓沒有一下子揭露這些騙子的真面目，才給後面描寫他們一些類似的欺騙行為留下了餘地。

對於科舉成名和人生幸福那個更重要，可以真切地看出人們的價值觀，吳敬梓沒有直接道出答案，而是透過一段對話，用輕巧的話題，揭示了這個重要的主題，寫「斗方名士」便是小說中最為經典的一段對白：

浦墨卿道：「三位先生，小弟有個疑難在此，諸公大家參一參：比如黃公同趙爺一般的年、月、日、時生的，一個中了進士，卻是孤身一人；一個卻是子孫滿堂，不中進士。這兩個人，還是那一個好？我們還是願做那一個？」三位不曾言語。浦墨卿道：「這話讓匡先生先說。匡先生，你且說一說。」匡超人道：「二者不可得兼。依小弟愚見，還是做趙先生的好。」眾人一齊拍手道：「有理！有理！」浦墨卿道：「讀書畢竟中進士是個了局。趙爺各樣好了，到底差一個進士。不但我們說，就是他自己心裡也不快活的，差著一個進士。而今又想中進士，又想像趙爺的全福，天也不肯！雖然世間也有這樣人，但我們如今既設疑難，若只管說要合做兩個人，就沒的難了。如今依我的主意：只中進士，不要全福；只做黃公，不做趙爺。可是麼？」支劍峰道：「不是這樣說。趙爺雖差著一個進士，而今他大公郎已經高進了，將來名登兩榜，少不得封誥乃尊。難道兒子的進士，當不得自己的進士不成？」浦墨卿笑道：「這又不然。先年有一位老先生，兒子已做了大位，他還要科舉。後來點名，監臨不肯收他。他把卷子摜在地下，恨道：『為這個小畜生，累我戴個假紗帽！』這樣看來，兒子的到底當不得自己的！」（第十七回，頁224～225）

〔註19〕陳美林，〈論《儒林外史》的諷刺藝術〉，《吳敬梓研究》（上海：上海古籍出版社，1984年8月），頁206。

在這段對話敘說中，吳敬梓始終沒有插入諷刺性的評語，僅僅是透過這些名士的語言、對話，便刻畫出了這些平日裡吟詩作對，瀟灑脫俗的文人的內心的醜態：嚮往名利、卻又故作豁達，深刻地揭露了他們內心的空虛和精神的無聊。這種場景在整個《儒林外史》中得到了廣泛的應用，正是這種避重就輕的白描手法，讓整個作品的諷刺意味露骨而又具備真實客觀性。

「審美理想是審美意識的靈魂，是作家發現美、表現美的價值尺度，是藝術創作的主觀前提。是它驅使著想像力，對人的現實意識材料進行選擇改造，重新組合，從而產生審美意象。而審美意象的物態化就是藝術形象。」〔註20〕正因為秉承了自己的審美標準，因此吳敬梓對人物的塑造、對事件的描述，都顯示出了一種在現實中提煉和發展起來的美感。「因其進取，所以批判、讚美，干預生活；因其超越，所以《外史》總體格調保持著一種典範的古典型的單純和靜穆。辛辣的諷刺中保持著冷峻的平靜，同情的讚美中保持著深沉的節制。」〔註21〕從而給人予以美的享受。

第三節　畫龍點睛

畫龍點睛，就是畫龍時先畫龍的全身，最後在眼眶內點上眼珠子。據《神異記》載：「張僧繇嘗于金陵安樂寺畫四龍而不點睛，云：『點之則飛去矣。』人以為妄，因請點之。須臾，雷電破壁，見二龍飛去。未點睛者如故。」張彥遠《歷代名畫記》卷七亦記載，梁武帝「崇飾佛寺，多命僧繇畫之。……（畫）金陵安樂寺四白龍不點睛，每每『點睛即飛去』。」「畫龍點睛」運用在寫作上就是指在緊要之處記上關鍵的一筆，或者用一句精彩的話點明要旨，使之更為精闢傳神，生動有力，從而使文章生動有趣、豐富多彩，顯示全篇靈魂，給讀者以深刻、雋永、精美的內在感情的呼喚，使讀者的認識昇華到一個新的層面。

《儒林外史》的「藝術結構，不是以寫人為中心的結構，而是著眼於寫世相的結構。……在作者的構思中，寫人不是出發點，寫人為的是揭示世相。此一世相需要此一類人物及事蹟去寫照，彼一世則需要彼一類人物及事蹟去

〔註20〕周月亮，〈從《儒林外史》看吳敬梓的審美理想〉，《文學遺產》1985 年第 4 期，頁 38～46。

〔註21〕周月亮，〈從《儒林外史》看吳敬梓的審美理想〉，《文學遺產》1985 年第 4 期，頁 38～46。

反映。世相回轉，人物就招之來，揮之去。」〔註22〕因爲眾多人物的出現，如果要給每個人物都刻畫出一個鮮明的個性來，畫龍點睛是必不可少的手法。畫龍點睛如果運用不當，會給人以僵化和呆板的印象。對此吳敬梓所掌握的火候是非常確切的，都是在非常關鍵的時刻，關鍵的場合，「水不驚，魚不跳」，恰如其分地發生了。

一、透過議論來點睛

「語言是文學的物質材料。諷刺文學的諷刺效果都必須通過語言這一媒介。其中，有的效果來自所描寫的細節、情節、性格的諷刺性，有的則來自語言本身的諷刺意味。」〔註23〕語言的諷刺功能在畫龍點睛方面表現的尤其凸出。吳敬梓以對生活的高度熟悉與理解爲前提，準確地從中挑選了那些有表現力的東西，來構成他筆下的形形色色的人物形象，並爲人物努力提煉出一兩個特別凸出的細節，這種細節描寫雖然只有一句話，或兩三句話，卻使人覺得其中濃縮了許多內容，看似簡單，卻令人回味無窮。

首先是透過作者的議論來畫龍點睛。第二回寫新中的秀才梅玖輕狂地嘲弄老年童生，吳敬梓插話道：「原來明朝士大夫稱儒學生員叫做『朋友』，稱童生是『小友』。比如童生進了學，不怕十幾歲，也稱爲『老友』；若是不進學，就到八十歲，也還稱『小友』。」就如女兒嫁人的，嫁時稱爲『新娘』，後來稱呼『奶奶』、『太太』，就不叫『新娘』了；若是嫁與人家做妾，就到頭髮白了，還要喚做『新娘』。」這一語可謂畫龍點睛，點出了梅玖的輕狂之態。周進之所以覺得在梅玖面前無地自容，主要是他不得不承認並尊重科舉制度所劃分的等級名分；也正是在這種等級名分壓制之下，周進才覺得抬不起頭來。這種冷箭般的言語，傳達著科舉圈子裡等級的森嚴和冷酷，也彷彿挾帶著一股令人不寒而慄的肅殺之氣；文字表面看似沒有臧否，其實卻暗含褒貶；它不動感情，不顯山露水，只藉由某些固定的語彙達到對人物的評騭。

其次，透過人物的語言畫龍點睛。吳敬梓有時候沒有採用一字褒貶，而是透過人物形象的語言和動作來達到諷刺的目的。周進是范進的主考官，卻

〔註22〕騰雲，〈世相、人情與人物——讀《儒林外史》箚記〉，收入李漢秋主編，《《儒林外史》研究論文集》（北京：中華書局，1987年9月），頁311。

〔註23〕傅繼馥，〈《儒林外史》語言的藝術風格〉，收入李漢秋主編，《《儒林外史》研究論文集》（北京：中華書局，1987年9月），頁399。

有一段跟范進相類似的傷心史。周進看范進的卷子，一連看了三遍，竟看出「是天地間之至文！真乃一字一珠！」，這顯然不是寫范進的文章真正做得好，而是表現主考官衡文判卷的毫無憑準，荒唐可笑。這就告訴我們周進和范進都是幾十年沒有考中，而有朝一日卻都莫名其妙地突然考中，就因為有這樣迂腐糊塗的考官。這不單是對周進本人的嘲諷，而且是對不合理的科舉考試制度的揭露。吳敬梓對周進這樣簡單幾筆的描寫，就揭示出范進的突然中舉雖出人意外，卻絕非偶然，而是腐敗的科舉制度所產生的十分荒唐又是完全可以理解的結果。

范進中舉以後，張靜齋這位「頭戴紗帽，身穿葵花色圓領，金帶、皂靴」的闊氣鄉紳也主動登門來「攀談」了。他進門的第一句話是：「世先生同在桑梓，一向有失親近。」范進道：「晚生久仰老先生，祇是無緣，不曾拜會。」這一問一答，可謂意味深長。既然是「同在桑梓」，為什麼又「一向有失親近」呢？范進答話中，「無緣」拜會的「緣」字透露了秘密。此「緣」就在舉業，不中舉就無緣，中舉了便有緣。范進中了舉人，不僅是登門拜訪，見面有「緣」，又送銀子，又送房子，一下子變成了「年誼世好，就如至親骨肉一般」了。張靜齋老練圓滑，他抓住范進眼下的清貧，饋贈大禮，卻是著眼於將來的榮華富貴，是斷不了有「當事拜往」的。透過范進口中這個「緣」字，吳敬梓一語道破了科舉制度所造成的人與人之間地位和等級的差別。

《儒林外史》第七回寫到范進視學時，吳敬梓設計了這樣一個場面，蘧景玉講了一個故事：「老先生這件事倒合了一件故事。數年前，有一位老先生，點了四川學差，在何景明先生寓處喫酒。景明先生醉後大聲道：『四川如蘇軾的文章，是該考六等的了。』這位老先生記在心裡，到後典了三年學差回來，再會見何老先生，說：『學生在四川三年，到處細查，並不見蘇軾來考。想是臨場規避了。』……范進是個老實人，也不曉得他說的是笑話，只愁著眉道：『蘇軾既文章不好，查不著也罷了。這荀玫是老師要提拔的人，查不著，不好意思的。』」這一下子就暴露了范進本身的才學幾何！傳說中的笑話成了實實在在的笑話，吳敬梓在諷刺范進學識淺薄的同時，也連帶諷刺了周進以及科舉選拔制度。

人物口中有時候不經意的一句話，就成了傳神之筆，使得人物活潑生動起來了。蕭金鉉等人以「今日對名花、聚良朋，不可無詩」為由，邀請杜慎卿即席分韻作詩。杜慎卿笑道：「先生，這是而今詩社裡的故套。小弟看來，覺得雅的這樣俗，還是清淡為妙。」吳敬梓借用杜慎卿一句「雅的這樣俗」，

十分生動地寫出了杜慎卿對蕭金鉉之流的鄙薄（第二十九回）。同樣，匡超人吹噓他選本編了九十五部，文稿已翻刻過三次，數字、發行地區說的毫不含糊，好像真的是大學問家。可是就在他放聲吹噓的時候，吳敬梓卻輕輕一轉，用個所謂家家「都在書案上，香火蠟燭，供著『先儒匡子之神位』」一句（第二十回），使得他的騙子本相不攻自破了。

第三，透過俗語和諺語來畫龍點睛。吳敬梓有時候會藉著引用俗語、諺語和歇後語來進行畫龍點睛的諷刺。對於五河縣的惡俗，虞華軒甚是不屑，因此吳敬梓引用民俗語句道：「五河的風俗：說起那人有品行，他就歪著嘴笑；說起前幾十年的世家大族，他就鼻子裡笑；說那個人會做詩賦古文，他就眉毛都會笑。問五河縣有甚麼山川風景，是有個彭鄉紳；問五河縣有甚麼出產希奇之物，是有個彭鄉紳；問五河縣那個有品望，是奉承彭鄉紳；問那個有德行，是奉承彭鄉紳；問那個有才情，是專會奉承彭鄉紳。」（第四十七回）可謂既形象又生動，令人印象深刻。而在周進因長齋而不動葷時，梅玖便借用俗語嘲笑說：「獃，秀才，吃長齋，鬍鬚滿腮。經書不揭開，紙筆自己安排，明年不請我自來。」（第二回）這個口頭語，一方面是對周進的寫照和諷刺，另一方面也是地方百姓對當時秀才們的普遍印象的寫照。

有時吳敬梓會借用俗語直接諷刺官府，顯得既生動又醒目。如「三年清知府，十萬雪花銀」（第八回），「錢到公事辦，火到豬頭爛」（第十三回），「死知府不如一個活老鼠」（第十八回）等。有時以日常生活的體驗說出寓意深刻的道理來諷刺，如「一斗米養個恩人，一石米養個仇人」（第二十二回），「啞叭夢見媽，說不出的苦」（第五十四回）等。

有時則在對話中運用了一連串的諺語和歇後語來作諷刺，如第十四回差人向馬二先生勒索時，一連用了「瞞天討價，就地還錢」、「戴著斗笠親嘴，差著一帽子」、「老鼠尾巴上害癤子，出膿也不多」、「打開板壁講亮話」、「秀才人情紙半張」等歇後語。這些民間話語的巧妙運用，直接諷刺了差人見錢眼紅的貪婪性格，既顯得形象生動，又具有傳神之效。

二、透過細節描寫來點睛

《晉書・顧愷之傳》記載，顧愷之「嘗圖裴楷像，頰上加三毛，觀者頓覺神明殊勝」。後來「頰上添毫」就指富於特徵性的細節描繪可以顯著地增強形象的生動性、可感性。吳敬梓在形象塑造時，善於選擇、提煉富有特徵性

的細節，這種細節往往可以以一當十，小中見大。《儒林外史》裡就有很多這類「頰上添毫」式的筆墨，使作者在刻畫各種不同的人物時，得以提煉最能體現人物的心理特徵的細節，借一斑而寫全豹。

　　首先，藉著心理和動作細節描寫來點睛。宗守雲《修辭學的多視角研究》云：「心態文化表現在價值觀念、審美情趣、思維方式、文學藝術等方面。人類文化存在著共性，也存在著差異。心態文化的差異性是非常突出的。價值觀念是一個群體的生活態度和準則，它會因地區、人種等的不同而出現差異。」〔註24〕吳敬梓善於運用細節的雕琢表現人物的心理，達到諷刺的藝術效果，尤其是具有諷刺意味的心理和動作細節更是生動傳神，在人物的刻畫中往往造成了畫龍點睛的作用。如嘲諷嚴監生的吝嗇，寫他因為心痛燈盞裡點了兩根燈草費油，以至臨死還伸著兩個指頭不肯斷氣。在關鍵時刻，一筆提破，使人物無所遁形。嚴監生的性格特點是吝，吳敬梓對這一性格雖然也有表現，然而總沒有達到本質上，在程度上也一直沒有刻畫出來，即這個人物究竟吝嗇到什麼地步？終於在臨死之前，畫龍點睛，透過兩根指頭的情節，一下子使得這個人物破繭而出，成了慳吝人物的典型代表。

　　再如第五回寫嚴監生之妾趙氏在正室王氏病重時每夜焚香，哭求天地，表示自己願代王氏死。到了王氏提出一旦自己死去她可以扶為正室時，「趙氏忙叫請爺進來，把奶奶的話說了」，只一句，便寫透了趙氏的內心，從而將之前的焚香哭求的動機給點破了。第十四回馬二先生游西湖，把看到的仁宗御書當作皇帝，並取出自己的扇子充作笏板，揚塵舞蹈，拜了幾拜。這個動作看似偶然，其實反映了他內心一直渴望能夠取得功名，朝見君王的心結。

　　吳敬梓善於選擇富有特徵性的細節，揭示人物的本質特徵。封建末世的精神道德和文化教育的嚴重危機，尤其八股科舉制度和封建禮教侵蝕著善良人們的靈魂，導致了他們畸形性格的形成和發展。坐在湯家的席上，范進執意不肯用「銀鑲杯箸」和「象箸」。言行上都顯得孝心虔誠。可是，「他在燕窩碗裡揀了一個大蝦元子送在嘴裡」這個細節描寫，就像一把利刀，戳穿了范進的偽孝的假面具，暴露了深受科舉考試制度之害的封建文人的虛偽、欺騙、做作，也照見了人物心坎內最隱蔽、最污濁的角落。因此，臥閑草堂在第四回評語指出：「上席不用銀鑲杯箸一段，是作者極力寫出。蓋天下莫可惡

〔註24〕宗守雲，《修辭學的多視角研究》（北京：中國社會科學出版社，2005 年 6 月），
　　　　第三章〈宏觀修辭學〉，頁 3。

于忠孝廉節之大端不講，而苛索於末節小數，舉世為之而莫有非之，且效尤者比比然也。故作者不以莊語責之，而以謔語誅之。」對於這一段，魯迅先生在《中國小說史略》裡也特意引述，並評贊道：「無一貶詞而情偽畢露，誠微詞之妙選，亦狙擊之辣手矣。」〔註25〕

《儒林外史》第十二回張鐵臂虛設人頭會，吳敬梓寫張鐵臂深夜來到婁家，「忽聽房上瓦一片聲的響」，走時卻是「行步如飛，只聽得一片瓦響」。這兩句話表面上也無甚出奇之處，實際上卻是點睛之筆。既然是「行步如飛」，何來「瓦一片聲的響」？這就直接捅破了他行步如飛的虛假，為後來他用豬頭詐財提供了依據。

隨時可以拿出萬金的胡三公子（第十五回）去街上買熟鴨子，「先到一個鴨子店，三公子恐怕鴨子不肥，拔下耳挖來戳戳脯子上肉厚，方纔叫景蘭江講價錢買了」（第十八回）。這個用「耳挖來戳戳」的動作，十分逼真而又生動地刻畫出了胡三公子的小氣摳門和鄙陋形象。拔耳挖子戳肉是個人們很不注意的小動作，可是，吳敬梓準確地攝取了這個細節，將「以一語而盡傳精神」的效果發揮盡致，使胡三公子的性格表現得更鮮明。而第四十五回中寫余敷、余殷兩兄弟相墳地，只是具體地描畫他們如何左右看土，閉眼嚼土，便把他們故弄玄虛，裝腔作勢，藉以騙人的伎倆暴露無遺。

第四十六、七兩回寫成老爹是一個靠巴結權勢而獲准穿秀才衣巾的老童生，他攛掇虞華軒買田，又問他銀子是否現成。虞華軒立即叫小廝搬出三十錠大元寶，往桌子上一掀。「那元寶在桌上亂滾，成老爹的眼睛就跟這元寶滾」。此時的成老爹還是個登場不久的角色，關於他的若干描寫，要從這以後才逐漸展開。可是，就從他那跟著元寶滾的眼神裡，我們已經可以窺見他那貪財、無賴的靈魂。一般的作家介紹一個人物的特點，常常要花很多心血，還不能給予讀者以深刻的印象；而吳敬梓只要叫人物亮出一個動作，就出色地完成了任務；即使著墨不多，卻能刻劃出深刻的印象，表現了吳敬梓敏銳的洞察力和卓越的諷刺技能。

其次，透過形象細節描寫點睛。「作為藝術表現手法的諷刺，與修辭手段的諷刺不同，它要求創造鮮明生動的典型形象，通過藝術形象，來鞭撻和否定生活中假的惡的醜的事物，撕下它們的假面，暴露其可笑，可鄙以至可惡，從而表達作者的鮮明愛憎和美學理想，使讀者在笑聲中受到感染和教育。諷

〔註25〕 魯迅，《中國小說史略》（北京：人民文學出版社，1975 年 11 月），頁 193。

刺文學不應該是作者觀念簡單地直接地表述，嚴格說來，投有形象，就不成其爲藝術，就不成其爲諷刺文學。」〔註26〕

　　第十八回吳敬梓寫胡三公子的吝嗇，藉由「胡府又來了許多親戚、本家，將兩席改作三席」暴露了他吝嗇的性格，因此黃評：「兩席改三席，酸嗇可笑，一班酸鬼何故吃他。」然後又透過別人的話語寫出了他的吝嗇：「胡三爺是出名的慳吝，他一年有幾席酒照顧我，我奉承他？況且他去年借了這裡擺了兩席酒，一個錢也沒有！去的時候，他也不叫人掃掃，還說煮飯的米剩下兩升，叫小廝背了回去。」他買鴨子，恐怕不肥，可以拔下耳挖子戳戳脯子上的肉厚不厚；爲了買那三個錢一個的饅頭只給兩個錢，他可以同饅頭店大吵大鬧；宴席吃完了，他可以「取了食盒，把剩下來的骨頭骨腦和些果子裝在裡面」，剩下的米，也裝起來，「押家人挑著」回家。這些對胡三公子摳門情狀的描寫，可謂針針見血！

　　封建社會的八股取士制度造就的大多數是考不取進士的老童生，他們因不能入仕而轉爲追求虛名。更有一些當權貴族，拿著朝廷俸祿卻整日無所事事，爲了青史留名，便招「賢」納「士」，籠絡社會「名人」、「隱士」，而這些「名人」便借著貴族老爺的榮耀更加自視清高。吳敬梓常常有意安排一些與其身分不相符合的行爲舉動，從而揭開這些「名人」、「隱士」攀附權貴、趨炎附勢的醜惡本性。如權勿用那頂高高的孝帽，就是他性格特徵的一個標誌：一方面故作名士，不同流俗；一方面卻不學無術，腹內空空，俗不可耐。而鬍子已經花白的老童生周進被迫混在商人隊中糊口，當他走進貢院看見一排排號板時，就像遇到了一股觸發力，不禁萬感交集，他想起了多年來的掙扎與失望，想起了半生來的苦楚與辛酸，因而突然向號板撞去。這一「撞號板」的細節描寫揭示了周進內心長期蓄積的痛苦與屈辱，也成爲了科舉不第的落魄讀書人形象的一個傳神寫照。

三、透過環境描寫來點睛

　　范進考中秀才回家時，吳敬梓特意交代他「家裡住著一間草屋，一廈披子，門外是個茅草棚」。這個「茅草棚」，後文連續四次提到：第一次是范進中秀才回家，胡屠戶前來賀喜，范進「叫渾家把腸子煮了，燙起酒來，在茅

〔註26〕苗壯，〈試論《儒林外史》的諷刺藝術〉，《遼寧師範大學學報》1980 年第 6期，頁 22～26。

草棚下坐著」；第二次是范進中了舉人，第一批報喜的「三個人下了馬，把馬拴在茅草棚上」；第三次是「二報、三報到了，擠了一屋的人，茅草棚地下都坐滿了」；第四次則是范進發了瘋，眾鄰居拿來雞蛋酒米，「娘子哭哭啼啼，在廚下收拾齊了，拿在草棚下」。這幾處，都是吳敬梓本可以不必寫到茅草棚而有意加以點染的，目的就是為了與後文張靜齋主動送來的一座新房形成對比。胡屠戶從集市把范進接回來，到家門便高聲叫道：「老爺回府了！」張靜齋上門來送房子，也說：「這華居其實住不得，將來當事拜往，俱不甚便。」還是那間簡單卑陋的茅草棚，因為主人中了舉，就被人改稱為「府」和「華居」了。在環境描寫上，吳敬梓只是毫不經意地在某些細微之處作一點染，對於人情世態的描摹，就收到了傳神寫照的十足效果。

沒有兒子的魯編修，把女兒當成兒子，「閒居無事，便和女兒談說：『八股文章若做得好，隨你做什麼東西，要詩就詩，要賦就賦，都是一鞭一條痕，一摑一掌血。若是八股文章欠講究，任你做出什麼來，都是野狐禪，邪魔外道！』小姐聽了父親的教訓，曉妝台畔，刺繡床前，擺滿了一部一部的文章；每日丹黃爛然，蠅頭細批。」（第十一回）小姐的閨房本當是香豔秀雅的地方，這裡卻「擺滿了一部一部的文章」，充滿了反諷，也是對魯小姐心強命不強的人生的一個傳神寫照。誠如臥閑草堂評語所言：「夫以一女子而精於舉業，則此女子之俗可知。蓋作者欲極力以寫編修之俗，卻不肯用一正筆，處處用反筆側筆以形擊之。……作者之喻意其深遠也哉！」所謂「喻意深遠」，顯然指吳敬梓對八股舉業流毒之深廣知之甚悉，因而他所塑造的形象便具有廣泛的社會意義。

可以說，《儒林外史》中的許多重要人物，都各有一兩個最能體現自己精神特徵的細節。這些細節，像一枚釘子似的深深嵌入讀者的記憶之中，以致只要提到某個人物，我們就會想起它來。因此，「時距明亡未百年，士流蓋尚有明季遺風，制藝而外，百不經意，但為矯飾，云希聖賢。敬梓之所描寫者即是此曹，既多據自所聞見，而筆又足以達之，故能燭幽索隱，物無遁形，凡官師，儒者，名士，山人，間亦有市井細民，皆現身紙上，聲態並作，使彼世相，如在目前。」〔註27〕

吳敬梓就是這樣的一位善於用一個特徵來表現一種豐富、複雜的內容的諷刺藝術家。他以對生活的高度熟悉與理解為前提，準確地從中挑選了那些

〔註27〕魯迅，《中國小說史略》（北京：人民文學出版社，1973），頁190。

有表現力的東西，來構成筆下的形形色色的人物形象。在寫好多樣的豐富的細節的基礎上，又為書中人物努力提煉出一、兩個特別凸出的細節。這種細節描寫雖然只是一句話，或兩、三句話，卻使人覺得其中濃縮了許多內容情節，因此看似簡單，卻回味無窮。故而齊省堂增訂本惺園退士序云：「摹繪事故人情，真如鑄鼎象物，魑魅魍魎，畢現尺幅；而復以數賢人砥柱中流，振興世教。其寫君子也，如睹道貌，如聞格言；其寫小人也，窺其肺肝，描其聲態，畫圖所不能到者，筆乃足以達之。評語尤為曲盡情偽，一歸於正。其云『慎勿讀《儒林外史》，讀之乃覺身世酬應之間，無往而非《儒林外史》』斯語可謂是書的評矣！」〔註28〕

第四節　兩相對照

　　有比較才會有分別，有時候吳敬梓透過相近人物的比較，能更清晰地刻畫人物的性格特徵；有時則藉著相反人物的對照，凸出人物性格的差別；或前後對照，揭示人物性格的善變和演變：透過兩相對照，從而加深人們對書中人物的印象，增強諷刺的效果。

一、相近的對照，可憐可悲

　　周進在中舉之前，曾經經歷過幾十次科考的失敗，一次次的從希望到失望，幾乎徹底摧毀了他的自信和尊嚴。因此，他才會在一個小小的自命不凡的新秀才面前，覺得無地自容，怯懦地忍受一切侮辱。而周進中舉之後，「汶上縣的人，不是親的也來認親，不相與的也來認相與。」（第三回）先前蔑視、侮辱周進的梅玖，指著周進寫的一幅對子吩咐和尚：「還是周大老爺的親筆，你不該貼在這裡，拿些水噴了，揭下來裱一裱，收著纔是。」（第七回）

　　范進從二十歲起應考，到五十歲還不曾進學，借貸無門，家人常常挨餓。范進中舉以後，「當下眾鄰居有拿雞蛋來的，有拿白酒來的，也有背了斗米來的，也有捉兩隻雞來的。」「果然有許多人來奉承他；有送田產的，有人送店房的，還有那些破落戶，兩口子來投身為僕圖蔭庇的。到兩三個月，范進家奴僕丫鬟都有了，錢米是不消說了。」（第三回）

〔註28〕李漢秋，《《儒林外史》研究資料》（上海：上海古籍出版社，1984年7月），頁131。

　　周進考了一輩子，到老還是童生，忽然運氣來了，就青雲直上。范進之所以中舉，主要還是遇上了具有相同經歷的考官周進，對他懷有同情和憐憫之心，有心錄取他，因此就把他的八股文章看了三遍，開始覺得實在不好，「都說的是些什麼話，怪不得不進學」，最後忽然看出是「天地間之至文，真乃一字一珠」，於是考生的卷子還沒有交齊，就把他取做第一名，把另一名具有真才實學的童生魏好古取做第二十名。由此，我們也就可以看出「八股取士就是這樣一種瞎胡鬧的制度，功名富貴的來頭就是這樣的滑稽扯淡。但就是這樣滑稽胡鬧的制度，使得士子們利慾薰心，喪魂失魄，什麼是非觀念也沒有了，什麼理想和抱負都拋掉了，人人變得墮落無恥，糊塗愚妄而不自知。」〔註29〕

　　吳敬梓藉由周進的眼睛寫范進形象的可憐和悲苦，更是極其有諷刺的。范進交卷時，周進「坐在上面，只見那穿麻布的童生上來交卷，那衣服因是朽爛了，在號裡又扯破了幾塊。周學道看看自己身上，緋袍金帶，何等輝煌」。透過衣著形貌的簡單描寫，揭示出兩個人物截然不同的命運，形成了帶有濃厚感情色彩的鮮明對比。寫被錄取做了秀才的范進為「恩師」送行，又作了進一步的對比：一方面是「學道轎子，一擁而去」，無盡的威風和榮耀；一方面是送行的范進獨自送到了三十里之外，在那兒「立著，直望見門槍影子抹過前山，看不見了，方才回到下處」，無盡的卑微與可憐。他把兩個有著同樣傷心史的人物放在一起，一個因功成名就而飛黃騰達，顯赫一時；一個卻因科場失意而窮困潦倒，卑躬屈膝。

　　吳敬梓在書中還分別寫了周進的哭和范進的笑：周進是中舉之前的哭，是絕望和憋屈的哭；范進是中舉後的笑，是意外和狂喜的笑。周進、范進一輩子碌碌無為，始終在八股求功名的道路上艱難前行，金榜題名、青雲直上是他們全部的生活理想。正因為如此，尚未考上的周進會悲哀的尋死覓活、老淚縱橫；突然中舉的范進則歡喜得痰迷心竅，以至於失魂落魄地發瘋。強烈的功名心佔據了他們整個心靈，成為了他們唯一的情慾，這已完全超出了常人的情理範疇，因此，儘管面對著他們的眼淚與瘋態，仍然讓人不禁啞然失笑，覺得十分滑稽與可笑。

　　對中舉前後的情境，吳敬梓也作了冷和熱的對照。熱的一面，除寫人們

〔註29〕吳組緗，〈《儒林外史》的思想與藝術〉，收入李漢秋主編，《《儒林外史》研究論文集》（北京：中華書局，1987年9月），頁20。

態度的殷勤外，還描寫了賓客盈門、人聲鼎沸的熱鬧氣氛。報子來報喜，是「一片聲的鑼響」，「一片聲的叫道」；胡屠戶剛到，是「外邊人一片聲請胡老爹說話」，寫要喜錢和賀喜的人多，簇擁著「擠了一屋」、「地下都坐滿了」、「擠著看」、「擁著他說話」等等，與之前范進家的孤寂冷清對比起來，的確是「今非昔比」了。

　　寫周、范二進發跡的前前後後，吳敬梓用了鮮明的對比。展現在讀者面前的，不僅僅是周進、范進這兩個人物的眞實情況，更是當時的那個社會的眞實寫照。通過這種對比，我們也就明白了促使周進和范進在科舉道路上苦苦堅持，「雖九死其猶未悔」的原因了。運用對比手法，在不經意中強化諷刺效果，讓人體味、感悟到了蘊含其中的藝術魅力。

二、相反的對照，僞情畢露

　　首先，吳敬梓在書中爲肯定性人物的周圍安排了由否定性人物組成的社會情境。比如，開場的正面人物王冕的周圍，就或隱或顯地存在著危素、時知縣、翟買辦和胖子、瘦子、鬍子等不同階層的諷刺性人物。又如第三十一回寫杜少卿出場，周圍就有鮑廷璽、王鬍子、張俊民、臧荼、楊裁縫等一大幫「沒良心」的諷刺對象。在此之前，吳敬梓先用三回（第二十八回到第三十回）的篇幅，寫了以杜愼卿爲首的庸俗的一群，以便與杜少卿形成對比，加強諷刺效果。此外，虞育德、莊徵君和遲衡山等活躍於小說後半部分的肯定性人物周圍，也同樣伴有諷刺性人物，使得吳敬梓在傳達眞儒觀念和禮樂兵農等理想的同時，對那些可笑可惡的人和事進行了對比性的諷刺。

　　其次，在塑造這些藝術形象時，吳敬梓用到了多種對比手法。首先是明比，寓愛憎於平靜、嚴肅的敘述中。第一回王冕的傲岸磊落與危素的厚顏無恥作了隱隱約約的對比。此外，王冕重操守輕名利，不慕功名利祿，一心孝敬父母，安貧樂道，堅守母親臨終的囑咐，終生不仕。這樣恬淡平和的人生態度，又與虛僞做作的范進的「孝母」情狀形成了鮮明的對照，與熱孝在身卻當掉粗布孝服準備宴游的權勿用形成強烈反差。那些追求科舉者，人格道德淪喪，而不慕功名利祿者，卻人格高貴，品行端莊。正面與反面兩類人物在小說中交鋒碰撞、衝突，是「名副其實」還是「名不副實」，不言自明。

　　再者吳敬梓爲了抨擊吏治的是非顛倒、黑白混淆，又把兩種官員的命運作了對比。第一回知縣時仁「酷虐小民，無所不爲」，「時知縣也升任去了。」

第四回中的高要縣知縣湯奉、第八回中的南昌太守王惠，也都是貪婪、殘暴之徒，卻都能平步青雲。而第四十四回中的蕭雲仙在邊疆兢兢業業，取得了戰功和勞績，反落了個「任意浮開工費」、「行文該地方官勒限嚴比歸款」的處分，丟了官，把父親的家產賠光了還欠三百兩。

地主鹽商的醜惡言行與市井細民的高尚品德也構成了鮮明的對照。嚴貢生和胡三公子，他們食而無饜地聚斂錢財，過著腐化墮落的生活。鹽商宋為富恬不知恥地宣稱：「一年至少也娶七八個妾」，並且飛揚跋扈，只要一個訴呈，打通關節，立即就能取得訴訟的勝利。第五十五回吳敬梓寫了四個自食其力的奇人：會寫字的季遐年，賣火紙管子的王太，開茶館的蓋寬，做裁縫的荊元。他們都不是科舉場中的人物，但他們自食其力，品格高尚，與前者形成顯明的對比。這四位奇人的出現，更是具有很強的諷刺意味，也寄託了吳敬梓「真儒不在儒林、而在民間、在日用之間」的思想。

此外，吳敬梓對吹牛說謊者用墨頗多，對這些人不同的特點，進行了不同的諷刺。如嚴貢生、匡超人、牛浦郎這三個人，同樣都是吹牛說謊、招搖撞騙，但卻又具有不同的個性特徵。嚴貢生吹牛說謊是顯得老練而又從容，即使被人當場戳穿，他還是不動聲色，旁若無人地照樣地說下去。他乘船賴資、假裝生病、設置圈套等醜惡行為，是符合他的身分的寫照，給人的印象就是個吹牛說謊的老油條。吳敬梓透過一個一個事件的描寫，使得一個橫行鄉里的流氓惡霸的典型，活現在讀者的面前。而匡超人的吹牛似乎裝扮得很像，在馮琢庵、牛布衣面前吹自己選家之名滿天下，連選本種類，翻刻次數，暢銷省份，都有實際的數字和名稱。正當吹得天花亂墜，卻在「先儒」二字上露出破綻，被牛布衣點了出來，卻還要與人強辯，但畢竟是「紅著臉」說，由此可見他墮落不久，還不是行家。因為他原本是貧家子弟，靠做小生意或測字糊口，曾在馬二先生的「指點」下，念過八股文。當了秀才後，開始和那些斗方名士一起廝混，漸漸露出虛偽面目，當然比不上狡猾無賴的嚴貢生。新手牛浦郎在此道上更為遜色了，他原本也是個樸實的小夥子，一心學詩，是一個沒有什麼功利目的的人，當他到甘露庵撬門扭鎖、偷取牛布衣的詩稿以後，性格即突起變化，冒名頂替，才開始混充名士，招搖詐騙。為了抬高自己的身分，吹噓說他在董知縣家騎著毛驢，「一路走上去，走到暖閣上，走的地板格登格登的一路響」；「我要辭他回來，他送我十七兩四錢五分細絲銀子」。這些謊言編造得越具體、越形象，就越讓人覺得更難以置信，也就越發

表現了他缺乏起碼的見識和經驗，更是生手。吳敬梓就是這樣透過對同一類型的人的不同特點的對照描寫，準確地刻畫了他們的特徵，對不學無術而且招搖撞騙的假名士們作了無情的鞭撻和嘲諷。

最後吳敬梓對王惠、湯知縣、嚴氏兄弟這些貪官劣紳，也作了無情的揭露和嚴厲的鞭撻。如第八回王惠出任南昌太守與前任太守的兒子蘧景玉的一番對話，蘧公子說他父親當政之時「訟簡刑清，所以這些幕賓先生在衙門裡，都也吟嘯自若」；府衙門裡有三樣聲息：「吟詩聲、下棋聲、唱曲聲」。然後又諷刺王惠說：「將來老先生一番振作，只怕要換三樣聲息」，即「戥子聲、算盤聲、板子聲」。而王太守沒想到這話是譏誚他，反正容答道：「而今你我替朝廷辦事，只怕也不得不如此認真。」這一對話中「聲息」對比和王惠就任太守後的所作所為，充分暴露了這個貪官酷吏的醜惡靈魂和猙獰面目。

三、前後對照，揭示人物性格的善變和演變

對於同一個范進，以其發跡蛻變為界限，吳敬梓前後的感情也不一樣。他能夠衡量諷刺對象的身分和尺寸，分別採用不同的手法進行針砭，輕重緩急不一，從而達到不同層次的變奏。而人物表現的前後對照，最為鮮明的是胡屠戶和匡超人，不同的是，胡屠戶變化的是「態度之變」、是「性格的善變」，而匡超人的變化則是「質變」，也就是「人格的蛻變和墮落」。

「前倨後恭與前恭後倨這兩種截然不同的態度，正反映了封建社會中人與人之間世態炎涼的關係。吳敬梓極善於攝取前後不同的鏡頭來入木三分地鞭撻那些勢利小人。」〔註30〕胡屠戶對范進中舉前後態度的善變，可從兩份不同的「賀禮」表現出來。第一次范進在飽嘗了二十多年的寒窗之苦後，由於考官的「恩賜」總算得了一個「秀才」，這本該多少帶來一點欣慰和快樂，但事實上根本不能改變他低微卑賤的地位。胡屠戶來賀喜是「手裡拿著一副大腸和一瓶酒，走了進來」。胡屠戶不僅不恭賀他，反而借機挖苦他。因為對胡屠戶這個利慾薰心的勢利小人來說，他從中得不到任何好處，因此名義上看是前來祝賀，實際上是借機訓斥。就這一點禮品，范進也並非真的能享用到，因為胡屠戶還是送來腸子就煮，煮了就吃，一吃吃到日偏西，自個兒直吃得醉醺醺的。此外，他還在吃飯間喝斥道：「我女兒自進你家門這十幾年，

〔註30〕陳美林，〈論《儒林外史》的諷刺藝術〉，《吳敬梓研究》（上海：上海古籍出版社，1984 年 1 月），頁 206。

不知豬肉可曾吃過三兩回哩！可憐！可憐！」他酒足飯飽後「橫披著衣服，腆著肚子走了」。由此我們也可看出胡屠戶雖然每日裡都要屠宰幾頭豬，十多年來卻不曾有半點兒肉星兒送給女兒，而且這次來也只拿得「一副大腸」。

范進中舉後，他馬上意識到，這次可不比上次，是有利可圖的，甚至有了這樣的賢婿作依靠，後半輩子都可以不用再殺豬。所以不顧兒子的竭力反對，硬是「提著七八斤肉，四五千錢」來賀喜。這次的賀禮，的確稱得上是眞正的禮品了，但胡屠戶這回卻怎麼也不敢稱是「禮」，「再三不安地道：『些須幾個錢，不夠你賞人』。」中舉前是禮輕而硬說是重禮，中舉後明明是厚禮而硬說是輕禮，這前後一輕一重的對比，將胡屠戶的善變和阿諛之態刻畫得形象而生動。吳敬梓完全透過人物自身的言行去表現，具有極強的諷刺意味。同爲賀喜，但那禮品的規格和送禮時人物的態度，卻因秀才、舉人身分上的不同而有所差別。兩份賀禮的對照，顯現了胡屠戶這個投機取巧、老奸巨猾的形象，對世態炎涼的社會也是一個無情的揭露和辛辣的諷刺。

同一個女婿，在中舉前和中舉後，在胡屠戶的眼中完全判若兩人。中舉前，胡屠戶把他罵了個狗血噴頭，說得一無是處，罵道：「我自倒運，把個女兒嫁與你這現世寶窮鬼，歷年以來不知累了我多少，如今不知因我積了甚麼德，帶挈你中了個相公」，還說范進是「現世寶」、「窮鬼」，「是個爛忠厚沒用的人」。並警告他說：「你如今既中了相公，凡事要立起個體統來。比如我這行事裡，都是些正經有臉面的人，又是你的長親，你怎敢在我們面前裝大？」當范進又要去參加鄉試向胡屠戶借點盤費時，胡屠戶非但不借，更是藉此對范進進行尖酸刻薄的嘲諷、挖苦：「范進被胡屠戶一口啐在臉上，罵了一個狗血噴頭，道：『不要失了你的時了！你自己只覺得中了一個相公，就『癩蝦蟆想吃起天鵝肉』來！我聽見人說，就是中相公時，也不是你的文章，還是宗師看見你老，不過意，舍與你的。如今癡心就想中起老爺來，這些中老爺的都是天上的文曲星！你不看見城裡張府上那些老爺，都有萬貫家私，一個個方面大耳。像你這尖嘴猴腮，也該撒泡尿自己照照，不三不四，就想天鵝屁吃！」但看吳敬梓對范進被「罵得摸門不著」一句形象的描繪，足能體味其中的苦酸。由此，可以看出，胡屠戶根本不把范進放在眼裡，對范進稱他這殺豬的行當也「都是正經有臉面」的。而一旦范進中舉成名後，還是這個女婿，還是胡屠戶這個人，態度和言語即刻大變：「我的這個賢婿，才學又高，品貌又好，就是城裡頭那張府周府這些老爺，也沒有我女婿這樣一個體面的相貌。你們不知道，得罪你們說，我小老這一雙眼睛卻是認得人的，想著先

年我小女在家裡，長到三十多歲，多少有錢的富戶要和我結親，我自己覺得女兒像有些福氣的，畢竟要嫁與個老爺。今日果然不錯！」這是多麼強烈的對比，多麼深刻辛辣的諷刺！

《儒林外史》第十三回開始描寫了關於匡超人的蛻變。匡超人原本是貧苦家庭出身的孩子，一開始他有著下層社會人們身上的特質：誠實、純樸、忠厚，他用自己的勞力養活自己與父母。在他沒有考取秀才、落難蘇州時，馬二先生對他厚愛有加，又是餽銀贈衣，又是指導他寫八股文，他真是感激不盡。回家後，每天早睡晚起，殺豬磨豆腐，服侍癱瘓在床的老父親。其父臨死時一再叮囑：「德行是要緊的」，不要有「勢利見識」，不要「貪圖富貴，攀高結貴」。但他中了秀才以後，不僅忘了老父臨死前的諄諄告誡，竟然還偽造文書、成為槍手代考、停妻再娶，甚至隨意誹謗在患難中慷慨解囊救濟過他的馬二先生。

潘三本是市井奸棍，作奸犯科，無所不為，匡超人卻心甘情願地當了他的幫手，以分得一些髒錢。潘三對他不薄，不但幫他娶了親，還找了住房，且不時貼補其家用。匡超人對此也曾感激涕零。可是，潘三事發被收監，他立刻溜之大吉。後來他補了廩，入了太學，在京城攀高結貴，混騙到了一官半職。幾年後回鄉，潘三要求會他一面「敘敘苦情」，他卻翻臉不認人，說：「本該竟到監裡去看他一看，只是小弟而今比不得做諸生的時候，既替朝廷辦事，就要依著朝廷的賞罰；若到這種地方看人，便是賞罰不明了。……潘三哥所做的這些事，便是我做地方官，我也是要訪拿他的，如今倒反走進監裡去看他，難道說朝廷處分的他不是?」對此，臥閑草堂評在第二十回批道：「此寫匡超人甫得優貢，即改變初志，器小易盈，種種惡賴，與太公臨死遺言，一一反對。」匡超人從一個純樸的農家青年逐漸蛻變為一個圓滑無恥的文人的過程，強烈地揭示了「人是其命運和環境的產物」的事實，因而吳敬梓透過這些人物形象所提出的社會批判就格外具有深刻的意義。這些滿口仁義的人，所幹的盡是些不仁不義之事。透過這樣鮮明的對照，吳敬梓就揭露科舉制度的弊害、諷刺士風敗壞的情景，可謂力透紙背。

此外，《儒林外史》中還出現了許多兄弟形象，例如嚴大位、嚴大育；王仁、王德；婁琫、婁瓚；匡大、匡迴；匡太公、匡三叔；潘保正、潘自業；杜儀、杜倩；倪廷珠、倪廷璽；余特、余持；余敷、余殷；施御史、施二先生；唐二棒槌、唐三痰；胡縉、胡八亂子；湯奉、湯奏；湯由、湯實等。「由於寫說者各

人的才能、氣質、性格、年齡、職業、性別、經驗、學問、見解、趣味等等的不同，因而對於語言文字的可能性的利用固然不能相同，對於題旨和情境的對應，更是不能一致。」〔註31〕在吳敬梓筆下，這些兄弟形象既有相同之處，也有鮮明的差異。如對二婁公子的刻畫，吳敬梓先描寫了兩人的共性，但對兩人性格上的差異，也有所揭示，使兩個人成了有區別的「這一個」。總體而言，婁四比婁三爽快，而婁三比婁四心細。吳敬梓在幾處細節的描寫刻畫了這一點：第九回，二婁差人打聽到楊執中入獄的原因是虧空了鹽商的銀兩。婁四馬上對此發表意見道：「這也可笑的緊。虞生挨貢也是衣冠中人物，今不過侵用鹽商這幾兩銀子，就要將他褫革追比，是何道理？」表達了對楊執中的同情，對鹽商和官府的不滿。但婁三公子卻並不急著下結論，只是問道：「你問明了他並無別情麼？」當得知並無別情的時候，才叫僕人捐金贖人。在第十回，婁氏兄弟請魯編修作客，要蘧公孫相陪。婁三因為打算將蘧公孫與魯小姐聯姻，因而對魯編修沒有任何貶詞，但婁四卻無此心機，直爽地說：「究竟也是個俗氣不過的人。」直到後來陳禮來做媒，婁四才恍然大悟道：「怪道他前日在席間諄諄問表侄生的年月，我道是因甚麼，原來那時已有意在那裡！」

吳敬梓還常常依靠回目與正文的不協調來凸出主題：如第二回〈周學道校士拔真才〉，拔取的「真才」是老而不中用的范進；第十一回〈楊司訓相府薦賢士〉，所薦「賢士」是裝模作樣的權勿用；第十九回〈匡超人高興長安道〉，匡超人此時正在惡濁的道路上越走越遠，吳敬梓將他這種心情冠之以「高興」，增強了反諷作用；第三十回〈逞風流高會莫愁湖〉，吳敬梓將一幫弄虛作假品評戲子的「名士」聚會戲謔地稱作「逞風流」的「高會」；第三十五回〈聖天子求賢問道〉，卻是一場由蠍子演化出來的滑稽劇；第四十四回〈湯總鎮成功歸故鄉〉，吳敬梓把被「著降三級調用」的湯奏的落魄歸家，說成是「成功歸故鄉」，寄寓了他的同情，諷刺了當權者的用人政策；第四十八回〈泰伯祠遺賢感舊〉，這裡的遺賢，一是學究王玉輝，二是販鹽客鄧質夫。這類回目與正文的不協調對照，也增強了人物形象塑造上的張力，深化了全文的諷刺主題。

第五節　側面烘托

烘托也叫襯托，烘，即渲染；托，即襯托。烘托是中國畫中常用的一種

〔註31〕陳望道，《修辭學發凡》（上海：上海教育出版社 2001 年 11 月），第十篇〈修辭現象的變化和統一〉，頁 261。

技法，用水墨或淡的色彩點染輪廓外部，使物象更形鮮明。把這一技法運用到寫作中，指透過對周圍人物或環境的描繪來表現所要描寫的對象，以使其鮮明凸出，後來比喻從側面渲染以顯示或凸出主體，所以又叫側面烘托。

　　巧妙運用側面烘托，能增強作品的藝術感染力。透過側面烘托，或凸顯人物品質、或強調事物特徵、或表達思想感情，都能使正面描寫的對象更加鮮明清晰。吳敬梓在《儒林外史》中「善於隨意點染人物周圍的有關事務，或者聯繫他們過去的遭遇，烘染、襯托人物的性格，取得強烈的諷刺效果」〔註32〕。「在吳敬梓的諷刺物件中，一切都是那麼平淡、瑣碎，又都是那麼愚昧、可笑。在這裡，根本沒有外在形式的神秘、混亂、荒唐，然而卻深刻地表現了人的內在生命的慢慢萎縮，社會精神支柱的緩緩倒塌」〔註33〕。

一、透過周圍人物的交遊及言行來烘托主題

　　魯迅先生說《儒林外史》的諷刺藝術是「感而能諧，婉而多諷」，因爲吳敬梓在書中塑造了一大批具有喜劇性格的人物。這些人物，已經不像過去的小說中那樣以「庸人」的面目來「襯托俊士」，相反，他們本身就是主角，自身的言行成就了自身的性格，是小說中獨立自主的主體，也是吳敬梓藉以批判現實，展示眞善美、批判假惡醜的重要載體。

　　吳敬梓就是這樣來描寫婁氏兄弟這兩個人物的。他們兩人因科舉不利，在京師感到非常無聊，於是就返回故鄉。但他們又不甘寂寞，「廣招俊傑」，經過多次訪問賢能，先後延攬了楊執中、權勿用、張鐵臂等人居於相府，連同當時形影不離的蘧公孫、牛布衣、陳和甫，似乎是人才薈萃，彷彿具有了像戰國四公子那樣的風範。但是好景不長，大煞風景的事情接而連三地出現：先是張鐵臂虛設人頭會，騙去他們五百兩銀子；不久權勿用又因涉嫌奸拐女尼，被差人一條鏈子鎖走。婁氏兄弟效法戰國四公子養士出名的美夢也就徹底破滅了。他們耗費了那麼大的財力、物力和心力，到頭來卻不過是換來一個令人哭笑不得的尷尬結局。吳敬梓在描寫假「名士」楊執中、權勿用、景蘭江、支劍峰等人時，透過幾次「名士」聚會的集中描寫以及其他分散的漫畫式勾勒，同時暴露了他們自命風流、幫閒幫兇和招搖撞騙的醜態。透過周

〔註32〕陳美林，〈論《儒林外史》的諷刺藝術〉，《吳敬梓研究》（上海：上海古籍出版社，1984年1月），頁222。
〔註33〕齊裕焜、陳惠琴，《中國諷刺小說史》（瀋陽：遼寧人民出版社，1993年1月），第五章〈明清寫實性諷刺小說（下）〉，頁194。

圍人物的烘托，也反映了婁氏兄弟的虛弱和虛假本質。婁氏兄弟這種自以為高雅的盛會，其實是不倫不類、滑稽可笑的。表面的風雅之中隱藏著真正的無聊和庸俗，吳敬梓也在字裡行間對他們進行了無情地譏諷。他們結交的這些所謂的高士、俠客，固然都是些假名士，而婁氏兄弟又何嘗就是真名士呢！在吳敬梓筆下，他們功名不順利，其實也沒有什麼高深的學問。他們不知道楊執中的那些詩作是抄來的，對權勿用那種居喪不飲酒卻用肴饌的詭辯深信不疑，可見他們本身也是腹內空空。

吳敬梓在烘托技巧的運用方面非常注意人物的配置和刻畫上的主次有別、點面結合。在范進中舉那一回，如果說胡屠戶是吳敬梓著力描寫的重點的話，那麼，那些連姓名都不知道的眾鄰居就是面上的烘托和渲染了。對於在這幕諷刺劇中小角色，吳敬梓對他們出場也作了刻意安排。在范進中舉以前，人們甚至根本想不到范進竟還會有那麼多的鄰居。范進進城去鄉試，「到出榜那日，家裡沒有早飯米，母親吩咐范進道：『我有一隻生蛋的母雞，你快拿集上去賣了，買幾升米來煮餐粥吃。我已是餓的兩眼都看不見了！』」，在最需要熱心人來照顧的時候，卻連一個人影也沒有。可是，隨著中舉的喜報一到，這群像是藏在幕後的人物便蜂擁而出，爭相表現：「擠了一屋的人，茅草棚地下都坐滿了。鄰居都來了，擠著看。」他們賀喜，報信，搶救發瘋的舉人老爺，勸慰傷心哭泣的老太太，還主動拿出雞、蛋、酒、米來款待報喜人，找回范進發瘋時跑掉的那只鞋並穿上。吳敬梓透過范進周圍的人物在他中舉前後態度的變化，十分真實地表現了世態炎涼和人情冷暖。正是在這種社會氛圍的影響之下，范進才會那樣捨身忘命、不顧一切地去追求科舉的成功，花了幾十年的精力，直到鬚髮斑白也不肯放棄。透過這樣的烘托，吳敬梓就將范進熱衷功名富貴，以及中舉發瘋的病態心理和病態表現，歸結為由科舉考試制度造成的社會環境。這種從人物關係和社會環境著眼去揭示人物思想性格的寫法，也表現了《儒林外史》諷刺藝術的寫實特色。

《儒林外史》第三十回寫季葦蕭意欲戲弄生活放蕩的杜慎卿，自稱「曾遇見一個少年，不是梨園，也不是我輩，是一個黃冠。這人生得飄逸風流，確又是男美，不是像個婦人」，這是一種烘托手法。接著季葦蕭又說：「他如此妙品，有多少人想物色他的，他卻輕易不肯同人一笑。」又做了進一步的渲染。直到後來杜慎卿去神樂觀尋找「男美」時，才發現這人是一個「肥胖的道士」，「一副油晃晃的黑臉，兩道重眉，一個大鼻子，滿腮鬍鬚，約有五

十多歲的光景」。突變的結果不禁讓人發笑，這笑聲其實就是對杜愼卿惡劣品格的一種嘲諷。

　　吳敬梓在介紹虞華軒的才情時，極力稱讚他非同小可：「自小七八歲上就是個神童。後來經史子集之書，無一樣不曾熟讀，無一樣不講究，無一樣不通徹。到了二十多歲，學問成了，一切兵、農、禮、樂、工、虞、水、火之事，他提了頭就知到尾；文章也是枚、馬，詩賦也是李、杜。況且他曾祖是尙書，祖是翰林，父是太守，眞正是個大家。」（第四十七回）但這裡並不是成心要表揚虞華軒，而是一種烘托手法，另有深意。果然，接著吳敬梓筆鋒一轉：「無奈他雖有這一肚子學問，五河人總不許他開口。」爲什麼呢？因爲：「五河的風俗：說起那人有品行，他就歪著嘴笑；說起前幾十年的世家大族，他就鼻子裡笑；說那個人會做詩賦古文，他就眉毛都會笑。」「虞華軒生在這惡俗地方，又守著幾畝田園，跑不到別處去，因此就激而爲怒。他父親太守公是個清官，當初在任上時過些清苦日子。虞華軒在家省吃儉用，積起幾兩銀子。此時太守公告老在家，不管家務。虞華軒每年苦積下幾兩銀子，便叫興販田地的人家來，說要買田、買房子。講的差不多，又臭罵那些人一頓，不買，以此開心。一縣的人，都說他有些痰氣，到底貪圖他幾兩銀子，所以來親熱他。」吳敬梓描寫虞華軒的才學，就是爲了側面烘托「五河人總不許他開口」的惡劣民情；又借用虞華軒對五河風俗的不屑，形象地烘托了五河人，尤其彭鄉紳之流的「惡俗」。

　　對於杜少卿形象的刻劃，吳敬梓也多用此法。在杜少卿託病躲在家中，還沒有再度出場時，就引用了僞道學高老先生的一段罵他的話來作以側面介紹：

　　　　我們天長、六合，是接壤之地，我怎麼不知道？諸公莫怪學生說，這少卿是他杜家第一個敗類！他家祖上幾十代行醫，廣積陰德，家裡也掙了許多田產。到了他家殿元公，發達了去，雖做了幾十年官，卻不會尋一個錢來家。到他父親，還有本事中個進士，做一任太守，已經是個獃子了。做官的時候，全不曉得敬重上司，只是一味希圖著百姓說好，又逐日講那些『敦孝弟，勸農桑』的獃話。這些話是教養題目文章裡的詞藻，他竟拿著當了眞，惹的上司不喜歡，把個官弄掉了。他這兒子就更胡說，混穿混喫，和尚、道士、工匠、花子，都拉著相與，卻不肯相與一個正經人。不到十年內，把六七萬銀子弄的精光。天長縣站不住，搬在南京城裡，日日攜著乃眷上酒

館喫酒，手裡拿著一個銅盞子，就像討飯的一般。不想他家竟出了這樣子弟！學生在家裡，往常教子侄們讀書，就以他爲戒。每人讀書的桌子上寫一紙條貼著，上面寫道：「不可學天長杜儀」。（第三十四回，頁 422）

《儒林外史》有巨大諷刺力量，其中一個重要因素，就在於吳敬梓是站在進步的立場上，鞭撻的是腐朽反向的事物，不是玩世不恭的文字遊戲，更不是對進步事物的嘲諷和攻擊。所以這是一種明顯的反諷，結果就等於是吳敬梓對杜少卿的頌揚，因而遲衡山聽了以後就說：「方纔高老先生這些話，分明是罵少卿，不想倒替少卿添了許多身分。眾位先生，少卿是自古及今難得的一個奇人！」這是一種先聲奪人的手法，爲書中的主人公的出場作了很好的鋪墊。

側面烘托的方法常常能夠達到明確的諷刺效果，王朝聞從范進守孝吃大蝦的細節，作了深入的分析，認爲是吳敬梓在范進吃蝦上作了側面的暗示，才有了出奇制勝的效果：「正因爲作者既以縣太爺的疑惑作爲讀者認識上的誘導，又用范進的『表演』作爲認識的物件，而且給讀者規定了如何認識的途徑，讀者不能感謝作者信任自己，所以留有餘地，對范進爲人的思想，作出與作者的判斷相適應的判斷。」「如果沒有一定的誘導與規定，讀者認識難免自流。」因此以「這一小小的場面和情節」爲代表的作品「對於漫畫、相聲、笑話藝術品質的提高，就是具備了不可輕視的借鑒價值。」〔註 34〕

二、透過事件和環境的描寫來烘托主題

陳望道《修辭學發凡》云：「諷喻是造出一個故事來寄託諷刺教導意思的一種措辭法。大都用在本意不便明說或者不容易說得明白親切的時候。但說了故事，往往仍舊把本意說了出來，而使故事只成了物件事件的形容。」〔註 35〕吳敬梓在《儒林外史》中也十分注意利用突發事件和環境的描寫來烘托主題。

《儒林外史》第十回寫魯翰林招蘧公孫爲婿，吳敬梓故意安排了蘧公孫和魯小姐這對「才子佳人」婚宴上湊巧的一幕：「忽然乒乓一聲響，屋梁上掉

〔註 34〕 王朝聞，〈你還保他呀──諷刺藝術談〉，《文藝研究》1979 年第 1 期，頁 52～59。

〔註 35〕 陳望道，《修辭學發凡》（上海：上海教育出版社，2001 年 11 月），第六篇〈積極修辭二〉，頁 122。

下一件東西來，不左不右，不上不下，端端正正掉在燕窩碗裡，將碗打翻。那熱湯濺了副末一臉，碗裡的菜潑了一桌子。定睛看時，原來是一個老鼠從梁上走滑了腳，掉將下來。那老鼠掉在滾熱的湯裡，嚇了一驚，把碗跳翻，爬起就從新郎官身上跳了下去，把簇新的大紅緞補服都弄油了。」一個從鄉下雇來的廚役，只顧看戲，把粉湯灑了一地，慌慌張張正要去抓地上的粉湯，卻被兩隻狗搶著吃了，氣得他抬起腳來，要去踢那兩隻狗，沒想到又把鞋子踢飛了。這樣，一場莊重熱烈的婚宴變成了一場滑稽的鬧劇。這場面的描寫，其實是暗諷了蘧、魯婚姻的牽強。婚宴上一系列不吉利的事件，也暗示了蘧、魯婚姻的不美滿，為二人的婚姻悲劇作了鋪墊。這種悲劇不僅是蘧、魯二人的悲劇，也是封建社會的普遍現象，體現了吳敬梓對深受科舉制度毒害的青年男女的深切同情，並警示人們：即使看起來最完美的「才子佳人」式的婚姻，因為遭到了科舉制度的毒害，也終會釀成悲劇的。

　　第四十二回《公子妓院說科場》，嚴肅的科舉考場情狀，卻放在烏煙瘴氣的妓院裡說出來，莊重與下流同在，嚴肅並荒唐共存，就烘托了對科舉的鄙視和嘲弄。第四十七回寫鹽商方六送他母親的靈位入節孝祠，祭祀剛結束，方六便同一個賣花牙婆伏在欄杆上看執事，「方六老爺拿手一宗一宗的指著說與她聽，權賣婆一手扶著欄杆，一手拉開褲腰捉蝨子，捉著，一個一個往嘴裡送」。輕薄的行動與莊重的場合極不協調地聯繫在一起，從而塑造了對偽道學的嘲諷作用。

　　有時候吳敬梓也會藉由個體事件來烘托普遍現象。《儒林外史》第三回范進中舉驚喜得發了瘋這一情節，從報喜人的「主意」和經驗中可以證明，他在報錄生活中見過類似情形，也就是說，像范進那樣因中舉喜極而瘋的並非只有他一人。這雖不是普通現象，卻也是「偶有發生的實情」，因而是真實可信的。當時的讀書人熱衷「舉業」，一旦功名到手就如醉如癡，驚喜若狂。科舉時代，中舉發瘋的情況實有發生，在士林中也有流傳。清人劉獻廷《廣陽雜記》卷四記載有明代的一個舉子中舉了，「喜極發狂，笑不止」。高郵名醫袁體庵用心理上驚嚇的方法使得他清醒過來了〔註36〕。這場可笑滑稽戲的背後，多少辛酸與悲慘透過這個角色的滑稽表演流瀉而出，迫使讀者在笑聲中把思緒從喜劇性格伸向造成這種變化的社會背景，從而引發了人們對人生的

〔註36〕李漢秋，《《儒林外史》研究縱覽》（天津：天津教育出版社，1992年6月），頁130。

深深思考。吳敬梓透過個體事件的烘托，造就對科舉制度辛辣的諷刺效果。

　　藉由周圍的環境來烘托和渲染人物的內心，是《儒林外史》中常用到的手法。如對魯小姐閨房的描寫，就顯得大有深意。閨房，顧名思義，就是小姐們的獨處之所，本來應該是一個秀雅香豔的地方，但是魯小姐的閨房則與眾不同，別有一番景象：「曉狀台畔，刺繡床前，擺滿了一部一部的文章，每日丹黃爛然，蠅頭細批。人家送來的詩詞歌賦，正眼兒也不看他。家裡雖有幾本甚麼《千家詩》、《解學士詩》，東坡、小妹詩話之類，倒把與伴讀的侍女采蘋、雙紅們看；閒暇也教他謅幾句詩，以為笑話。」（第十一回）魯小姐把男人們用來博取功名的八股文章擺在自己的閨房裡，顯得那麼不倫不類，極不協調。這也對後來她的人生命運起了烘托作用。後來她看到丈夫不熱心科舉，便失望異常，只好把希望寄託在兒子身上，每日拘著他講《四書》。由此也諷刺了八股流毒已經深入那些封建士人的骨髓，甚至滲入到婦女、家庭了。

　　王玉輝是封建禮教的忠實信徒，他在「餓死事小，失節禮大」的宋儒教條的薰陶下，為了「青史留名」，竟鼓勵親生的女兒自殺殉夫。在女兒死後，還仰天大笑道：「死得好！死得好！」然而在「烈女祠」公祭他女兒的時候，頑固不化的他卻「轉覺心傷，辭了不肯去」。後來在往蘇州的路上「見船上一個少年穿白的婦人，他又想起女兒，心裡哽咽，那熱淚直滾出來」（第四十八回）。他前後心理的矛盾衝突，實際上反映了良心與禮教的衝突。吳敬梓諷刺他的虛偽和變態，其實都是封建禮教所害，由此，就不留情面的嘲諷科舉考試及禮教的扼殺學人真情，泯滅士人本性。吳敬梓透過對王玉輝矛盾心理的揭露，既描寫了人物性格的複雜性，同時又把批判的矛頭指向吃人的封建禮教。

三、馬二先生的刻畫和描寫

　　「側面烘托」的諷刺技巧被吳敬梓運用最為成熟、效果最為凸出的還是對馬二先生的刻畫和描寫。

　　馬靜，字純上，人稱馬二先生，是浙江處州府生員，八股選家。他的原形是吳敬梓的「至交」馮粹中。馬二先生是八股文的虔誠信徒，即使幾十年科場不順也毫無怨尤之心，既不走外門道路，也不搞投機取巧，一絲不苟地秉承八股文的正宗衣缽，恪守制藝的真精神，吳敬梓對他的諷刺和批判具有特殊重要的意義。對於弄虛作假的科場騙子，裝腔作勢的八股選家，也許還

可以讓人們認為問題出在他們自身上，是人品問題，而非八股科舉制度本身的原因。對他們的批判不能引起對八股本身的批判。而馬二先生不同，他是八股文的正宗代表，諷刺和批判了馬二先生就是諷刺和批判了八股科舉制度！

　　馬二先生對舉業有一套自己的理論，也代表了當時相當大多數人的認知。他們都把「舉業」當作亙古不變的道理：

> 舉業二字是從古及今人人必要做的。就如孔子生在春秋時候，那時用「言揚行舉」做官，故孔子只講得個「言寡尤，行寡悔，祿在其中」，這便是孔子的舉業。講到戰國時，以遊說做官，所以孟子歷說齊梁，這便是孟子的舉業。到漢朝用「賢良方正」開科，所以公孫弘、董仲舒，舉賢良方正，這便是漢人的舉業。到唐朝用詩賦取士，他們若講孔孟的話，就沒有官做了，所以唐人都會作幾句詩，這便是唐人的舉業。到宋朝又好了，都用的是些理學的人做官，所以程朱就講理學，這便是宋人的舉業。到本朝用文章取士，這是極好的法則，就是夫子在而今，也要念文章、做舉業，斷不講那「言寡尤，行寡悔」的話。何也？就日日講究「言寡尤，行寡悔」，那個給你官做？孔子的道也就不行了。（第十三回，頁173）

所謂「孔子有孔子的舉業，孟子有孟子的舉業」，何嘗不是任何一個時代每一個讀書人的生活狀態的側面寫照呢？馬二先生的宣講，一針見血指出了科舉選拔對知識份子所起的指揮棒作用：做舉業，就是為了做官；只要能做官，朝廷叫做什麼樣的舉業，就做什麼樣的舉業。他還創造性地把宋真宗的「勸學詩」與當時的八股文結合起來，宣傳道：「書中自有黃金屋，書中自有千鐘粟，書中自有顏如玉。而今甚麼是書？就是我們的文章選本了。」在他看來，他的八股選本就是官場的入場券，所以他勸匡超人：「你回去奉養父母，總以做舉業為主。就是生意不好，奉養不周，也不必介意，總以做文章為主。那害病的父親，睡在床上，沒有東西喫，果然聽見你念文章的聲氣，他心花開了，分明難過也好過，分明那裡疼也不疼了。」（第十五回）

　　因為把做官看成了人生的唯一價值，而按照朝廷功令做舉業，則是做官的唯一正途。他的人生觀和價值觀完全是八股科舉制度的產物。八股科舉制度，已經為明末清初進步的思想家所識破，並引起了廣泛的批判和抨擊，可以說已經失去了價值。而馬二先生卻依然由衷地稱讚八股取士「是極好的法

則」，死心塌地地維護和宣傳八股舉業，以為這就是做學問的真諦，就是人生的價值所在。他所謂的八股評選就是拿著一篇根本稱不上文章的八股文，可以搖頭晃腦地「講了許多虛實反正、吞吐含蓄之法」，以為這就是做學問的真諦。對於這樣的人物，是不能開門見山或者直接諷刺和批判，要做的就是用繡花功夫，透過烘雲托月的方式，不斷描繪，使得其自己暴露出來。於是吳敬梓就設計了幾個片段和場景，讓事實去說話，透過他自身的言行去表現。

對馬二先生描寫的高潮出現在馬二遊西湖的這段。在對馬二遊覽西湖之前，吳敬梓事先作了鋪墊，將西湖一路美景作了介紹：「這西湖乃是天下第一個真山真水的景致，且不說那靈隱的幽深、天竺的清雅，祇這出了錢塘門，過聖因寺，上了蘇堤，中間是金沙港，轉過去就望見雷峰塔，到了淨慈寺，有十多里路，真乃五步一樓，十步一閣，一處是金粉樓臺，一處是竹籬茅舍，一處是桃柳爭妍，一處是桑麻遍野。那些賣酒的青簾高揚，賣茶的紅炭滿爐。士女遊人，絡繹不絕。真不數『三十六家花酒店，七十二座管弦樓』。」（第十四回）

這是馬二先生遊覽西湖的路線，也是古今集中西湖勝景的一條路線，也正是名揚四海的「西湖十景」，令人目不暇接，美不勝收。西湖十景成於南宋時期，基本圍繞著西湖分布，有的就位於湖上：蘇堤春曉、曲苑風荷、平湖秋月、斷橋殘雪、柳浪聞鶯、花港觀魚、雷峰夕照、雙峰插雲、南屏晚鐘、三潭印月，這十景，各擅其勝，組合在一起又能代表西湖勝景精華，所以無論杭州本地人還是外地山水客都津津樂道，先遊為快。在這裡吳敬梓先將西湖美景作了介紹，正是為了與馬二先生眼中的西湖作一對比，為諷刺起了烘托之用。

馬二先生也是帶著那種「西湖山光水色，頗可以添文思」的想法到西湖的。他「獨自一個，帶了幾個錢，步出錢塘門」，可見「閒情逸致」頗高。可是他跑了一天，遊覽了西湖十景，所見所聞，在心裡卻沒有半點美感，反而顯得俗不可耐。「斷橋殘雪」到「平湖秋月」，湖光山色，他卻不是一頓大嚼飽喝，就是看著那一船一船的女客，辨別她們的貴賤。「蘇堤春曉」、「六橋煙柳」一帶，是遊人們留戀忘返之處，他卻是覺得「走也走不清，甚是可厭」，急不可待詢問行人：「前面可還有好頑的所在？」到了「花港觀魚」，他沒有心情看花賞魚，卻被「樓上供的是仁宗皇帝的御書」給「嚇了一跳，慌忙整一整頭巾，理一理寶藍直裰，在靴桶內拿出一把扇子來當了笏板，恭恭敬敬

朝著樓上揚塵舞蹈，拜了五拜」。這種反映是那麼的自然熟練，也反映了馬二先生日思夜想能有機會去朝見君主，行此大禮；同時這也是幻覺與現實的交匯之處，不覺地暴露了這批人內心深處的思緒。

到了雷峰塔，暮色降臨，正是觀看「雷峰夕照」的地方。雷峰，位於淨慈寺前，瀕湖勃然隆重起，林木蔥鬱。其山雖小巧玲瓏，名氣在湖上卻是數一數二，因為山巔曾有吳越時建造的雷峰塔，是西湖眾多古塔中最為風光也最為風流的一塔，夕照林濤，景色富麗。他卻只留意到了「那些富貴人家的女客，成群逐隊，裡裡外外，來往不絕。都穿的是錦繡衣服，風吹起來，身上的香一陣陣的撲人鼻子」。

傍晚那深沉、渾厚的鐘聲在蒼煙暮靄中迴響，山回穀鳴，發人悠遠沉思的「南屏晚鐘」，他也無心諦聽，忙著「每樣買了幾個錢的，不論好歹，吃了一飽」。

隔天，馬二先生遊覽吳山。馬二先生「左邊望著錢塘江」。錢塘江上，望去只看到了貴人乘坐的船及轎子；西湖景色，看到的只是長大了能吃的小鴨子！而且彷彿被這種景色所感動，搜索詞句想要讚美一番，卻是《中庸》中的句子：「真乃『載華嶽而不重，振河海而不泄，萬物載焉！』」這種善意嘲諷，讓人產生一種既惋惜、憐憫又厭惡的複雜情感，這不是馬二先生的錯，這是當時那個社會造成的。

對於馬二先生的這種審美情趣，自然是和他的文化教養分不開的。明清時代的八股科舉制度摧殘人性，馬二先生就是典型的犧牲品。他開口《孝經》，閉口「曾子」，講的盡是「中了舉人、進士，即刻就榮宗耀祖」，「顯親揚名纔是大孝」之類的道理。他的大腦裡滿是子曰詩云，聖賢經傳，而沒有給自己留下思考的空間。他對那種「有些風花雪月的字樣」，就認為會讓後生「壞了心術」，凡是「帶詞賦氣」的，就認為「有礙於聖賢口氣」。封建陳腐教育戕害了他的審美功能，造成了人性的異化。對美的東西，他或者視而不見，或者聽而不聞，或者見了、聞了，也只是那種猥瑣、庸俗的景象，絲毫沒有任何美感和快感。八股文使他鬼迷心竅，精神世界乾涸。在一片湖光山色之中，所掛念的只是功名富貴。直到看到書店賣自己的八股文選本，他才心花怒放，忙不迭地問價錢，問銷路，才獲得了精神上愉悅。

為了進一步烘托和刻畫其內心，吳敬梓還特意寫了馬二先生看女人。一到西湖，他就看那一船船的女人，而且看的分外仔細。第一次他「見那一船

一船鄉下婦女來燒香的，都梳著挑鬃頭。也有穿藍的，也有穿青綠衣裳的，年紀小的都穿些紅綢單裙子。也有模樣生的好些的，都是一個大團白臉，兩個大高顴骨。也有許多疤、麻、疥、癩的。從髮型到衣著到臉部以至臉上的疤、麻、疥都細細「看了一遍」，卻「不在意裡」，因為這些鄉下婦女對馬二先生而言並沒有吸引力。第二次他又在湖邊看三個富貴人家的女客在船中換衣裳：「一個脫去元色外套，換了一件水田披風；一個脫去天青外套，換了一件玉色繡的八團衣服；一個中年的脫去寶藍緞衫，換了一件天青緞二色金的繡衫。那些跟從的女客，十幾個人也都換了衣裳。」一直看到她們帶著丫環緩步上岸，到了快要遇上的時候，卻「低著頭走了過去，不曾仰視」。這一回其實是有點「在意裡」了。第三次寫到他在淨慈寺遇上成群逐隊的富貴人家的女客，他「腆著個肚子」，「只管在人窩裡撞」，「女人也不看他，他也不看女人」。對太近的女人，受儒教倫理的約束，作為古板君子的馬二先生是不敢看的。但這「不看」，其實還是有內心看的意思。不看，是因為不敢看。三次與女人的差肩而過，女人在馬二先生內心引發了小小的漣漪，「天理」與「人欲」的交戰才起又平息了。

樂蘅軍的〈馬純上在西湖〉一文著重分析了馬二先生遊覽西湖的心理，具有獨到的見解。他認為馬二先生的漫遊「使《儒林外史》的世界暫時脫開四處碰撞的擠攘現實，而引渡到一個意識域較廣的空間。……讓這負荷著典型的正統知識份子的心靈，漸次展現出它的深處和痛處。」「馬純上來到西湖，所面對的，是一個物質的世界，和前此他專心的『文章德業』世界，完全不相同。……他們以兩種代表性的事物來衝擊他的意識：食和色。……於是馬二先生就處在兩種意識相頡頏之下，一個是持念日久的文章德業，一個是西湖風情物態所喚起的本能。」「換衣裳的女眷引起了馬二先生的『內在的一番抑制性的擾動』，只好『低了頭走了過去，不曾仰視』。」「馬二先生那種恍惚的情緒一旦遭遇皇帝御書，便如當頭棒喝一般，猛受一震，『御書』提醒了馬二先生理智上的『責任』，道德上的『榮譽』；而也在他剛被一種奇妙的欲望衝動得顛來倒去時，給了他一個安全保護」。〔註37〕「馬二先生這一番尤利息斯式的漫遊，反映的自宋明以來便鑄定了型的那一個社會，以及在那一社會中一個知識份子精神與肉體兩方面的枯窘和陷落。」「在《外史》裡他是唯一

〔註37〕李漢秋，《《儒林外史》研究縱覽》（天津：天津教育出版社，1992年6月），頁345。

曾以內心與環境交戰的人。雖然後來仍舊混合在南京文士的大集團裡，而他的旅程中卻有過掙扎痕跡的。」〔註38〕前者說明，他對社會進步本來是有用的，但後者則是他對社會進步已經沒有多大用處了。透過這兩者的反諷和對比，刻畫出了八股文對人性的毒害。

　　從上面的例子可以看出吳敬梓是怎樣洞察人心，善於理解人物的心理活動。但他並不以敘述者的身分對此進行分析介紹，而是純用側面烘托的手法，以人物自身的動作、對話來表現，筆鋒內藏而涵蘊深厚。

〔註38〕李漢秋，《儒林外史》研究縱覽》（天津：天津教育出版社，1992 年 6 月），頁 346。

第六章 結 語

作爲我國古典小說重要代表的《儒林外史》，出神入化的語言運用，使得這部小說具有了歷久彌新的藝術生命，不僅在文學語言的運作藝術上，取得了極高的成就，也對我國小說傳統和後世其他小說產生了重要影響。

在語辭運作的藝術方面，《儒林外史》充分運用了色彩詞的敷彩和表情的作用及數字詞的精確和模糊兩種功能，對刻畫人物形象、描摹自然景物、表達作者思想發揮了重要作用；充分運用了方言詞的刻畫人物和語境還原功能，增加了小說的地域特色和表達效果；善於用典，或直接用典，或化用原典，或連續用典，或曲意而用之，在增強小說文學性和表現人物形象方面，產生了特殊的藝術效果；此外，《儒林外史》中還出現了不少創新詞，這些用法和詞語有的廣被讀者所接受，並溶入大眾用語中。《儒林外史》在語辭運作藝術方面達到了極高的造詣，正是這爐火純青的語辭運作藝術，使得《儒林外史》常讀常新，流傳後世。

《儒林外史》人物形象刻畫的藝術也在我國小說史上佔有極其重要的地位。作者吳敬梓以其敏銳的感覺，洞察世態；以其細膩的筆觸，反映現實；機鋒所及不僅文苑儒林，而且廣泛描摹了人間眾生相。《儒林外史》人物刻畫的最凸出特點在於其群體性，大部分人物都是作爲某一群體的代表出現，而在同一群體中，人物又各有其個性和特點。這種同中有異，異中有同的人物塑造的方法，對晚清小說創作產生了不小的影響。《儒林外史》高超的人物塑造藝術，使得其中人物成爲文學史上的經典，例如中舉發瘋的范進、逐步墮落的匡超人、慳吝成性的嚴監生等等，都成爲讀者心中不可磨滅的人物形象。

在敘述藝術上，《儒林外史》將正筆直書和對比襯托相結合，將行雲流

水和曲折回環相結合，適當運用預敘插敘分敘，使得小說呈現出搖曳多姿的藝術形態。在藝術結構上，它沒有貫穿到底的人物和事件，但卻透過各種手法將不同的人物和事件相聯結，正如魯迅先生所說，「雖云長篇，頗同短制；但如集諸碎錦，合為帖子。雖非巨幅，而時見珍異，因亦娛心，使人刮目矣」〔註1〕。這種體制，對清晚期小說有很大影響，如《海上花列傳》、《官場現形記》等，都受到《儒林外史》很大的影響。

在諷刺藝術方面，《儒林外史》可以說是意義重大的諷刺小說開山之作。《儒林外史》之前的中長篇世情小說，一般只具有諷刺的成分或部分，「《儒林外史》開始自覺地將全社會置於自己的視野之內，對現實的社會問題進行大規模的分析和解剖，在廣闊的背景上完成了一軸十八世紀中國儒林的巨幅歷史畫卷，並且把批判傾向貫穿于全書，成為整部小說的基礎。」〔註2〕可以說，諷刺小說之所以能夠成為一派，正是由於了《儒林外史》。對此，何其芳先生有很精闢地闡述：「和世界上別的卓越的諷刺作家一樣，吳敬梓描寫中國十八世紀的封建社會的卑鄙和黑暗的現實的時候，是混合著痛苦的憎惡和明朗的笑的。這種明朗的笑，像光一樣照亮了醜惡的事物的面目，而且在讀者的心中喚起了一種藐視它們的力量。」「混合著痛苦的憎惡和明朗的笑，這是《儒林外史》作為諷刺小說來看，達到了很高的成就的標誌。在我國的文學歷史上，《儒林外史》是第一部顯著地具有這種標誌的小說。」「《儒林外史》的藝術格調之高，可以說達到了世界上的經典性的諷刺作品的水準，因而為清朝末年一些顯然受了它的影響的有名的小說《官場現形記》、《二十年目睹之怪現狀》等所不能企及，就在這裡。」〔註3〕

「作者充分運用諷刺以加強批判揭露的力量，同時也就將諷刺提高到近代現實主義美學的高度，極大地擴展了諷刺的美學功能，為諷刺藝術在我國小說中的發展作出了卓越的貢獻，豐富了世界諷刺藝術寶庫的財富。」〔註4〕「有充分的理由認為，吳敬梓與莫里哀、果戈里一樣，都是世界文學史上第一流的諷刺作家，他們所創作的諷刺作品，是全世界人民共同的精神財富。」

〔註1〕 魯迅，《中國小說史略》（北京：人民文學出版社，1975年11月），頁190。

〔註2〕 李漢秋，《《儒林外史》研究》（上海：華東師範大學出版社，2001年9月），第四章〈現實主義的諷刺藝術〉，頁181。

〔註3〕 何其芳，〈吳敬梓的小說《儒林外史》〉，收入李漢秋主編，《儒林外史研究論文集》（北京：中華書局，1987年9月），頁98。

〔註4〕 李漢秋，《《儒林外史》研究》（上海：華東師範大學出版社，2001年9月），第四章〈現實主義的諷刺藝術〉，頁181。

〔註5〕綜合以上兩位當代研究《儒林外史》泰斗的評價，可知《儒林外史》一書的諷刺技巧已達爐火純青的地步，且運作方式靈活多變，把我國古典小說的諷刺藝術發展到了最高峰，不愧爲我國文學史上成就最高的長篇諷刺小說！

〔註5〕 陳美林，〈論《儒林外史》的諷刺藝術〉，《吳敬梓研究》（上海：上海古籍出版社，1984 年 1 月），頁 206。

參考文獻

一、古　籍

1. 〔清〕吳敬梓著，汪原放標點，《儒林外史》，海南：海南出版社，1995 年 11 月（胡適主編亞東圖書館本）。

2. 張慧劍校注，《儒林外史》，北京：人民文學出版社，1981 年 5 月。

3. 陳美林批點，《儒林外史》，南京：江蘇古籍出版社，1998 年 2 月。

4. 李漢秋輯校，《《儒林外史》彙校彙評本》，上海：上海古籍出版社，1999 年 8 月。

5. 繆天華校注，《儒林外史》，臺北：三民書局，2004 年 1 月。

6. 〔漢〕司馬遷，《史記》，北京：中華書局，1982 年 11 月。

7. 〔清〕張廷玉，《明史》，北京：中華書局，1974 年 3 月。

8. 〔漢〕揚雄撰，〔晉〕郭璞注，〔清〕戴震疏證，《輶軒使者絕代語釋別國方言》，上海：商務印書館，1937。

9. 〔清〕張玉書等編，《康熙字典》校點組校點，《康熙字典》，北京：北京師範大學出版社，1997。

10. 徐震堮，《世說新語校箋》，臺北，文史哲出版社，1989 年 9 月。

11. 莊子，《莊子集釋》，臺北：河洛圖書出版社，1974 年 3 月。

12. 樓宇烈，《王弼集校釋》，臺北：華正書局，2006 年 8 月。

13. 臧晉叔，《元曲選》，北京：中華書局，1961 年 10 月。

14. 羅立乾注譯，《新譯文心雕龍》，臺北：三民書局，1994 年 4 月。

15. 〔宋〕李昉，《太平廣記》，北京：中華書局，1961 年 6 月。

16. 〔明〕湯顯祖著，徐朔方、楊笑梅校注，《牡丹亭》，北京：人民文學出版

社，1980 年 3 月。

17. 〔明〕馮夢龍，《警世通言》，上海：上海古籍出版社，1996 年 12 月。

18. 〔清〕酌元亭主人，《照世杯》，上海：上海古籍出版社，1985 年 12 月。

二、現代專著

1. 〔日〕香阪順一，《《儒林外史》語彙索引》，名古屋：采華書店，1971 年 6
月。

2. 鄭明娳，《《儒林外史》研究》（王壽南、陳水逢），臺灣：商務印書館，1982
年 3 月。

3. 李漢秋，《《儒林外史》研究資料》，上海：上海古籍出版社，1984 年 7 月。

4. 陳美林，《吳敬梓研究》，上海：上海古籍出版社，1984 年 8 月。

5. 李漢秋，《《儒林外史》研究論文集》，北京：中華書局，1987 年 9 月。

6. 李漢秋，《《儒林外史》研究縱覽》，天津：天津教育出版社，1992 年 6 月。

7. 遇笑容，《《儒林外史》詞匯研究》，北京：北京大學出版社，2001 年 2 月。

8. 李漢秋，《《儒林外史》研究》，上海：華東師範大學出版社，2001 年 9 月。

9. 文藝美學叢書編輯委員會，《宗白華美學文學譯文選》，北京：北京大學出
版社，1982 年 12 月。

10. 王首程，《文學欣賞》，臺北：五南圖書出版社，2004 年 5 月。

11. 北京大學歷史系等，《中國文學史論文索引》，北京：中華書局，1980 年 3
月。

12. 瓦西列夫，《情愛論》，北京：三聯書店，1984 年 10 月。

13. 伍蠡甫，《現代西方文論選》，上海：上海譯文出版社，1983 年 9 月。

14. 作家出版社編輯部，《紅樓夢問題討論集》，北京：作家出版社，1955 年 6
月。

15. 李國正，《東南亞華文文學語言研究》，廈門：廈門大學出版社，2002 年 4
月。

16. 李榮啓，《文學語言學》，北京：人民出版社，2005 年 5 月。

17. 季靡菲耶夫，《文學概論》，上海：平明出版社，1953 年 12 月。

18. 宗守雲，《修辭學的多視角研究》，北京：中國社會科學出版社，2005 年 6
月。

19. 林崗，《明清之際小說評點學研究》，北京：：北京大學出版社，1999 年 1
月。

20. 胡適，《中國古代章回小說考證》，合肥：安徽教育出版社，2006 年 8 月。

21. 胡適，《胡適文存》，上海：亞東圖書館第十三版，1930 年 1 月。

22. 祖國頌，《敘事的詩學》，合肥：安徽大學出版社，2003 年 11 月。

23. 秦牧，《藝海拾貝》，上海：上海文藝出版社，1978 年 5 月。

24. 張寅德編選，《敘述學研究》，北京：中國社會科學出版社，1989 年 5 月。

25. 曹煒，《《金瓶梅》文學語言研究》，廣東：暨南大學出版社，2004 年 9 月。

26. 陳晉，《悲患與風流》，北京：國際文化出版公司，1988 年 5 月。

27. 陳望道，《修辭學發凡》，上海：復旦大學出版社，2008 年 1 月。

28. 楊義，《中國敘事學》，北京：人民出版社，1998 年 1 月。

29. 賈文昭、徐召勳，《中國古典小說藝術欣賞》，臺北：里仁書局，1984 年 8 月。

30. 齊裕焜、陳惠琴，《中國諷刺小說史》，瀋陽：遼寧人民出版社，1993 年 5 月。

31. 劉燕萍，《怪誕與諷刺——明清通俗小說詮釋》，上海：學林出版社，2003 年 7 月。

32. 蔣瑞藻，《小說考證拾遺》，上海：商務印書館，1922 年 3 月。

33. 魯迅，《中國小說史略》，太原：山西古籍出版社，2001 年 8 月。

34. 魯迅，《且介亭雜文集》，《魯迅全集》，北京：人民文學出版社，1958 年 10 月。

35. 魯道夫‧阿恩海姆，《藝術與視知覺》，北京：中國社會科學出版社，1984 年 11 月。

三、期刊論文

1. 于海飛，〈色彩詞的模糊性與系統性探析〉，《廣西社會科學》，2006 年第 1 期，頁 163～168。

2. 王朝聞，〈你還保他呀——諷刺藝術談〉，《文藝研究》，1979 年第 1 期，頁 52～59。

3. 伏漫戈，〈論杜少卿和賈寶玉奇士人格的文化傳承〉，《唐都學刊》，2004 年第 2 期，頁 95～98。

4. 朱慧，〈數詞在語言運用中的作用〉，《鐵道師院學報（社會科學版）》，1991 年第 4 期，頁 86～88。

5. 衣玉敏，〈「黑」的「顏」外之意〉，《修辭學習》，2003 年第 6 期，頁 33。

6. 吳波，〈《儒林外史》的理想人物和理想人格〉，《懷化師專學報》，1994 年第 4 期，頁 73～76。

7. 宋小梅，〈試論修辭活動中詞語創新的途徑和方式〉，《柳州職業技術學院學報》，2008 第 12 期，頁 85～91。

8. 李堯，〈漢語色彩詞的詞性分析〉，《西南民族大學學報（人文社科版）》，2004 年第 12 期，頁 21～23。

9. 邢公畹，〈《紅樓夢》語言風格分析上的幾個先決問題〉，《南開大學學報》，1963 年第 12 期，頁 2。

10. 周月亮，〈從《儒林外史》看吳敬梓的審美理想〉，《文學遺產》，1985 第 4 期，頁 38～46。

11. 孟昭連，〈《儒林外史》的諷刺意識與敘事特徵〉，《南開大學學報》，1996 年第 2 期，頁 66～80。

12. 柯玲，〈論方言的文學功能〉，《修辭學習》，2005 年第 3 期，頁 43～45。

13. 苗壯，〈試論《儒林外史》的諷刺藝術〉，《遼寧師範大學學報》，1980 年第 6 期，頁 22～26。

14. 唐本賽、張正榮，〈淺談數詞表達的不確定現象〉，《楊淩職業技術學院學報》，2004 年第 12 期，頁 77～79。

15. 桂秉權，〈略談《儒林外史》的人物形象和語言特色〉，《文學遺產‧增刊》，1955 年第 1 期。

16. 桂秉權，〈《儒林外史》的方言口語〉，《文學遺產‧增刊》，1957 年第 5 期。

17. 馬遂蓮，〈試論小說中方言的運用〉，《語文學刊》，2006 年第 2 期，頁 116～117。

18. 許建平，〈20 世紀《儒林外史》研究的回顧與反思（續）〉，《河北師範大學學報：哲學社會科學版》，2004 年第 7 期，頁 52～60。

19. 陳文新、魯小俊，〈論《儒林外史》的寫意特徵〉，《明清小說研究》，1998 年第 2 期，頁 110～118。

20. 陳文新、魯小俊，〈顛覆傳統──《儒林外史》的解構主義特徵〉，《武漢大學學報》，1998 年第 2 期，頁 80～85。

21. 陳波，〈談魯迅小說《故鄉》色彩詞的運用〉，《教育藝術》，2003 年第 4 期，頁 36～5。

22. 陳美林，〈《儒林外史》的思想、藝術及版本說略〉，《南京社會科學》，1994 年第 3 期，頁 64～67。

23. 陳美林、吳波，〈清人對《儒林外史》人物原型及情節本事的考據──紀念吳敬梓誕辰三百周年〉，《蘇州大學學報：哲學社會科學版》，2001 年第 1 期，頁 72～76。

24. 陳美林、吳波，〈論晚清學人對《儒林外史》的評論〉，《東南大學學報：哲學社會科學版》，2001 年第 2 期，頁 87～90。

25. 傅繼馥，〈論《儒林外史》語言的藝術風格〉，《江淮論壇》，1980 年第 4 期，頁 73～80。

26. 傅繼馥，〈《儒林外史》喜劇形象的劃時代成就〉，《江淮論壇》，1987 年第 5 期，頁 10～19。

27. 彭江浩，〈科舉文化下的卑微人格——《儒林外史》中嚴監生形象分析〉，《民族論壇》，2006 第 10 期，頁 40～41。

28. 楊義，〈《儒林外史》的時空操作與敘事謀略〉，《江淮論壇》，1995 年第 2 期，頁 75～81。

29. 楊翼，〈試論《儒林外史》「臥評」關於情節結構的論述〉，《杭州師院學報（社會科學版）》，1984 年第 4 期，頁 97～101。

30. 葉軍，〈論色彩詞在語用中的兩種主要功能〉，《修辭學習》，2001 年第 2 期，頁 32～33。

31. 葉軍，〈談色彩詞中的特殊成員：物色詞〉，《內蒙古師範大學學報（哲學社會科學版）》，2002 年第 5 期，頁 27～28。

32. 韓大偉，〈試論中國典故用法類型的劃分〉，《棗莊師範專科學校學報》，2003 年第 1 期，頁 94～101。

33. 嚴仍寧，〈《儒林外史》中的全椒方言〉，《滁州學院學報》，2005 第 2 期，頁 5～6。

34. 董子竹，〈《儒林外史》是諷刺小說〉，《光明日報》，1984 年 5 月 22 日。